SAMIR MACHADO DE MACHADO
HOMENS CORDIAIS

SAMIR MACHADO DE MACHADO

HOMENS CORDIAIS

Rocco

Copyright © 2021 *by* Samir de Machado de Machado

Design de capa: Samir Machado de Machado
Imagens de capa: Shutterstock / SergeBertasiusPhotography / Vandathai / ChaiwatUD
Imagem de quarta capa: © Marie-Lan Nguyen / Wikimedia Commons / CC-BY 4.0

Mapa da p. 7: Extraído de *Mappa de Portugal Antigo,*
e Moderno, de padre João Bautista de Castro (1762).

Ilustração da p. 20: *O Marquês de Pombal recebe a participação de que*
se achavam cumpridas suas ordens, de Manuel Luís da Costa, 1838.

Ilustração da p. 156: Gravura de D. José I por Jean-Charles François
a partir de pintura de sua esposa, Marie-Catherine François (1750).

Direitos desta edição reservados à
EDITORA ROCCO LTDA.
Rua Evaristo da Veiga, 65 – 11º andar
Passeio Corporate – Torre 1
20031-040 – Rio de Janeiro – RJ
Tel.: (21) 3525-2000 – Fax: (21) 3525-2001
rocco@rocco.com.br
www.rocco.com.br

Printed in Brazil/Impresso no Brasil

preparação de originais
TIAGO LYRA

CIP-Brasil. Catalogação na Publicação
Sindicato Nacional dos Editores de Livros, RJ

M134h   Machado, Samir Machado de
        Homens cordiais / Samir Machado de Machado. –
1ª ed. – Rio de Janeiro : Rocco, 2021.

      ISBN 978-65-5532-136-4
      ISBN 978-65-5595-081-6 (e-book)

      1. Ficção brasileira. I. Título.

21-71929   CDD: 869.3
                             CDU: 82-3(81)

Meri Gleice Rodrigues de Souza – Bibliotecária – CRB-7/6439

O texto deste livro obedece às normas do
Acordo Ortográfico da Língua Portuguesa.

Despertara muito tarde para a felicidade, mas não para a força, e podia sentir uma alegria austera, como um guerreiro que ficou sem lar, mas se mantém plenamente armado.

E. M. Forster, *Maurice*

Ora, senhores, pesemos os fatos. A vida é um rosário de pequenas misérias que o filósofo desfia rindo. Sejam filósofos como eu, cavalheiros, ponham-se à mesa e bebamos. Nada faz o futuro parecer tão cor-de-rosa quanto vislumbrá-lo através de um copo de vinho.

Alexandre Dumas, *Os três mosqueteiros*

Reyno de Portugal em 1762

1. Lisboa
2. Porto
3. Miranda do Douro
4. Sintra
5. Tomar
6. Aqui Érico Borges se perdeu
7. Covilhã
8. Chaves
9. Amarante
10. Vila Pouca de Aguiar
11. Batalha do Douro
12. Almeida
13. Colégio das Ursulinas
14. Batalha de Valência de Alcântara
15. Abrantes
16. Castelo Branco
17. Batalha de Vila Velha de Ródão

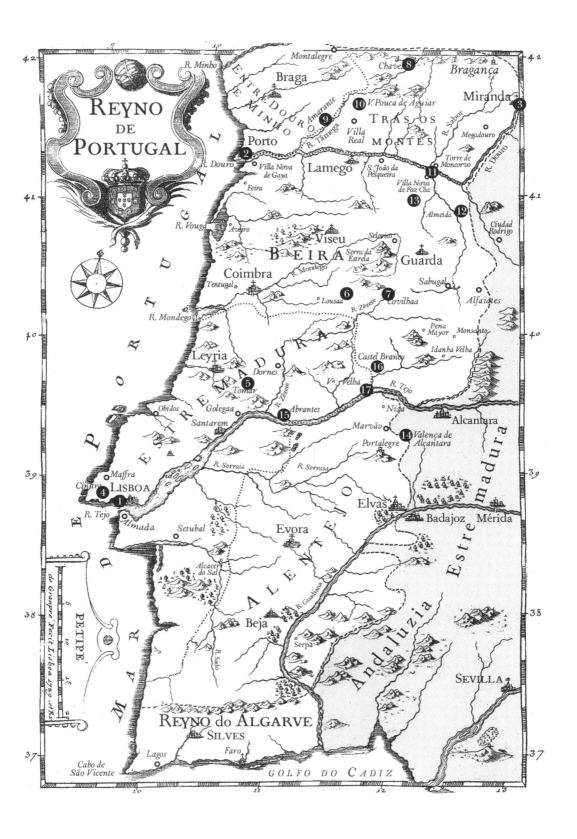

NOTA AO LEITOR

Os diálogos travados na elegante língua portuguesa estão marcados por travessões (—).

Já os diálogos em inglês, francês ou qualquer outra língua de bárbaros incivilizados estão marcados por aspas comuns (" ").

PRÓLOGO
LISBOA, 1762

Para um brasileiro, o pânico não é um estado de espírito, mas um estilo de vida. Tão acostumado está com os ataques aleatórios do destino que, quando reina a calma e a tranquilidade, ele para e olha ao redor, preocupado, dando pela falta de algo intangível e se enervando na antecipação do inevitável.

É o dia 25 de março de 1762, e Érico Borges caminha tranquilo pelas ruas tensas de Lisboa. Seis meses antes, Portugal queimara seu último herege em auto de fé; na França, Rousseau acaba de publicar a obra pelo qual será lembrado, questionando o direito divino de reis que em trinta anos perderão suas cabeças; no Vaticano, o Papa Clemente XIII cisma com a nudez das estátuas e manda cobri-las com folhas de parreira; na Áustria, os irmãos prodígio Wolfgang Amadeus e Maria Anna, de seis e dez anos, assombram os saraus da sociedade vienense com suas habilidades no teclado, mas só um deles abandonará a carreira ao se casar. E como de costume, toda a Europa se encontra em guerra consigo própria, arrastando os demais continentes na refrega tal qual um bêbado de taverna, num conflito a entrar já em seu sexto ano, e a ser lembrado por sua duração de sete. Uma guerra, aliás, da qual Portugal ainda não participa. Está ali, quietinho no seu canto da península ibérica, esperando que se encerre a briga antes que o incluam. Porque, há tempos, tem mais com o que se preocupar.

Sob a coroa de D. José I, Portugal é um reino onde a tradição e a modernidade se encontram na mais violenta colisão. Sete anos antes, a capital do mais fervoroso dos reinos católicos e uma das mais ricas e opulentas cidades da Cristandade foi destruída num único dia por um terramoto, seguido de um maremoto, seguido de um incêndio, finalizado com saques e roubos. E bem no Dia de Todos os Santos, na hora da missa. Para os filósofos, um dilema: como pôde o Autor de Todo Bem deixar tamanho mal cair sobre inocentes e culpados, sem distinções? Para a economia combalida do reino, criou-se um problema: era preciso reconstruir a capital, mandem vir *ainda mais* ouro lá do Brasil. Ao povo, cego de beatice, veio o conselho dos padres: fomos punidos pelo Senhor por queimar poucos hereges, há que se voltar aos ritmos da boa e velha Inquisição — costume que, exceto pela vizinha Espanha, o resto da Europa já há muito abandonou como barbarias de antanho, mas que em Portugal se mantém pelo valor de tradição.

Para piorar, o mais influente dos padres jesuítas, o fanático Gabriel Malagrida, ao saber que o governo enviara às províncias questionários para estudar o sismo por métodos científicos, enfureceu-se: como assim, a inexplicável Vontade Divina, origem dos terramotos, sendo submetida aos escrutínios vulgares da *ciência*? Tamanha afronta só pode vir de um governo herege! E não hesitou em espalhar suas acusações em panfletos.

Errou feio, errou rude. Pois quem cá governa de fato não é Sua Majestade El-Rey, mas seu poderoso primeiro-ministro, Sebastião de Carvalho e Melo, o Conde de Oeiras, a quem a história um dia lembrará como o Marquês de Pombal. E se há algo a que Oeiras estava decidido era a levar Portugal à Era das Luzes, arrastado pelos cabelos se preciso fosse. Malagrida foi preso. Torturado, enlouqueceu.

Por último, a ironia: quem tanto quis condenar à fogueira foi o último, em Portugal, a ser queimado em uma.

Seus panfletos não foram os únicos. O que mais há em Lisboa nestes tempos são papéis de cunho religioso, significados crípticos e cheios de exaltações ao fervor fanático do povo simples. E há um em especial que toca em ponto sensível: escrito por uma freira, exorta o povo a fazer um desagravo ao Santíssimo Sacramento no dia de sua festa, o Corpus Christi. Pois Deus, alega ela, está muito ofendido com o povo lisboeta por este ter aceitado a presença de hereges protestantes em seu reino: a comunidade inglesa.

Para Érico, aquilo toma tons pessoais, afinal, é inglês pelo lado materno. Após quase dois anos morando em Londres, tem lá sua experiência com esse negócio de panfletos de ódio a espalhar pânico em grandes cidades. Por esse motivo, embarcara num navio a pedido do governo português e, duas semanas depois, desembarcara na capital do império luso. Detrás de sua fachada de comerciante de vinhos, a verdadeira natureza do seu trabalho é outra: Érico Borges é um espia. E com Portugal na iminência de ser arrastado para a guerra, tendo como único esteio sua aliança com o Reino Unido, indispor-se com os ingleses é um risco que não podem correr.

O Conde de Oeiras está convencido de tudo ser culpa dos jesuítas, seus eternos inimigos, em conluio com dominicanos espanhóis. Talvez a tal freira nem exista, provavelmente é um pseudônimo, mas Érico tem um palpite e, para isso, precisa tirar a prova. Mesmo a mais reclusa das freiras, para ser publicada, precisa de quem leve seu manuscrito para fora do convento, e precisa da autorização de um censor régio e do *imprimatur* do bispo local antes mesmo de chegar aos impressores. Bastou-lhe refazer o trajeto ao contrário. Uma pergunta aqui, uma pressão ali, uma ameaçazinha em nome de El-Rey acolá, e aqui está ele, em frente ao Convento das Mercês, no Bairro Alto de Lisboa, com um nome a investigar: *irmã Xerazade.*

Chega vestindo seus trajes mais elegantes, jabô de musselina, na cabeça o chapéu favorito, e vai bater à porta do convento. Até aí nada é incomum, visitas sociais aos claustros são um costume português — as freiras, tadinhas, em sua maioria não estão ali por vocação, mas por falta de opção. São ali jogadas por pais, maridos e filhos quando questionam suas autoridades, ou por estarem desonradas; ou seja, por se tornarem, de algum modo, incômodas. Ou então, no caso das nobres, por não terem casado a tempo, chegando à avançada idade de trinta anos ainda solteiras. Na nobreza uma mulher não pode herdar nada, e casamento só com homem de estirpe ou fortuna equivalente à da família. Contudo, os melhores partidos partem — ao Brasil —, e mulheres ficam ali em excesso, de tal modo que os conventos estão superlotados. Ali, trancafiadas e ociosas, fazem deles focos ideais de intrigas.

Mas Irmã Xerazade não recebe visitas, diz a Madre Superiora, em tom definitivo. Érico sai frustrado, porém resoluto: terá de buscar uma solução menos ortodoxa. Dá a volta analisando o prédio pelo lado de fora. Na frente as janelas estão todas fechadas, mas, ao longo da estreita travessa que corre ao lado, há um muro por onde vê os ramos de árvores e flores se projetando do topo, provavelmente de um jardim interno. Dali foi direto à loja de um cordoeiro, e explicou que precisava de uma corda forte o bastante para aguentar seu peso, longa o bastante para alcançar um muro da altura de dois pisos, mas leve.

— O cavalheiro está a querer entrar no convento, é? — disse o cordoeiro, sorrindo.

— Não é o que o senhor está pensando — disse Érico.

— Não estou a pensar nada, afinal sabe Deus que o senhor não é o primeiro, tampouco será o último a querer entrar em segredo num convento, para ficar a sós com as irmãs. Não sou eu quem vai julgar paixões alheias...

— Eu lhe garanto que não é o que o senhor está pensando — insiste Érico, olhando as muitas opções de cordas. — Só preciso de uma corda com gancho, para poder pular o muro.

— "Pular o muro", claro — sorriu malicioso o homem. — É assim que os jovens estão a falar agora? No meu tempo, não havia fidalgo que não fosse freirático, nem freirinha que não tivesse seu chichisbéu. Meu avô contava que, quando pequeno, houve epidemia de freiras grávidas, todas se dizendo do Espírito Santo. Veja o senhor que neste país não se sofrerá por falta de messias...

— Só me dê a corda, sim?

O vendedor entregou corda e gancho, Érico lhe entregou algumas moedas e perguntou, desconfiado, testando o material, se eram de boa qualidade, se não o deixariam na mão no pior momento. Ao que o cordoeiro, com uma piscadela cúmplice, disse que cliente algum jamais reclamou.

— O senhor vende muitas destas?

— Se minha loja está ao lado do convento, é por um motivo.

⌒

Cai a noite, ele volta. Solta a corda, gira a ponta com o gancho e lança. Na segunda tentativa, acerta, puxa a corda, que lhe parece firme. Escala o muro do convento e, quando chega lá em cima, recolhe a corda, prende de novo o gancho na beirada, e a solta para o lado de dentro, para poder descer. No instante seguinte, está dentro, andando pelos jardins.

Ocorre-lhe que a melhor forma de descobrir em qual quarto vive irmã Xerazade seria fuçar o gabinete da madre superiora, onde esteve naquela tarde. Érico avança em silêncio pelos corredores, sobe as escadas com cuidado, temendo o rangido dos degraus de madeira, e chega à porta do gabinete. Está trancada, claro, mas antes de levar essa vida de ações furtivas, fora fiscal de alfândega no porto do Rio de Janeiro, sua cidade natal, onde muito baú arrombou para verificar contrabandos. Tira do bolso a gazua, mete na fechadura, e com pouco trabalho, a porta abre. Entra, fecha a porta, busca uma vela num castiçal, que acende com uma pedra de pederneira. Vai direto à escrivaninha, vasculhando suas gavetas, até encontrar o livro de registros do convento. Folheia, encontra uma lista com os nomes verdadeiros de todas as freiras ali residentes, mas nenhum que indique a identidade real de "irmã Xerazade". Para todos os efeitos, não há ninguém com esse nome ali. É como se não existisse.

Tem uma ideia, e busca então o livro contábil do convento. Ali estão listados os valores que são regularmente doados — pois as freiras, não tendo renda, dependem de doações de familiares. Percebe registros frequentes feitos em nome de "X.". Está a ponto de ver o nome do doador, quando escuta o ranger da porta do gabinete.

— O que está cá a fazer? — a Madre Superiora pergunta.

Érico se vira assustado, e vê a sombra negra da mulher parada à porta, vela na mão.

— Ah, lembro-me do senhor — diz a Madre Superiora —, esteve cá essa tarde. — E avança um passo em direção a ele, com tanta calma e falta de temor que, por consequência, Érico recua. — Por que tem medo? É cá o invasor — diz a carmelita, avançando outro passo. — Não vou machucá-lo. Sou só uma velha, sem inclinação à violência.

Uma segunda sombra negra surge à porta, um côvado mais alta do que Érico, e ao aproximar-se da Madre Superiora pelas costas, à luz de velas, vê surgir um rosto adunco, de uma dureza pétrea tal que faz Érico lembrar-se de um de seus tios.

— Já a irmã Ermengarda — diz a Madre Superiora — extravasa suas inclinações violentas na nossa padaria. E digo ao rapaz que são os pães mais macios de Lisboa.

A segunda freira entra no gabinete, e Érico recua mais um pouco, erguendo as mãos, pedindo paz, garantindo que não tem nenhuma intenção violenta ali, não é ladrão nem nada, apenas quer conhecer irmã Xerazade, por quem alega estar perdidamente apaixonado.

A freira agigantada aproxima-se dele por um lado, enquanto a Madre Superiora, em passos tão curtos e rápidos sob o hábito que parece se mover deslizando, vem pelo outro, espia rápido o livro--caixa aberto sobre sua mesa, e olha Érico de cima a baixo.

— Pois bem, se o rapazote quer conhecer Irmã Xerazade, nós o levaremos a ela.

Irmã Ermengarda pega-o com força pelo braço, e a Madre Superiora vai à frente, iluminando o caminho. Descem as escadas, atravessam corredores frios e silenciosos, até chegarem frente à porta de uma cela.

— Cá vive Irmã Xerazade — diz a Madre Superiora, tirando um molho de chaves da cintura e metendo uma na tranca da porta. — Ela nunca sai de sua cela, nem se comunica com o mundo exterior, e assim tem sido desde sua chegada.

Ela abre a porta. A cela está vazia, exceto por uma cama, um crucifixo enorme e uma janela minúscula. Irmã Xerazade não existe. Érico é empurrado para dentro com força, e a porta é fechada em seguida. Ele ensaia um protesto, mesmo sabendo ser inútil.

— Lamento, gajo — diz a Madre Superiora, do lado de fora. — Precisamos do dinheiro para reformar o convento, ainda mais depois do terramoto. Amanhã pela manhã virão buscá-lo.

Érico escuta os passos delas se afastando pelo corredor e suspira, resignado. Então tira a gazua do bolso e se põe a arrombar a fechadura. Em questão de minutos, a porta da cela está aberta e ele está de volta ao corredor. Já passou por ali, é caminho para o pátio. Avança com cautela no escuro, até ver surgiu à sua frente, no final do corredor, a luz de uma vela iluminando o rosto severo da Madre Superiora.

— O rapazote vai a algum lugar? — ela pergunta, deslizando pelo corredor em sua direção.

Érico gira nos calcanhares: melhor tentar a saída da frente. Mas no outro extremo do corredor, outra luz de vela iluminou o rosto adunco de Irmã Ermengarda. As duas freiras vêm de cada lado, cercando-o. Precisa pensar rápido. Vem à memória suas leituras de Boccaccio. Fazendo sua melhor voz de falsete, grita:

— Um homem! Um homem entrou aqui!

As duas freiras param, confusas. Passos agitados no piso do andar de cima, tombos, móveis sendo arrastados, um vaso que cai aqui, sussurros nervosos ali, uma agitação confusa, alguém desce apressado, tropeça nos degraus e rola pela escada. Na distração, Érico avança na direção da Madre Superiora, empurra-a contra a parede e apaga a vela de sua mão num tapa. Dali sai apressado para o jardim interno lateral, que corre ao longo do muro.

Sua corda sumiu.

Encolhe-se detrás de um canteiro ao ver Irmã Ermengarda sair do corredor, furiosa como um touro, e avançar contra um sujeito que passava apressado, agarrando-o pela gola da casaca. O homem solta um grito, e quando a freira vê que não é quem procura, larga-o. Érico caminha de gatinhas pelo gramado, detrás de árvores e arbustos, saindo do jardim lateral e indo em direção ao jardim nos fundos do convento. Ao olhar para trás, vê que a atenção de irmã Ermengarda se volta para outro rapaz, que está descendo por uma das janelas numa corda de lençóis, e tão distraído ficou Érico com aquela cena que quase trombou com um homem, nos seus cinquenta anos, também se esquivando entre as árvores. Os dois cumprimentam-se tocando a aba dos chapéus.

— O cavalheiro também busca a saída? — sussurra o homem.

— O senhor conhece alguma? — pergunta Érico. — Eu pulei o muro, mas a corda sumiu.

— Ah, a energia da juventude... — suspira o outro. — Sim, é claro que sim, não tenho mais idade para estar a escalar muros, infelizmente. Venha comigo.

O homem o conduz por uma porta oculta detrás de um arbusto, a qual abre tirando uma chave do bolso da casaca. Primeiro o senhor, cavalheiro; não, o senhor primeiro, que é fidalgo, obrigado mas vamos logo, e os dois saem pela porta que dá direto na rua.

— Muito grato, meu senhor — agradece Érico, cordial.

— Às ordens, cavalheiro — retruca o homem.

Tomam cada um seu caminho, desaparecendo na noite por lados opostos, e enquanto Érico apalpa o bolso interno de sua casaca, certificando-se de que a página arrancada do livro-caixa do convento está ali bem guardada, ocorre-lhe que os portugueses têm lá suas falhas, mas após dez anos vivendo na brutalidade diária brasileira, e outros dois no pragmatismo inglês, é bom experimentar um pouco da formal cordialidade lusitana.

ACONTECIMENTOS E SUCCESSOS
de
HOMENS CORDIAIS
CONTRA
Os Arrasa-Quarteirões
E DAS MUITAS INTRIGAS E ARDIS
que enfrentarão, sendo sempre constantes
em civilidades e galanterias.

*Obra joco-séria dedicada à nobre senhora pecúnia argentina,
sem a qual se esvaziariam os theatros e morreriam de fome os escritores.
Huma burra guarde de vossa senhora os annos, que todos
seus criados havemos mister.*

Traduzida livremente, reunida &
acomodada à linguagem portugueza por
SAMIR MACHADO DE MACHADO

RIO DE JANEIRO;
ANNO MMXXI

Primeira Parte
De Portugal, com amor

1.

A ERA DA RAZÃO

Essa não é mais a Lisboa que ele conheceu.

Nem poderia. A cidade antiga, caótica e barroca, com casas mal-ajambradas erguidas umas sobre as outras sem critério, foi destruída. Érico agora caminha por ruas inteiramente novas, erguidas pelos melhores engenheiros e arquitetos que o ouro brasileiro pode comprar. O barroco, com seus arroubos opulentos e grandiloquentes de vaidade, foi substituído pela virtude neoclássica, pragmática e racional. Acha irônico que das ruínas do mais supersticioso dos reinos católicos nasça agora o mais bem-acabado exemplo de uma cidade planejada pelas ideias do Iluminismo, com suas simetrias palladianas de precisões matemáticas, ruas de larguras precisas e cruzamentos em ângulos retos. E para agilizar a reconstrução da cidade e estimular as manufaturas nacionais, o governo promoveu um esforço bastante inovador: aplicou a Lisboa a mesma lógica das oficinas de artesãos britânicos, onde cada parte do processo de produção é segmentada e padronizada. Trabalhos em ferro, entalhes de madeira, telhas, artigos de cerâmica, tudo é pré-fabricado, assim como as fachadas dos prédios atendem a modelos padronizados, salubres e bem-ventilados. Tudo isso é banhado pelo sol e o reverbero das águas do rio, dando à cidade uma luz dourada de pintura.

Precisão, lógica, matemática. O lado bretão de Érico, simpático àquela simplicidade racional e elegante, sorria de satisfação. Mas esse é um sentimento limitado ao espaço das quadras em obras, que vai da margem do Tejo até o Rossio. Para além dessas fronteiras, retorna-se à velha Lisboa suja e desordenada, sem um mísero lampião público a guiar um pedestre à noite, deixando o andante à mercê de vielas malcheirosas, tomada por cães vadios e exércitos de mendigos que se arrastavam pelas ruas de uma cidade sem a caridade de um asilo.

Essa era sua sina: estar sempre dividido entre dois mundos, português por parte de pai, inglês por parte de mãe. Também seu espírito é feito de divisões: entre o reino de Portugal, onde passou a infância e adolescência, e a colônia do Brasil, terra onde nasceu e para onde regressou, lá vivendo os primeiros dez anos de sua vida adulta. Também se divide entre as urgências profissionais e o anseio de retornar, o quanto antes, ao coração onde fez seu lar.

Pois Érico ama, e para quem ama, a distância dói.

Nasceu no Rio de Janeiro, numa família de comerciantes de vinhos naturais da cidade do Porto. Seu pai era um "volante", representante comercial sem vínculos com o governo, que fazia a ponte para o mercado brasileiro. Seus avós maternos eram ingleses havia três gerações vivendo da exportação de vinhos. Como estrangeiros, foram proibidos por lei de atuar diretamente no lucrativo mercado colonial, então eis a conveniência que arranjou e casou seus pais: Érico era menos fruto do amor de um casal do que de um arranjo de negócios. Quando contava cinco anos, o avô materno faleceu, e voltaram do Brasil para o reino. Sua mãe, sonhando fazer dele fidalgo, deu-lhe uma educação que incluiu esgrima, dança, cortesia e estudos de francês, latim e grego. Mas ao completar quinze, o pai anunciou que os negócios da família os fariam voltar ao Brasil. Érico não se adaptou bem àquela nova realidade: com a mente alimentada por filósofos gregos e liberais ingleses, precisando se ajustar a uma terra tão atrasada que parecia ser ainda regida por padrões medievais. Somava-se a isso a rivalidade entre brasileiros e reinóis no comércio do Rio de Janeiro, onde era tomado por "mazombo", como chamavam-se pejorativamente os filhos brasileiros de pais portugueses.

Para fugir disso, decidiu assinar contrato de quatro anos com o exército, o que o levou a participar da Guerra Guaranítica. Depois acabou sendo nomeado fiscal da alfândega do Rio de Janeiro. Se sua "década brasileira" serviu para algo, foi para reconectá-lo às raízes da terra onde nascera, rendendo-lhe experiências, amigos e inimigos. Agora, aos vinte e cinco anos, parece destinado a viver em eterno movimento, auxiliando o Conde de Oeiras na manutenção das delicadas relações de Portugal com a Inglaterra.

Se em Lisboa não conhece ninguém e ninguém o conhece, isso lhe traz vantagens num ramo que requer discrição. Por outro lado, sua estadia vinha sendo solitária, mesmo para quem se acostumou a viver sem raízes. Seu lar — seu verdadeiro lar — fora feito não em um lugar, mas em alguém; e é nesse amor que agora pensa, é no retorno a esse amor que coloca suas energias: tão logo termine esse serviço, poderá voltar para ele.

Quando regressa de seu passeio matutino, bate à porta da casa onde se hospeda e espera o criado abrir. Sobe as escadas até o quarto que lhe fora cedido, senta-se à escrivaninha, abre o tampo com a chave que só ele possui, puxa papel e tinta. Está atrasado nas correspondências com os amigos no Brasil e na Inglaterra, mas com uma pessoa mais do que todas. Toma da pena e escreve.

Carta 1
De Érico Borges para G., em Londres

Meu amor, o que eu não daria agora para transpor a distância que nos separa e poder voltar à nossa casa? Se a saudade que sinto de ti ocupa cada minuto de minha mente, que dizer de meu coração? Ninguém mais no mundo possui amor maior que o nosso, pois tão completa sintonia de almas só é possível entre duas, e todas as outras inclinações se tornam apenas galhos deste nobre tronco. Meu trabalho aqui ainda não está completo, mas estou otimista de que, até o final deste mês, embarcarei de volta aos teus braços, ao calor do teu corpo e aos teus doces beijos.

Lisboa não cessa de me surpreender, está mais nova e bonita do que costumava. Que pedras! Que arquitetura! Que praças, que arcos, que colunas! Agora é uma cidade uniforme, bem repartida, continuada e brilhante, sem becos ou gargantas, toda cingida de nobres parapeitos, os prédios todos iguais, sustentados em formosas arcadas. Agora o Bairro Alto desce para beber no Tejo numa via de largura e firmeza que pode competir com as vias romanas, e as particulares, com os grandes palacetes.

Aqui o clima é delicioso, chega a parecer que se vive numa eterna primavera. Porém todas as cidades se parecem quando estou longe de ti, são apenas outro labirinto em que me meto, outro minotauro a caçar enquanto fazeis as vezes de minha Ariadne, o fio que me conduz ao retorno. Ah, pode zombar de mim, cá estou me rendendo às melosas metáforas românticas que eu mesmo tanto condeno — lembras? Que fazer, se no amor os adjetivos se repetem?

Sou hóspede na casa de uma amiga dos tempos do Brasil, que regressou ao reino há pouco, depois de enviuvar. É a irmã mais velha de nossos amigos contrabandistas de livros, sendo aqui por todos conhecida pelo epíteto de A Raia. Em sua casa, sei que posso ficar pelo tempo que me for necessário, fazendo daqui meu pequeno quartel-general.

Quanto a essa nova Lisboa, não é nem de longe parecida com a que conheci na juventude. Das vinte mil casas de antes, só três mil restaram de pé. Quando penso no terramoto, minha imaginação só concebe quadros de proporções bíblicas. Certos estão os filósofos de nosso tempo, quando questionam que Natureza Divina é essa, capaz de conceber tal monstruosidade recaindo tanto sobre culpados quanto inocentes. Eu, como bem sabes, vejo maior coerência nos antigos deuses, ciumentos e volá-teis, do que nessa tola crença da benevolência absoluta da filosofia do Otimismo. Mas, se te conheço bem (e te conheço bem), te imagino agora revirando os olhos com estas minhas tergiversações!

Falarei de meus dias, portanto. Tomei por hábito fazer caminhadas pela manhã, para visitar as ruínas da antiga Lisboa e ver como anda a reconstrução da nova. Costumo descer até a beira do Tejo, onde se encon-tra a nova Praça do Comércio, e ando pelas ruínas da Casa de Ópera, ou de Santa Maria Maior. E não deixo de pensar que as igrejas arruina-das, ou o Palácio da Inquisição, tendo suas janelas destruídas, agora parecem nos encarar com um espanto descarnado, feito órbitas vazias.

Aliás, Lisboa em ruínas tem se tornado centro de atração da curiosi-dade europeia. Os viajantes estrangeiros cá chegam fascinados pelo hor-ror e pelo medo de imaginar os dias após aquele apocalipse, e pela curiosidade de conhecer "o mistério desta nação bárbara e atrasada", co-mo me disse um prussiano, "onde a Igreja ainda é onipresente e o Santo Ofício perpetua ignorância e terror".

Havia esquecido que, cá em Portugal, quase não se veem mulheres nas ruas, exceto as estrangeiras ou as negras, que descem carregando os baldes de dejetos das casas até o rio. O tempo anda quente, e gosto de to-mar um refresco gelado no Café do Gelo, na esquina da Rua da Prata com a da Alfândega, e depois compro meus chás com mercadores das Índias na Nova Rua d'El-Rey. Os víveres cá são baratos, exceto o pão, pois a farinha é toda importada. Há muita carne de caça, e provei um presunto do Lamego superior a qualquer presunto da Mogúncia.

Com as obras de reconstrução, outro dia encontrou-se uma passagem para antigos túneis romanos debaixo da terra, perto da Rua Bela da Rai-nha, que o governo preferiu manter oculta para não se tornar esconderijo de contrabandos. Mas dia desses, ao voltar subindo ao Rossio, dei um jeito de ali entrar e explorá-las. Acredita que toquei paredes de pedra que são as *mesmas desde a velha Olisipo dos tempos dos césares? Também é nessa rua, à altura da esquina com a Rua da Vitória, que estão instalando os livreiros e, como bem pode imaginar, sempre os visito para saber das novidades. Aqui já chegou o sexto volume do* Tristram Shandy *de Sterne, mas desconfio dessas séries de livros que se estendem demais; é bem possível o autor morrer antes de concluí-la. Depois, no meu passeio, viro à direita e sigo caminho subindo pela Rua dos Douradores, onde mato o resto da manhã pedindo uma bebida n'alguma taverna, e escuto as notícias vindas dos portos. Espero não estar te aborrecendo com estas pequenas banalidades, mas é nisso que consistem meus dias, quando não estou investigando a trabalho.*

Peço-te, porém, um único favor: ao terminar de ler isto, feche os olhos e mergulhe em sua própria imaginação, para aquele estado de sonho onde o tempo e a distância nada significam. Imagine esses assuntos que cá me prendem já encerrados, e nós juntos outra vez. E assim, em nossas mentes, vivamos sempre no instante presente de nossos melhores momentos juntos, da Era de Ouro de nosso amor. Qualquer que seja o momento do dia ou da noite, é sempre assim que quero pensar em ti.

De Portugal, com amor, neste 28 de março de 1762.

Érico pega um punhado de areia da caixinha, salpica por cima para secar a tinta da carta e a sopra. Tentou esconder no texto sua preocupação real, de que o país possa entrar em guerra a qualquer momento. Na semana anterior, os embaixadores de França e Espanha entregaram ao governo um pedido informal para Portugal abrir suas fronteiras e deixar que expulsem os ingleses. A ousadia! Deram quatro dias para uma resposta; se Portugal aceitasse, teria seu comércio com o Brasil bloqueado pelos ingleses; se recusasse, corria o risco de ser invadida pela Espanha. Portugal recusou, e mensageiros agora corriam para Madri para levar e trazer novas respostas.

Olha no dedo anelar sua "memória de ouro", um anel de compromisso com o desenho de um pequeno nó górdio, e o beija. Escuta batidas à porta do quarto. É o lacaio, lhe entregando um bilhete de sua anfitriã. Ela estivera fora nos últimos dias, mas agora anuncia seu retorno.

Amadinho!

Receberá este bilhete amanhã pela manhã. Devo chegar a tempo para jantarmos, ao meio-dia (deixei instruções aos criados). Peço perdão pela ausência desta sua anfitriã nesta semana, mas, quando uma boa amiga está prestes a se tornar vítima de um sedutor daquela laia, somos todas irmãs, e o dever nos chama. Como desconfiava (e bem lhe comentei), o poltrão era mesmo já casado, e mantinha seu affair *oculto numa* petite maison *fora dos muros da cidade! Há que se reconhecer a elegância de seu estratagema, atualizado nos modernos costumes franceses, mas minha amiga se livrou de um golpista. Isso até me traz lembranças de meu marido número dois, creio que não o conheceu (não perdeu nada). Mas como andam suas investigações? Quero saber tudo assim que chegar! Beijinhos!*

A Raia.

Mal termina de ler, e nota uma agitação tomar conta da casa. Consulta o relógio: é já meio-dia, escuta o tilintar de louça sendo posta na mesa e, do lado de fora, o grito do cocheiro fazendo os cavalos pararem. Apruma-se e sai do quarto, pois sua anfitriã chegara.

2.

A RAIA

Os cãezinhos a precedem: uma dupla de pequenos podengos portugueses que entram latindo como arautos abrindo alas para sua senhora. Ela vem logo atrás num elegante vestido de caça, com uma saia que não cobre completamente a frente, onde as longas pernas vestem calças à moda inglesa, nos ombros um casaco de fazenda leve, no pescoço um jabô e na cabeça um chapéu de aba larga. Mas não é isso o que sempre impressiona quem a vê pela primeira vez, e sim seu tamanho: assim como seus irmãos, é muito alta, com mais de uma toesa de altura; e possui o temperamento proporcional. A isso, D. Cláudia de Lencastre soma a inevitável atração de sua beleza morena clássica, estilo Antigo Testamento. Uma combinação muito lusitana de traços sefarditas e mediterrâneos com a postura pessoal determinada, tranquila e constante, de quem não aceita um "não" como resposta. Eram os modos e a beleza que artistas de outrora, como Artemísia Gentileschi, eternizavam em suas pinturas bíblicas — a impaciência e o fastio de Judite decapitando Holofernes, ou o pragmatismo da bela Jael martelando um prego na cabeça de Sisera.

E após quatro casamentos — o primeiro, desfeito "pois éramos jovens e tolinhos, aliás *de rigueur* primeiro marido nunca conta"; o segundo, anulado por bigamia do esposo, "mas contabilizo viuvez, pois o desgraçado está morto para mim"; o terceiro terminado em divórcio, "pois tive a sensatez de casar em Viena, terra de gente com leis esclarecidas"; e o quarto, para cuja memória era devota, encerrado por uma abrupta viuvez, fazendo-a lamentar que se leve tanto tempo "para acertar em assunto de maridos, que, quando a gente consegue, a vida nos prega peças" — estava agora, pela primeira vez em tempos, numa posição de conforto financeiro tal que não pensava em se casar tão cedo. Além disso, cansou de trocar sobrenomes: "Atrapalha a correspondência." Por isso e para todos os efeitos era conhecida pelo apelido de seus tempos nos palcos: a Raia.

— Érico, amado! Vamos, conte-me tudo! — diz ao avistá-lo, e em seguida se volta ao lacaio. — O jantar está servido? Ótimo, vamos comer. Se tem uma coisa à qual nunca me adaptei na Inglaterra foi o hábito de se jantar tarde e fazer só um lanchinho ao meio-dia. Não, não, cá nesta casa janta-se nas horas certas: ao meio-dia. Venha, querido. Conte-me tudo de suas últimas aventuras!

Como o terramoto fez ruir os teatros, a Raia havia empregado em sua casa alguns dos bailarinos da Ópera do Tejo. Com isso, uma revoada de moços atléticos e longilíneos entra. Eles colocam a mesa e vão trazendo travessas, servindo vinho, segurando o espaldar das cadeiras em movimentos graciosos. Os dois sentam-se, cada um à cabeceira de uma longa fileira formada por cinco mesas alinhadas, em cujo centro é disposto um *surtout* de porcelana com frutas de marzipã, e na distância entre os dois, pratos com sopa de adens à francesa guarnecida com pombo, rola e perdiz, outro de pepitória à castelhana, e um frangão de fidéu guarnecido de saladas. Estão a sós — exceto, é claro, pelos criados.

Ela pede que Érico a ponha a par de suas investigações, no que este levanta um olhar desconfiado aos criados. Mas a Raia lhe garante que ali são todos de confiança; os que não são cristãos-novos como ela, têm motivos pessoais para evitar o olhar da Inquisição portuguesa. Érico sorri. É por motivos assim que Érico tem plena confiança nela: a Raia está habituada à ideia de uma dupla identidade. Afinal, não se nasce judia em terras lusitanas impunemente.

— Não sei se já lhe falei — diz Érico, servindo-se do prato de rola assada que o lacaio lhe estende —, mas, por muito tempo, pensei que seu cognome fosse Haia, sabia? Mas você não nasceu na Holanda, pelo que sei.

— Oh, não, não, amadinho. Isso era uma piada maldosa que uma inimiga fez comigo na juventude, em Londres. É que "Raia" em português soa parecido com "Haia", mas em inglês a cidade se chama *Hague*, que soa muito parecido com *hag*, "bruxa velha".

— Que maldade! E quem dizia isso?

— Umazinha que não merece a consideração de ser mencionada — ergue a taça para que o lacaio a sirva de vinho. O rapaz sai da primeira posição em *dehors*, chega ao lado da mesa dobrando a perna de base, faz meia ponta com o outro pé e a serve. Ela continua:
— De qualquer modo, tive uma linda pequinesa que batizei com o nome dela. Contudo, a cadela já morreu.

— Por ação sua? — Érico faz um gesto, passando a faca no pescoço.

— Hein? Não, não, quis dizer, a minha cadelinha, não a outra. Credo — ela se persigna, hábito reflexo adquirido por conveniência e necessidade. — Não sou partidária de violência, o pugilista da família é meu irmãozinho Lucas. Quem me dera tivesse nascido em Holanda. Se me chamam de Raia, é porque foi onde nasci. Já contei essa história, não? Um primo de mamãe fazia muito sucesso no teatro, escrevendo paródias sobre a sociedade. Inclusive, foi por causa dele que segui carreira nos palcos. Mas veja só, já não lhe bastava nascer judeu em Portugal, se pôs a cutucar os nobres; é querer muito andar no fio da navalha. Acabou preso pela Inquisição; aliás, ele e quem mais conseguiram pegar de nossa família. Como mamãe estava grávida de mim, ela e papai fugiram de Lisboa para se esconder na casa de um amigo que vivia em Portalegre, uma cidadezinha raiana do Alentejo. E foi lá que esta cá que vos fala chegou para embelezar o mundo...

— Claro. Você nasceu na Raia — conclui Érico. A Raia, ou *la Raya*, como diziam os espanhóis, é o nome da mais antiga fronteira da Europa, dividindo os reinos de Portugal e Espanha há quase seiscentos anos desde a época do Ducado Portucalense e do Reino de Leão. — Um bom cognome para quem vive dividida entre dois mundos, não é? Mas e esse seu primo, que fim levou?

— Oh, ele deu sorte na ocasião e foi libertado, mas anos depois foi preso outra vez. E aí sim o levaram à fogueira. Meus irmãos já haviam nascido. Isso tudo lembro bem porque, querido, ver um parente ser queimado em praça pública num auto de fé não é algo que uma menina de catorze anos jamais esqueça — ela bebe um gole de vinho. — Eles gritavam como animais. Não meus parentes, digo. O povo, ao redor da fogueira, comemorando.

Érico fica em silêncio. Não sabe o que dizer.

— Acho fascinante o quanto os católicos se veem como portadores de uma misericórdia que nunca exercem, não concorda? — A Raia estende o copo para ser servida outra vez. — Enfim, foi quando papai disse "chega, vamos embora desta terra", e fomos parar em Londres. Mas a ironia disso tudo, sabe qual é? As peças de primo António continuam populares, e são encenadas até hoje.

— Espere um pouco. António José da Silva, o Judeu? Era esse o primo de sua mãe?

— Conhecia-o?

— Não, quando ele morreu eu devia ter uns três anos. Mas é só o que se encena nos teatros do Brasil até hoje. Até porque, convenhamos, Portugal não tem legado muitos bons escritores ao mundo nas últimas décadas.

— Bem, talvez se parassem de queimá-los na fogueira isso mudasse — ela estende um naco de frango a seus cães.

— Mas espere, se eu tinha três anos, então isso foi em 1739. E se você tinha catorze na época, então agora está com...

— ... uma faca afiada em mãos, como percebe.

— ... a mesma beleza e juventude de quando era mocinha, eu ia dizer.

— É claro. Mas vamos, conte-me agora das *suas* aventuras.

Érico a deixa a par de suas investigações, e estende ao lacaio aquela folha arrancada do livro-caixa do convento. O lacaio a pega e cruza toda a extensão da mesa fazendo um *sauté*, um *pas de glissade* e terminando num *grand jeté*, entregando a folha num *rond de jambe* na mão de sua patroa, que se põe a examinar o papel.

— Hm. Compreendo. Então a tal freira não existe. É só um quartinho vazio no convento. Mas essa "marquesa" que paga por tudo, não será outro nome falso? Podes muito bem estar só perseguindo fantasmas, indo de um pseudônimo a outro...

— Eu sei... — lamenta, decepcionado. — Mas é só o que tenho no momento. Supondo que seja mesmo uma marquesa, deve haver... Quantos? Mais de trinta marquesados em Portugal?

— Não esqueça que um nobre sempre usa o título mais elevado. Felizmente, acima de marqueses só há duques. E em Portugal há, deixe-me pensar... — ela ergue a mão, batendo o polegar contra cada dedo numa contagem silenciosa — uns quinze ducados, talvez? Por hábito, cede-se aos filhos os títulos menores, então você precisa ver quantos destes duques possuem filhos, e quantos destes filhos possuem esposas que possam se intitular marquesas. Nisso, já se eliminam alguns ou acrescentam-se outros.

A religião da Raia é a organização metódica da vida. Mantém tudo sob controle com anotações precisas — despesas regulares, paixões agendadas por ordem de preferência, a organização social das cortes europeias, as quais navega com habilidades de corsário inglês — registradas com rigor num Livro de Contas, um precioso tomo encadernado em pelúcia cor de resedá.

— Vou confessar que teus cálculos me confundem. Fossem cartas num baralho, eu os organizaria melhor na minha cabeça.

— Deixa-me dar outra olhada neste papel, sim?

Ela analisa novamente aqueles valores altos de doações. Em Portugal, doa-se para onde se tem filhas ou parentas próximas, ou a conventos ligados historicamente a cada família. Era de se pensar... Devolve o papel ao lacaio, que saltita de volta até Érico.

— Essas piruetas todas são realmente necessárias? — ele pergunta.

— Sabe-se lá quando os teatros irão reabrir, eles precisam se exercitar — ela diz. — Agora, amadinho, matemática sempre foi minha paixão. Aliás, acabo de ter uma ideia deliciosa: Érico precisa de quem lhe sirva de guia na corte. Ah, está decidido! Mande arejar seu melhor traje, aprume-se *en grand toilette*. Serei o Virgílio que vai conduzir-te pelos círculos infernais dessa fidalguia.

— Excelente! Vamos aonde, à ópera?

— Amado, a ópera desabou no terramoto. Aliás, os teatros também.

— Ah, verdade. Ao passeio público, então? — cogita Érico.

— Imagine! — ri a Raia. — Não há passeio público em Lisboa, porque haveria? Não conheces o ditado? A mulher portuguesa só sai de casa três vezes na vida: uma para batizar, outra para casar, e a terceira para enterrar. E não se costuma receber em casa quem não seja da família.

— Mas como faço para encontrar uma mulher escondida num país onde ocultam todas?

— Confie em mim, eu cá tenho meus meios — diz a Raia, estendendo outro pedaço de carne a suas mascotes, fazendo os cãezinhos portugueses comerem em sua mão.

3.

THORBURN

Quinta-feira, primeiro de abril. No cravo, o musicista toca uma sonata de Scarlatti. Nas bandejas dos lacaios, vinho português de qualidade, e não aquele que os revendedores ingleses dividem com aguardente para render mais na exportação. E na mesa do bufete, os melhores petiscos que o ouro brasileiro pode comprar. A Raia já conheceu as cortes de Paris, Londres e Viena, já visitou o Brasil e sobreviveu para contar, é mulher viajada e de costumes estrangeirados, coisa que vai bem com este novo momento político, onde se privilegiam os hábitos burgueses sobre os aristocráticos. Se o quinto rei D. João, em sua opulência, pedia às portuguesas que arrancassem do rosto os véus negros e abrissem as janelas dos coches, colorissem as roupas e fizessem cintilar aljôfares e damascos, seu filho D. José quer agora um Portugal que saiba socializar. Diz-se que El-Rey inclusive já viu a Raia no paço, admira nela o comportamento exuberante, e que a Raia teria até mesmo beijado a mão de Sua Majestade em um *Te Deum*. E assim, atendendo ao desejo de Sua Majestade, ela faz sua parte: à imitação dos salões franceses, convida para sua casa os amigos que, como ela, são amantes das Artes e das Letras, amigos estes que muito a estimam e admiram: os membros da Arcádia Lusitana.

Érico desce para o salão elegantemente atrasado. Vem usando casaca militar, exibindo orgulhoso as dragonas de oficial de cavalaria. Mas, quando uma convidada se volta para ele e pede que lhe traga mais vinho, dá-se conta de seu erro. Pois Portugal tem um problema crônico que vem se tornando notório: a necessidade de povoar e defender o Brasil esvazia o reino de soldados, e quem sobra é promovido não por seus méritos, mas por apadrinhamento. E como o governo atrasa os já minguados salários — o próprio Érico não recebe seu soldo há mais de dezoito meses, sorte sua não depender disso —, a maioria desses oficiais inexperientes, quando não viram mendigos, trabalham como lacaios e serviçais nas casas da aristocracia.

— Creio que a senhora pode pedir isso a um criado — Érico retruca à mulher, num tom seco, afastando-se ofendido.

A Raia chega ao seu resgate assim que o vê entrar. Usa um vestido azul-celeste de bordados florais, na cabeça a peruca estilo *en toque à la turque*, de cabelos esculpidos em arranjos de cetim, presos com um broche de madrepérola e plumas em uma simulação de turbante.

— Sr. Borges! Venha — ela sempre o trata com mais formalidade em público. — Quero apresentar-lhe a uma pessoa querida, amicíssima minha!

Ela o toma pelo braço. Os dois caminham pelas salas do casarão, enquanto ela explica que sua amiga é muito ligada às Letras, irmã do notório Matias Aires, o escritor, um velho amigo de sua família e de seu falecido primo.

— Aqui são todos poetas? — Érico, temeroso.

— Não, há também pensadores, filósofos... Mas ora, não era Érico que gostava de poesia?

— Gosto, o problema é quando vem um poeta junto.

— Lamento dizer, mas estamos cercados deles.

— Pensei que fosse um problema inglês, essa moda de todos quererem ser escritores agora.

— Oh, não, as coisas são um pouco diferentes em Portugal — explica a Raia. — Aqui se está sob influência do pensamento francês, para o qual essa moda de romances de ficção em prosa é um gênero menor e vulgar, feito para as classes baixas. Imagine se nossos afrancesados poetas irão querer se exercitar num gênero dominado pela burguesias de Inglaterra e França, quando podem imitar tudo o que a aristocracia francesa tem de melhor? Ainda mais que, com a censura da Inquisição, não se pode dizer que há um grande mercado de leitores... poetas, porém, há muitos. Vivem das boas graças de seus patrocinadores, os quais devem prudentemente elogiar em versos aristocráticos.

— E suponho que, se eu jogar uma pedra para o alto, ela acerta um se pretendendo o novo Camões. Não sou teu criado, moleque, sirva-se você mesmo — a última frase foi dita a um rapazola imberbe que lhe estendeu um copo vazio, enquanto enchia a boca de canapés como se não visse comida havia dias. O rapaz se afasta, constrangido, mas Érico o detém colocando a mão em seu ombro: — Espere. Ajude-me a confirmar uma suspeita. Aposto que também quer ser poeta, não?

O garoto olha de Érico para a Raia e engole o canapé rápido.

— Bem, senhor, confesso que escrevo uns versos...

— Ahá! Não falei? — diz Érico, triunfante.

— O senhor também é brasileiro? — pergunta o rapazola.

— Como sabe? — Érico o encara desconfiado.

— O sotaque do cavalheiro. E o senhor me chamou de "moleque".

— Ah, sim. Nasci no Brasil e vivi lá os últimos anos, mas fui criado no Porto.

— Já eu nasci no Porto, mas fui criado no Brasil.

— É mesmo? Ora veja. E o que o traz à corte, se me permite a pergunta?

— Vou estudar Direito em Coimbra.

— Sábia decisão — diz Érico. — Escute meu conselho: siga no bom caminho de uma profissão que pague suas contas, e esqueça essa bobagem de querer escrever. Isso não leva a nada.

— É o que meu pai diz... — o garoto murmura, cabisbaixo.

— Então ele é um homem sábio — estende-lhe a mão, em despedida. — Perdão, não nos apresentamos. Sou o tenente Borges. Érico Borges.

— Tomás António Gonzaga, senhor — diz o garoto.

— Foi um prazer conhecê-lo, senhor. Bons estudos. Aproveite os canapés.

A Raia toma Érico pelo braço.

— Está com um humor do cão, o Érico. Cá ficarei ao seu lado, para proteção dos outros. Com conselhos assim, mata-se toda uma geração literária antes mesmo dela nascer.

— Que tipo de poesia escrevem aqui?

— Poesia árcade.

— Valha-me Deus! Então alguns considerariam isso meu feito mais heroico.

— Mas não era justo Érico o mais grande admirador dos clássicos?

— Dos clássicos, sim: do original grego e da imitação romana. Mas a imitação da imitação? Um bando de leitores pudicos de Rousseau, tentando imitar a estética de um povo que eles próprios consideram pagãos? Nessas horas, onde está a Inquisição quando se precisa dela?

— A Inquisição não sei, mas nossa anfitriã está logo ali.

A Raia o leva na direção de uma dama alta, entre os quarenta e os cinquenta anos, num pomposo vestido verde-claro: é dona Teresa Margarida da Silva e Orta, filósofa alinhada ao pensamento iluminista e uma das mulheres mais cultas de Lisboa.

— A primeira de nosso sexo — diz a Raia, apresentando-a — a entregar para a língua portuguesa uma obra no gênero da ficção.

— A senhora me desculpe, mas esta já não foi Dorotéia Engrássia, a autora do *Aventuras de Diófanes*?

As duas se entreolham com um sorriso cúmplice.

— Ah, sim — diz Teresa Margarida. — "Dorotéia Engrássia Tavareda Dalmira"? Trinta e duas letras. Passou um pouco das minhas vinte e sete, mas, se minhas habilidades anagramáticas não me falham, é permitido.

— Lembro ter sugerido "Maristela Avareza da Dor Gradia Ateia" — diz a Raia —, mas me pareceu nome de freira perturbada.

— E com algumas letras a menos poderia ter sido Desgrasa Travada do Rei Rameiro, mas não passaria na mesa da Inquisição — completa Teresa. — E não escrevi uma comédia, afinal. Era para ser uma aventura edificante, ao molde de Fénelon que...

— Minha senhora! — Érico se exalta, emocionado, tomando-lhe a mão. — Então a senhora é a verdadeira autora do *Aventuras de Diófanes*? Peço perdão por minha ignorância. Sou um grande e sincero admirador! Preciso escrever à minha amiga Sofia, no Brasil! O que ela dirá quando contar que a conheci? Já fui apresentado a muitos escritores, mas a uma mulher escritora, nunca.

— Ah, então leu meu livro?

— Não, infelizmente. Não sou muito chegado a essas narrativas alegóricas. Nada contra a edificação moral, mas prefiro o estilo realista do romance inglês. Mas minha amiga Sofia, lá no Brasil, como ela a adora! Ela dizia: "Veja Érico, um livro de aventuras, escrito por uma mulher! Onde estão agora aqueles que dizem sermos incapazes de invenção e excluídas de gênio?"

— Oh, muito escutei isso também — diz Teresa Margarida. — Sua amiga já leu a obra de padre Verney? Creio que irá gostar de suas ideias. Mas qual seu nome mesmo, senhor?

— Borges, senhora. Érico Borges, ao seu dispor.

— O tenente Borges é primo do meu marido — diz a Raia.

— Ah... Qual deles?

— O último, o de saudosa memória — a Raia suspira.

— Ai, amiga, sei bem o que sentes. Ainda não superei a perda do meu Pedro.

Teresa Margarida também nasceu no Brasil, mas em São Paulo. Filha de fidalgos, cedo a família voltou para Lisboa e a fez ingressar num convento, de onde fugiu aos dezesseis anos para noivar com um mercador alemão. Como seus pais fossem contra o casório e ela, naquela idade, já tinha a cultura que muitos não adquirem numa vida inteira, foi aos tribunais para se emancipar e casar com seu amado Pedro Jansen, pai de seus doze filhos e que agora a deixou viúva, aos quarenta e dois. Sua inteligência, cultura e contatos com a família alemã do marido fazem dela outra estrangeirada da corte de Lisboa, e aliada fiel da Raia contra as maledicências das pessoas de autoproclamado puro-sangue.

— Aliás, sr. Borges — diz a Raia, com a formalidade que a conversa em público exige — estava a contar para D. Teresa Margarida sobre nossa pequena aposta...

— Aposta?

— Sim, quando estávamos na casa da Condessa de Santa Barbara, e a entreouvimos comentar — ela baixa o tom de voz para um quase sussurro — que "ninguém odeia mais o Conde de Oeiras do que a marquesa". — Volta-se para D. Tereza. — Desde então, o sr. Borges e eu temos essa pequena aposta: qual marquesa seria? Algum palpite?

— Bem, certamente deve ser das famílias dos Puritanos — diz Teresa Margarida.

— Puritanos? — Érico tem a cabeça na Inglaterra, onde o termo tem outro significado.

— A Confraria da Nobreza, querido — diz a Raia.

Se a sociedade portuguesa era obcecada com a concessão de títulos e distinções, não bastava ser somente nobre, era preciso ser mais nobre do que os nobres, ao ponto de sua elite tornar-se obcecada com a ideia da pureza de seu próprio sangue. Contudo, em Portugal não se pode ser nobre e ter ofício, vive-se assim da renda concedida pelo governo de Sua Majestade Fidelíssima, ditas mercês ou tenças. Mas, quanto mais dinheiro se tem, mais se quer ter, e ao longo dos séculos, não foram poucos os aristocratas a se casarem com as filhas de judeus ricos, de olho nas fortunas para dourar os brasões de suas famílias. Eis então as formas encontradas pelas casas portuguesas para se distinguir umas das outras: julgando-se "imunes do sangue infecto" de judeus, árabes, negros ou índios, organizando-se na Confraria do Santíssimo Sacramento de Santa Engrácia — a Confraria da Nobreza. Seus membros davam provas entre si de serem "cristãos velhos sem fama ou rumor em contrário, fossem tais rumores verdadeiros ou falsos". E com tal zelo e rigor essas famílias protegiam sua pureza de sangue, recusando qualquer aliança, casamento ou mesmo comunicação com as outras casas nobres, por elas consideradas "infectas". Se não encontravam com quem casar seus filhos, preferiam pô-los nos conventos e monastérios a comprometer sua linhagem.

— Agora, tente adivinhar, amado, que caminho político essas famílias tomaram — diz a Raia — quando precisavam atacar a reputação de uma casa nobre rival? Assumindo para si a tarefa de analisar as genealogias das grandes famílias, a perseguir e eliminar as "infectas"?

— A Inquisição? — Érico baixa o tom de voz.

Teresa Margarida balança a cabeça em positivo. Naturalmente, explica, que não ficaram sem enfrentar alguma oposição. Contra os Puritanos ergueram-se figuras como seu bom amigo Alexandre de

Gusmão e D. Luís da Cunha, além do magnânimo Duque de Silva--Tarouca, líderes do grupo dos Reformistas. E, conforme o reinado de D. João V chegava ao fim com sua majestade à beira da demência, o príncipe D. José via com simpatia as ideias dos Reformistas. Ao subir ao trono, foi deles que recebeu a sugestão de fazer de Sebastião José, atual Conde de Oeiras, seu ministro de Estado.

— Suponho que a Confraria da Nobreza o odeie, então — diz Érico.

— E como! — Teresa Margarida baixa o tom de voz outra vez. — Lembre-se de que ele só foi feito conde há poucos anos, antes disso era somente filho d'um fidalgo sem nobreza. Para os Puritanos, será sempre um novo-rico, indigno de lhes ditar ordens.

— E quem são os principais desta confraria de fanáticos? — pergunta Érico.

— Ah, o Marquês de Alegrete, certamente. E os de Valença, Angeja e o de Villamaior também. Esqueço algum? Não será por falta de candidatos, senhor Borges. Ah, aliás, vejo que ali chega meu amigo, Marquês de Montezelos. Dona Cláudia, senhor Borges, com sua licença. Não deixem de me contar suas descobertas, caso cheguem à conclusão dessa aposta!

— Com certeza, querida — garante a Raia.

Um criado passa com o jarro de vinho, os dois estendem-lhe os copos. A Raia sugere irem até a mesa do bufete, e está a botar uns canapés de perdiz de aparência apetitosa num pratinho, quando Érico percebe um oficial inglês alto e garboso, de límpidos olhos verdes e o cabelo loiro preso num rabo de cavalo, aproximar-se sorrateiro por trás dela, curvando-se para sussurrar em seu ouvido:

— Dona Cláudia, case comigo...

— Entre na fila, querido — ela retruca sem se virar. Reconheceu aquela voz, que sabia muito bem a quem pertencia. Segura um canapé entre o polegar e o indicador, calmamente mordisca um pedacinho, e só então se vira, como se incomodada pelo homem ainda estar ali. Finge surpresa ao reconhecê-lo: — Oh, Thomas, é você!

— Senhora — ele a toma pela mão e beija seus dedos —, por que me olha assim? Por que maltratar um coração que de vós só quer amor?

— Não é nada pessoal, senhor. Com minha altura, uma mulher precisa olhar para baixo para poder enxergar um homem. Agora, onde deixei minha bebida?

— Permita-me — Estende o copo para Érico. — Vá buscar vinho para dona Cláudia.

Érico olha o copo na mão do inglês e se mantém imóvel.

— Oh, não, meu caro. Deixe-me apresentá-lo ao tenente Borges, dos Borges & Hall do Porto. Sr. Borges, este é o tenente Thorburn, *attaché* na embaixada inglesa.

O inglês, notando as divisas de tenente no uniforme de Érico, o olha desdenhoso de cima a baixo com um sorriso sarcástico.

— Ah, perdão, meu bom homem — diz Thorburn. — Cá em Portugal nunca sei quando um soldado é criado da casa ou mendigo.

Érico, que já não pede muito para antipatizar com alguém, o detesta no mesmo instante.

— Érico lutou no sul do Brasil — diz a Raia — na guerra das missões jesuítas. Entre outros acontecimentos e sucessos, não é mesmo, senhor Borges?

— Ah, os índios guaranis? Pois sim, li a respeito — Thorburn não parece impressionado. — Foi um massacre, pelo que soube. Não se pode considerar exatamente uma grande vitória, não é mesmo? Derrotar um monte de selvagens sem treinamento...

Érico comprime os lábios e sente seu sangue ferver, a própria lembrança de uma guerra da qual não se orgulha latejando nas veias do punho fechado. Olha o uniforme do inglês e dá-se conta de que é um oficial de infantaria. Retruca que, pelo contrário, os missioneiros dos Sete Povos lutaram muito bem, conseguindo prolongar o conflito por dois anos usando as táticas de "pequenas guerras", e com o andar das coisas na Europa, teriam saído vitoriosos se tivessem conseguido mantê-la por mais um ano ou dois, até a aliança entre Portugal e Espanha se dissolver. Mas cometeram um erro estratégico grave. Um oficial de infantaria talvez não saiba, mas é assim que guerras são ganhas: um lado explora os erros do outro.

— Eles montaram trincheira em campo aberto, e nós os cercamos com um envolvimento duplo, o popular "movimento de pinça". Claro que, do ponto de vista da infantaria, parece que só se está indo de um lado a outro por capricho dos oficiais — alfineta —, mas geralmente há uma estratégia por trás de tudo. — Volta-se para a Raia, intencionalmente ignorando Thorburn. — A verdade é que a guerra não é uma coisa bonita de se ver, minha senhora. Sempre desconfie de quem se gaba demais de matar seu semelhante. Não é algo que dê orgulho.

— Tolice — retruca Thorburn. — O facto é que nem todos possuem a fibra necessária, e muitos fraquejam no momento de provarem de que são feitos.

— Sim, a primeira vez é mais difícil — Érico o encara. — Mas a segunda é consideravelmente mais fácil. E com o tempo e o acúmulo da experiência, é quase um reflexo.

— Ah, chega — irrita-se a Raia —, olhem cá se tenho cara de quem vai ser juíza de galinhos de rinha. Não, obrigada. Sr. Thorburn, meu amigo sr. Borges não é um pretendente, se é o que pensa.

— Ah, perdão, meu caro. — As feições e os modos do inglês mudam no mesmo instante, tornando-se mais abertas e agradáveis. — Não foi minha intenção ser rude.

— De modo algum, e digo o mesmo. Agora, com sua licença. — E se afasta.

Precisa de vinho. Pega uma taça e a bebe de um gole só. Outro convidado se volta para ele, de cálice vazio em mãos, como se esperasse ser servido, porém recebe de Érico um olhar tão frio e inclemente que, dando-se conta do erro a meio caminho, o sujeito gira nos calcanhares e volta por onde veio. A Raia, percebendo isso, aproxima-se dele.

— Noto em Érico o efeito curioso de fazer pessoas rodopiarem.

— O erro foi meu, deveria ter lembrado disso antes de colocar o uniforme — resmunga. — Essa soldadesca lacaia me tira do sério.

— Desculpe-me por Thorburn, ele pode ser um pouco ciumento às vezes.

— Não me referia a ele. Mas o que ele é? Um futuro ex-marido em prospecção?

— Minha nossa, não! Não quero ouvir falar em casamento tão cedo. Estou como cadeirinha de aluguel, só aceito viagens curtas. Não, o senhor Thorburn é só um... passatempo.

— O que viu nele? Ele me parece ser só mais um oficial inglês arrogante.

— Escutei boas recomendações, seduzi para conferir e aprovei. Há coisas que uma mulher suporta em troca de outros talentos, e posso dizer que ele sabe usar o dele. Não é mais arrogante que a média entre os seus, e o lado português compensa. É filho bastardo de um inglês com uma portuguesa, sabia? Ouvi dizer que essa mistura rende.

— Modéstia à parte, de meu Amor nunca escutei queixas...

Ela sorri e bate no ombro de Érico com o leque fechado.

— Venha, vamos ali ver se sua sorte muda na mesa de jogos, que tal?

Mas Érico não está com espírito para apostas. Sua atenção é distraída mais uma vez quando escuta seu nome pronunciado ao redor. Há alguém na porta do salão perguntando por ele, e o mordomo da casa o apontou.

— E é moda agora ficarem apontando? — resmunga.

— Por Deus, que esse teu temperamento portuense me cansa.

É um mensageiro, que lhe entrega um bilhete. Érico abre, lê e respira fundo, guardando-o na casaca. Notando sua preocupação, a Raia pergunta o que houve. Érico está sendo convocado para uma reunião na próxima segunda-feira. O emissário retornara da Espanha e, pela segunda vez, os embaixadores entregaram o mesmo pedido: que Portugal se junte no Pacto de Família contra o Reino Unido. Tinham quatro dias para responder. As peças haviam se movimentado no tabuleiro, e estão agora um passo mais próximos da guerra.

Carta 2
De Érico Borges a G., em Londres

Meu amor, se pudesse ver o que se passa em minha alma na tua ausência! Lembrar-me de alguém não é o mesmo que rever a pessoa, e mesmo assim essa lembrança é minha única satisfação.

Apesar dos esforços de minha querida anfitriã, essa passagem por Lisboa está sendo detestável. Não consigo me concentrar, pois o tempo todo penso qual seria tua opinião sobre isto ou aquilo. Não há gosto em se estar onde não posso compartilhar a vida contigo. Tudo agora é uma conversa perpétua com tua sombra.

Por que estou aqui? Por que me deixo prender nestas teias de obrigações que me afastam de ti, tendo que percorrer esta cidade atrás de fantasmas, quando tudo o que queria era estar ao teu lado? Me desculpe por estes resmungos. Meu retorno acaba de ser postergado por sabe-se lá quanto tempo mais — um mês, talvez dois? Não há como saber, e enlouqueço de ansiedade. Sei que havia dito que, por segurança e discrição de meu ofício, evitasse me escrever, mas agora imploro: ignore esse conselho tolo e me escreva, por favor. Preciso ler tuas palavras e imaginar tua voz, conte-me do teu dia, conte-me banalidades, conte-me qualquer coisa, mas escreva.

Como Platão disse para Dionísio, meu espírito rompe as amarras quando penso em você. Beijo teu coração e tua alma, meu Amor, e suspiro de saudades.

De Portugal, com amor, neste 11 de abril de 1762.

4.

OEIRAS

Se há uma verdade que mesmo seus inimigos precisavam admitir, era essa: Sebastião José era um homem de ambições. Filho de um fidalgo de província sem grandeza, com algo de sangue indígena diluído na linhagem materna, causou uma comoção na aristocracia ao convencer a sobrinha do Conde dos Arcos a fugir e se casar com ele. Tinha então vinte e três anos, ela era dez anos mais velha, e a família da noiva se encarregou de infernizar a vida do casal, tormento só encerrado na viuvez de Sebastião José. Mas seu espírito metódico o levou ao serviço diplomático, à embaixada de Londres e depois à de Viena, entrando em contato com *l'esprit du temps*, a Era das Luzes. Por consequência, regressou *estrangeirado* — um dos muitos que, tendo conhecido o mundo além das fronteiras de Portugal, dera-se conta do atraso de seu reino em praticamente todos os aspectos possíveis. De Viena também retornou casado, outra vez com uma nobre: a austríaca Condessa de Daun. Quando El-Rey D. José subiu ao trono, ansioso para impor ares modernos ao seu governo, teve em Sebastião José uma escolha natural para seu ministério. E se nada mais houvesse ocorrido, era bem provável que ali, em meio às disputas de opiniões dos demais ministros, seu espírito impositivo e pragmático tivesse afundado numa carreira perfeitamente ordinária, como tantos outros antes dele.

Mas então Lisboa ruiu. Arrasada por terramoto, maremoto e incêndios num único dia; transformada em terra sem lei tomada de saqueadores e estupradores, com a população em pânico, os demais ministros mortos ou em fuga, e o rei paralisado de pavor, Sebastião ficou para consertar o estrago. O que fazer? Suas ordens foram tácitas: "Enterram-se os mortos, cuida-se dos vivos, e fecham-se os portos." Para evitar pestes, os milhares de cadáveres foram reunidos, amarrados a pesos e jogados ao mar sem grandes cerimônias, com autorização da Igreja. Com menos cerimônia ainda, os saqueadores foram sumariamente enforcados, com mais de oitenta forcas sendo erguidas nas ruas de Lisboa para dar conta da quantidade de criminosos. E todos os preços — de aluguéis, alimentos e materiais de construção — foram congelados. Nada seria reconstruído enquanto a terra não fosse limpa, e uma nova cidade, planejada. Sua Majestade ficou tão impressionado com aquela firmeza decisória que lhe deu o título de Conde de Oeiras e fez dele seu primeiro-ministro.

E a nobreza o detestou ainda mais.

Com as rédeas de Portugal na mão, o recém-sagrado Oeiras reinterpretou os ideais do Iluminismo no que lhe convinha e de acordo com suas necessidades de *raison d'État*: fazer do Estado uma máquina azeitada, centralizadora e racional, acima dos escrúpulos de consciência. Identificou no fanatismo dos religiosos em geral, e dos jesuítas em particular, a culpa de quase todos os males da nação. E também elevou a classe comerciante ao mesmo status da nobreza. De uma hora para a outra, a velha aristocracia se viu obrigada a aceitar os burgueses que desprezava sendo postos em igualdade ao seu lado. Para piorar, Oeiras planejou um colégio de técnicas de comércio para os nobres, onde os obrigaria a matricular os filhos, para que aprendessem algo útil ao reino e não vivessem apenas na indolência de suas mesadas reais. Muitos disseram: assim já passa dos limites!

Mas, quando criticado, lembrava-os que fazia somente a vontade de Sua Majestade.

A Confraria da Nobreza, não podendo detestá-lo ainda mais, viu que só havia um modo de se livrar dele, e cometeu o erro de direcionar seu descontento à figura de quem o mantinha naquela posição. E, numa bela madrugada, ao voltar da casa de sua amante, o rei D. José I se viu alvo de uma tentativa do mais grave crime previsto no código penal de uma monarquia: o regicídio.

Na noite de 3 de setembro de 1758, El-Rey viajava discreto num coche puxado por duas mulas, com um condutor e um único valete. Voltava da casa de sua amante, a jovem filha da Marquesa de Távora, cuja família — a mais poderosa do reino, a tal ponto que a matriarca tratava a rainha e as princesas como *iguais* — eram os únicos a saber de seu paradeiro. Conta-se que os conspiradores se dividiram em dois grupos: o primeiro deixou passar El-Rey, fechando o caminho por onde viera, e o segundo, fechando a outra ponta da estrada, recebeu seu coche com uma saraivada de balas de cinquenta mosquetes. O valete, puxando o rei ao piso do coche, o protegeu com seu corpo; o condutor atiçou as mulas para fora da estrada, tomando vários atalhos para conseguir voltar à Real Barraca em Belém. Ao chegarem aos portões, ferido na perna e no ombro pelas chumbadas, o rei de Portugal se recusou a entrar. Coberto de sangue e num acesso de fúria, deu uma única ordem: chamem Oeiras.

Pouparei o leitor dos pormenores e darei aqui o resumo: o rei se recolheu, convalescente; a rainha assumiu a regência temporária, e o Conde de Oeiras, a investigação. Um dos atiradores foi capturado, e se descobriu que as armas em sua posse pertenciam ao Duque de Aveiro; o trajeto da caleche era de conhecimento apenas da família Távora, e as intrigas amorosas de um valete com uma criada da marquesa o levaram a escutar mais do que devia. Aos poucos, provas foram reunidas. Teria o ódio dos Puritanos para com Oeiras chegado à conclusão inevitável de que, se ele representava a Vontade Real, a única forma de se livrarem dele seria eliminando a fonte de sua autoridade, o próprio rei? E não era o Duque de Aveiro, por sangue, um pretendente ao trono? E não por acaso, Sua Majestade não estava ainda sem filho varão? O quão longe teriam ido os planos da Confraria da Nobreza?

Por três meses, fingiu-se que nada anormal ocorrera, senão um súbito adoecimento do rei. Os suspeitos saíram de suas tocas e circularam confiantes, alguns prudentemente retirando-se para o campo. Oeiras então elaborou uma armadilha: arranjou o casamento de sua filha com o Conde de Sampaio, nobre da mais alta ascendência, com a benção do próprio rei. Todos os nobres da corte foram convidados ao casamento, e, enquanto uma grande festa era preparada no palácio de madeira, dez batalhões de infantaria se posicionavam pela cidade. E, na hora marcada, todos os conspiradores tiveram seus palacetes invadidos, sendo presos e jogados nas masmorras, torturados para confessarem o que lhe interessava ouvir, e então levados à execução em praça pública, sem distinção entre os que daquelas família planejaram e quem de nada sabia. Por intermédio da rainha, poupou-se a vida somente das mulheres jovens e dos infantes.

E, à sombra da Torre de Belém, aos olhos impressionados do povo simples — que nunca imaginou ver um dia os poderosos da nação submetidos ao mesmo julgamento sumário e arbitrário dos plebeus — e na presença do próprio rei D. José, eis que duques e condes, marquesas e vice-reis encontraram sua sina.

Primeiro tiveram mãos e pés quebrados a pauladas; depois foram desmembrados ainda vivos, e só então decapitados. Os corpos foram cobertos de alcatrão para em seguida serem queimados, as cinzas jogadas no Tejo; os nomes de suas famílias riscados das genealogias, os brasões arrancados, suas mansões derrubadas; os animais de suas fazendas, sacrificados, e sobre as ruínas de suas terras jogara--se sal para nada nunca mais crescer, até virarem terrenos baldios e latrina de mendigos.

A isso tudo ficou o reino em estado de choque: o povo desnorteado, a nobreza em pânico. Mas o recado de D. José a seus inimigos fora dado, e, ao se recolher de volta a seu palácio de madeira, deixou a governança nas mãos de seu primeiro-ministro. E assim Sebastião José de Carvalho e Melo, Conde de Oeiras — a quem o futuro lembraria como o Marquês de Pombal — ganhava o mais valioso de todos os prêmios: o poder absoluto.

E esse é o homem a quem Érico Borges deve se reportar.

Um imenso mapa da nova Lisboa está pendurado na parede da sala, com seu cruzamento de linhas geométricas duras, os quarteirões em retângulos perfeitos, adaptando-se ao terreno em rijos trapézios, onde toda linha de ação parece correr a um mesmo ponto: na beira do Tejo, o antigo centro do poder aristocrático conhecido por Terreiro do Paço, rebatizado para apontar a nova ordem — a Praça do Comércio. Frente ao mapa está um homem sentado numa grande poltrona de estofado vermelho. Veste-se de preto da cabeça aos pés: calções, colete e casaca de beiras floreadas por bordados em fios de seda negra. Finas rendas brancas de cambraia nas mangas da camisa escapando pelos punhos quebram a escuridão de suas vestes. Ao pescoço, um lenço branco enrolado, de onde desce uma larga faixa de cetim vermelho, com a cruz da ordem de Cristo pendendo tal qual medalha. A peruca emoldura um rosto de angulosidade dura e um tanto equina, com o olhar severo, olheiras insones e sobrancelhas curvas; os lábios parecem sempre comprimidos no sorriso irônico de quem é capaz de ler as intenções de seu interlocutor até os ossos; mas que, tal qual divindade do Olimpo, inatingível e onipotente, se diverte com as idas e vindas dos pequenos. O braço direito apoia-se numa mesinha ao seu lado, de ares barrocos, sobre o qual há pena e tinteiro, e ali há dois livros cuja semelhança de títulos nas lombadas não escapam ao olhar de Érico: um é o *Testamento político* de D. Luís da Cunha, e o outro é o *Testamento político* do cardeal Richelieu. Aos sessenta e três anos, Sebastião José de Carvalho e Melo, Conde de Oeiras, é um homem cuja presença se impõe a qualquer ambiente que ocupe. Ao entrar, Érico faz um rapapé e curva-se tirando o chapéu com a mão direita num gesto largo, em seguida o guardando debaixo do braço esquerdo.

— Ah, tenente Borges. — Ergue o braço, indicando com a mão aberta uma das três poltronas que se encontram à sua frente. Quando Érico se aproxima, reconhece sentado numa das poltronas o embaixador inglês, Mr. Hay, a quem cumprimenta com uma mesura. Na outra está um homem muito velho, talvez passado dos oitenta anos, com ares impacientes. — Sei que o senhor e Mr. Hay já foram apresentados. Conhece também lorde Tyrawley, o enviado plenipotenciário britânico?

— Ainda não tive o prazer — Érico o cumprimenta com uma mesura. — É uma honra, senhor, conhecer o futuro comandante em chefe das forças aliadas de Portugal.

O Conde de Oeiras lança um olhar furioso, fazendo Érico se encolher nos ombros. Disse algo que não devia? Érico percebe ter pisado no palco de uma peça já em andamento.

— Se Sua Majestade tiver a dignidade de me receber, *talvez* eu seja — rosna Tyrawley.

— Vossa Graça, compreenda — diz Oeiras. — Vossa chegada a Lisboa foi um pouco prematura, e enquanto as negociações com

Espanha e França estiverem em andamento, El-Rey não pode oficializá-lo como comandante em chefe de um conflito que ainda não começou.

— Então minha presença constrange os senhores?

— De modo algum, milorde — garante Mr. Hay.

— Apenas precipitada. Pedimos ao senhor que seja paciente — Oeiras pigarreia, e aponta Érico. — Enquanto isso, o tenente Borges é o homem de que lhe falei, milorde. Prestou grande auxílio ano passado, em nome de Portugal, naquele caso dos panfletos de ódio e do navio francês roubado. Que, devo lembrar, vossa marinha apresou em nossas praias, em ofensa à jurisdição territorial portuguesa e a violar nossa neutralidade...

— Vamos voltar a essa ladainha de novo? — resmunga Tyrawley.

— ... e agora cá está a cuidar de nossos interesses, numa questão que também envolve panfletos. Aliás, diga-me, sr. Borges, como andam suas investigações? Sente-se, por favor.

Érico senta-se, constrangido com a sensação de que não deveria estar ali. Fica na poltrona do centro, tendo Mr. Hay e lorde Tyrawley um de cada lado. Nota que Oeiras, de frente para os três, faz de um banco almofadado, coberto de mapas sobrepostos, uma barreira natural entre si e os demais.

— Estão avançadas, mas ainda não concluídas, meu senhor.

— Os jesuítas estão a lhe dar trabalho, imagino.

— Não há ainda como apontar culpados, Excelência.

— Claro, mas tenho certeza de que meu palpite se mostrará correto. A mão dos jesuítas está em tudo que prejudica este reino. Mas isso terá de esperar. Não foi para isso que o convoquei.

— Não? — Érico, surpreso, pressente que lá vêm problemas.

— Algo mais urgente surgiu.

Conta-lhe o que Érico já sabe: pela segunda vez os espanhóis os haviam convidado, enfaticamente, a se juntarem numa aliança das famílias Bourbon — à qual a rainha consorte pertence — contra o Reino Unido. Por trás disso, escondem-se não somente os interesses da Espanha em ter uma desculpa para invadir Portugal, mas também os da França, desejosa de ver os exércitos britânicos no front prussiano divididos, forçando-os a vir em auxílio de seu único porto de acesso ao Mediterrâneo. Portugal tem, como de praxe, quatro dias para entregar uma resposta, contando a partir de primeiro de abril. Será com certeza uma negativa. Depois disso, é o tempo de emissários irem e voltarem de Madri outra vez. Espera-se ainda que venha uma terceira e última convocação àquela aliança. Enquanto isso, já há quinze dias chegam relatos de tropas espanholas se reunindo na fronteira, que os espanhóis dizem ser "um exército preventivo".

— Como se Portugal estivesse em condições de atacar alguém... — resmunga Tyrawley.

O Conde de Oeiras lança um olhar cúmplice de enfado a Érico, e lhe entrega um papel de sobre a mesinha. É uma carta, sem remetente nem destinatário, cuja autoria não pode ser atribuída.

Sim, viremos não como inimigos, mas como amigos e libertadores, que livrarão o bom povo português tanto da tirania de um herege que se opõe à Igreja, quanto das correntes que os prendem à pérfida Albion. Sua aliança conosco é importante para mostrar ao povo que o reino não será tomado, e sim entregue. Dê-nos dez dias após a resposta ao ultimato, e aguardaremos outros três. Quando o arrasa-quarteirões estourar, será dado início à Entrega.

— De onde veio isso, Excelência? — Érico, preocupado.
— Segundo Mr. Hay, da embaixada de Espanha.

— Uma conspiração! — lorde Tyrawley se intromete, irritado, elevando a voz. — Portugal está a ser vendida aos castelhanos, ao custo do reino e dos ingleses!

— Mas o que mais se sabe dessa "Conspiração de Entrega?" — pergunta Érico. — Vossa Excelência diz que haverá um terceiro pró-memória, um ultimato. O que quer que estejam planejando, ocorrerá dez dias após isso, mas onde? E o que é um arrasa-quarteirões?

— Imagino que seja algum tipo de canhão, mas o senhor nos ajudará a descobrir, tenente.

— Como isso chegou às nossas mãos? Como se obteve acesso à embaixada espanhola?

Oeiras volta-se aos ingleses.

— Isso não posso dizer. — Mr. Hay balança a cabeça.

Seja pela experiência direta após dois anos vivendo na Inglaterra, ou porque, afinal de contas, metade de seu sangue é inglês, olha desconfiado para o embaixador, contendo um sorriso irônico não muito diferente do de seu chefe. É seu trabalho, afinal, ser desconfiado.

— Não deixa de ser conveniente a Vossa Graça — Érico diz aos ingleses — que no momento em que Portugal põe seus interesses na balança, tal conspiração a faça pesar a favor da Grã-Bretanha.

— Uma muito insolente insinuação, rapaz! — esbraveja Tyrawley. — Não necessitamos de artimanhas assim. Temos o peso da mais grande frota marítima dessa guerra. Com quantos vasos de guerra Portugal conta ao todo? Três, e que se saiba, em péssimo estado! Se Portugal escolher os Bourbons, não perde só sua soberania, perde todo o acesso aos mares! O que o Reino Unido perde?

— O Brasil — responde Oeiras, seco. — O ouro, os diamantes e o açúcar brasileiro.

— Isso se está para ver — ameaça o velho.

— Apenas quero lembrar Vossa Graça — diz Oeiras — de que nada adianta à Inglaterra controlar uma costa onde não pode aportar. Temos fortalezas o bastante do norte ao Algarve para resistir a qualquer...

— Cem mil soldados ingleses podem muito bem resolver a questão — bravateia Tyrawley.

— Milorde... — Mr. Hay, o embaixador, desconfortável.

— Cem mil! — Oeiras faz uma careta exagerada de espanto, inclina-se para pegar o mapa de Portugal que repousa aberto na banqueta à sua frente e, fingindo analisá-lo, sorri. — Somos um país pequeno, milorde, não cabe cá tanta gente. Mas se Vossa Graça lá os tem de sobra, bem poderia nos ceder uns trinta mil para a defesa da fronteira. Seria muito melhor negócio, não crê?

Acuado pelo sarcasmo, lorde Tyrawley grunhe algo ininteligível, e Érico muda o assunto.

— Eu não saberei por onde começar, se o senhor não compartilhar mais conosco.

— Sim, imaginei que não seria mesmo capaz — desdenha Tyrawley — por isso pedi a alguém de *minha* confiança para auxiliá-los. O gajo é *attachée* da embaixada, e meu protegido.

— Muito generoso da sua parte — diz Oeiras, irônico.

Tyrawley, consultando seu relógio de bolso, não percebe o sarcasmo.

— Já devia ter chegado! — resmunga o velho. — Onde está? Aposto que o fazem esperar do lado de fora, não duvido. Façam-no entrar!

— A amizade de milorde com nosso amado e *falecido* D. João lhe concedeu muitas liberdades aos tempos de sua primeira embaixada — diz Oeiras, balançando uma sineta para chamar o lacaio. — Mas nosso rei agora já é outro, e se não lhe for incômodo, dê-me licença que cá neste gabinete mando eu. — O lacaio entra e chega à sua frente. — Veja se o oficial inglês já chegou... Como se chama mesmo?

— Thorburn — diz o embaixador.

Puta que pariu, pensa Érico, antevendo a direção que aquilo toma, e por um instante respira fundo, na dúvida se aquela imprecação foi só pensada ou se chegara a murmurar. Levanta-se da poltrona, força um sorriso da mais falsa simpatia, e vira-se para cumprimentar o mesmo oficial inglês loiro de olhos verdes da noite anterior.

— *Well, well, well...* — diz o inglês, estendendo-lhe a mão com um sorriso irônico.

— Tenente Borges, este é o tenente Thomas Thorburn, do 3º Regimento de Infantaria — diz o embaixador, apresentando-os formalmente. — Mas vejo que já se conhecem?

— Apenas socialmente — diz Érico. — Já tivemos o prazer de travar contato, sim.

O Conde de Oeiras olha de um para o outro pressentindo ali uma animosidade com a qual não está com tempo ou paciência para entender. Lembra-lhes de que de Lisboa a Madri são pouco mais de uma semana de ida, outra de volta. Esse é o tempo dos emissários e o tempo de que dispõem para recolher o máximo possível de informações sobre a questão. E dando a reunião por encerrada, pede licença aos ingleses, pois precisa tratar de "outras questões" com Érico. Quando Tyrawley, Thorburn e Hay saem, Oeiras respira fundo e suspira.

— Se Vossa Excelência me permite a impertinência — diz Érico. — O posto de comandante em chefe das forças aliadas ficará nas mãos de um velho com o temperamento de uma criança?

— Não se eu puder evitar — diz Oeiras. — Mas isso, claro, é sigiloso. Que homem *insuportável*. Mas não tenho motivos para duvidar da realidade dessa ameaça — diz o conde. — A questão da freira panfleteira terá de esperar, para isso temos tempo. Isso cá é mais urgente. Mas qualquer descoberta que venha a fazer, o senhor irá se reportar somente a mim, compreende? Cuidado com a informação que deixar cair nas mãos dos ingleses.

— Sim, Excelência.

Oeiras derrete um pouco de cera num documento, marca-o com seu sinete e lhe entrega uma autorização régia para executar suas funções nos melhores interesses do reino. Érico agradece, faz uma mesura e se retira. Sai do gabinete de Oeiras desejando que existisse alguma mágica ao modo do *Livro das Mil e Uma Noites*, para transformá-lo em passarinho por uma noite, e lhe permitir bisbilhotar o que ocorre na casa de M. O'Dunne ou de D. Torrero, os embaixadores de França e Espanha. Tudo estaria resolvido na mesma hora, e ele poderia voar embora para casa. Mas percebe que agora o dia de regressar vai ficando cada vez mais distante.

Carta 3
DE M. JACQUES O'DUNNE AO MARQUÊS D'OSSUN, EMBAIXADOR DE FRANÇA EM MADRI

Sua Graça, é com impaciência que aguardo resposta ao meu último despacho. Muito escabrosa e desagradável tem sido a situação de nossa embaixada nesta corte, fingindo que cá estou para negociar a paz quando tão precipitados preparativos para guerra são feitos de modos públicos. Contudo, a decência nos obriga, a mim em nome de França e a D. Torrero, por Espanha, a guardar o mais absoluto segredo. Os portugueses cá trabalham noite e dia na defesa de seu reino e, se lhes dessem tempo, talvez pudessem ser considerados minimamente respeitáveis; fala-se em reforços ingleses, contudo lorde Tyrawley já vai pelos seus 76 anos, e não se concebe vê-lo sobre um cavalo salvando Portugal. Mesmo apesar de tão crítica situação, o ministro Oeiras não hesita em escolher a Inglaterra do que se coligar com nossas forças! A conselheira que me acompanha, Mme. de Montfort, tem sido útil em seus contatos com a sociedade lisboeta, e foi procurada por um grupo anônimo de nobres, que lhe garantiu que não só nos dará apoio em eventual invasão, como bem podem facilitar a entrada das forças d'Espanha nesta terra. Madame os pôs em contato com D. Torrero, e deixou as negociações a cargo dos espanhóis. Ainda assim, permaneço sem resposta de Suas Majestades quanto aos despachos que já enviei há mais de quinze dias, preso cá nesta situação embaraçosa de incertezas.

De Lisboa, neste 13 de abril de 1762.

5.

A CONFRARIA DA NOBREZA

O coche treme e balança pela estrada malconservada, chacoalhando até as raias da impaciência o velho Marquês de Lyra, que a todo momento pergunta a seu cocheiro se já estão a chegar, se faltava muito. Os celtas que primeiro povoaram aquela serra à beira-mar a dedicaram à lua, chamada pelos romanos helenizados de Scythia; já os mouros, que não pronunciavam o *S*, chamaram-na Xintra e ergueram uma fortaleza em seu topo, conquistada pelos portugueses há vários séculos e agora há muito abandonada. Mas por que diabos a marquesa havia escolhido um lugar tão fora de mão, desconfortável, quase inacessível, para aquele encontro?

Com um último solavanco que quase desperuca o marquês, o coche para. O cocheiro desce, abre a portinhola e diz: temos de descer aqui, Vossa Graça. O marquês sai do seu carro e se vê frente a dois homens armados, ambos com o rosto coberto por máscaras. Achou que fossem assaltantes de estrada, mas em seguida os homens o chamam por seu título e lhe pedem para acompanha-los ruínas acima. O marquês os segue por um longo e estreito caminho calçado de pedras em meio à mata alta, logo abrindo-se para penhas que dariam melhor vista se o dia não estivesse tão enevoado.

— Quanto mais falta? Não sou mais garoto para fazer essas estripulias — resmunga.

Os criados não dizem nada. Continua a segui-los, a passagem se estreitando por entre imensos blocos de pedra de um lado e árvores altas descendo pelo outro, chegando às ruínas da igreja de São Pedro de Penaferrim. Os criados gesticulam para que entre ali, mesmo "entrar" sendo relativo, pois não há telhado. Ali, uma surpresa: há uma mesa posta no centro do que foi o interior da igreja, e um pequeno grupo de catorze pessoas está sentado em bancos almofadados ao seu redor, voltando-se para ele. Conhece-os todos: marqueses, marquesas, condes e condessas, todos ligados entre si por gerações de casamentos consanguíneos como garantia da pureza de seu sangue. Balança a cabeça numa saudação silenciosa, repetida pelos demais. Ninguém fala nada. O marquês busca o assento vago indicado. Sentado ao seu lado, o Conde de Abranhos, com idade para ser seu filho e que por pouco não fora seu genro, murmura:

— Vejo que é uma grande reunião de família.

— De que se trata isso tudo? — o velho marquês resmunga.

— Sei tanto quanto o senhor. Todos recebemos o mesmo convite.

Aguardam em silêncio por algum tempo, até chegarem os criados trazendo bandejas com cloches de prata trabalhados em rococós. Uma vez retirados, os cloches revelam seu conteúdo: doces fatias de "toucinho do céu" cortadas em pequenos cubos, o amarelo solar da massa cremosa de gemas polvilhado de açúcar branco, cada pedaço pontuado por uma amêndoa coberta de pó de ouro. Foram preparados na proporção de um para cada convidado, e todos se servem com gosto, a comentar ser aquele um mimo muito gentil de hospitalidade, que de resto repõe as energias da subida.

— Fico feliz em contar com a presença de todos — diz uma voz, entrando na igreja.

Voltam-se para a mulher que entra nas ruínas da igreja, coberta numa capa negra de veludo com capuz. Ela ergue os braços, puxando o capuz para trás e se revela. Todos ali a conhecem, claro: o temperamento forte, só comparável ao seu fervor religioso, que a condescendência de seus pares vê como piedosa devoção. Devoção essa que, se fraqueja no que tange à doutrina de caridade cristã, pesa a mão nos aspectos mais dogmáticos e condenatórios.

Quanto à sua aparência, deve-se dizer que é condizente com suas crenças. Se a pureza de raça e sangue são ideias artificiais muito humanas, que não condizem com a realidade da Natureza, o apego exagerado à endogamia tem legado ao mundo uma gama de mascotes, cujas deformações absurdas só são comparáveis à incapacidade de sobreviverem longe dos zelos da sociedade. Assim sendo, se de estatura ela era mediana, tinha uma espádua mais alta que a outra, conferindo-lhe um andar claudicante de buldogue. No rosto, tinha os olhos um tantinho estrábicos como os de pequinês; um queixo que só não se perdia na papada por ser um pouco projetado, e os lábios muito finos e arroxeados eram adornados por um buço espesso. Na soma de seus atributos, era de uma fealdade que só não ficava pior porque o nariz fino e arrebitado salvava algo, como se no grande sorteio celeste tivesse ocorrido uma troca por engano, e em algum lugar de Portugal há de existir outra mulher, de beleza ímpar, amaldiçoada com o nariz que fora originalmente destinado à marquesa. E a tudo o que as habilidades cosméticas não conseguem disfarçar, ou a grande peruca branca digna de um poodle se mostra incapaz de esconder, os pintores retratistas são regiamente pagos para falsificar para a posteridade. Dona Liberalina Paschoal, Marquesa de Monsanto, sorri para seus convidados.

— Agradeço sua paciência e disposição — ela continua. — Eu escolhi este lugar para nosso encontro não somente porque cá se está longe de Lisboa e dos espias de Oeiras, mas por uma outra razão especial. — Apontou para o alto, indicando as ruínas ao seu redor. — Cá estamos ao lado do Castelo dos Mouros, tomado por Afonso Henriques quando os expulsou de Portugal; deixando-se ocupar por judeus que não se permitia viver em Lisboa. Isto é para lembrá-los que cá estamos nós na mesma situação: o sangue mais puro da nobreza deste reino, sendo coagidos à mesma posição que os infectos muçulmanos e judeus, pelo conde de... Não, chega de tratar esse *parvenu* por um título imerecido, chamemos-lhe pelo que é: um plebeu. E cá estamos, acuados por Sebastião José e suas reformas. Reformas que nos menoscaba nas preferências que, por hábito e tradição, eram antes nossas prerrogativas. A nos nivelar com burgueses, misturando o que não deveria ser misturado, alterando a ordem social imposta por Deus Nosso Senhor ao mundo. Que quer nos fazer aceitar em nosso reino a presença dos hereges protestantes. O terramoto enviado pelo Senhor foi um sinal, mas será que o governo aprendeu a lição? O que Deus Nosso Senhor, que escreve certo por linhas tortas, pensará desta nova Lisboa, reta, geométrica, matemática? Os senhores mesmos podem dizer.

— Uma hoste de plebeus tem tomado posse dos cargos — concorda o Marquês de Valença, indignado. — Fora o Visconde da Ponte de Lima, nem um só dos enviados às cortes estrangeiras é pessoa de distinção. Veja-se a laia do embaixador mandado a Viena: o desembargador Encerrabodes, um plebeu, tratando diretamente com o ministro Starhemberg, do mais azulado sangue!

— E o que fizeram com meu filho? — lembra o Marquês da Vidigueira. — Um mancebo da nobreza, tomado preso por um juiz de fora suburbano, que teve a ousadia de mandar prendê-lo por desordem, quase é mandado ao desterro, não fosse a intervenção da rainha da Espanha.

— O que virá depois? Meus netos terão que sujar as mãos em ofícios mecânicos? Terei de recolher impostos também, feito um burguês? — protesta o Marquês de Alegrete. — Logo vão querer determinar matrimônios de meus filhos com qualquer casa de sangue impuro.

— Calma, peço calma a todos. — A Marquesa de Monsanto retoma o controle da situação. — Uma grande amiga nossa, a Marquesa de Távora, também pensou assim, e todos a vimos ser humilhada junto de sua família. Foram torturados e decapitados em frente à plebe. Mas o que podemos fazer? Como levar nossas queixas a El-Rey, sem passar por Sebastião José? Como chegar perto de quem não entra mais em prédios, nem confia mais em seus nobres? Digo-lhes como: deixemos que outros façam esse trabalho por nós. O erro de dona Leonor de Távora foi não querer esperar a chegada da guerra. Mas agora é inevitável. Só precisamos jogar as cartas certas com o lado vitorioso. Os espanhóis não querem ser vistos como conquistadores, e sim como *libertadores*. E podemos ajudá-los nisso. Pois quando vierem, e expulsarem os hereges ingleses, devolveremos o reino à verdadeira fé cristã. Retomaremos o controle da Inquisição e queimaremos Sebastião José e seus apoiadores num grande auto de fé, como o herege que sempre foi. Será a vingança final do bom padre Malagrida, que Deus guarde sua alma. As coisas voltarão a ser como eram antigamente, e como nunca deveriam ter deixado de ser.

Silêncio na mesa. Todos se entreolham, à espera de quem tomará a iniciativa de dizer algo.

— E como exatamente planeia fazer isso? — pergunta o velho Marquês de Lyra.

Ela sorri. Acena para os criados, que começam a servir vários cálices com vinho.

— Estou em contato com as embaixadas de Espanha e França. É uma situação simples: se temos visitantes indesejados em nossa casa, abrimos as portas para quem os expulse. É o que pretendo fazer: abrir as portas de nossas fortalezas.

Há um instante de silêncio entre os nobres ao redor da mesa.

— É um risco demasiado grande — diz um. — Mas que vale a pena ser corrido.

— Sua Majestade terá de nos ouvir enfim — diz outro.

— Meus amigos, é chegado o momento — diz a marquesa. — Talvez não tenhamos outra oportunidade nesta geração. Eu garanto, com a mais absoluta certeza, que tudo será feito com discrição. Nenhum dos agentes empregados sabe o nome de seus contratantes. Mas claro, tudo tem seus custos: alguns podem ser convencidos por dinheiro, outros por coação, e isso também requer dinheiro, de modo que a cada um será pedida uma contribuição a fim de financiar esta empresa. Todos de acordo? Agora, imagino que estejam com sede — acena para os criados, que colocam as taças de vinho frente a cada convidado e dela própria. — Aqueles que aceitarem tomar parte nesta trama, ergam seus cálices e brindem comigo. Seu gesto selará nossa aliança. Já aqueles que, por temor ou pudor, se recusam a participar, sintam-se à vontade para irem embora. A pureza de seu sangue será a garantia de nossa boa vontade. — E, erguendo a taça, brinda.

Todos na mesa brindam em silêncio, exceto o velho Marquês de Lyra, algo que não escapa ao atento olhar estrábico da marquesa.

— Percebo que Sua Graça não brindará conosco.

— Não a isso — De Lyra afasta de si o cálice. — Lamento, senhora, mas não posso tomar parte nisto. Não apenas por temer o futuro de minha casa. Fosse para atentar contra Sebastião José, pois bem, é somente um homem, indigno do cargo que ocupa. Fosse para atentar contra El-Rey, paciência, só é crime quando não se coroa o rei seguinte. Mas atentar contra a própria nação? Para sermos outra vez subjugados pela coroa de Espanha, e repetir o erro de Alcácer-Quibir? Eu, que sou neto de um dos Quarenta Conjurados? Jamais.

A marquesa acena para um dos lacaios, que retira o cálice de vinho da mesa.

— Lamento escutar isso de Vossa Excelência — diz ela. — Mas respeito sua opinião. Sinta-se livre para ir embora. Receio que se arrependerá por não tomar parte em nossos futuros dividendos. Ao menos sua viagem não foi de todo perdida, pois pôde provar destes deliciosos toucinhos-do-céu.

O Marquês de Lyra se ergue de sua cadeira como se pronto para ir embora, mas hesita com uma careta estranha. Quem está mais próximo nota as pupilas dilatadas do velho. Leva a mão ao peito, sentindo o coração bater mais rápido, e olha ao redor, suando frio.

— A doçaria dos conventos de nossa terra é uma coisa muito interessante, não acham? — continua a marquesa. — Quase só se usam quatro ingredientes: ovos, leite, açúcar e amêndoas. Mas as combinações são infinitas! Claro que, nesse caso, acrescentei um toque pessoal, um pouco de sementes de beladona maceradas junto às amêndoas...

Há uma agitação apavorada na mesa. A marquesa ergue as mãos, acalmando-os.

— ... cujo antítodo as senhoras e os senhores acabaram de tomar, graças a uma boa dose de extrato de jaborandi misturado ao vinho. — Ela se volta para De Lyra, que lambe os lábios, sentindo a boca seca, e olha apavorado de um a outro dos convidados à mesa, ninguém ousando encará-lo de volta. A marquesa complementa: — Não preciso dizer que, uma vez dentro, não há mais saída, e este jogo deve ser jogado até o fim.

O velho Marquês de Lyra é tomado de uma dor violenta no coração, o corpo amolece e tomba, batendo o rosto contra o tampo e indo parar debaixo da mesa. Num silêncio horrorizado, os convidados ficam a contemplar sua cadeira vazia.

— Agora tratem de se apressar, nossos vizinhos castelhanos já estão para chegar — diz a marquesa. — Temos de abrir nossas portas e os bem receber.

6.

"MENINOS E SEUS BRINQUEDOS"

Poucas coisas impressionam Érico, mas o Convento de Mafra é uma delas. O gigantismo retilíneo de sua fachada branca e amarela e a imponência das imensas torres, pensa, quase valiam o ouro gasto em sua construção. Que belas ruínas legarão a seus conquistadores! A piada é feita por Thorburn, e, embora não simpatize com o inglês e ache o chiste ofensivo, ri mesmo assim. Os dois estão ao redor de uma mesa na grande biblioteca do palácio, um delírio rococó cuja extensão é repleta de prateleiras de livros, sobrepostas em duas fileiras com uma passarela de gradil de madeira na parte superior. Ali, mais de trinta e seis mil livros registram o conhecimento humano desde o século catorze. Sobre a mesa, Érico abriu uma boa quantidade de volumes, e com uma folha de papel à frente e uma pena com tinteiro ao lado, pesquisa. Entediado, Thorburn levanta-se e vai brincar de girar o enorme globo terrestre alguns passos mais adiante.

— Então Borges gosta de livros — pergunta, a voz ecoando no salão.

— Livros já salvaram minha sanidade em momentos difíceis — diz Érico. — Mas imagino que você não seja muito afeito à leitura.

— Tive minha cota de história e geografia, mas uma vez que se aprende o que é preciso, já basta. O excesso de leituras prejudica a mente. Soube de mulheres que, de tanto ler romances, perderam a razão e ficaram com os sentimentos em frangalhos.

— E foram enviadas para conventos?

— Não seja ridículo, não somos selvagens. Além disso, não há mais conventos na Inglaterra. Mandam-nas aos hospícios, como o de Bethlem. Mas, de resto, livros não foram feitos para soldados. Nosso lugar é nos serralhos, nos estábulos e nas praças de touros.

— "O golpe de uma palavra pode atingir muito mais fundo que o de uma espada." Admiro a confiança das suas certezas, mas devo te dizer, Thorburn, que você não faz muito esforço para afastar os preconceitos contra o pessoal da infantaria.

— Meu caro Borges...

— Me chame de Érico, por favor.

— Meu caro Érico, o senhor tampouco está longe de meus preconceitos quanto à presunção empolada dos dragões. Pensei que fosse um problema do nosso exército, mas por São Jorge, oficiais de cavalaria são todos iguais, não é? Sobem no cavalo e já se imaginam num retrato. Aliás, lutou mesmo na guerra contra os jesuítas? Lado a lado com espanhóis?

Érico responde que sim. Thorburn senta-se em frente a ele, interessado.

— Matou muitos índios?

Érico suspira. Não gosta das coisas colocadas naqueles termos, mas é claro que havia matado índios, era parte do flanco direito do regimento de dragões de Rio Pardo, que avançara sobre a trincheira guarani. Mas isso foi durante a batalha, não no massacre. A realidade tinha detalhes e nuances demais para caber nas curtas notícias que chegavam aos jornais europeus. Não dava conta, por exemplo, do fato de que os espanhóis não tinham soldados o bastante para cumprir sua parte na promessa de formar um exército continental, e por isso preencheram suas fileiras com mercenários *blendengues*, salteadores e ladrões que viviam de roubar gado e mulheres dos índios, e que estes naturalmente odiavam — em sua língua, chamavam tais bandidos de "gaúchos". Pois o governo de Buenos Aires prometera-lhes como pagamento os espólios da batalha, crendo que os índios missioneiros fossem muito ricos. Por isso, após a batalha, mesmo quando aceita a rendição, os *blendengues* continuaram atacando os índios. Mesmo depois de derrotados e rendidos, mesmo depois de encerrada a batalha, os malditos castelhanos não pararam até quase dois mil guaranis estarem mortos. O governador Gomes Freire pediu ao governador espanhol para fazê-los parar, mas este sorriu indiferente, deu de ombros e se afastou. Indignado, Gomes Freire mandou colocar no relatório a Portugal: não houvera glória nesta batalha, em especial para a Espanha. E Érico, como muitos de seus colegas, passou a alimentar um desprezo ainda mais intenso pelos castelhanos, por tê-los feito tomar parte naquela carnificina desnecessária.

— Na Espanha não se nasce, brota-se do inferno.

— Os povos latinos são muito sanguíneos — conclui Thorburn.

— Seu chefe não me pareceu nenhum exemplo de contenção.

— Lorde Tyrawley? Ele passou tempo demais nesta terra. Até a amante dele é portuguesa.

Érico larga a pena no tinteiro e encara Thorburn.

— É isso que somos para os senhores, não? Homens a serem enganados nos negócios, mulheres a serem tomadas como amantes. Há algum inglês que não seja um oportunista?

— Diga-me você, meu caro. Não era metade inglês por parte de mãe?

Uma voz os interrompe, entrando na biblioteca:

— Miúdos, miúdos... Não briguem.

A Raia, o tacão dos sapatos ecoando em largas passadas pela biblioteca, entra acompanhada de um frade franciscano. A entrada de uma mulher no convento não é exatamente exceção, ainda que não seja permitida — a entrada de uma mulher na biblioteca é ainda mais inconveniente —, contudo a estranha autoridade natural emanada por ela é do tipo que abre qualquer porta.

— Trago notícias — diz. — Ou melhor, um convite. Um sarau será oferecido aos embaixadores estrangeiros na próxima terça, em Queluz. E, já que Érico está trabalhando a serviço secreto de Sua Majestade, pode conseguir um convitezinho com seu chefe; e se assim for, fazer a cortesia de levar sua boa amiga Raia como companhia. Quanto a Thomas, ele já é do estafe diplomático inglês, pode ir acompanhando o velho Tyrawley. Todos os embaixadores a beber e conversar no mesmo salão — ela conclui. — Querem oportunidade mais interessante? Vamos, animem-se! Sobre o que estavam a discutir dessa vez?

— Sobre o que fere mais, palavras ou espadas. Seu amigo Thorburn é um homem de ação, e creio que esteja ficando entediado ao redor de tantos livros. Suponho que você, querida, vinda de uma família de livreiros, seja de opinião mais favorável à minha, não?

— Ah, não sei, amadinhos. Eu gosto de um romancezinho francês como toda boa alma, mas os livros com que mais tenho jeito sempre foram os livros-caixa. Bem sabe, dos meus irmãos, um decidiu escrever livros, o outro vive de vendê-los. Alguém tem de fazer dinheiro nessa família ou os pobrezinhos morrem de fome! Mas me diga, que lista é essa que está a compilar?

Érico lhe mostra os livros abertos sobre a mesa: registros militares da Europa e das Índias, tratados de artilharia, manuais sobre fundição de canhões. Em sua pesquisa, compila uma lista das maiores armas já fabricadas até o momento, e o impacto de seu funcionamento em batalha.

— Já cometi uma vez o erro de subestimar o inimigo, e confundi o que pensei ser o nome de um lugar com o que de fato era o nome de um navio. E já não tenho mais certeza de que o arrasa-quarteirões seja o nome de uma arma. Veja só.

Mostra-lhe a lista que anotara à tinta para seu relatório:

~ MONS MEG. *Bombarda de ferro construída por Filipe o Bom em 1449, como presente para os escoceses usarem nos ingleses. Balas de meia tonelada. Alcance de meia légua. Funcionou por duzentos anos e está agora no Castelo de Edimburgo.*

~ O BASÍLICO. *Canhão otomano usado pelos turcos na tomada de Constantinopla. Apesar de terrivelmente impreciso, causou danos massivos contra as muralhas da cidade. Precisava ser esfriado com azeite de oliva para não rachar. Comprimento de 24 pés, alcance de mil braças. Balas pesam meia tonelada.*

~ METZE PREGUIÇOSA. *Bombarda alemã, assim chamada pelo tempo de recarga e pouca mobilidade. Consta que seu último tiro arremessou uma bala de pedra de setecentos arráteis à distância de meia légua.*

~ JAHAN KOSHA, *dito "Destruidor do Mundo". Canhão em estilo "basilisco". Feito para o Khan de Bengala, necessita de mais de meio quintalejo de pólvora a cada disparo.*

— Meninos e seus brinquedos — diz a Raia, apontando as ilustrações nos livros. — Que interessante. Sempre se pensa que, quanto mais longo, mais grande o estrago, mas cá diz que o importante no final das contas é a largura, não o comprimento. Que acha disso, hein?

Thorburn, que andava distraído, quer saber do que exatamente estão falando. Érico aponta suas anotações; a Raia se curva para ler o trecho, e Thorburn se curva para ver-lhe o decote.

~ Jaivana. *Feito em Jaipur em 1720, atualmente a serviço do grão--mogol da Índia. São necessárias 200 libras de pólvora a cada disparo. Sua bala alcança a distância de seis léguas e meia, e quando usado, é posto em tanque d'agua, onde o artilheiro mergulha para fugir da consequente onda de choque, pois esta, conta-se, já teria matado oito soldados e um elefante que estavam próximos.*

— O grão-mogol indiano é aliado dos franceses — lembra Érico. — Mas acho pouco provável que tenham trazido esse canhão de lá da Índia até aqui, só para invadir um...

Érico respira fundo. Dera-se conta de algo óbvio: não tinha como o Arrasa-Quarteirões ser uma arma. Canhões de cerco são lentos, pesados e imprecisos, e nenhum monstro desses seria uma opção prática numa campanha que se pretende rápida, numa fronteira montanhosa como a de Portugal. Além disso, um estorvo capaz de matar um elefante em dano colateral nunca será uma opção viável. Mas a nota roubada da embaixada falava em *estourar*. E o que pode estourar que se considere praticamente uma entrega da cidade? Algo que deixe suas defesas inutilizadas...

— Não é uma arma — concluiu.

— O quê? — Thorburn, distraído pelo decote da Raia, vira-se para ele.

— O Arrasa-Quarteirões. Não é uma arma — repete. — Ao menos não como um canhão. Deve ser algo explosivo como uma bomba ou granada, para poder abrir uma brecha nas muralhas. Mas por *dentro*. É por isso que os castelhanos estarão "à espera". Toda estrutura tem um ponto fraco. Com uma explosão no lugar certo, abrem-se brechas grandes o bastante para um exército passar.

Mas isso, conclui, os leva à questão seguinte: onde? Relatos chegam de todas as partes da fronteira, dando conta de que o exército espanhol se encontra dividido em três frentes: a primeira ao norte, na Galícia; a segunda, ao centro, em Ciudad Rodrigo, próximo à região da Beira; e a terceira enfim, ao sul, em Valência de Alcântara, próxima do Alentejo. O natural é supor que a invasão começará pelo centro, avançando até Lisboa, mas mesmo assim...

Érico toma da pena e de uma folha de papel. Precisa alertar o Conde de Oeiras. Mas se detém no ato de molhar a ponta no tinteiro, e olha para Thorburn.

— Foi você, não foi? Quem conseguiu aquele bilhete da embaixada da Espanha. Como?

O inglês olha para a Raia, um tanto constrangido.

— Bem, havia essa camareira na embaixada...

— Por que não estou surpresa? — ela bufa.

— Não é o que Cláudia está a pensar — justifica-se Thorburn. — Meu criado pessoal se incumbiu de seduzir a moça. Ele marcava encontros amorosos regulares com ela, à noite, e num desses, tomei de suas roupas emprestadas, apareci no seu lugar e a chantageei, para que ela me deixasse entrar por meia hora no escritório de D. Torrero.

— Certo, amadinho — diz a Raia —, para seu próprio bem, vou acreditar na existência deste seu "criado". Qual o nome dele mesmo? Acho que não o conheço ainda.

— Eu... — Thorburn hesita — ... prefiro não expô-lo.

A Raia cerra os olhos. Érico pigarreia.

— Preciso lembrá-los de que nada disso é relevante agora? Thorburn, precisamos saber mais. Vá atrás dessa sua fonte, e tente espremer algo mais dela. — Ao dizer isso, a Raia solta um resmungo. — Minha querida, você com seus contatos na sociedade, não teria como conseguir algo com os franceses? Entendo que parte da nobreza daqui se alinha a eles...

— Não a parte que mais frequento, infelizmente, mas verei o que posso fazer.

E lembra-lhes que já é dia dezessete, e estão correndo contra o relógio.

7.

VERSALHES À PORTUGUESA

No coche, a caminho do baile, Érico vê as luzes do palácio se aproximando, puxa a cortina da janelinha, olha para fora e suspira, extravasando um cansaço maior no espírito do que no corpo. Toca a memória de ouro em seu dedo de um modo supersticioso. A Raia, percebendo os ares melancólicos, pergunta o que há. Ele ergue os ombros, indiferente.

— Sabe a sensação de quando obrigações nos afastam cada vez mais de onde se gostaria de estar, e fica-se com a impressão de que o corpo está num lugar, mas a mente vaga por outro?

— Descreveste o casamento com meu marido número três — ela sorri, tenta animá-lo. — Onde a sua mente está agora? Em Londres, com seu amorzinho?

Ele balança a cabeça em positivo, e a Raia não deixa de notar que suas feições, sua postura e até mesmo sua voz estão um tantinho distintas, com um toque de delicadeza mais juvenil. É o verdadeiro Érico, aquele que conhecera ainda no Brasil, que por um instante deixa cair as muitas máscaras com que se oculta — o dândi, o soldado, o espião.

— Mês que vem é o aniversário do meu Amor — lembra Érico. — Vinte e um de maio. Quero acreditar que consigo voltar para casa a tempo.

— Hm... É um dia de transição. Diga-me, seu amor nasceu antes ou depois do sol?

— Creio que antes, ela mencionou algo certa vez... Mas que diferença faz?

— Ora, toda a diferença! O signo zodiacal diz respeito à posição solar, e isso faz com que seu amorzinho seja então de Touro. E, Érico, faz aniversário quando, mesmo?

— Eu? Em três de julho. Não está me dizendo que realmente acredita em...

— Ah, Câncer! Isso explica *tanta* coisa...

— Pensei que você fosse o lado racional e matemático dos seus irmãos.

— Ora, amadinho, e que são os signos do zodíaco senão uma gama de possibilidades combinatórias? Agora, é provável que seu amorzinho puxe mais para Touro. E Touro com Câncer combina muito bem. Costuma durar para a vida toda, é o que se diz. Imagino que quase não precisem de palavras para saber o que o outro está pensando, não?

Érico suspira, soltando dos pulmões um ar que nem percebia estar segurando.

— Já amei sem desejar e já desejei sem amar — diz. — Mas agora encontrei as duas coisas ao mesmo tempo, e é uma sensação tão... tão meiga, um misto de conforto e excitação de descoberta, capaz de fazer tudo ganhar um novo significado. — Toca por instinto o anel. — Se antes as coisas pareciam complicadas, agora tudo adquiriu uma clareza nova. Como Alexandre cortando o nó górdio. Mas aqui estou, e o meu amor — sorri, e é das poucas vezes que a Raia o vê sorrir de um modo sincero, não irônico. O sorriso de um garoto apaixonado — ... está à minha espera do outro lado do canal da Mancha.

Olha pela janela outra vez, vendo as luzes do palácio passarem, e pergunta por que não pararam. A Raia explica: a entrada para convidados será no lado oeste, na Escadaria dos Leões, pois a *cour d'honneur* do palácio está, como tudo no reino, a passar por reformas. Érico acomoda-se no assento. Suas feições mudam no mesmo instante, a doçura juvenil desaparecendo num comprimir dos lábios e num enrijecer do pescoço, assumindo primeiro a dureza severa de soldado, em seguida suavizada com os ares soltos e *debonair* de um dândi fingido. A Raia o observa, impressionada: camada sobre camada de personagens, é uma transição de humores e postura tão fluida que dá a Érico os ares de um grande felino. Como a pantera que, de um instante ao outro, vai do ronronar carinhoso de sua ronda elegante ao salto feroz, toda tendões e garras de predador.

— Diga o que preciso saber sobre essa festa — pede Érico.

— Não espere muita coisa da corte portuguesa — ela o adverte. — Os cortesãos, salvo raras exceções, vestem-se com muita pobreza. Não se vê uma boa libré, salvo os ministros estrangeiros, então será fácil diferenciá-los.

— Havia percebido isso, quando fui à Real Barraca. Por que será?

— Ah, amadinho, numa terra onde a Igreja iguala "estrangeiro" com "herético", os nobres portugueses, por falta de viajar, acabam tendo uma ideia muito elevada de si mesmos e das magnificências e dignidades que sua corte deveria ter. Os espetáculos são muito inferiores aos que já vi em Madri ou Dresden. E come-se mal.

O baile, explicou, é oferecido pelo irmão do rei, o infante D. Pedro, príncipe do Brasil, um homem cuja devoção religiosa cresce junto de sua irrelevância na política. Casou-se com a própria sobrinha e herdeira do trono, a instável princesa Maria — que fica louca só de ouvir o nome do Conde de Oeiras, pois tinha grande admiração pelos jesuítas expulsos pelo ministro de seu pai. Oeiras e o próprio rei temem pelo futuro do reino nas mãos deste casal de carolas parvos, e ambos vêm tentando removê-los da linha de sucessão para que a coroa vá direto ao filho de ambos, o recém-nascido infante

José, de cuja educação o rei pretende cuidar de perto, a evitar que replique a parvoíce beata dos pais.

— Não é um tanto estranho que El-Rey seja sogro do próprio irmão, cunhado da própria filha, e tio do próprio neto?

— Mas essa é a ordem das coisas entre famílias reais, não? Casar entre si até degenerarem-se, como os Habsburgo na Espanha. A única coisa que a pureza de sangue produziu até hoje foram cães esquisitos e pessoas estranhas — lembra a Raia. — Mas o rei só teve filhas mulheres, e, se não fosse assim, sua descendência se encerraria.

— E o nosso rei não estará presente hoje, imagino?

— Não, não. D. José só sai da Real Barraca em dias de beija-mão. Depois do terramoto, morre de medo de que os tetos lhe caiam sobre a cabeça.

O coche para, o lacaio abre a portinhola. Érico desce primeiro, e oferece a mão para a Raia, que emerge num esplendor de cetim verde-esmeralda, a saia alargada pelas anquinhas de osso de baleia, a cabeça na magnificência de sua peruca *à la noblesse*, com arranjos esculturais de joias e fitas multicores. Os dois descem frente à Escadaria dos Leões, que serve de entrada para a ala oeste do palácio. É um engenhoso conjunto de lanços de escadarias cujo estatuário emprega o truque da perspectiva forçada, criando a ilusão ótica de serem maiores do que realmente são. À meia subida, a escadaria se divide para cada lado, distraindo o olhar da quina do prédio e conduzindo à entrada à esquerda ou à colunata à direita, ainda incompleta. Com os archotes iluminando a pintura azul das paredes de estuque, o efeito é o de estarem entrando em um grande bolo confeitado. Os lacaios indicam o caminho: por aqui, senhores, ali não, pois está em obras, senhores.

Logo os dois entram na Sala das Serenatas, um longo salão de janelas altas em ambos os lados, intercaladas por painéis de espelhos destinados a multiplicar o brilho das arandelas de cristal que deles pendem, e iluminando as pinturas alegóricas em *chinoiserie* do teto.

Ao olhar para o chão, Érico não deixa de notar o piso. Alternando placas quadradas de mármore branco e negro, parece-se com um imenso tabuleiro de xadrez. Os dois servem-se de vinho e canapés na mesa do bufete, e então se entreolham com um aceno de concordância: hora de se pôr ao trabalho. O jogo vai começar.

Circulam entre embaixadores, seus secretários e outros lambe--botas. Érico exercita sua habilidade de identificar rapidamente padrões para notar as dissonâncias, acostumado a enxergar através das máscaras sociais com que cada um se esconde, assim como ele. Ainda assim, há aqueles que inevitavelmente se destacam, seja pela cor da pele, como o par de embaixadores do Reino do Congo, um deles usando no pescoço um pesado crucifixo com um Jesus africano; seja pelos enormes turbantes e coloridas mantas dos embaixadores otomanos.

— É refrescante não ser o mais amorenado do salão — Érico comenta com a Raia. — Em Londres, já me tomaram por espanhol, siciliano, até mesmo turco. Aliás, tenho percebido que mesmo os nossos nobres passariam pela mesma situação.

— Nem poderia ser diferente. Quantos ramos nobres não descendem dos filhos bastardos de D. Afonso III com D. Madragana, a princesa moura? E quantos dos primeiros a explorar o Brasil não casaram com índias, e mandaram os filhos para a corte?

— Minha bisavó materna era filha de uma tupinambá — lembra Érico.

— Pelo seu lado inglês? Que ecléticos. — A Raia bebe um gole de seu cálice. — Mas note o Érico que, mesmo assim, cá estão muito poucos da aristocracia nativa, e muitos dos estrangeiros. Não é comum a corte oferecer esse tipo de confraternização. Cá a sociedade não tem o hábito de promover saraus e banquetes fora de datas religiosas, nem de receber gente de fora. Ah, ali está Mr. Hay, o embaixador inglês. Mas lorde Tyrawley parece que não virá. É um insuportável, já o conheceu?

— Sim, tive o desprazer. Aliás, tenho um mexerico da corte para você — Érico sorri. —Tyrawley tinha esperanças de ser apontado comandante em chefe dos exércitos portugueses, ser "o salvador de Portugal", mas aqui ninguém gosta dele, é um velho abusado que vive falando mal do reino pelos cantos. Dizem que nem mesmo os ingleses o suportam. Então, estamos indo atrás de outras opções, e de um modo educado de tirar o velho do caminho.

—Ah, tenho a outra parte do mexerico para compartilhar, amadinho — ela sussurra. — Parece que lorde Tyrawley recebeu uma carta da Inglaterra, a alertá-lo de que, em Londres, já procuram seu substituto. Ofendeu-se, claro, e é por isso que não veio hoje. — Lança um olhar pelo salão. — Mas Thomas cá deve estar em algum lugar...

— Aquela não é sua amiga, a D. Teresa Margarida? Quem é aquele com ela?

— Hm... é *monsieur* Bidet Lambert, embaixador de Avilan. Um antigo principado português sob proteção da França. É um grande poltrão, se quer saber. Ah, ali... Aquele é D. Torrero, o embaixador espanhol e... Olhe, não é Thomas quem está vindo?

Thorburn entrara no salão. Em trajes civis, lança-lhes um olhar preocupado, e passa pelos dois sem cumprimentá-los, indo direto a Mr. Hay, o que deixa a Raia indignada. O tenente cochicha algo no ouvido do vice-cônsul inglês, que balança a cabeça em positivo e olha de esguelha para o embaixador espanhol e outro homem, numa elegante casaca verde de detalhes em *rocaille*.

— Quem é aquele outro?

— Aquele é *monsieur* Jacques O'Dunne, ministro plenipotenciário da França — explica a Raia. — Não o oficializaram como embaixador devido a uma querela de seu antecessor com o velho Tyrawley no começo do ano, mas todos sabem que *monsieur* O'Dunne cá está só por formalidade. Quem conduz as negociações de fato são os espanhóis.

— Hm. E aquela dama conversando com ele?

— Não conheço. Ele não é casado. Talvez seja esposa de alguém do estafe da embaixada deles que... Ah, senhor Thorburn, resolveu então nos agraciar com algumas migalhas de atenção?

Thorburn, copo de vinho em mãos, viera ziguezagueando de modo errático, como um cavalo no tabuleiro de xadrez, de modo a parecer que, se para e vai conversar com eles, é por acaso.

— D. Claudia, senhor Borges — saúda aos dois, murmurando muito baixo. — Minha fonte entre os espanhóis me garantiu: os emissários chegaram hoje à tarde. Borges, creio que seu governo será comunicado amanhã pela manhã em um novo pró-memória. O terceiro e último.

Então é isso: o prazo se esgotou. Érico lança um olhar de esguelha para os embaixadores. Talvez um deles saiba onde a invasão terá início. Olha para M. O'Dunne, ainda na companhia daquela dama francesa, de costas para eles. Vê o reflexo do rosto dela na parede de espelhos e tem uma impressão de familiaridade que lhe gela o sangue.

— Thorburn — murmura Érico — à minha esquerda, de costas para nós. Quem é aquela dama conversando com *monsieur* O'Dunne?

— Aquela? — Thorburn olha rápido. — Já a vi antes, creio que seja Madame de Montfort. É do estafe francês, creio, mas não tenho certeza do que faz aqui.

— Oh, aquela *com certeza* não pode ser Madame de Montfort, amadinho — disse a Raia.

— E por que não?

— Porque conheci Madame de Montfort num *grand tour*, tempos atrás. Era uma jovenzinha de dezesseis anos. E aquela ali já avança em idade para além dos trinta...

Érico olha a francesa outra vez, agora com mais atenção. A sensação de familiaridade volta com mais força: tem um palpite sobre sua identidade, mas precisa chegar mais perto. Se estiver correto, a própria presença daquela mulher já responde muita coisa; se estiver errado, cometerá um pequeno incidente diplomático — mas que diferença faz, a essas alturas? Olha a mesa do bufete: uma faca foi esquecida ao lado de fatias de pernil. Discreto, aproxima-se da mesa, pega a faca e a coloca no bolso. A Raia percebe, vem em sua direção e murmura preocupada:

— O que Érico pensa que vai fazer? Cá não é lugar.

— Confie em mim.

Ele avança pelo salão numa linha reta, duro e direto feito torre sobre o tabuleiro. O embaixador O'Dunne se afasta para conversar com outro diplomata, deixando a francesa sozinha por um momento. Érico se aproxima por suas costas, e murmura:

— Beaumont?

A mulher se vira por reflexo. Os dois se encaram.

Ela o reconhece.

Ele vê que ela o reconhece.

Ela vê que ele vê que ela o reconhece.

"Tenente Érico Borges", ela sorri, falando em inglês. "Está ficando quente aqui, não acha? Venha, vamos pegar a fresca", e antes que Érico responda qualquer coisa, ela engancha o braço direito no braço esquerdo dele com força, e sorri. Olha para uma das portas, que está aberta dando para os jardins, e o puxa consigo, delicada e obstinada, cruzando o salão numa diagonal cortante de bispo. Os dois saem para a área externa, pela esquina direita do Jardim Pênsil. O conjunto de sendas da topiaria dá a impressão de um labirinto geométrico esculpido em buxo, que bate na altura de suas coxas e é pontuado por estatuários de chumbo. Os dois caminham em diagonal rumo ao centro.

"É muito bonito aqui", ela comenta. "Dizem que o príncipe quer dar a Queluz os ares de Versailles. Mas Versailles não é só decoração, é a encarnação da própria magnificência e imponência da França. Aqui os rorocós de *monsieur* Robillon me fazem pensar numa daquelas esculturas de açúcar e marzipã. Lindas, mas frágeis. Pode se dizer o mesmo de Portugal, não acha?"

"Estou em dúvida em relação ao nome que devo lhe chamar esta noite", diz Érico. "Madame de Montfort? Sra. Bryant? Lady Lea? Ou *monsieur* Charles d'Éon de Beaumont seria mais adequado?"

Elæ o encara com um sorriso, dando tapinhas condescendentes em seu antebraço.

"Eu também tenho muitos nomes com que chamá-lo, sr. Borges, mas temo que nenhum seja lisonjeiro ou adequado aos lábios de uma pessoa refinada."

Estão no centro do jardim, onde um laguinho circular murado tem no meio uma escultura da ninfa Tétis implorando a Netuno pela proteção de Aquiles. A água está coberta de folhas, e a trilha ao redor do lago é pontuada por esculturas de temática clássica. O jardim inteiro é iluminado por archotes em urnas de cerâmica branca e azul, e outros casais caminham pelas trilhas ao redor.

"Vamos mais devagar?", elæ pede. "Minha perna ainda dói um pouco, como pode imaginar. Afinal, foi o senhor quem deu um tiro nela."

"Não faça drama, a bala pegou de raspão."

"Eu poderia ter perdido a perna! Poderia ter morrido!"

"A ideia era essa, mas nem sempre se pode ter o que se quer, não é? Além do mais, caso tenha esquecido, você tentou cortar minha garganta antes."

"O senhor guarda rancores por tempo demais, senhor Borges."

"Não posso evitar, nasci sob o signo de Câncer."

"Sim, mas de que adianta guardar rancores do passado, quando podemos criar novos, não acha? Nisso concordo com o senhor: nem sempre se consegue o que se quer. Agora, por exemplo, o senhor parece querer algo, e não pense que não o vi meter aquela faca no bolso. Nada passa despercebido para um olho atento num salão de espelhos. Se tentar algo desagradável, sinto que terminará esta noite muito frustrado."

"Ou então, você me diz o que quero ouvir, e cada um volta para sua vida normal."

"Você leva uma vida normal? Quem diria!"

Beaumont para a caminhada frente a uma escultura de Meleagro cortejando Atalanta.

"Olhe ao seu redor, *monsieur* Borges, o que vê? Jardins franceses num palácio redecorado por um arquiteto francês. Toca-se música francesa no salão, onde os embaixadores do mundo conversam em francês: a língua da diplomacia, da civilização, a língua franca do mundo. Todos vestem roupas de corte francês, e tenho certeza de que muitos irão se retirar para suas casas e lerão um bom romance francês antes de dormir. Nós ditamos as modas, a filosofia, a literatura, a política. Nós somos a grande potência militar do mundo. Os senhores nos admiram, nos desejam, o mundo quer ser a França. E essa é a maravilha de um país com cultura, querido: o poder que se tem sobre aqueles que querem ser iguais a nós. Seria tudo tão mais fácil se simplesmente viessem para o nosso lado. Nós os libertaríamos dos ingleses."

"Para nos entregar aos espanhóis", retruca Érico. "Guarde o altruísmo para os salamaleques da diplomacia, Beaumont. Todos sabem que os cofres de seu rei estão vazios. Esse Pacto de Família é somente um acordo entre salteadores de estrada. Vocês precisam de ouro, e nós temos ouro."

"Não, *mon cher*: o Brasil tem ouro. E o Brasil está cercado por espanhóis de um lado, e pelo oceano do outro."

"Oceano agora dominado por ingleses. Quando a guerra terminar, eles serão os senhores dos mares, e darão as cartas dali em diante. Não nos culpe por apostar no cavalo vencedor."

"Bem, é o senhor quem diz. Estarei nos meus vinhedos em Tonnerre lendo sobre a queda de Portugal pelos jornais. Agora, se me dá licença...", soltou seu braço e deu-lhe as costas, voltando.

"O arrasa-quarteirões. Onde será?"

Elæ para e se vira devagar. Olha ao redor, vendo se algum outro convidado no jardim estaria perto o bastante para escutar. Conclui que não, e diz: "Aqui, Érico, um conselho entre soldados: vá embora enquanto pode." Aponta o chão. "Em um mês, isto aqui será terra de Espanha."

Dito isso, caminha de volta ao salão. Érico bufa irritado, olhando o jardim ao seu redor, e em seguida também regressa. Pega um cálice de vinho da bandeja de um lacaio, bebe tudo de um gole só e volta para Thorburn e a Raia.

— O que houve? — Thorburn murmura. — Quem é ela?

Ela ou ele, explica Érico, é Charles Geneviève d'Éon de Beaumont, que atua como *agent provocateur* a serviço do *Secret du Roi* de Luís XV, fazendo uso de seus traços andróginos para se infiltrar nas cortes *en travesti*, disfarçado ora como mulher ora como homem. Da última vez que soube, Beaumont servia como capitão de dragões no front alemão, sob ordens do general Broglie. Érico não sabe se é realmente homem ou mulher, mas isso não importa: se está com a França, está contra eles. E se está ali, então podem ter certeza de que sabe de algo a respeito da conspiração.

— Já se conheciam? — pergunta a Raia.

— Considero-a minha arquirrival — Érico ergue o queixo num modo presunçoso.

— "Considero-a minha arquirrival", minha nossa. — A Raia sorri. — Você tira um miúdo do pátio da escola, mas não tira o pátio da escola de um miúdo! Gajos, nem tudo na vida é uma competição. Às vezes, é possível uma troca colaborativa.

— Mas não vejo o que eu tenho a oferecer para uma troca.

— Amadinho, estás a abordar isso como se fosse uma partida de xadrez — ela aponta o piso de mármore — quando, de facto, é um jogo de damas.

~~

A Raia avança pelo salão suave e decidida como uma fragata de tafetá, a peruca imponente como bandeira de guerra e o leque balançando em mãos rápido como tambores de batalha. Érico e Thorburn a veem se aproximar de Madame de Montfort, ou Beaumont, que conversa distraída com o embaixador O'Dunne. As duas trocam palavras discretas, Érico e Thorburn não podem escutar, mas a sequência de expressões é inequívoca: a Raia se apresenta, e recebe de Beaumont um olhar frio e desinteressado. Porém algo é dito pela Raia. Isso faz Beaumont arregalar os olhos e dispensar a companhia de O'Dunne. As duas dão-se os braços e caminham pelo salão lado a lado, em direção à porta que leva à ala sul do castelo, ainda em obras.

Érico e Thorburn as seguem. Não querendo dar muito na vista, dividem-se: Thorburn entra logo atrás das duas na Sala do Conselho, enquanto Érico sai pela porta à direita que dá para um corredor de acesso, ali virando à esquerda e também entrando na Sala do Conselho pelo outro lado.

Thorburn está parado no meio da sala vazia.

— Mandaram que eu espere cá — diz, apontando as quatro portas à frente.

Érico não gosta daquilo. Conhece as artimanhas de Beaumont bem o bastante para não confiar nelæ. Da outra sala vem o som abrupto de uma cadeira virando e alguém tombando ao chão, o que parece confirmar seus temores. Os dois correm em direção à porta da extrema-esquerda, entrando ao mesmo tempo na Sala das Açafatas da Rainha, ainda em obras.

A Raia está de joelhos, caída ao chão, mão ao rosto, ao lado de uma cadeira virada. A porta seguinte à sua frente acaba de se fechar com uma batida. Thorburn pergunta o que aconteceu.

— Ela tentou cortar minha garganta — diz a Raia. — Recuei e tropecei nessa cadeira.

Érico olha a porta e sai em disparada para a sala seguinte, Thorburn fica para ajudá-la a se levantar, oferecendo sua mão. Ela aceita a gentileza e se põe de pé. Busca o lenço num bolso do vestido e limpa o sangue de um corte no lábio.

— Está bem? — pergunta Thorburn.

Ela não responde. Seus irmãos tinham temperamentos explosivos; ela, ao contrário, quando se irritava era acometida pela calma, pragmática e serena. Primeiro, tira os brincos de cada orelha, e os guarda no bolsinho do vestido, costurado às escondidas nas dobras do tecido. Em seguida, respira fundo, leva as mãos à cabeça, solta os grampos e ergue aquela escultura de cabelos falsos, tão alta e decorada quanto um bolo, e a entrega nas mãos de um Thorburn desconcertado.

— Fique cá e segure minha peruca.

E sai atrás dos outros, às largas passadas de suas longas pernas.

⸺

Quando Érico entra no cômodo seguinte, a Sala das Merendas, avista Beaumont já atravessando para o próximo, pois ali as portas laterais para os jardins estão trancadas. Érico segue no seu encalço. O cômodo seguinte é um estreito corredor de acesso; vê de relance Beaumont se afastar das portas do jardim — também trancadas ali — e entra com pressa na próxima sala, onde serão os futuros aposentos do Rei. É como um labirinto de sucessivas portas. Érico vai atrás.

Fim do caminho. O quarto é circundado por oito colunas cortando seus quatro cantos, criando uma ilusão circular tanto por sustentarem a cúpula do teto quanto pelo piso de parquete, formando um desenho solar radiante. Há oito portas ao redor da sala, todas cobertas com espelhos. Ornatos de talha dourada e pasta de papel, ao gosto rococó, emolduram painéis nas sancas e nas sobreportas, que estão sendo pintadas com passagens do *Dom Quixote*. Cavaletes, ferramentas de pintura e decoração espalham-se pelo cômodo, ainda sem nenhuma mobília.

E vazio. Érico cruza o quarto até a porta que dá para o balcão e se certifica de que também está trancada. É o extremo sul do pavilhão. Beaumont não teria voltado para o labirinto de salas por onde vieram, tampouco teria como sair dali, pois todas as portas estão trancadas. Isso é impossível! Não pode ter simplesmente evaporado.

É quando se dá conta do óbvio: algumas das portas são alcovas. Seja lógico, pense rápido, Érico: o quarto é ladeado por corredores de acesso; logo, descartem-se as quatro portas laterais. As duas que flanqueiam o espaço reservado à cama voltam para as salas por onde acabara de atravessar. Logo, restam aquelas duas portas que levam ao balcão. E, detrás de uma delas, uma espiã francesa pronta a esfaqueá-lo.

A sorte favorece o ousado: tira a faca do bolso e escolhe a porta à direita. Aproxima-se devagar. Mão na maçaneta. Antes de girá-la, contudo, a porta abre brusca e bate em seu nariz. Ele deixa cair a faca e recua desconcertado. Beaumont sai da alcova com uma adaga em mãos e ataca. Érico dá um salto para trás, a adaga abrindo um corte no seu colete; bate de costas contra um cavalete de pintura e cai ao chão, derrubando ferramentas e tintas. Pega a primeira coisa ao alcance da mão — um pincel — e o atira contra Beaumont, que ergue os braços protegendo o rosto. Érico busca com os olhos sua faca, e estica o corpo na intenção de pegá-la, Beaumont vê aquela mão como um alvo ideal e salta. Érico retira a mão a tempo de a adaga afundar no espaço entre duas tábuas do parquete, e ele gira no chão acertando Beaumont com as pernas. Elæ cai de costas com um grito agudo de susto. Isso dá tempo de Érico se levantar, o que faz num pulo. Vê a adaga cravada no parquete e pisa nela com força, quebrando o cabo da lâmina e deixando uma marca que até hoje o visitante que porventura entrar no Quarto D. Quixote do Palácio de Queluz poderá ver. Beaumont se põe de pé e, de frente para Érico, recua de costas em direção à porta do corredor por onde veio.

— Vou-te dizer o que vamos fazer — rosna elæ. — Vamos voltar calmamente ao salão, e fingir que nada disso aconteceu. E então vamos entrar em acordo que...

Elæ sente que há alguém atrás. Vira-se a tempo de ver a mão da Raia agarrar seu pescoço e empurrá-la contra a coluna de espelhos. Bate a nuca com força o bastante para fazer o vidro trincar, e a Raia a ergue até as duas ficarem cara a cara, o que significa para Beaumont ter os pés balançando no ar. Seu ato reflexo é o de segurar aquele punho que a estrangula.

Érico fica sem saber o que fazer. Thorburn chega logo depois, peruca em mãos.

— Vamos terminar aquela nossa conversa, de mulher para mulher — diz a Raia. — Deixem-nos.

— Mas eu... — Érico protesta.

— Eu disse "deixe-nos"! AGORA!

Os dois rapazes a obedecem. Voltam cômodo a cômodo até a Sala das Açafatas, e ali esperam de pé, de olho na porta por onde vieram. Sem saber o que dizer, Thorburn puxa assunto:

— As coisas são sempre assim no corpo diplomático português?

— Assim como?

— Não sei. Com que frequência as pessoas tentam matar o senhor?

— Uma ou duas vezes por ano, em média. — Érico ergue os ombros.

Thorburn fez cara de quem pondera e considera a soma razoável.

— Os lusitanos são muito literais. Abordagens indiretas levam mais tempo, mas costumam dar resultados mais sutis. Uma chantagenzinha cá, uma criada seduzida ali...

— Eu sou comprometido.

— Não seja por isso. Cavalo amarrado também pasta.

A porta abre. A Raia surge muito calma e pede a peruca de volta. Prende-a na cabeça, pedindo para Thorburn fazer a mercê de ajudar com os grampos. Érico pergunta onde está Beaumont.

— Já foi embora — diz a Raia. — Deixei-a ir.

— Você o QUÊ? — Érico, indignado.

Ela explica que o balcão no Quarto D. Quixote tem uma passagem lateral ligada aos jardins, e a ajudou a abrir uma das portas para fugir — após, claro, uma longa negociação. "Quiproquó, querida", foi o que a Raia disse para Beaumont. Ao contrário do que Érico pensava, eles possuíam sim uma moeda de troca: a própria identidade de Beaumont. Se a *agent provocateur* francesa está em Portugal como "Madame de Montfort", significa que seu passaporte e credenciais diplomáticas não são válidos para Éon de Beaumont e, portanto, poderia ser presa se fosse desmascarada.

— Eu disse para ela: quando todo esse contratempo da guerra passar, a primeira coisa que vou fazer será vender minhas propriedades e me mudar para Paris. Mas não posso fazer isso se a Espanha tomar minhas terras, não é mesmo? Logo eu, com sangue de cristã-nova, viúva de um fidalgo português sem nobreza. Não vou ficar sentada esperando a Inquisição Espanhola tomar tudo o que tenho. Então, se ela me dissesse o que queríamos saber, deixaríamos que fosse embora. Claro que cabe a Érico honrar sua palavra. O Érico é um homem de palavra?

— Você sabe que eu sou — disse ele.

— Pois bem, amadinho: o oráculo lhe concedeu três respostas.

Primeira: Beaumont garantiu que os panfletos de Irmã Xerazade eram de origem portuguesa, mas não sabia dizer quem os fazia e, de modo geral, considerava coisa menor e irrelevante para os planos da França. A segunda: Érico estava correto quanto ao arrasa-quarteirões não ser exatamente uma arma, e sim um dispositivo para romper as defesas de um castelo por dentro; contudo, era também um engenho próprio português, e não sabia dizer de que natureza, pois o único trabalho de Beaumont *nessa questão* era estabelecer a ligação entre a Confraria da Nobreza e os exércitos do Marquês de Sarriá, através de um *agent de liaison* francês chamado Valmont. A terceira e última resposta, porém, era a mais importante: por vontade expressa dos espanhóis, a invasão teria início pela raia nordeste do país, em Trás-os-Montes. Mais precisamente, na cidade de Miranda do Douro.

— Isso não faz sentido — diz Thorburn. — É um longo caminho de lá até Lisboa.

— Eles não estão a caminho de Lisboa — explica a Raia.

— Para onde, então?

— Para o Porto — conclui Érico, com um calafrio.

Sim, confirma a Raia. Pelo que Beaumont lhe dissera, é desejo dos franceses atacar Lisboa, mas o rei da Espanha não pretende permitir que sua irmã, esposa do rei D. José, testemunhe os horrores de um cerco de guerra sob o risco de perder seu trono. Fazia sentido: ocupando o norte do país, atacariam o centro de comércio lusitano e coração da comunidade inglesa no reino. Quando a guerra chegasse ao fim e se negociassem os tratados de paz, os espanhóis teriam a região norte como refém. Para devolvê-lo, exigiriam como compensação aquilo que mais cobiçavam de Portugal — o Brasil. Onde uma invasão certamente era planejada em paralelo.

Os espanhóis sequestrariam o norte de Portugal para pedir sua maior colônia como resgate ou, ao menos, forçar Portugal a retornar para as antigas fronteiras do Tratado de Tordesilhas. E assim Érico, cuja vida se dividira entre os dois lados do Atlântico, sentiu a vertigem de ver suas duas metades sob ameaça conjunta: do lado oposto do oceano, a terra natal que aprendera a amar e fizera dele o homem que era, e agora deste lado, a cidade de sua infância, e onde ainda vivia toda sua família.

8.

O ULTIMATO BOURBON

Na manhã do dia 25 de abril de 1762, o senhor Jacques O'Dunne, ministro plenipotenciário e *chargé d'affaires* da França em Portugal, prepara-se para sair de casa e ser recebido no paço pelos ministros de Portugal, quando batem em sua porta. É abordado por um grupo de militares portugueses, liderados por um sargento: vieram mendigar, pois estavam havia dezoito meses sem receber seus soldos. O'Dunne sorri condescendente e manda o criado distribuir algumas moedas, em seguida sobe em seu coche e se dirige ao Paço de Madeira em Belém. No caminho, repassa mentalmente as quatro demandas que há meses faz a Portugal, em nome de seu governo. São elas:

a) que encerrem a aliança com a Inglaterra e a troquem por França e Espanha.

b) que fechem os portos aos ingleses e cessem todo comércio com o Reino Unido.

c) que declarem guerra à Grã-Bretanha; e, por último:

d) que aceitem ter seus portos ocupados pelas forças da Espanha, assim garantindo que Portugal seja ao mesmo tempo "protegida" dos ingleses e "liberada" de sua "opressão" pela "pérfida Albion".

Em outras palavras, resta a Portugal decidir se será ocupada por bem ou por mal. Os interesses das duas coroas Bourbon, contudo, diferem: para a França, interessa mais dividir os exércitos ingleses da frente alemã, forçando-os a vir em auxílio dos portugueses na guerra; já a Espanha anseia voltar aos bons tempos filipinos da união ibérica, quando tinha acesso direto ao ouro e aos diamantes do Brasil.

O império português, O'Dunne conclui, é uma colheita no aguardo. A guerra será mera formalidade, um incômodo a ser superado tão rápido quanto possível, a única questão real sendo a divisão dos espólios.

Quando desce na Quinta da Ajuda, frente ao luxuoso labirinto que forma a Real Barraca, um criado do paço o conduz pelos salões de madeira até encontrar o embaixador da Espanha, D. Torrero, já ali no aguardo. Os dois se cumprimentam, conversando entre si na língua franca do mundo, o francês.

"Isso tudo tem sido uma perda de tempo monumental, não acha?", diz O'Dunne.

"E o senhor esperava alguma mudança na posição portuguesa?"

"Quando cheguei aqui em fevereiro", lembra O'Dunne, "fui tão bem recebido na corte por Sua Majestade, e com tanta cordialidade, que por um instante, sim, tive essa esperança."

"Muito me admira que vós", diz o espanhol, sorrindo, "escaldado nas rotinas de Versailles, tenhais deixado vos enganar pelos salamaleques desta corte. Pois não sabeis então que, de todas as cortes da Europa, é a de Portugal a mais apegada às formalidades da etiqueta? Não confundais o apego dos portugueses pelos sinais de reverências com uma cordialidade sincera, da mesma forma que o apego deles pela burocracia não se traduz em eficiência. A cordialidade aqui é só uma máscara. Mas, ah... aí vêm eles", e murmurou: "O títere e o titereiro."

As portas duplas são abertas. Entra D. Luís Manuel, o novo Ministro dos Negócios Estrangeiros e da Guerra, responsável por lidar com as embaixadas estrangeiras, acompanhado do próprio Conde de Oeiras, a quem o primeiro obedece fielmente. Traz sua presença ao encontro para dar peso definitivo às palavras que serão ditas.

"Excelências...", O'Dunne e Torrero fazem salamaleques.

"Senhores...", Luís Manuel e o Conde de Oeiras assentem com meneios.

Há um instante de silêncio. Impaciente, D. Torrero puxa logo a questão:

"Em nome de Sua Majestade Católica da Espanha, El-Rey Dom Carlos III..."

"E de Sua Majestade Cristianíssima da França, o rei Luís XV", completa O'Dunne.

"... aguardamos vossa resposta final", lembra Torrero.

D. Luís Manuel olha para Oeiras à espera de um sinal. Oeiras assente.

E agora, meu leitor, atente que, se as formalidades das cortes parecem feitas para esconder a verdade de suas palavras com floreios excessivamente educados, aqui este gentil narrador oferece seus serviços de tradutor, convertendo a linguagem diplomática para suas reais intenções.

"Sua Majestade Fidelíssima de Portugal responde, mais uma vez", diz D. Luís, "que é o seu mais ardente desejo comprazer Suas Majestades Católica e Cristianíssima. Contudo, não está em sua esfera de arbítrio romper tratados defensivos com Sua Majestade Britânica, sem que haja motivo de grande e imediato interesse, a ponto de levar o reino à calamidade de uma guerra."

Pelo visto vou ter que me repetir: olha, queridões, adoraríamos agradar a todos, mas não vamos sair comprando briga com quem nos paga as contas só porque vocês brigaram entre si.

"Sua Majestade Fidelíssima sempre pôs confiança ilimitada nas alianças de sangue e amizade", reforça o Conde de Oeiras, "e prova mais grande não há que ter ficado em silêncio, afetando não ver as tropas de vossos reinos por muito tempo proliferando e bloqueando nossas fronteiras, de maneira a impedir, por exemplo, o comércio de pão entre nossas nações, e acumulando de seu lado tropas, arsenais e munições, sem que nossa embaixada em Madri dissesse uma palavra em protesto."

E olhe só, para mostrar nossa boa vontade, até fingimos não os ver nos provocando há meses, abusando de nossa boa vontade na esperança de que déssemos motivos para guerra, deixando nosso povo quase sem pão ou brioches e sem que déssemos um pio.

"Se vossas intenções fossem assim tão neutras", lembra o espanhol, "não haveria motivos para chamar tropas inglesas aqui a vos defender. Sabemos dos preparativos que estão sendo operados, temos ciência de que lorde Tyrawley aqui está para comandar vossos exércitos."

Não se façam de desentendidos, que se fosse assim não estavam de gracinhas com os ingleses. O que aquele bife velho veio fazer aqui, afinal?

"Sua Majestade Fidelíssima chamou lorde Tyrawley", lembra D. Luís, "somente para defender seu decoro frente aos clamores de seus vassalos, pois El-Rey tem sido deveras criticado em toda a Europa, como toda gente sabe, pela falta de generais e oficiais neste reino."

Sabem bem que isso cá está uma bagunça, até porque não param de espalhar isso para todo mundo ouvir, bando de fofoqueiras que são. Até parece que um velhote ranzinza vai fazer alguma diferença.

Os dois embaixadores estrangeiros se entreolham. É chegada a hora de elevar o tom.

"Excelências", diz M. O'Dunne, "as majestades de França e Espanha entraram em acordo de que um dos meios de pôr freio à ambição excessiva da Inglaterra, sobretudo no comércio com as Índias do

Ocidente e do Oriente, seria o de convidar Sua Majestade Fidelíssima de Portugal a se juntar a nós em causa comum. Esperava-se que El-Rey, refletindo sobre seus melhores interesses, oferecesse uma resposta adequadamente positiva. Contudo, não nos fornecendo nenhum socorro, causa às nossas coroas grandes prejuízos, ao dar a nosso inimigo tantas riquezas e facilidades, pelo acesso que eles têm a seus portos e seus comércios."

Já decidimos entre nós que vocês vão entrar no jogo por bem ou por mal, e vai ser no nosso lado. Seria melhor que fosse por bem, mas, enquanto teimam em ficar parados, fazendo de conta que não é com vocês, a gente só se ferra.

"Assim sendo, se Sua Majestade Fidelíssima se recusa a aceitar proposta tão amigável", completa D. Torrero, "preferindo sacrificar sua amizade e aliança conosco para fazer a vontade da Pérfida Ilha de Albion, falo em nome da Espanha, e M. O'Dunne pela França, ao declarar El-Rey de Portugal como inimigo direto e pessoal de nossos monarcas."

Se preferem ficar puxando o saco inglês, então que seja por mal e falo por nós dois: vão se foder.

"El-Rey funda sua honra não em sair da opressão inglesa", continua O'Dunne, "mas em impedir que Espanha e França entrem em vosso auxílio. Se vós resistis à nossa entrada como amigos, nos recebereis como inimigos, e tal por ofensa tomarão Suas Majestades Católica e Cristianíssima. E já não há coisa mais *inútil* e *indecente* do que mantermos cá essas embaixadas. Rogo, e espero que se dignem, a conceder-nos nossos passaportes para que cada um se retire de imediato à sua corte."

Vão lá dar o rabo pra Inglaterra, então, já que gostam tanto deles, e não diga que não avisamos. Chega dessa putaria, que grande perda do nosso tempo. Deixem-nos ir embora dessa merda logo de uma vez.

O rosto de D. Luís fica vermelho. Ele até pensa em retrucar, mas, quando olha para o Conde de Oeiras e vê nele um furioso comprimir de lábios, sabe que seu chefe terá a palavra final.

"Vou separar a substância do negócio", diz o Conde de Oeiras, falando devagar, "pois tais expressões acidentais e fogosas *nunca foram praticadas* até agora entre nossos soberanos. E digo isso: não há em vosso pró-memória nada de novo que dê abertura para negociações. Tampouco este rompimento nos causa surpresa, já que Madri e Paris haviam há muito decidido fazer de nosso amado Portugal o palco de vosso teatro de guerra sem *jamais* nos consultar, em absurdo *desrespeito* à nossa neutralidade, como se Sua Majestade Fidelíssima fosse assistir impassível a suas províncias serem ocupadas!"

Vou fazer de conta que não escutei isso. Vocês chegam fazendo exigências como se estivessem em casa. Já tinham decidido tudo mesmo, até parece que ia fazer alguma diferença. Ninguém aqui tem sangue de barata!

"Vou repetir aos excelentíssimos senhores os exatos vocábulos", continua Oeiras, "ditos por El-Rey: a nós afetaria menos, ainda reduzido aos extremos finais, que caia a última telha de nosso último palácio, que veja o mais fiel de seus súditos sangrar até a última gota de sangue, do que sacrificar, junto da honra de sua coroa, tudo aquilo que Portugal mais estima, e se tornar, para todos os Poderes Pacíficos, um exemplo fatal ao nos privarmos do direito de manter nossa neutralidade!"

Olha para mim e diz se tenho cara de capacho. Melhor morrer a ter que lamber as botas de gente como vocês.

"El-Rey percebe que, se invadem seu reino", completa D. Luís, "então está no seu direito defender-se, como faz qualquer um que tem sua casa profanada. Nisso, obrará o que couber às suas forças, por *quaisquer meios* necessários. Quanto aos senhores embaixadores, seus passaportes vos serão entregues como de costume. Com sua licença."

Venham, que vão se arrepender; não digam que não avisamos, e vão vocês dois à merda também.

E está encerrado aquele encontro. Os embaixadores vão embora, e logo mais o Conde de Oeiras atravessa salas cujas portas vão sendo abertas por lacaios enquanto avança, chegando até aquela onde Érico aguarda desde o início da manhã. Entra, acena para seu secretário, e atende Érico.

— Miranda do Douro, disseste?

— Sim, Excelência.

O secretário se aproxima e lhe estende um documento.

— Entregue isso ao governador da praça de armas da cidade — diz Oeiras. — Instrua-o a conduzir um inquérito e vigiar as muralhas. Seja lá o que procuramos, é preciso encontrar antes de os espanhóis cercarem a cidade. O castelo é bem preparado, e pode segurar o avanço deles por tempo o suficiente até os ingleses chegarem.

Érico engole em seco. Esperava ser dispensado daquilo tudo, para encerrar sua investigação sobre a freira e assim voltar para sua casa em Londres. No entanto, tem a impressão de que, quanto mais avança, mais distante fica de seu retorno. O Conde de Oeiras, tendo notado nele os ares de decepção, lembra-lhe de que é um dos poucos oficiais em Portugal cuja promoção se dera por mérito em combate e não apadrinhamento e, portanto, sua experiência é valiosa demais para ser dispensada num momento tão crítico. E diz-lhe ainda para levar consigo o inglês Thorburn, tanto por cortesia a seus aliados ingleses quanto por necessidade, pois a boa resolução do assunto também lhes interessa.

A irritação afasta-lhe a prudência, e Érico aproveita a brecha.

— Permita-me fazer uma sugestão, Excelência, quanto aos embaixadores? O trâmite de praxe seria despachar um estafeta a Madri e mandar vir de volta o nosso, enquanto se manda embora os deles.

Talvez, se me permite uma sugestão, após tantos meses sendo provocados por França e Espanha, possamos aproveitar a oportunidade de lhes dar o troco?

— Sou todo ouvidos, senhor Borges — diz Oeiras, com um sorriso.

⟋⟍

Tendo recebido seus salvo-condutos, os embaixadores partem na manhã do dia 27 de abril, uma terça, chegando três dias depois à fronteira pela cidade raiana de Estremoz. Em meio às almofadas que tentavam suavizar o desconfortável sacolejo de seu luxuoso coche, M. O'Dunne comenta com sua companheira de viagem que, se até então não sabia bem o propósito de sua missão, sabia menos ainda o dela. Agora que ambos partem, espera ao menos que um deles tenha obtido algum sucesso. E a dama, que no momento atende ainda pelo nome de Madame de Montfort, concorda, abre a cortina da janelinha, olha para fora, e comenta que os papéis desempenhados por ambos naquela comédia foram somente o de azeitar uma engrenagem que já funciona sozinha, e talvez conseguir algum lucro maior para a França.

E então, impaciente, ela pergunta por que os soldados da fronteira estão demorando tanto para liberar-lhes a passagem. É quando vê que, no outro coche, D. Torrero é desembarcado e conduzido sob custódia. Seu sangue gela. Um único pensamento lhe ocorre: *merde*. O oficial português logo vem bater à portinhola deles e pedir, num francês educado, para descerem.

"De que se trata isso?", protesta O'Dunne, "nós temos um salvo-conduto!"

"Lamento, senhor. Tenho ordens de só liberá-los quando nosso embaixador voltar de Madri a salvo. Enquanto isso, queiram fazer a cortesia de descer, nós os levaremos à sua hospedagem."

O embaixador francês protesta, diz que aquilo é um ultraje, coisa inaudita, ao que o capitão da guarda, com um sorriso burocrático, responde: isso é Portugal, há regras, há burocracias, e "vossa senhoria pode vir por bem ou por mal". Contrariados, os dois são conduzidos à casa onde serão hospedados por alguns dias, enquanto aguardarão o embaixador português em Madri voltar são e salvo, para só então serem liberados. Os dois precisam admitir que há confortos suficientes na hospedagem para ser digna de suas posições. À frente de cada quarto, porém, são colocados soldados de guarda, e Madame de Montfort mal tem tempo de ver seu criado largar as malas, quando alguém bate à porta. É um mensageiro, vindo com urgência de Lisboa com um pacote para ela. Ela abre.

É um livro: *La Lusíade du Camoens, poema heroique*, na tradução ao francês de Jean Duperron. Do livro cai um bilhete manuscrito, que diz:

Querida,

Já vai, tão tarde? Como disse um poeta, "de quem com letras secretas, tudo o que alcança é por tretas, Deus me guarde". Mas caso algum inconveniente a detenha, não se amofine: deixo aqui essa sugestão de leitura para ocupar as horas, e lembrar que cá já éramos uma nação de argonautas, quando vossa gente nunca foi mais que piratas.

E.B.

Amassa o papel com um grunhido de raiva. Quando o criado pergunta o que fazer daquele livro, Beaumont respondeu com raiva: acenda a lareira.

9.

AS CIDADES E A SERRA

De Lisboa a Miranda são oitenta léguas que, a passo viajante, com pausas para os animais descansarem e pernoitando em estalagens pelo caminho, um mensageiro em coche dos correios levaria de três a quatro dias para percorrer. Érico e Thorburn saíram em direção norte, acompanhando o curso do Tejo e chegando a Santarém no meio da tarde, de lá tomando a estrada por Golegã, pois lhe disseram que a de Torres Novas estava em mau estado. E assim chegam à cidade de Tomar ao final do dia, cansados após horas de cavalgada ininterrupta. O sol já se põe por detrás do castelo, lançando sua sombra sobre as casas na Rua da Corredoura e o rio Nabão, quando encontram lugar onde passar a noite. É uma dessas pensões que oferecem sopas restauradoras para repor as forças dos que viajam, e a que se dá o nome de casas restaurantes. Érico pede uma panelada de açorda alentejana com ovos escalfados e uma garrafa de vinho, e os dois comem em silêncio, envoltos no aroma de coentro, quando Thorburn puxa conversa:

— Então, Borges, já que vamos passar os próximos dias juntos, fale-me mais de você. — O inglês tem o hábito de chamá-lo pelo sobrenome. — A Raia me disse que o senhor é casado.

— Hm? Ela disse, é? O que mais ela disse?

— Nada, por isso estou a perguntar. É mesmo casado?

— Não sei se "casado" seria a palavra mais adequada...

— Amancebado? Amasiado? Não seja tão pudico! — Thorburn ri. — O Érico é muito reservado para um português, sabia?

— E você é muito desembaraçado para um inglês, há que se dizer.

— Isso é porque metade do meu sangue é português, meu caro! Onde acha que aprendi a falar sua língua assim tão bem? Meu pai cá veio nos tempos do rei João, e minha mãe, Deus a tenha, soube fazer seu pé-de-meia com ele. Não posso reclamar, o velho nunca me negou nada, mas também não herdei muita coisa. Ser bastardo de lorde tem lá suas glórias, mas não são muitas.

— Bem, sou inglês por parte de mãe. Mas ingleses do Porto, já aqui há tantas gerações que são tão portugueses quanto os próprios nativos, então não quer dizer nada. E eu sou de natureza desconfiada mesmo. Faz parte do meu trabalho.

Ergue o braço, chamando o taverneiro e perguntando se não há daquele doce de gemas que leva o nome da cidade. Logo tem à sua frente um prato com as fatias úmidas em calda de açúcar, de um amarelo luzidio, e acha incrível como tudo no país parece remeter a ouro. Não é de se estranhar que os visitantes só pensem nisso.

— Ah, já sei — Thorburn insiste —, ela já era casada, o marido desapareceu e não sabem se está vivo ou morto, então mantêm tudo em segredo para não gerar acusações de bigamia.

— Não, não me casei com "Moll Flanders" — ri Érico.

— Ora, um sujeito casa, se arrepende, calha de seu país estar sempre em guerra, alista-se no exército e some no exterior. É mais comum do que se imagina, sabia?

— Tem certeza de que essa não é a *sua* história?

— Nunca saberemos... — sorri enigmático.

Partem cedo na manhã seguinte, chegando em Lousã perto do meio-dia, onde fazem uma troca de cavalos e seguem sem descanso para ganhar tempo. Cruzam um rio que julgam ser o Alva, por sobre uma antiga ponte romana que provoca em Érico o efeito de fazê-lo falar sem parar por quase uma hora sobre como toda aquela região foi conquistada dos mouros, que por sua vez a tomaram de bárbaros vândalos, que a tomaram dos romanos que a tomaram dos cartaginenses que a tomaram de diversas tribos celtibéricas, e nisso já são quatro da tarde, e já deveriam ter chegado em Galizes, mas nem sinal da cidade. Érico consulta o mapa, mas garante que estão no caminho certo. Seguem por mais uma hora e meia, cruzando uma ribeira que não encontra no mapa, até notar que a Serra da Estrela está à sua esquerda, quando deveria estar à direita.

— Como não viu que as *montanhas* estavam do lado errado!? — Thorburn protesta.

— Você também não falou nada!

— É a sua terra, não a minha.

— Eu sou do Brasil!

— E eu com isso? Para onde vamos agora?

— Calma que eu resolvo.

Propõe seguirem caminho até encontrarem algo, e esse algo é um rio que não fazem ideia de qual seja. Por sorte, há ali um pastor de ovelhas com um imenso cão de pelo castanho.

— Meu senhor, esse rio é o Mondego? — Érico pergunta.

— Não, esse é o Zêzere.

— *Carago!*

— Aonde está nos levando, Borges? — Thorburn, indignado.

— Calma que eu resolvo.

Pede direções ao pastor, que aponta a cidade mais próxima como sendo Covilhã, a duas ou três léguas, é só seguirem o rio, não há erro. Agradecem-lhe pelo auxílio e partem. Mas, ao se afastarem, o pastor grita-lhes às costas: "E vai-te embora, herege comedor de bife!"

— Isso foi para mim? — Thorburn, surpreso.

— É melhor ficarmos atentos. Não estamos mais em Lisboa. Quanto mais avançarmos pelo interior, mais hostis vão ficar ao verem um inglês.

— Porque comemos bifes?

— Porque são protestantes.

— A Igreja da Inglaterra não é protestante! — protesta Thorburn.

— Tampouco é católica. Isso basta para aqui os terem por hereges.

— Bando de papistas...

A esperança de Érico em chegar no mesmo dia a Celorico, na outra ponta da Serra da Estrela, perde-se quando entram em Covilhã já passando das sete horas. As muralhas da cidade, em diversos pontos caídas, mantinham-se arruinadas desde o terramoto e para defesas não valiam nada. Vão em busca de onde se possa deixar os cavalos, e dali vão para uma estalagem, em cuja porta batem. O dono abre perguntando se isso lá são horas, mas ao lhes ver os uniformes se cala. Érico explica: estão a serviço, precisam de camas e um pouco de comida talvez seja bom também.

— Esse bife está com o senhor? — o estalajadeiro, desconfiado.

A serviço do Conde de Oeiras, confirma Érico, e a menção àquele nome faz o sangue desaparecer do rosto do estalajadeiro. Manda-os entrar, pede desculpas pois o fogo da cozinha já foi apagado, e não tem nada para servir a tão nobres senhores senão pão, vinho e queijos, comida de camponês. Érico diz não ser problema. Compra um disco do queijo de ovelha da região, e o divide entre os dois. Seja pela fome ou pela textura cremosa e amanteigada do interior do queijo, bem poderia comer de colher, foi como se lhes servissem ambrosia do Olimpo. Entre goles de vinho e pão, Thorburn retoma o assunto da noite anterior.

— Já sei. É o Érico quem já é casado. Mas sua primeira esposa é louca, vive trancada no sótão, e precisam esconder seu caso dos olhos da sociedade.

— Deus do céu, Thorburn, que coisa medieval. De onde tira essas ideias? Espero realmente que não seja essa a *sua* história. Não sou casado. Nem pretendo, para ser-te honesto.

— Suponho que não sejam um casal muito religioso, então? Eu não sou também. Entro numa igreja quando alguém casa. Ou morre. Mas, de resto, passo longe. Não é coisa para soldado.

Érico remexe a memória de ouro que leva no dedo anelar.

— Pelo contrário, meu amor é uma pessoa bastante religiosa. Mas, para ser sincero, já que tocou no assunto, não sei se eu próprio me consideraria cristão. Um Deus justo e bom não permitiria as coisas que vi acontecerem. Ou ele não é inteiramente bom, ou não é onipotente, e em qualquer caso, uma fraude. Os gregos antigos entendiam que, se há forças maiores no mundo, e o mundo é um caos, então essas forças também estão em eterno conflito. Como na *Ilíada*, onde os deuses escolhem cada qual seu lado da batalha. E os homens já rezavam para deuses antes dos judeus inventarem o seu e os cristãos o tomarem. Mas nada disso faz diferença para o povo, não acha? Se a donzela encalhada quer casar, tanto faz que se acenda uma vela para Himeneu ou Santo Antônio; se temos urgência, tanto faz que se evoque Mercúrio ou Santo Expedito. Ou talvez faça. Talvez os deuses antigos continuem baixando entre mortais e assumindo outras formas, como sempre fizeram. Ou talvez os ateus estejam certos e não exista nada, nós vagamos num mundo vazio e aleatório, onde nada tem sentido ou significado, e depois da morte só haja o vazio.

Thorburn para de mastigar, encarando-o em silêncio.

— São as coisas que passam na minha cabeça — explica Érico. — Por isso sou quieto.

— Então... O Érico é tipo um pagão? Um pagão de facto, como os gregos antigos?

Érico ergue os ombros, servindo-se de mais vinho.

— Não necessariamente. Na Grécia, quando diferentes cidades se uniam contra um inimigo comum, chamavam isso de *synkretismós*. Não vejo por que não fazer o mesmo com religiões. Talvez estejamos rezando para os mesmos deuses antigos, apenas dando-lhes novos nomes. Então prefiro chamá-los pelos nomes originais.

Thorburn o encara. Primeiro, num instante de silêncio. Então dá um tapa na mesa e explode em gargalhadas estridentes, logo se contendo por temor de acordar a casa inteira.

— Quase me pegou nessa, o Borges! Que grande espertalhão! Quase me convenceu dessa bobagem! Louvar os deuses pagãos! Digo... — olha desconfiado, com um sorriso gaiato no rosto — ... não estavas a falar a sério, estavas?

— Não, não, claro que não! — Érico sorri constrangido, encolhendo-se nos ombros.

— Ah — pega um último pedaço do queijo —, então, depois dessa, vou dormir. Boa noite.

Érico lhe dá boa noite e toma um último gole de vinho, sentindo-se um idiota e desejando ardentemente estar em qualquer outro lugar no mundo exceto ali.

⌒

Partem ao amanhecer rumo à cidade de Guarda, encontrando enfim o rio Mondego pelo lado leste da Serra da Estrela e seguindo até Celorico, onde chegam ao meio-dia. Para compensar o tempo perdido, fazem uma troca de cavalos no posto dos correios e continuam. Lembrando que "com pão e vinho já se anda o caminho", compram um pouco de ambos para viagem e, cinco horas depois, ao cruzaram uma ponte sobre rio Douro, finalmente entram na região de Trás-os--Montes. A vila de Torre de Moncorvo, com seu velho castelo em ruínas desde os tempos dos mouros, leva Thorburn a comentar que não parece haver muralha ou castelo ainda de pé no país. Notam também que a vila parece bastante deserta. Uma velha senhora, olhando desconfiada pela janela, explica: quase todos os homens em idade para lutar foram mandados para Miranda, para reforçar as defesas da cidade. "Os castelhanos estão vindo", sentencia.

Os dois não se detêm na vila, pois querem tentar chegar a Mogadouro ainda naquele dia. O sol já se pôs e já passa das oito horas quando encontram a vila, tão deserta quanto a anterior. Ao baterem na porta da estalagem, uma mulher abre, desconfiada:

— Que querem?

— Hospedagem pela noite, descanso para os cavalos. Estamos a serviço de El-Rey.

Ela vê os uniformes e os deixa entrar, pede desculpas, pois dos poucos homens que há nos arredores, muitos são salteadores de estradas. Logo mais, Érico e Thorburn estão à mesa com uma tigela fumegante de caldo verde em mãos, dividindo um pão de centeio e uma alheira transmontana entre eles. Comem em silêncio, quando dão-se conta de um panfleto largado à mesa. Érico o folheia: está em português, mas foi impresso em Madri, datado daquele mesmo ano. Seu longo título é bastante explícito: *Profecia política verificada no que está sucedendo aos portugueses pela sua cega afeição aos ingleses feita logo depois do terramoto de 1755*. Em resumo, diz que o terramoto que destruiu a capital foi punição de Deus por terem feito aliança com ingleses.

— Sou má companhia para o Érico, então? — Thorburn ri.

— Meus melhores amigos são sempre quem o povo mais gosta de apedrejar ou queimar na fogueira. Como a Raia e seus irmãos, por exemplo.

— Absurdo. Por que alguém a queimaria numa fogueira? Uma mulher tão linda...

— Bem, os antepassados dela inventaram essa alheira estufada com carne de frango, justamente para enganar a Inquisição e se passarem por gentios.

— Folgo em saber, isso cá é uma delícia — Thorburn corta mais um pedaço e mete na boca. — Só esse sabor a alho, o frutado de azeite picante, o gostinho fumado na carne de... — faz uma pausa, surpreso, e então baixa o tom de voz a um sussurro. — Como, ela é cristã-nova então?

— Jesus, Thorburn, você não pode ser tão tapado assim — pragueja Érico, incrédulo. — Se você não sabia, eu não deveria ter dito nada...

— Como eu poderia saber? Não é como se tivesse algo, algo... como os judeus fazem nos homens, sabe? Ou tem, e eu não sei? Mas então ela é louca de viver cá, entre essa gente que... hm... — Thorburn fica em silêncio. Érico pergunta no que estava pensando. — Nada. Apenas me ocorre que já dormi com uma protestante, uma anglicana, uma católica e, agora, uma judia. Ainda me falta uma moura — e sorri, gaiato, com o mesmo brilho diabólico nos olhos verdes que arruinava casamentos alheios. — E então terei deitado todas as religiões do Ocidente!

— Thorburn, você não presta.

— Nunca me acusaram do contrário!

Na manhã seguinte, partem. O caminho é agora áspero e montanhoso, entre carreteiras lamacentas, por penedias e fraguedos de precipícios graníticos, escavados pela corrente serena do Douro lá embaixo. São então dez horas da manhã quando se deparam com a visão daquela muralha parda, os toques de branco e vermelho do casario, e contra o sol a massa escura e senhorial das torres de menagem do castelo numa ponta, e da catedral na outra, bandeiras ao vento e fervilhando de gentes. É ali que os exércitos espanhóis serão detidos: na cidade fortificada de Miranda do Douro.

10.

MIRANDA DO DOURO

A gaita de foles solta uma nota longa, como um chamado; e segue num floreio melancólico. Entram as batidas ribombantes dos tambores, o ulular da flauta e a vibração da caixa de guerra; um grupo de homens usando saias de algodão branco até os tornozelos, coletes pretos de saragoça, lenços nos ombros e chapéus enfeitados inicia um sapateado intenso, nas mãos bastões de madeira com que atacam-se e defendem-se em sincronia dançante: os homens de Miranda se preparam para a guerra.

— Para mim — diz Thorburn, com desgosto — parecem escoceses.

— Ainda não estive na Escócia.

— Sorte a sua.

Os dois estão na varanda da casa do governador, enquanto aguardam ser recebidos. Não foram os únicos a chegar à cidade naquela manhã. Da Espanha vieram panfletos, passando de camponês para camponês. Seu título é *Sem razão de entrarem em Portugal as tropas castelhanas como amigas, e razão de entrarem como inimigas*, onde o Marquês de Sarriá explica à plebe que seus exércitos virão libertá-los das "pesadas correntes da pérfida ilha de Albion".

— O povo não vai acreditar nisso.

— Vai sim — diz Thorburn. — A ralé só conhece dois sentimentos: medo e ódio. Quem souber alimentar um e direcionar o outro os conduzirá como gado. Tanto faz se o bode expiatório for inglês, judeu ou protestante. Quem trouxer a causa mais simplista será recebido como um messias. E essa gente se deixará conduzir ao abatedouro com um sorriso de dever cumprido no rosto.

— Você está se tornando filósofo, Thorburn?

— São as más companhias.

O criado os chama, e são conduzidos ao gabinete do governador. É uma azáfama de mapas, planos e livros que mais parece uma tenda de campanha, com criados a receber ordens e levar encargos. E, no centro disso tudo, está o próprio: D. Miguel Bayão, mestre-de-campo-general e governador das armas e da praça de Miranda, um homem cuja autoridade exala não só dos alamares entrelaçados que fecham sua casaca, ou dos galões em fios de ouro com três dedos de largura pendendo dos ombros, mas pelo rosto seco, de expressão áspera e austera, quebrado por um sorriso irônico de quem tempera o senso de dever com certa dose de realismo prático. Érico simpatiza com ele no mesmo instante.

— Senhores — diz o general, ao recebê-los —, um plano como esse que se julga concebido pelos espanhóis não é possível. Vejam cá este mapa.

O general aponta a planta da cidade sobre a mesa. A cidade tem a forma de um octógono irregular, com um hornaveque ao norte abrigando uma bateria de canhões, e o castelo na ponta noroeste. A muralha que cerca a povoação abarca um total de seiscentos passos de perímetro, com três portões principais: a Porta de Santa Luzia, voltada a oeste para o rio Fresno, é protegida por um bastião; a Porta do Rio é um postigo a leste voltado para o Douro. Há ainda uma porta na muralha do hornaveque.

— Miranda foi edificada num sítio tão forte que agora ao término das obras a fortificação é inexpugnável — garante o general. — Quase toda a cidade é cercada pelo rio Fresno de um lado e pelo

Douro do outro, o que impede os espanhóis de passarem artilharia por ali, em razão dos ruins passos e da aspereza que tem para se baixar e subir neles. Apenas nesse vale ao norte pode um exército se meter, e ali se fica ao alcance dos nossos canhões. Além disso, o castelo está no alto d'uma penha superior às mais que se lhe chegam, e não será possível ao inimigo abrir trincheiras. Vou ser-lhes franco, senhores: se for para dar-se atenção a cada sombra onde o Conde de Oeiras vê conspirações inimigas, toda Portugal já estaria em calabouços. Por isso pergunto aos dois, e ao senhor em particular — dirige-se a Érico. — Há razão para se temer algo? Algo *real?*

— Que tentarão algo é uma certeza, general. A extensão do estrago que pretendem fazer, ou o quanto isso afetará de fato as defesas da cidade, não sabemos dizer.

D. Miguel Bayão respira fundo e cruza os braços, olhando o mapa da cidade. Soldados e ordenanças haviam sido enviados de todos os cantos de Trás-os-Montes para reforçar a defesa de Miranda, e havia mais de mil pessoas dividas entre a cidade e o castelo. Quantas estariam envolvidas nisso? Muitas, poucas ou apenas uma? Não sabia por onde começar.

— Meu ajudante de ordens cuidará pessoalmente do assunto — diz o general. — Agora, estão dispensados, tenentes. — Aponta para o panfleto do Marquês de Sarriá. — Tenho de despachar para Lisboa, alertá-los deste panfleto, das últimas mentiras dos castelhanos.

⌒⌒

Érico deixa-se cair sobre a cama, exausto da viagem. Do outro lado do quarto, Thorburn senta-se na sua, põe as costas na parede e por um instante parece dormir sentado. Batidas à porta, respondidas com um "pode entrar". Era um homem magro e jovial, com um bigode louro.

— Tenente Borges? Tenente Thorburn?

— Somos nós — responde Érico.

— Roçadas do Rêgo, ao seu dispor.

Érico ergue-se nos cotovelos.

— Como é que é?

— Capitão José Luís Roçadas do Rêgo, ajudante de ordens do general Bayão — explica. — Fui instruído a apresentar-lhes o castelo.

Os dois se põem de pé e seguem Rêgo pelas ruas da cidade. Miranda é uma lufa-lufa de pedreiros, alvenéis, carpinteiros e ferreiros que vão aperfeiçoando as muralhas, fazendo reparos nos canhões, malhando os metais dos sabres e baionetas dos soldados — e todos, militares e civis, arregimentados das cidades ao redor para reforçar as defesas daquela fortificação raiana.

— Eis, senhores, o castelo de Miranda do Douro — diz, apontando à frente.

Erguem o rosto, deparando-se com a robusta fortaleza gótica erguida em granito e xisto. Apesar de estar ligada às muralhas da cidade, projeta-se para fora desta em três ângulos externos, de muralhas com ameias, ligadas entre si por cubelos, com uma altura total próxima à de um prédio de cinco pisos. Passam pelos bastiões do portão de entrada e veem-se numa praça interna à sombra da imponente Torre de Menagem, ponto mais alto de toda a região. Por cá, conduz o capitão. A torre é uma construção robusta, solene e antiga, em cujo cume janelas toscas dão uma vista ampla e vasta das cercanias da cidade. Sobem até um salão abobadado no terceiro piso, um segundo gabinete de campanha em cujo centro, num mesão, há um modelo reduzido da própria cidade de Miranda, feito de argila, madeira e papel.

— Chamem mestre Ursânio — pede o capitão.

O capitão explica a Érico que o engenheiro militar responsável pelo traço das reformas, um lisboeta da Real Academia acostumado aos verões alentejanos, não resistiu às durezas do inverno trasmontano e faleceu em janeiro último. Contudo, o mestre de alvenéis e seu filho conhecem cada detalhe do traço original e serão de muita valia.

Quem chega até ele é um mirandês imenso, de uns cinquenta anos, braços hirsutos, cabelos longos e barba patriarcal com faixas grisalhas nos cantos. Tão forte é, que dá a impressão de poder esmagar a cabeça de qualquer um ali com as próprias mãos, aspecto que se julgaria descender direto dos godos que outrora povoaram Lusitânia ou dos viquingues que a invadiram. Vem acompanhado de uma versão mais jovem e imberbe de si próprio: um rapaz grandalhão e desengonçado de dezoito anos, igualmente forte, com aqueles ares um tanto parvos da juventude quando o excesso de forças vem para compensar a falta de luzes.

— Senhores, esse é mestre Ursânio, que supervisiona o trabalho dos alvenéis nas reformas, e este é seu filho Ursulino. Ninguém conhece o castelo melhor que esses dois. — E voltando-se para o mirandês: — Ursânio, estes senhores chegaram de Lisboa hoje. Parece que alguém planeia derrubar nossas muralhas por dentro. Isso é possível?

O mirandês olha para os dois e cofia a barba, pensativo.

— Todo ye possible nesse mundo de Dius, miu patron. Qu'acha, filhote?

— Ye esso mesmo, miu pai — repete o garoto.

— É importante que essa informação fique restrita ao menor número possível de pessoas — diz Érico. — Por enquanto, não queremos que se instale um clima de desconfiança no castelo. Isso não seria bom nem para os soldados, nem para nossa investigação.

— Esso ye la mais pura berdade! — concorda. — Nun acha, filhote?

— Ye esso mesmo, miu pai.

Mestre Ursânio sabe de memória quais partes da muralha são velhas ou novas, quais baluartes foram reformados e quais as novas casamatas, ou em que partes da cidade foi preciso expropriar e derrubar velhas casas coladas à muralha, não sem protesto e certo rancor de antigos donos que se poderia colocar na lista de suspeitos. Se houver alguma parte da construção que possa fraquejar com um barril de pólvora bem posicionado nas bases, ele saberá. Propôs fazer um mapa de tudo isso, para que saibam onde ter maior vigilância. Érico e Thorburn concordam e voltam para a hospedagem.

Agora não há muito para fazer senão aguardar, e em verdade não sabem bem o que devem fazer: seu serviço foi cumprido, o recado foi dado, mas o general Bayão, temeroso pela segurança da cidade, insiste que permaneçam ali ao menos enquanto os espanhóis não chegam. Entediado, Thorburn vai atrás de divertimentos, pedindo dicas ao jovem Ursulino: a cidade está abarrotada de soldados, segunda profissão mais antiga do mundo; certamente não haverá dificuldades para encontrar as profissionais da primeira. Convidou Érico para se juntar a eles, mas este se recusa: é, afinal, um homem comprometido.

Da sua parte, encontrou algo com o que se distrair: bater à casa de morada do cônego Bento de Morais Freire, pároco da Catedral da Sé. Filho de pretos livres de Recife, formado em teologia por Coimbra, é também professor de gramática latina, e possui alguns livros que toma de empréstimo. Érico estava na casa do cônego quando chegou a visita de frei Quintino, chantre do coro de meninos da catedral, e nota que os dois frades conversam aos murmúrios, em tom conspiratório, antes de vir ter com Érico.

— Tenente Borges, o senhor, com sua autoridade de enviado de El-Rey, talvez possa nos ajudar numa questão delicada — diz o cônego Bento Freire.

— No que estiver ao meu alcance.

Os dois frades explicam um pequeno conflito eclesiástico perturbando Miranda, entre a comunidade e seu bispo, D. Aleixo. Não era segredo para ninguém que o bispo detestava a cidade, e já fazia algum tempo que pleiteava a transferência da sede do bispado para Bragança. Com a proximidade dos espanhóis, seus argumentos ganhavam força, e agora havia ordenado que, por segurança, as relíquias sagradas da catedral fossem enviadas para fora da cidade. Bento Freire, como muitos de seus colegas, achava absurdo privar Miranda de sua força espiritual num momento tão crítico, mas ao mesmo tempo, caso a cidade fosse invadida, temia que os castelhanos as roubassem.

— Mas são muitas as relíquias, frei?

— Bastante. A mais importante é uma parte grande que temos do Santo Lenho — diz Bento Freire. — O senhor sabe, a cruz em que nosso Senhor foi pregado. Foi presente de Catarina de Bragança, consorte de Carlos II da Inglaterra. Temos também um pedaço de osso de São João Batista, e uma correia de vara aramada, pespontada de branco, que dizem ser de São Pedro. E dois ossos de São Paulo, um pedaço do braço de São Bráz, a cabeça de São Henrique Mártir, e algumas relíquias menores de São Semprônio, Santo Eustáquio, São Gregório... Estou esquecendo algum?

— Um bordado de aljôfar de Maria Madalena — acrescenta frei Quintino. — Três ossos de Santa Catarina, um dente de Santa Bárbara, e diversos ossos das Onze Mil Virgens.

— Que onze mil virgens são essas? — Érico, espantado.

Os dois frades o olham com certo choque. Ora, as que acompanhavam a filha do rei da Dumnônia, Santa Úrsula — aquela que havia partido ao encontro dos hunos levando consigo onze mil seguidoras, todas decapitadas pelos bárbaros, num destes anos longínquos do medievo de que já nem lembra mais a memória.

— Mas *onze mil?* Quem garantiu a virgindade de onze mil?

— Confesso que a questão sempre me intrigou — assume frei Quintino.

— Talvez fossem só onze — sugere Érico — e acrescentou-se o milhar por erro.

— Até porque, neste mundo, de virgem só o azeite... — filosofa frei Quintino.

— Mistérios da fé — interrompe Bento Freire, irritado. — Ou erro de tradução, vá saber? Está assim na *Legenda Aurea*, foi o que li. Estamos perdendo o foco. Senhor Borges, o que o senhor acha da nossa questão? Devemos acatar a orientação do bispo?

Érico olha os dois frades. Pensa em dizer-lhes que há lascas da Cruz espalhadas pela Europa em quantidade suficiente para se construir uma frota de navios, que a quantidade de ossos atribuída a cada santo mártir os faria ter mais de oito braços; que se conhece pelo menos quatro santos sudários, e que cerca de dezoito igrejas na Europa dizem estar em posse do Santo Prepúcio de Jesus — de longe, o mais estranho dos milagres de multiplicação. E sabe que, se algum dia for possível dizer a idade verdadeira de cada um desses artefatos, não será coincidência se todos datarem de um mesmo período medieval, quando falsificar relíquias fora negócio lucrativo.

Ou talvez seja o lado bretão de Érico a resmungar. Mimese, verossimilhança, catarse: o efeito de tais coisas não tem relação com a realidade concreta ou sua autenticidade, mas com um estado de espírito muito particular de quem as vê e interpreta. Sabe disso porque o amor da sua vida é alguém que acredita nessas coisas, e se não respeita a coisa em si, respeita o efeito que elas possuem. Além disso, o que ele próprio faria, se lhe dissessem "aqui está a touca de dormir de Camões, aqui um osso do dedo mindinho de Virgílio, cá uma pena com que Cervantes escreveu o *Quixote*"? Cada qual com suas devoções. E ao olhar para os dois frades, que dele aguardam ansiosos e aflitos uma opinião, não tem coração para dizer outra coisa.

— Quis a Providência que essas relíquias fossem de Miranda — afirma. — Enquanto o povo aqui estiver, aqui que devem ficar. Digam ao bispo que é a opinião do enviado do rei.

Os dois frades sorriem e agradecem sua ajuda.

A cada manhã que a gaita de foles os desperta, enquanto Thorburn amaldiçoa todos os gaiteiros do mundo, da Escócia ao Trás-os-Montes — "estes roncos do diabo" —, Érico conclui que no fundo gosta daquele som, do tom melancólico e ancestral que parece despertar algo antigo e profundo em si. Pensa nisso ao entrar mais uma vez no castelo, indo ao encontro de mestre Ursânio.

— Eiqui está, miu patron. — O homem aponta várias marcações no modelo reduzido da cidade, sobre a mesa: — Eiqui i eiqui. La muralha ye fuorte, mas ua spluson anterna de los cubelos talbeç puossa anfraquecer la estrutura. I se digo "talbeç", ye porque inda assi tenerian que cuncentrar los çparos de los canhones an puntos específicos de lo lhado de fura. Nun cuncorda, filhote?

— Ye esso mesmo, miu pai — diz Ursulino.

— Porque os cubelos não são circulares? — pergunta Thorburn. — Sempre entendi que torres circulares desviam melhor as balas de canhão, não?

— Esse castielho ye mui antigo — explica mestre Ursânio. — Quando los mouros lo fazirum, nun eisistia mui canhon cun que se preocupar. Nós l'adatamos para recebir las peças d'artilharie. Mas nun dá para refazer las torres, nun ye? Splica pa lo bife, filhote.

— Nun cu los castelhanos siempre de lo nuosso lhado, miu pai — concorda Ursulino.

Precisam mostrar aquilo ao governador. Naquela tarde, os quatro se reúnem com Bayão e o capitão do Rêgo ao redor da miniatura. Se derrubar as muralhas por dentro é uma possibilidade, então precisam tomar medidas: a primeira, colocar homens em guarda constante naqueles pontos frágeis. A segunda, controlar toda a circulação de pólvora dentro e fora do castelo.

— A entrada do paiol fica próxima à Torre de Menagem — aponta o general. — Está bem protegida e é sempre bem vigiada, não há como sabotá-la. A pólvora só é retirada sob supervisão.

— Há registro de quantos barris de pólvora há no paiol? — pergunta Érico.

— Não há barril que entre ou saia sem deixar registro.

— Longe de mim questionar a eficiência daqui, general — diz Érico. — Mas fui fiscal da alfândega do Rio de Janeiro por quatro anos. E, se aprendi uma coisa, é que não há sistema impossível de ser burlado. Seria prudente revisarmos os estoques. Saber se está faltando algo.

Bayão concorda, passando a ordem ao capitão do Rêgo. No dia seguinte, este vem procurar Érico na estalagem, preocupado. Encontrou um problema cuja gravidade não sabe dizer se deve ou não ser levada à atenção do general. Érico e Thorburn estão tomando o desjejum, quando o capitão mostra-lhes o livro-caixa do paiol, aberto numa página específica. Ali se registram todos os barris de pólvora que entraram ou saíram do depósito no último ano. O registro mais recente é de quatro dias atrás, quando a artilharia solicitou alguns barris para os exercícios dos canhões. O problema é que, ao fazer a recontagem, percebeu que havia um a mais.

— Não tenho certeza se isso chega a ser um problema, capitão — sugere Érico.

— O senhor não percebe? Com um barril a mais, ninguém notaria se um fosse retirado.

— Ninguém perceberia mesmo assim, se eu não tivesse sugerido isso ontem — insiste Érico. — Um barril a menos seria um problema, um barril a mais pode ter sido só um erro de estoque. Agora que se sabe, fica-se mais atento.

Mesmo assim, o capitão do Rego acha prudente levar a questão ao general. Bayão é muito atento aos detalhes, explica seu ajudante de ordens; ai de quem mostre nódoa nas vestes, sujidade na fecharia das armas, lerdeza nos exercícios ou destempero nos gestos. A fortaleza de Miranda é a menina de seus olhos; sabe-se pela cidade que vendera até mesmo terras e um solar no Douro para custear o restauro da praça, e vai querer saber até mesmo das menores falhas.

Érico ergue os ombros: como achar melhor. E, dispensados pelo capitão, com Thorburn partindo para ver suas amigas, ele vai naquela tarde à casa do cônego Bento Freire reler uma velha edição da *Vida dos Doze Césares* de Suetônio, quando do Rêgo volta a procurá-lo. Vem acompanhado por outro homem, um sujeito baixinho e roliço como um barril, com papada proeminente e ares ansiosos, o tipo que sai à rua com os óculos pendurados ao pescoço para exibir a vista cansada pelas muitas leituras que não fez: é o juiz de fora José Pinto de Almeida, presidente da Câmara do Senado e intendente da cidade.

Mas o que foi agora? Outro problema surgiu, e pede para acompanhá-lo. Tomam os cavalos e cavalgam para fora de Miranda, saindo pelo bastião oeste, descendo até o ponto ao sul onde o Fresno e o Douro se encontram. Ali, dois meninos fisgaram uma pescada insólita: o corpo de um soldado da guarnição do castelo com a garganta cortada. Não é um morador da cidade, mas um dos que lhes foram enviados para reforçar as defesas.

— Do que conheço do temperamento do povo — diz o juiz Pinto de Almeida —, são muito pronos a matar por honra ou brios feridos. Vá saber? Homem solteiro, vindo de outra cidade, pode ter se amancebado com a mulher de alguém, e terminou morto em emboscada ou duelo.

— O que o faz crer nisso?

— Ninguém sairia da cidade com um corpo. Então foi morto do lado de fora.

Faz sentido, pensa Érico. Crimes de sangue são comuns na região, e às vésperas de uma invasão estrangeira, bem poderiam passar despercebidos no burburinho de preocupações maiores. Mas de todos os homens da cidade, que fosse um soldado da guarnição do castelo era algo a levantar suspeitas. Outra vez, é de se levar a questão ao general.

— Com todo o devido respeito ao senhor intendente — diz Bayão, em sua casa, tão cedo foi informado do assunto. — Mas essa explicação me soa apressada. Acontece que, por acaso, eu conhecia o soldado em questão. Era homem muito religioso e reto, não creio que fosse se envolver com mulher alheia. Nas atuais circunstâncias, não podemos descartar nenhuma possibilidade. Talvez tenha descoberto algo na muralha? Quem não nos garante, por exemplo, que tenha saído para verificar algo à noite, e sido emboscado por homens de Espanha rondando nossos arredores?

Bayão ordena uma devassa na vida do falecido, pedindo que qualquer descoberta seja relatada primeiro a ele. Em seguida, dispensa a todos, exceto Érico, a quem convida para se sentar, oferecendo-lhe uma dose de licor de ginja.

— Esse seu sotaque... de onde o senhor é, tenente Borges, se me permite a pergunta?

— Um pouco de cada lugar, senhor. Nasci no Brasil, cresci no Porto, e de volta ao Brasil lá servi nos últimos dez anos. Além disso, minha mãe é de família inglesa.

— Borges... dos Borges & Hall do Porto? Creio que conheci seu pai — diz Bayão, no que Érico se agita, hesitante. — Que interessante. Os modos soltos dos brasileiros, o temperamento estourado dos portuenses, e um tanto do sangue-frio inglês. Isso tem funcionado para o senhor?

— Tenho sobrevivido.

— Também servi a El-Rey no Brasil, sabes? Cumpri minha cota de serviços coloniais. Lugar terrível, terrível. O clima, as doenças, a indolência... os burocratas da corte planeiam coisas para lugares que nem sabem onde ficam no mapa, e perguntam porque demora tanto para ser feito. É de enlouquecer. Mas é lá que está o ouro, não é? E cá entre nós... — baixa o tom de voz, em confidência — o negócio é se tirar de lá o máximo que puder, percebe, e voltar para o reino o quanto antes. Admiro o espírito de um Gomes Freire, que vai e se apaixona pelo lugar, mas para mim, o Brasil é terra para se estar de passagem.

— Eu servi ao governador Gomes Freire. Na primeira e na segunda Comissão Demarcadora do Sul, e depois na alfândega do Rio. É um grande homem. Se me permite a pergunta, general, onde no Brasil o senhor viveu?

— Ah, uma cidadezinha muito pobre na província de São Vicente, que não teria mais razão de continuar existindo se não fosse pelo ouro das Gerais. São Paulo de Piratininga, conheces?

— Só de passagem.

— Não perdeu nada. Enfim, não vou retê-lo por mais tempo, vou direto ao assunto. A questão, tenente, é que minha família está ligada à alcaidaria desta cidade há muitas gerações. Conheço bem sua história e seus precedentes. Sei que, duas gerações atrás, durante a Guerra de Sucessão Espanhola, essa cidade foi invadida à traição. Por 600 dobrões de ouro, o sargento-mor da vila a entregou às tropas castelhanas, fez a guarnição de refém e abriu os portões. Só se retomou a cidade um ano depois, quando as tropas portuguesas a cercaram e invadiram por uma brecha na muralha. Então, se houver uma conspiração para entregar Miranda aos castelhanos, não podemos descartar que venha do topo. Mas não posso lançar acusações contra os grandes da cidade numa hora dessas. O senhor, porém, tem a liberdade que eu não tenho de fazer perguntas.

Érico entende o pedido e promete se dedicar imediatamente ao assunto. Mas, antes disso, seria bom encontrar Thorburn. O inglês, mesmo com todos seus defeitos, tem como estrangeiro uma bem-vinda visão distanciada. Procura-o na hospedagem e no castelo. Não o encontra, indo por fim perguntar ao jovem Ursulino onde diabos levou o inglês. O rapaz, constrangido na frente do pai, indica-lhe "a casa das moças suas amigas", em cuja porta Érico vai bater, e onde encontra Thorburn.

— É aqui que passa suas tardes? — pergunta Érico.

— Investindo nas relações da comunidade trasmontana com a Inglaterra. O que foi?

Érico expõe a situação numa caminhada pela cidade. A hipótese apresentada pelo juiz lhe parece plausível, mas muito apressada e conveniente; o general tinha lá suas razões em suspeitar.

— Aliás, por que portugueses chamam seus juízes "de fora"?

— Os juízes são apontados pelo rei. Para garantir que sejam isentos e imparciais, é costume que venham "de fora" das cidades para onde são indicados.

— Isso significa que ele não é de Miranda, então?

— Suponho que não — diz Érico, e ocorre-lhe que a suspeita de Thorburn tem algum fundamento. Afinal, vindo de fora, seria natural que o juiz tivesse poucos laços afetivos com a cidade.

— Há também, pelo que me falou, a questão do bispo. Ele não morre de amores por Miranda, e pelo que as mulheres ali da casa me disseram, o sentimento parece ser recíproco.

É outro fator a ser levado em conta. No dia seguinte, Érico faz nova visita à casa do cônego Bento Freire, leva-lhe de presente um queijo de cabra e uma alheira e, como quem não quer nada, puxa o assunto da questão das relíquias, para saber como foi resolvida. Todavia o caso é ainda um impasse: no que depender do bispo, partem imediatamente.

— Longe de mim instigar discórdia entre o senhor e seu superior, mas pelo que escuto na cidade, parece que D. Aleixo tem pouca estima por Miranda. Que razões tem para isso?

O cônego baixa a voz, em tom de confidência. É uma história um tanto sinistra. O antecessor do bispo no cargo tivera uma passagem conturbada pela cidade. Frei João da Cruz era da ordem dos carmelitas descalços, homem severo e enigmático. Muito popular entre os humildes, não tanto entre os homens públicos de Miranda, cujas opulências e concubinatos combateu, pondo a ferros os nobres, os políticos e os eclesiásticos corruptos, avaliando de perto os gastos das faustosas festas públicas, preferindo distribuir o dinheiro entre os mais necessitados. Então morreu de súbito, faz agora seis anos. E morreu não só muito rápido, como em condições suspeitas: estava bem num dia, anunciado morto no outro, e enterrado com muita pressa. Dois anos após, quando frei Aleixo chegou a Miranda para assumir o bispado e escutou o relato da morte de seu antecessor, cresceu em desconfianças. E pediu ao próprio cônego Bento Freire que, na calada da noite, o ajudasse a abrir a sepultura do falecido bispo. O que viram ali os deixou apavorados.

— O corpo no caixão estava de bruços — murmura.

Érico tapa a boca, horrorizado: mas então fora enterrado vivo? Mistérios da fé, desconversa Bento Freire, não querendo levantar mais suspeitas do que já há. Érico contabiliza as possibilidades: autoridades já haviam vendido a cidade ao inimigo, crimes de amor eram frequentes, e bispos cá são enterrados vivos. Certo é que quanto mais tempo ficasse em Miranda, mais descobriria segredos sinistros — e o mesmo se pode dizer de qualquer cidade. No entanto, tempo é produto escasso, e os dois são arrancados da conversa pelo inesperado bater dos sinos da catedral. Bento Freire consulta o relógio, preocupado:

— Mas ainda não está na hora da missa!

Uma agitação se faz ouvir da rua. Os dois saem de casa, pessoas vão para as janelas, um homem passa a cavalo gritando: *eilhes stan a chegar, stan a chegar!* Quem está chegando? Os espanhóis, grita alguém. Pastores chegaram à cidade dando conta de que as tropas de Sarriá cruzaram a fronteira e chegariam a Miranda a qualquer momento. Érico se despede de Bento Freire e corre de volta à pensão, torcendo para Thorburn ter a esperteza de fazer o mesmo. Aliviado, encontra-o no quarto já juntando suas coisas nos alforjes, e dali vão os dois para o posto dos correios pegar os cavalos. Precisam ir embora o quanto antes, ou ficarão presos no cerco à cidade.

Quando vão pedir dispensa ao general Bayão, porém, este é taxativo: de modo algum vão embora. Pois não se diz na mensagem interceptada que "três dias após nossa chegada, o arrasa-quarteirões irá estourar?". Os espanhóis chegaram, e por mais que haja vigias em todos os cantos, precisam investigar aquela trama. Têm ainda três dias para isso.

Os canhões do castelo disparam, preenchendo o ar com seu ribombo, fazendo os três olharem para o alto. O general sobe a muralha apressado, querendo saber quem disparou contra a castelhanada sem suas ordens, deixando os dois para trás, entreolhando-se frustrados. Érico acaba por subir na Torre de Menagem logo após, escalando suas escadarias até o topo, pondo-se ao lado de um canhão a olhar por entre as ameias. Sente um calafrio percorrer sua espinha.

Roga-se que o leitor jamais conheça na pele tal sensação: a de ver aquela imensidão de homens e animais, tal qual formigueiro, formada por infantes, cavaleiros e artilheiros a serpentear em manobras — vinte e dois mil soldados espanhóis, fazendo tremer a terra ao marchar em compasso — e saber que todos estão vindo na sua direção.

11.

O TEMPO ACABA

Os espanhóis iniciam o processo de cavar e preparar as trincheiras que receberiam a artilharia para o cerco, e por três dias, os únicos canhões a disparar são os do próprio castelo de Miranda, testando seu alcance. A investigação de Érico, contudo, não avança. Toda manhã e todo final de tarde, percorre os seiscentos passos de extensão da muralha, conversando com soldados e pedindo que se mantenham atentos a qualquer coisa suspeita.

Oito de maio. A gaita de foles toca, e os homens de Miranda dançam mais uma vez em preparação para a guerra. O general Bayão mantém-se agora o tempo todo no castelo, o bispo em seu pequeno palácio, o capitão do Rêgo vai ficando mais e mais apreensivo, e mestre Ursânio está pelas ruas acompanhando a retirada das pedras de calçamento, para minimizar os danos quando as primeiras balas de canhão explodirem pela cidade. E se quem canta seus males espanta, na catedral o chantre frei Quintino faz os meninos do coro cantarem para aliviar a tensão. Thorburn e o jovem Ursulino, companheiros de farras, passam mais tempo em "visita às primas" do que de serviço, mas, quando necessário, estão ao lado de Érico no castelo, em cujo pátio veem entrar, ao final da tarde, o cônego Bento Freire e o juiz Pinto de Almeida. O sol, já tendo percorrido seu trajeto habitual, põe-se a oeste, nas montanhas para além do Fresno. E do lado de fora, frente a vinte e dois mil soldados, o general Nicolás de Carvajal y Lancaster, por casamento Marquês de Sarriá, puxa impaciente seu relógio de bolso, irritado: seis e meia da tarde. O dia já se encerra, e nada aconteceu.

O tempo acaba o ano, o mês e a hora

Os canhões espanhóis enfim disparam. Três estouros consecutivos que pegam o capitão do Rêgo de surpresa, fazendo-o se encolher nos ombros, enquanto a bala ribomba nas pedras da fortaleza sem grande consequência. Havia pessoalmente supervisionado a saída de cada barril nos últimos dias, ainda há pouco saíram mais três para os artilheiros do hornaveque, e com o livro de registro em mãos, atualiza a contagem. Contudo aquele barril adicional ainda o incomoda. E anuncia que irá ao paiol fazer mais uma recontagem — a terceira, só naquele dia.

A força, a arte, a manhã, a fortaleza

Érico desce das muralhas e vai falar com o cônego. Está quase na hora da missa das sete, é estranho vê-lo ali. Acontece que o bispo, para sua surpresa, se oferecera para conduzir a cerimônia na catedral, pois gostava de escutar o coro dos meninos. Liberado do serviço, o cônego decidiu conduzir a cerimônia da capela do castelo para os soldados e o general. Ocorre a Érico ser uma das raras ocasiões em que o acovardado bispo sai de sua casa, sendo uma boa oportunidade de poder enfim falar com ele. Despede-se dos demais e vai à catedral da Sé, uma caminhada de dez minutos.

O tempo acaba a fama e a riqueza

Dez minutos é o tempo que o capitão Rêgo leva para recontar, mais uma vez, todos os barris de pólvora, e com alívio confirma: continuam todos ali. É um trabalho que requer certa delicadeza, claro; ninguém em sã consciência anda incauto dentro de um paiol com uma lanterna a óleo. Contudo, o barril sobressalente é um espinho latejando em sua natureza metódica. São quase seis e quarenta, tem ainda mais duas horas de luz do sol, duas horas antes de a cidade poder dormir tranquila. Escuta os canhões do castelo dispararem em resposta aos espanhóis, ao que se seguiu um silêncio tranquiliza-dor — é quando percebeu o tique-taque.

O tempo, o mesmo tempo de si chora

A catedral não está muito cheia. Frei Quintino está à frente de seu coral, e Érico vai até ele, logo perguntando se não conseguiria arranjar-lhe uma rápida entrevista com o bispo após a missa. O chan-tre diz que é possível, pede-lhe para esperar só um instante e vai chamar o bispo. Érico aguarda circulando por entre os bancos, ob-servando os nomes gravados na madeira de cada um. Todos doados, como de costume, por grandes vultos do passado da cidade. É quan-do percebe uma repetição: António Luís da Távora, alcaide-mor de Miranda; Luís Bernardo da Távora, Conde da Pesqueira; Bernarda Josefa de Távora, Condessa de Sarzedas... sim, a extinta e famigerada família Távora, os regicidas, eram daquela região; certo de que tive-ram sua cota de influência ali, e o Conde de Oeiras tampouco devia ser um nome popular na cidade. Quando frei Quintino volta para dizer-lhe que sim, o bispo irá recebê-lo após a missa, Érico aproveita e questiona sobre os bancos: a sombra dos Távora, pelo visto, ainda paira sobre a região. Frei Quintino concorda, e não poderia ser dife-rente, era um nome que não se apagava assim tão fácil nos Trás-os--Montes, pois, fosse por influência ou por casamentos, todas as grandes famílias da região estavam ligadas a eles. Claro que, após o atentado ao rei e os julgamentos, quando a Casa dos Távora foi ex-tinta, muitos o apagaram do próprio nome, mas isso não apagava sua influência, como no caso da alcaidaria da cidade. Érico sente um nó no estômago: como é que é? Sim, repetiu frei Quintino: os alcai-des da cidade são ligados à família Távora desde o medievo, apenas apagaram o sobrenome por cautela. Ao escutar isso, Érico sentiu as pernas fraquejarem, tomado de um súbito desespero. Dispensa a entrevista com o bispo, despede-se apressado e sai correndo da catedral.

O tempo busca e acaba onde mora, qualquer ingratidão, qualquer dureza

Rêgo aproxima o ouvido da prateleira, identificando o barril de onde vem o som. Deitados assim se parecem com pequenos barris de vinho, exceto pelo conteúdo ser muito mais perigoso. Tira o primeiro que está na frente, coloca-o no chão, e nota que o barril deitado atrás tem uma marca no tampo, feita com cera vermelha, além de ranhuras e alça que o fazem removível, diferente dos demais. Ao puxá-lo pela alça, o tampo gira e se solta, saindo na sua mão. Segura a respiração. Um pouco de pólvora escorre de dentro, mas não é isso que o impressiona, e sim aquela caixa de metal ali dentro, como um relógio de mesa, a origem do tique-taque. Aproxima a lanterna com cuidado. É um relógio, definitivamente, mas não um relógio comum: há os ponteiros dos minutos e dos segundos, mas não o que marca as horas; é um relógio feito para contar uma única hora, que está quase chegando ao fim. Há uma abertura nele, uma portinha como se dali fosse sair um cuco a qualquer momento, e em frente à portinha há um pequeno prato metálico, que com temor percebe ser uma caçoleta. O capitão larga a lanterna e faz menção de puxar o dispositivo.

Mas não pode acabar minha tristeza, enquanto não quiserdes vós, Senhora

Rêgo sente a faca entrar em suas costelas por debaixo da axila esquerda. Ele grita de dor. Alguém o segura pela nuca, e a lâmina passa por sua garganta. O capitão Rêgo se vira e cai de joelhos segurando o pescoço, o fluxo quente e viscoso escorrendo por entre seus dedos, enquanto apoia as costas contra a prateleira e observa D. Miguel Bayão passar por ele. O general verifica o dispositivo e se certifica de que tudo continua no lugar. Puxa um relógio do bolso, confere a hora e sai, não sem antes lançar um último olhar para o corpo do ajudante de ordens. Sai do paiol para a praça de armas, e, quando passa os bastiões e atravessa o portão, deixa ordens expressas aos guardas de que ninguém deve entrar e sair do castelo antes do relógio da catedral terminar de bater as sete horas. Em seguida, monta em seu cavalo e sai em disparada pelas ruas de Miranda.

O tempo o claro dia torna escuro

No topo da Torre de Menagem, Thorburn observa as fileiras espanholas através de uma luneta, tomada de empréstimo de Ursulino. É quando o rapaz aponta: olha lá, tem alguém saindo a cavalo da cidade pelos lados do Douro. Thorburn aponta a luneta naquela direção, e ainda que àquela hora o poente lance as sombras do castelo como manto, no que se afasta o cavaleiro a galope, por um instante pensa reconhecer naquele uniforme os galões do general. Muito estranho. Precisa avisar o juiz de fora e encontrar o ajudante de ordens do general. Põe a luneta nas mãos de Ursulino e diz: fique de olho naquele cavaleiro. Desce a torre e pergunta no pátio onde está o capitão Rêgo. Alguém lhe diz que o vira pela última vez no paiol. Thorburn vai até lá.

E o mais ledo prazer em choro triste

Érico chega esbaforido frente ao portão do castelo, mas é barrado pelos guardas: ninguém entra, ninguém sai. Ora, como assim? Ordens do governador, ninguém deve sair antes do sino da catedral terminar de bater as sete horas. Érico olha para as torres da Sé, do outro lado da cidade, olha para os guardas em desespero e grita: não compreendem? Saiam todos, saiam todos! Mas os guardas apontam--lhe lanças e ameaçam, ordens são ordens. Estrondo e susto: é o sino que começa a bater. Érico olha a cidade ao seu redor, olha a entrada do castelo e os guardas do portão com suas lanças e mosquetes, vê que já não há mais o que dizer ou fazer, exceto se agarrar ao instinto que o faz recuar um pé, depois o outro, e então o sino bate outra vez, e ele sai correndo desesperado.

O tempo, a tempestade, em grã bonança

Thorburn empurra uma porta de madeira, desce apressado os degraus de pedra que levam ao paiol, no caminho acendendo uma lanterna a óleo. Vê primeiro os barris de madeira empilhados pelo chão ou em prateleiras, depois nota um vulto negro caído, e vê o corpo do capitão Rêgo. Olha a prateleira acima dele, vê o barril aberto e a caixa de madeira, e escuta o tique-taque do relógio.

Mas de abrandar o tempo estou seguro

Érico corre em pânico, tomado por um desespero que raras vezes sentiu na vida: é a vontade desesperada de viver. Não quer morrer aqui, não hoje, não agora. Ao menos mais um dia, mais um minuto; quer viver para voltar à sua casa, viver para contar, para lutar outro dia, para morrer noutro dia, mas não hoje — não hoje! Para trás vai ficando o castelo e as ruas estreitas com suas casas medievais, enquanto o sino da torre bate e bate e bate e bate e bate e então para.

O peito de diamante, onde consiste

Thorburn vê o dispositivo se abrir como um cuco, dali saindo uma pequena miniatura de cavaleiro templário, com uma grande espada de pederneira erguida prestes a atingir o pratinho de caçoleta à frente. Compreende a ameaça. É o momento de mostrar a que veio e salvar o dia: dois passos até a prateleira, basta-lhe pôr a mão embaixo para impedir o golpe faiscante. Não vê o banquinho no meio do caminho. Tropeça. Cai. Sua própria lanterna se espatifa no chão, espalhando óleo. Ágil como um gato, apoia-se nos braços e se ergue de novo, a tempo de ver a espada baixar e a faísca estourar, quando então fecha os olhos e pede a Deus que tenha piedade de sua alma.

A pena e o prazer desta esperança.

O bater de asas de um pássaro, a queda de uma gota: o tempo é invenção humana, desconhecido dos animais e irrelevante para Deuses. Sua duração é um conceito da Antiguidade; sua medição, uma técnica do medievo, mas a precisão é invenção moderna, nascida do engenho de relojoeiros há menos de cem anos: a capacidade de medir a duração de um segundo.

Em um segundo, o chão se eleva como uma bolha e racha sob os pés dos soldados, vinte e sete toneladas de pólvora que estouram em chamas com o som e a fúria de um deus a brotar da terra; em um segundo, a onda de impacto flui como se o chão fosse líquido e parece anular a força da gravidade, elevando torrões de terra e arrancando a poeira dos beirais e os vidros das janelas de modo que se Érico tivesse tempo de olhar para trás veria aquela distorção no ar atingi-lo pelas costas como um sopro divino, jogando-o face ao cascalho do chão; em um segundo, homens são arremessados ao ar às centenas tal qual papel picado em dia de festa, pedaços indistintos que vão precipitar sobre as casas — um braço aqui, uma perna ali e a cabeça do juiz Pinto de Almeida acolá —, junto a uma chuva de pedra caindo feito metralha, arrebentando telhas e atingindo moradores sem distinção de jovens ou velhos, ricos ou pobres, mulheres ou crianças. Em um segundo, a nuvem terrosa avança engolindo tudo, Érico mal olha por cima do ombro e se encolhe protegendo a cabeça e o rosto enquanto é apedrejado pelos céus; céus que são atravessados por pedregulhos indo atingir casas, um deles atravessando o vitral da Sé e atingindo o retábulo, que cai esmagando o chantre frei Quintino enquanto vidro colorido chove sobre o bispo e os fiéis e os meninos do coro gritando de pavor.

Vem então o instante seguinte, a sequência de estrondos que são como trovões, o som das pedras despencando enquanto, no topo da muralha, o jovem Ursulino tenta se agarrar em algo, mas não há nada, nada exceto o vazio sob seus pés enquanto desmorona junto com todos. Do pátio o cônego Bento Freire olha ao alto e vê a muralha oeste desabar e reza pedindo para ver um novo céu e uma nova terra, pois já o primeiro céu e a primeira terra passaram; escuta estrondos detrás de si e olha para o alto esperando ver a Nova Jerusalém descendo, mas é a Torre de Menagem que se inclina e racha, e ele grita um alerta inútil que ninguém escuta em meio às chamas e ao caos, enquanto a torre tomba levando junto suas oficinas e seus soldados, sepultando consigo todas as esperanças de Miranda do Douro.

12.

SEM TEMPO PARA MORRER

Levante-se, Érico. Sinta o próprio corpo, está inteiro. Cubra a boca com o braço, não respire o ar cheio de pó. Ignore o sangue nas roupas misturado à poeira, sangue que nem sabe se é seu. Levante-se e ande. Passe a noite ajudando a levar os feridos até o Real Hospital Militar, até a exaustão, em meio ao choro, a dor e gritos constantes de "aqui-d'el-rei". Quem é aquela voz que grita e chora, que lhe parece familiar? Vê o homem de joelhos, coberto de poeira e sangue, a cabeça voltada para trás e boca escancarada num grito aos céus a plenos pulmões, lágrimas que escorrem pelas barbas enquanto segura nos braços o filho morto. É mestre Ursânio a berrar em desespero:

— MIU NINO! DIUS, POR FABOR, NUN LO MIU FILHOTE!!

Érico engasga, vira o rosto. Não sabe que horas são, mas está exausto. Vê o cônego Bento Freire andando entre os mortos, os dois se reconhecem e vão na direção um do outro. Bento Freire conta que estava dentro do castelo na hora da explosão, credita sua sobrevivência a nada além da Graça Divina. Que de toda a mortandade, entre soldados, paisanos e ordenanças da terra, a contagem dos mortos já chega a quatrocentos, metade da população da cidade, mas não se pode dizer ao certo, pois só debaixo da brecha oriental da muralha estavam uns cem que ele próprio vira sepultar pelo desabamento, que debaixo da Torre de Menagem também ficaram muitos, assim como na ponte do terreiro que caminha para a plataforma junto ao castelo. Na parte da muralha entre as duas torres de cubelos, setenta pessoas já foram retiradas, e pelo estado dos corpos não há como dizer quem são. Diz que quase todo o cemitério já se enche de corpos para enterrar, e dentro da Sé estão a sepultar o que cabe, que ele e os outros padres da cidade estão pela madrugada socorrendo às absolvições e extrema-unções de todos os necessitados. Levará dias só preenchendo o livro de óbitos da freguesia.

Érico pergunta em que estado ficou o castelo. Mas que castelo? A torre desapareceu, e só na brecha norte passam quinze homens lado a lado com tranquilidade, na brecha de meio-dia passam nove. Não há o que ser feito: quando o dia raiar, Miranda terá de se render aos espanhóis.

— Onde está o general Bayão?

Ninguém sabe. Érico conta suas suspeitas, mas Bento Freire lembra que nada daquilo é prova. Érico insiste: os soldados do portão viram! Os soldados do portão morreram todos, e morto não testemunha, bem pode o general estar morto também, pois nem todos os corpos se conseguem identificar. Certo é que não há mais como defender a cidade, não há o que fazer senão entregá-la aos espanhóis no dia seguinte. Érico deve partir, alerta o cônego, pois quando o sol nascer haverá espanhóis por todo lado; use o manto da noite e faça como muitos da cidade que já fogem.

É o que faz. Busca suas coisas, toma um cavalo e sai pelo portão de Santa Luzia no fim da madrugada, acompanhado por outros dois soldados, um que parte rumo a Braga e o outro ao Porto, para espalhar a notícia de que Miranda do Douro explodiu, e o reino de Portugal foi invadido.

A viagem de retorno parece sempre mais rápida do que a de ida, mas saber direito o caminho também ajuda. Devolvendo os cavalos na troca em cada cidade, dormindo somente quando à beira da exaustão, ele faz o caminho de volta passando por Mogadouro, Torre de Moncorvo e Trancoso, cidades e vilas sem ter quem as defenda, mulheres e crianças querendo saber o que houve em Miranda, o que foi aquela fumaça que se viu no horizonte; passa por Celorico e Venda de Galizes sabendo que tudo aquilo será ocupado pelos espanhóis em poucos dias, passa por Lousã e despacha alertas a Coimbra e Castelo Branco, passa por Tomar e Golegã e Santarém. E após três dias de avanço ininterrupto, ao final do dia onze de maio, chega a Lisboa no limite de suas forças, as nádegas contraindo-se em câimbras e as costas rijas, as mãos trêmulas e os dedos inchados de tanto segurar nas rédeas. Mas segue caminho, indo direto a Belém rumo ao Paço de Madeira.

~~

Na corte, não fazia muito que o octogenário governador de Trás-os-Montes chegara em pânico, dando conta de que vinte e dois mil homens do Marquês de Sarriá se aproximavam da raia trasmontana. Não esperou pela invasão. Deixou ordens ao povo para resistir, e partiu para Lisboa. Pelas costas, o Conde de Oeiras comenta jocoso que, se lhe fosse possível, o velho governador continuaria fugindo até alcançar Jerusalém. Mas as notícias que têm chegado desde então são vagas e confusas, até o momento quando um guarda entra no gabinete, constrangido.

— Senhor, há um mendigo na entrada e quer falar-lhe com urgência.

— Um mendigo? — detrás de sua mesa, o Conde de Oeiras olha desconfiado para o guarda.

— Um destes oficiais esfarrapados, Excelência, que pedem de porta em porta. Ele insiste, num tom elegante até, que o senhor vai nos mandar todos ao degredo em África se não o deixarmos passar. Disse trabalhar para um tal Gabinete de Exportações Universais, do qual nunca ouvi falar.

— Meu Deus, façam-no entrar já!

Aquilo que entra na sala do Conde de Oeiras, o uniforme sujo de sangue, suor e terra, a barba por fazer, os olhos insones com um brilho meio louco, despenteado, é quase irreconhecível quando comparado ao rapaz elegante e um tanto arrogante que conhece. Parece à beira da exaustão. Não tem tempo de perguntar nada, pois Érico é curto e direto:

— Excelência, Miranda explodiu.

— O quê? Como assim?

Érico sente as pernas amolecerem e a cabeça fica leve de súbito. O guarda e o secretário do conde correm a segurá-lo pelos braços antes que desmaie, e o colocam sentado numa poltrona. Alguém providencia um cálice de vinho do Porto.

— A cidade... — Érico ergue o punho no ar e abre os dedos.

Conta-lhe do paiol que rebentara, da cidade arrasada, das sequências infernais de desolação e horror. Oeiras deixa-se cair na cadeira, pálido e abatido, a pressão dos últimos meses finalmente o atingindo. Relaxa o corpo quase como se fosse escorregar da cadeira ao chão, olhando desolado para a pilha de papéis à sua frente.

As tropas auxiliares britânicas que desembarcaram em Lisboa não são nem de longe suficientes para fazer frente à horda castelhana. Vai pressionar os ingleses para trazerem mais, e precisa agora dar conta ao rei. No tocante a Érico, não há mais o que possa pedir dele. Sejam quem forem os autores da Conspiração da Entrega, tiveram sucesso. Agora é preciso direcionar suas energias para a guerra. Quanto aos panfletos da freira fanática, passará ordem ao Pina Manique para fechar as igrejas no dia do Corpus Christi, porá a ferros quem o desobedecer, e resolvido o assunto. Oeiras indica os papéis em sua mesa: há despachos para serem enviados a Martinho de Melo e Castro, em Londres. Ele os deixará aos cuidados de Érico, para que volte à capital inglesa.

Érico pensa em sua casa, em seu amor, no calor afetuoso da rotina doméstica, nos amigos e nos divertimentos urbanos. Tem um modo muito particular de lidar com suas saudades, que é a de forçá-las ao extremo, em contraste com o nó no estômago que sente ao abrir a boca e dizer a única coisa que pode dizer naquele momento:

— Não, senhor. Eu fico.

Oeiras, pena e papel já em mãos, encara-o surpreso.

— Por quê?

— Como o senhor mesmo disse, este reino carece de oficiais experientes. E eu tenho experiência. É aqui que devo estar. Não aqui, aliás. No Porto. Eu conheço aquela cidade e sua gente, e conheço quem conheça a região. Eu sei o que precisa ser feito, senhor. E com todo o devido respeito, Excelência, é o que pretendo fazer com ou sem vossa autorização. Lutar.

— Tenente, o senhor sozinho não vence quarenta mil.

— Mas sei como vencê-los.

— É mesmo? — Oeiras larga a pena. — Faça-me o obséquio.

Érico diz que um inimigo maior e mais forte não se enfrenta diretamente, não quando ele é um invasor e você tem o conhecimento do terreno ao redor. Você o rodeia, instiga, ataca, corre, embosca, faz com que ele entre no terreno mais e mais, se irrite e enlouqueça e cometa erros e se canse. Até que aquele imenso exército, que um dia pensou que ganharia uma vitória rápida, fique impaciente, com fome e aos trapos, só querendo ir embora dali logo de uma vez. Se conseguir manter essa estratégia por tempo suficiente, você pode derrotar o inimigo pelo cansaço. E Érico sabe disso, pois já vira acontecer: foi a estratégia usada contra eles próprios pelos índios das missões jesuítas, na Guerra Guaranítica. Foi a estratégia de Sepé Tiaraju, o *karai djekupé* dos Sete Povos.

— Que eu me lembre, tenente, eles foram derrotados. Por nós.

— Porque mudaram de estratégia, excelência, e nos enfrentaram em campo aberto. E isso só depois que Sepé foi morto. Ele certamente teria sido contrário à abordagem direta.

— O senhor o admira. Fala como se o conhecesse.

— Eu penso muito no que nós fizemos naquela guerra, senhor.

— E agora, nós somos o exército menor — Oeiras olha para o mapa de Portugal sobre sua mesa. — E nosso atual inimigo é o nosso antigo aliado contra os guaranis. As voltas que o mundo dá. Esse índio... Como era mesmo aquela frase que ele disse ao governador espanhol?

— "Essa terra tem dono."

— E tendo dito isso, ele foi morto e nós lhes tomamos as terras — lembra Oeiras. — É esse o melhor exemplo que o senhor tem em mente? De um índio derrotado em batalha?

— Não, Excelência. De um índio que fez uma guerra que deveria ter durado um mês se prolongar por dois anos — corrigiu Érico. — Não lutaremos para vencer os espanhóis, e sim para segurá-los tempo o suficiente até os ingleses chegarem. Tudo o que precisamos é de tempo. Disso, e de um pouco daquela persistência dos índios que, pelo que sei, flui um pouco nas veias de nós todos.

Oeiras cerra o olhar, surpreso com a ousadia daquele comentário. Avalia se Érico fez uma observação genérica ou uma referência específica à sua ascendência. Reflete sobre a questão vendo a pilha de papéis acumulando-se em sua mesa, e então pega da pena, molha num tinteiro de porcelana de Sèvres e começa a escrever numa folha.

— Não faz muito, tenente, lorde Tyrawley enviou ofício a Londres relatando o estado de nossas forças como "lamentável" — diz Oeiras. — Claro que, assim que soube, pedi para se retratar. Exaltei a grandeza de Portugal na guerra e na paz, e disse-lhes que, se fôssemos invadidos, poderíamos resistir por até quatro meses. Soube depois que, com sarcasmos, lorde Tyrawley disse a Londres que nos falta coerência e clareza estratégica. E que "não há inteligência entre os lusos" — assinou um documento, derreteu seu lacre de cera e o entregou para Érico. — Pois conste que estou cá a fazê-lo *capitão* Érico Borges a partir de agora. Nós precisamos ganhar tempo, capitão. Faça o que for necessário para consegui-lo.

⌒

Quando seus criados a chamam e ela o vê entrar, a Raia observa Érico de cima a baixo. Com uma expressão de seriedade cortante, pergunta, seca e preocupada:

— Onde está Thomas?

A hesitação dele em responder — é péssimo para dar esse tipo de notícias, não havia se preparado nem pensado no que dizer, pois passara os últimos três dias num estado de torpor e tensão constantes — foi já a resposta. Ela entende, é rápida assim, e suspira, fechando os olhos.

— Eu lamento — Érico fala, enfim.

Ela comprime os lábios irritada, dá um rápido erguer de sobrancelha, como quem atira longe aquele pensamento. Os olhos umedecem e uma lágrima solitária cai por seu rosto. Em seguida se contém, e volta a si. Já havia chorado demais nessa vida por homens que amara, não via necessidade de luto ou lágrimas demais por um que conhecia há tão pouco tempo e não fora mais que um passatempo. Depois se sente horrível consigo própria pela frieza — seria sempre assim, de agora em diante? Então olha o amigo à sua frente, no aguardo de alguma coisa que não sabe bem o que é.

— O Érico precisa de descanso, precisa comer, e definitivamente precisa de um banho.

— Não há tempo, preciso ir ao Porto já.

— Amadinho, não sou sua mãe, mas não vai salvar Portugal caindo na estrada de fome e exaustão. Vou mandar aquecerem água e trazerem algo da cozinha. — Ela gesticula aos criados, que saem às pressas, feito cervos agitados. — Também vai precisar de roupas limpas para a viagem. Se ser a irmã mais velha de dois homens me ensinou algo na vida, é que, quando a situação aperta, não há sangue que consiga circular nos colhões e no cérebro ao mesmo tempo. Nunca se deve esperar bom senso dos senhores.

Cansado demais para discutir, ele concorda pedindo somente para a amiga despachar um estafeta à sua família no Porto o quanto antes, e então sobe para o banho. Quase dorme sentado na banheira de água quente, depois cabeceia à mesa enquanto come.

Quando se dá por si, acorda sobressaltado na cama, sem noção de quanto tempo dormira, ou se é manhã, tarde ou noite. Lá fora, amanhece. Foi desperto pelo latido dos podengos da Raia, ecoando abafados de algum lugar da casa. Levanta da cama, lava o rosto, e vê os novos trajes deixados sobre seu baú. Não mais a casaca militar azul, e sim algo discreto e adequado a um paisano. Desce do quarto já de chapéu na cabeça, tendo num braço a caderneta e algumas cartas amarradas com barbante, e no outro uma caixa de chá.

— A propósito, chegou correspondência agora há pouco — diz a Raia. — De Londres.

Ele se sobressalta como se atingido por um raio. Larga tudo sobre um aparador e busca a carta deixada ao lado numa tigela de prata. Abre e lê.

Carta 4
De G. para Érico Borges, em Lisboa

Meu querido, recebi há pouco sua carta me pedindo para te escrever. Tenho passado meus dias no aguardo de nova correspondência sua, e quando os correios nada entregam, eu não vivo, apenas existo. Não há outra coisa que eu deseje mais na vida do que te ter ao meu lado, mas conheço bem o teu espírito, os teus ímpetos e teu senso de dever para com as pessoas, para não alimentar esperanças de um retorno súbito. Quaisquer que sejam os rumos que esta guerra vindoura tomar, saiba que eu estarei aqui te esperando. O resto do mundo não é capaz de conceber nosso amor, pois não sabe o que é verdadeiramente amar. Sinto-me cá a esposa de Ulisses, e como ela, estarei esperando paciente pelo teu retorno. Faz o que for preciso, e então volta para mim. Luta pelo que acredita, e então volta para mim. Meu herói, meu melhor amigo, meu grande e eterno amor. Sê Érico Borges, e então volta para mim. De quem te amará para todo sempre,

G.

Londres, 21 New Bond Street, neste 23 de abril de 1762.

Érico respira fundo, aperta a carta contra o peito e chora. Que coisa estranha é o tempo e a distância: quando aquela carta foi escrita, ainda não havia confrontado Beaumont em Queluz, e o castelo de Miranda ainda estava de pé. Amar por correspondência é aceitar não somente as distâncias geográficas, mas temporais. Da mesma forma, agora, notícias serão despachadas às colônias, mas seus amigos no Brasil só as receberão daqui a dois ou três meses. A mesma guerra será lutada em molduras diferentes do tempo. E se a paz for alcançada, e os conflitos cessarem, lá ainda lutarão por mais dois meses até serem avisados do fim. Guarda o papel dentro da casaca e toca a memória de ouro em forma de nó górdio, que leva no dedo anelar. Então olha para sua pilha de tralhas, e entrega a caderneta e as cartas nas mãos da Raia.

— O que é isso? — ela pergunta.

— Meu diário e minha correspondência — explica. — Seu irmão sempre disse que escreveria sobre minhas aventuras. Caso algo aconteça e eu não volte, entregue tudo para ele. As demais cartas estão em minha casa em Londres, e outras estão com Sofia Boaventura, no Rio de Janeiro. Todos os meus acontecimentos e sucessos estão aí. E caso falte algo, bem... ele é escritor. Que invente o resto.

Ela olha a caderneta e as cartas e as aceita com um meneio resignado, conforme a realidade da situação de um país em guerra espirala ao seu redor. É quando nota aquela caixa de chá de mogno em estilo *bombé*, legítima Chippendale, com as iniciais E. B. gravadas no tampo, que Érico pega como uma criança o faria com seu brinquedo favorito.

— Vais levar isso para a guerra?

— "Uma xícara de chá põe o mundo no lugar."

Sai da casa para o cavalo que já o espera selado, coloca suas tralhas nos alforjes, monta e diz à Raia que ninguém a culpará se ela também for embora do país.

— Eu iria, se fosse você.

— Ainda não, amadinho. Tenho assuntos a resolver. Considere como meu último *mitzvá*.

Ele assente, toca na aba do chapéu, e se despede. A quem, como eu, teve o prazer de conhecê-lo, lembrará que ele era na maior parte do tempo um modelo de contenção, polidez e elegância — mas que, com a frequência anual das monções, a vida estourava sobre seus ombros como um barril de pólvora. Era quando mandava a cautela às favas e, movido pelo desespero da urgência ou um intenso desejo de retribuição, tornava-se certeiro e destrutivo como uma bala de canhão.

Parte rumo à cidade de sua infância, não sem antes parar no caminho e fazer uma prece aos seus Deuses. E seus lábios murmuram: salve Ares, excelso em força, pai da vitória em batalha, governador dos rebeldes e líder dos justos, dai-me forças na guerra, afastai a covardia de meus pensamentos, os impulsos traiçoeiros de minh'alma, e contenha a fúria de meu coração.

PRIMEIRO INTERVALO

So don't break
Sanctify my body with pain
Sanctify the love that you crave
Oh, and I won't, and I won't, and I won't be ashamed

Years & Years, "Sanctify"

Por aquela época havia em Londres, na Velha Rua Compton, uma padaria muito popular cujo proprietário era um rapaz que diziam ser nascido no Brasil. Era sempre o primeiro a chegar pela manhã e o último a sair no final da tarde. Os vizinhos fofocavam sobre ele morar lá pelos lados da Nova Rua Bond, sobre ele ser na verdade muito rico e nem precisar trabalhar se não quisesse, mas que tendo tanto amor pelo ofício de padeiro, mantinha sua loja mais por prazer que por necessidade. E por ser jovem, e por ser bonito — uma saudável beleza campestre, atlética e pastoril, de toque helênico — mas principalmente por ter seu próprio negócio, não lhe faltava o assédio de pretendentes, todas educadamente dispensadas. Talvez fosse amante de uma velha senhora muito rica; outros sugeriam que fosse fanchono, bem podendo ser amante de um desses peralvilhos que bancam os caprichos de seus garotões. Mas se diziam isso era somente porque alguns acreditavam — mas ninguém podia provar

— que à noite, com a chegada da Lua, aquele clube de cavalheiros onde ocorriam reuniões com regularidade no segundo piso da padaria fosse, na verdade, uma *molly house*, um clube de sodomitas. Tais maledicências, porém, eram logo dispensadas, pois a generosidade do rapaz era muito admirada no bairro; ali todos o queriam bem. "Ele nos deu um bolo quando papai fez aniversário", lembra sempre a lavadeira da esquina; "ele nos mandou manjar branco quando minha mãe adoeceu", conta o ourives do outro lado da rua. "É um bom rapaz", diz o pároco da Igreja de Santa Ana, "pena que seja um papista, mas ninguém é perfeito."

Hoje mais um dia vai chegando ao fim: no forno, os últimos pães crescem e ganham cor, indo do branco ao amarelo pálido e então para um tom dourado escuro — próximo ao de seus cabelos, sempre caindo bagunçados sobre os olhos, dando-lhe os ares meigos e estouvados de garoto. Algo que, prestes a completar vinte e um anos, de certo modo ainda é. Acredita que assar pães para os outros seja uma forma de transmitir sentimentos — gratidão, apreciação, condolências, tudo aquilo que as palavras por vezes tropeçam e se perdem no expressar, é melhor dito por meio de uma oferta de alimento. E com farinha, açúcar e fermento, não há o que não possa ser dito. O amor pode ter o sabor de um macaron, a felicidade adquire as formas de um filão recém-saído do forno, cuja casca dura e crocante, ao ser quebrada, emane o vapor úmido de seu miolo macio. Dizem que é por acreditar nisso que os produtos de sua loja são tão bons e requisitados — muito na moda, muito *macarôni*, como dizem os dândis. Ele poderia estar pintando, ele poderia estar compondo, mas estava ali assando pães e bolos para ofertar.

Mal sabem que preparar seus confeitos é o que mantém suas ansiedades sob controle. A necessidade de uma concentração plena, onde quantidades devem ser medidas, a massa aberta e devidamente sovada, enquanto uma ordem linear deve ser obedecida e seguida, aquilo tudo não deixa espaço para remoer pensamentos tortuosos em sua cabeça. Naquelas horas, há somente a massa. Naqueles momentos, sente estar produzindo algo de bom para o mundo, algo para compartilhar com as pessoas de quem gosta.

Mas agora, quando a padaria fecha e ele caminha de volta para casa, a ansiedade evitada ao longo do dia retorna, ao chegar em casa e vê-la vazia, exceto pela fiel criada.

É ela quem o recebe no corredor e já logo avisa: chegou carta de Portugal, tem o lacre de patrão Érico. Uma carta! É o melhor presente de aniversário que poderia querer. Mesmo sendo tão sucintas, são sempre um sinal da presença de seu remetente, cuja leitura traz lembranças da voz e da presença de quem escreve. O olhar se perde na saudade. Cheira o papel, que traz em si o aroma do perfume borrifado, quase como uma assinatura, evocando memórias mais profundas — o cheiro da pele, o peso e o calor do corpo, o gosto de seus lábios. Lê uma primeira vez, rápido, e uma segunda, mais calmo: a mensagem diz que a guerra começou, que as cartas podem demorar a chegar agora, mas que não se preocupe, pois quem lhe escreve estará bem longe das linhas de batalha, cuidando de questões burocráticas. E, cedo ou tarde, estarão juntos outra vez.

Gonçalo pressiona o papel contra o peito, solta um suspiro apaixonado e sorri ao ler aquela última frase, que é uma garantia tanto quanto uma promessa: *de Portugal, com amor.*

ATENÇÃO

Interrompemos esta leitura
para transmitir uma mensagem
de Sua Majestade, o Rei.

MENSAGEM D'EL-REY

Entra o Mestre-Sala.

Mestre-Sala: Sua Majestade Fidelíssima, José Francisco António Inácio Agostinho de Bragança, Pela Graça de Deus, José I, Rei de Portugal e de Algarves, d'Aquém e d'Além-Mar em África, Senhor da Guiné e da Conquista, Navegação e Comércio da Etiópia, Arábia, Pérsia e Índia, et cetera.

Entra D. José.

D. josé:

Os ministros d'Espanha e França
Três vezes a nós vieram ter.
Dizem, nessa estranha aliança,
Só quererem "nos defender"
De quem é comum ameaça,
E que estão a nos precaver.
Querem, assim, nos invadir,
Sem que possamos resistir?

Quando aqui falo, sou mais do que eu,
Sou um povo a lutar pelo que é seu.

E mais qu'um qualquer que invada meu reino,
Como se a terra não tivesse dono,
Aqui quem manda é quem senta no trono:
El-Rey Dom José Primeiro!

Cruzando a fronteira, sem petição,
Será tomado por nosso inimigo.
Têm meus vassalos autorização
Para infligir merecido castigo.
E quem do oponente for cidadão,
Fazendo neste reino seu abrigo,
Dou quinze dias para ir-se embora,
Ou serão mandados à masmorra.

Mandem lá avisar ao rei de França
Que cá não nos faltará liderança.
Pois aqui mexeram num grão vespeiro,
Ao se juntarem com os de Castela,
Para cá virem invadir a terra
De El-Rey, Dom José Primeiro!

Pois a Nós menos afeta que caia
De meus palácios, as últimas telhas,
Ou que o mais fiel vassalo se esvaia
Da última gota de sangue nas veias,
Que a honra da coroa sacrificar,
Junto do que Portugal mais estima,
Para um mau exemplo vir se tornar,
Às nações pacíficas, sua ruína.

O mar avançou, Lisboa tremeu.

E ainda o reino sobreviveu.

E aqui o tempo cordial se encerra,

Pois contra esta vil e torpe infâmia,

Ordeno que se erga, ó Lusitânia,

Está declarada a guerra!

Saem todos.

Segunda Parte
Lusitânia vai à Guerra

13.

A ANTIGA E MUY NOBRE CIDADE DO PORTO

Das guaritas da muralha não veio grito de alerta, nem se viu sombra de sentinelas, apenas a palha preta dos ninhos de cegonha nos bastiões arruinados, as alvenarias já há muito tombadas, e os panos de muralha esvoaçando andrajosos. Era a cidade de Bragança, capital da província de Trás-os-Montes, agora tomada pela Espanha sem que um único disparo fosse feito. Ao reunir o estado-maior e desenrolar o mapa de Portugal numa mesa, Nicolás de Carvajal y Lancaster, o Marquês de Sarriá, aponta a cidade do Porto e diz: o exército se dividirá em duas partes, cruzando o Douro e ocupando Vila Nova de Gaia, cercando a cidade pelas duas margens do rio. Mas onde estão as posições portuguesas? Seus oficiais lhe dão o relato dos batedores, vila por vila: não há soldados nem cá, nem lá, nem acolá, ali tampouco, fazendo com que Sarriá comente jocoso:

— Não consigo descobrir onde estão esses insetos!

Todos gargalham, exceto o *agent de liaison* francês, que se mantém quieto em sua garbosa casaca branco-perolada. Madri aposta tudo numa invasão rápida, crendo que a mera demonstração de força fará a cabeça-dura do Conde de Oeiras ter o bom senso de se render. Contudo, a falta de guias que conheçam a região, somada a mapas imprecisos, tem cobrado seu custo: já no primeiro dia, depararam-se com um rio no meio do caminho. De onde saíra aquele rio? Ninguém disse que haveria um rio pela frente, senão teriam trazido barcos e pontões, que agora precisaram ser fabricados, perdendo-se preciosos dias de marcha. Eram coisas assim que faziam os franceses suspirarem em desalento, e suas opiniões sobre a disciplina espanhola não eram muito melhores que a opinião dos ingleses em relação aos portugueses. Algo lhes diz que terão pela frente uma guerra bastante peculiar.

Para dizer o mínimo.

Em outros tempos, um viajante percorrendo a Via XVI que ligava a cidade romana de Olissipo, na Lusitánia, até Bracara Augusta, na Galécia, encontraria albergues e estações para troca de cavalos nas duas margens do rio Durius, num pequeno povoado cuja origem remontava ao início dos tempos. Os celtas galaicos, seus primeiros habitantes, adoravam a deusa–anciã Cailleach; contudo os gregos, que depois vieram a se estabelecer ali, pensavam que os nativos dissessem *kallis,* "bonito", e concordavam, condescendentes: sim, sim, é muito bonito aqui. Já os legionários que vieram anexar mais aquela província ao império de Roma, e que não tinha bom ouvido para o idioma de Homero, pensaram que ali se resmungava do clima quente, cálido — ou *cale* em bom latim. Certo mesmo era que a posição da vila gerou um porto muito próspero, e quando o poder de Roma ruiu nas mãos de bárbaros visigodos, a região ao redor da cidade já era bem conhecida como "Porto Cale" — ou *Burtughal,* como pronunciavam os mouros que a destruíram. Foi assim que, após três séculos de abandonos e erros de tradução, quando o rei de Leão e Castela decidiu reorganizar seu reino, fez da região o Condado de Portucale, deixando seu controle nas mãos da infanta D. Teresa de Leão. Mas o filho desta, o adolescente Afonso Henriques, inconformado com o favoritismo dado por sua progenitora a nobres castelhanos em detrimento dos nativos portucalenses, aos catorze anos armou-se cavaleiro e liderou uma revolta. Expulsou a mãe, assumiu o governo, enfrentou de um lado os castelhanos e do outro os muçulmanos — estes últimos, que o chamavam *El Bortukali*, "O Português". E tendo reconquistado Leiria, Santarém e Lisboa, por fim coroou a si próprio o primeiro monarca de um novo reino: nascia o Reino de Portugal. Poucas vezes a inquietude de um adolescente rendeu tanto.

E tudo começara ali, na Antiga e Muy Nobre Cidade do Porto, cujas estreitas ruas medievais Érico percorre. Ali, onde se adicionou conhaque ao vinho para não azedar nas caravelas, dando-lhe o doce e forte sabor característico; ali onde ingleses depois aportaram, querendo vinhos que não fossem de seus inimigos franceses; e também onde, favorecidos por anos de benefícios fiscais, os mesmos ingleses passaram a batizar este vinho com água para aumentar os lucros na revenda, prejudicando a reputação portuguesa e derrubando seu preço. Todavia, a situação agora era outra: com um alvará régio, o Conde de Oeiras criou a Companhia Geral da Agricultura das Vinhas do Alto Douro, vulgo Real Companhia, cujos acionistas, todos portugueses, receberam de mão beijada o monopólio das vendas não só do Porto e seus subúrbios, como de toda a exportação para o Brasil.

É em sua sede, um sobrado amarelo na Rua das Flores, onde Érico agora se encontra. Ali foram chamados às pressas o governador das armas do Porto, os diretores da Real Companhia de Vinhos, bem como representantes do Almirantado Britânico e da Feitoria Inglesa. Estão ali também membros das principais famílias da cidade, não só portugueses, como os Ferreira, os Rabello Valente e os Beleza, mas também os alemães dos Kopke e dos Burmester, e os ingleses da Casa

Offley, dos Warre, dos Bearsley, da Thompson & Croft e da Borges & Hall — esta última, representada pelos dois tios maternos de Érico, tio Cimbelino e tio Coriolano.

A urgência da situação é preocupante: desde que a notícia da queda de Miranda chegou à cidade, o avanço dos espanhóis pelo norte tem sido atualizado diariamente, a cada nova cidade que ocupam. O Almirantado Britânico já inicia planos de evacuação para a comunidade inglesa.

— *Carago*, e os vinhos? — pergunta tio Cimbelino, expondo a preocupação de todos.

— Meu tio, algo me diz que os espanhóis serão mais gentis com as pipas de vinho do que com os cidadãos estrangeiros da cidade — diz Érico.

Trinta mil pipas, cujo valor somado ultrapassa meio milhão de libras, aguardam nas docas pelos navios que as distribuirão mundo afora — navios cuja chegada só está prevista para agosto, e mal estão entrando em maio. A elas juntam-se as dezoito mil pipas para consumo na cidade, uma soma que responde por um ano inteiro de faturamento do Porto.

— O que propõe a corte? — pergunta o governador João Almada e Melo.

— Pelos relatos recebidos, os espanhóis estão avançando primeiro em direção ao norte do Tâmega — Érico aponta o mapa da província. — Logo irão descobrir que o terreno montanhoso do Entre Douro não será tão fácil de cruzar quanto o platô trasmontano.

— Pelo que se sabe, eles também não estabeleceram nenhum entreposto depois de Miranda — completa o governador. — Não entendo o que estão fazendo.

— As ordens que tenho da corte para repassar ao senhor, governador — diz Érico — são para que parta imediatamente para Lisboa, se os castelhanos se aproximarem da cidade. Quanto a mim, preciso de quem se disponha a me acompanhar, alguém que saiba cavalgar e atirar bem, para percorrer comigo as províncias de Entre Douro e Trás-os-Montes e alertar os camponeses.

— Alertá-los do quê, meu Deus? — protesta John Whitehead, cônsul e diretor da Feitoria Inglesa. — A essas alturas, já sabem muito bem que os espanhóis estão a caminho.

Érico lembra-lhe de que, desde o início dos tempos, quando o primeiro portucalense saiu no tapa com o primeiro castelhano, vinha-se usando a mesma tática e ela nunca falhara: terra arrasada. Destruir as plantações, esvaziar os estoques, fugir para as montanhas e lá ficar, atacando e emboscando quem viesse. Eram as "pequenas guerras" dos portugueses, ou *guerrillas*, como diziam os espanhóis.

Todos concordam. Um novo encontro é marcado para dali a dois dias, quando um grupo de soldados e voluntários será reunido no cais da Ribeira para receber instruções.

Érico sai da Real Companhia acompanhado dos tios. Caminha pelas ruas do Porto reconhecendo os prédios e alguns velhos rostos de sua infância — o mesmo sapateiro, o mesmo cordoeiro, o mesmo titereiro com suas marionetes a distrair os meninos em frente ao palacete dos Pacheco Pereira. Parte de seu coração está em Londres, parte está no Brasil, mas agora percebe que uma parte significativa também está ali.

"Seu tio Coriolano e eu vamos passar na Feitoria Inglesa antes", diz tio Cimbelino, com sua voz calorosa e tonitruante. É o mais velho de seus tios maternos, e aquele por quem Érico tem maior afeição, quase como um padrinho, se Érico tivesse sido batizado na igreja anglicana. Entre si, conversavam sempre em inglês. "Vá para minha casa, sua avó Viola vai gostar de vê-lo. Mas fale alto pois ela está mais surda do que nunca."

"E faça-nos um favor, garoto", complementa tio Coriolano, o segundo mais velho, notório pelos modos diretos, um tanto ríspido, "não saia por aí dizendo aos quatro ventos que agora trabalhas para o Conde de Oeiras."

"Não que não estejamos todos muito orgulhosos", acrescenta tio Cimbelino.

"Mas não fale alto", insiste tio Coriolano.

Érico concorda. Seu chefe não é a figura mais popular do Porto. Como sempre ocorre em reformas radicais, ali os interesses dos grandes foram atendidos sacrificando-se os dos pequenos. Seis anos antes, o alvará régio que criou o monopólio da Real Companhia o fez em nome dos "Homens Bons da Cidade do Porto e Principais Lavradores" — uma dúzia de famílias privilegiadas no comércio com a Inglaterra, em detrimento de pequenos lavradores, pequenos comerciantes e o povo em geral, que não podiam pagar os altos preços tabelados pela Real Companhia. O vinho ter ficado mais caro foi um golpe na alegria dos mais pobres. Até o dia, uma Quarta-feira de Cinzas, em que estourou uma revolta popular. Incitados por taberneiros, o povo saiu às ruas em protesto. Eram soldados, meretrizes, escravos e demais gente da plebe a gritar "aqui do povo: morra a Companhia", invadindo e depredando a casa do corregedor, e o forçando a assinar um documento decretando extinta a odiada companhia. Por alguns dias, as tabernas reabriram, negociaram-se os preços direto com os lavradores sem o intermédio da Real Companhia, e tudo voltou a ser como era antes.

Até, claro, a notícia chegar ao Conde de Oeiras, que reagiu da única forma que conhecia: com mão pesada, esmagadora. Ao saber da revolta, viu nela a sombra de seus eternos inimigos e decretou: "Só pode ser outra conspiração dos jesuítas!" Despachou soldados, enchendo a cidade de tropas. Mais de quatrocentos manifestantes foram presos. A majestade, disse, não estava somente na figura de El-Rey, mas também na de suas leis — desobedecê-las era, portanto, incorrer no terrível crime de lesa-majestade. Açoites, degredos, prisões e confiscos foram a punição para duas centenas. Vinte e seis foram condenados à morte, dos quais oito fugiram e uma mulher grávida se poupou; dezessete meninos foram sentenciados a palmatoadas, e a cidade, punida de modo geral com os custos de manutenção das tropas por vários meses, tal qual terra conquistada.

Seis anos depois, os ânimos podem estar mais calmos, mas isso não faz o Conde de Oeiras menos impopular do que antes. Assim, ao ódio que o povo do Entre Douro lhe dedica, soma-se o do povo de Trás-os-Montes, terra sob influência da família Távora. Não é de se estranhar que os castelhanos os invadam com tanta facilidade: a promessa de livrá-los do Conde de Oeiras é música para os ouvidos de muitos. Mas os incautos não levam em conta, claro, só haver uma coisa que o norte de Portugal detesta mais do que seu primeiro-ministro: os próprios castelhanos.

Érico cruza a Rua das Taipas e vira à esquerda, entrando na Rua das Virtudes, passando pela fonte de cuja água muito bebera na infância, chegando enfim ao sobrado da família Hall. É um edifício de dois pisos, o superior pontuado de janelas de sacada com gradeamento de ferro, típica moradia burguesa de cunho solarengo, cujo lado oeste volta-se para uma vista do rio Douro, com um terraço assentado sobre uma das torres da velha muralha medieval de D. Fernando o Belo. Fazia dez anos desde a última vez que entrara naquela casa. Quando partira para o Brasil, era um garoto imberbe de quinze anos, ainda ignorante da vida. Agora volta homem feito. Respira fundo, e bate à porta.

14.

BORGES & HALL

Hão somente os fabricantes de armas lucram em tempos de guerra: também os gravuristas, ao notarem os ventos bélicos soprarem, já sentem o aumento na procura. Militares de altos e baixos escalões, gente do governo, escritores de almanaques, curiosos, todos querem saber onde fica essa ou aquela cidade, onde se deu tal batalha, para onde seus filhos foram mandados. E bem sabem os impressores que há somente três certezas no mundo: a vida, a morte e a Europa em guerra.

Veja-se o caso desta pequena livraria londrina, ao número oito de Paternoster Row. Seu proprietário, acompanhando as notícias pelos jornais, já manda ordens à oficina: catem lá as chapas d'um mapa de Portugal, que vai ter procura! Tanto faz se o mapa já tem mais de cinquenta anos, o que tanto pode ter mudado de lá para cá? E quando o adido da embaixada de Espanha vem à sua loja e faz encomenda de uns tantos mapas para remetê-los a Madri, esta, por sua vez, os envia ao quartel de campanha do Marquês de Sarriá, lá na raia trasmontana, e com eles adentra Portugal. Quando os mostra aos seus oficiais, estes os copiam num papel qualquer, já cópia da cópia de mapa velho e desatualizado, e então partem em missão com o papelzinho em mãos e a paisagem à frente. Notam que um ponto preto não é posição exata de uma vila, um riscado não diz se é estrada nova ou ainda dos tempos de Roma, e o traço dos rios não é nem preciso nem dá conta da distância entre as margens, no que enfim dão-se por perdidos, suspiram e concluem:

— Mas que bela merda, hein?

No Porto, a casa dos Hall é palco de uma reunião como não se via desde que Érico partira ao Brasil na adolescência: tios e tias, primos e primas, a velha matriarca surda, e ainda os mesmos criados com que crescera. Aquela era sua família materna, os Hall, feita de ingleses há tantas gerações vivendo em Portugal que já haviam perdido a fleuma e assimilado o temperamento caloroso ibérico. Não perderam, contudo, o paladar inglês, e servem-se todos de um generoso prato de rosbife com batatas assadas. E Érico estaria mentindo se dissesse não gostar de ser o centro das atenções dessa noite.

"E como está sua mãe, querido?", pergunta Titânia, sua tia mais nova.

"Muito bem, tia. Quando parti, ela disse que passaria um tempo em Bath com uma prima. Não lembro o nome da parenta, mas creio que não seja alguém que eu conheça."

"Em Bath? Ah, nossa prima Cordélia, filha de teu tio-avô Falstáfio. Não chegaste a conhecer. Ela se mudou para a Inglaterra ao casar. Ah, que saudades dela! Escreverei para as duas amanhã mesmo!"

"Por favor, não conte nada sobre eu ir para a guerra", pede Érico. "Ela pensa que estou aqui para serviços burocráticos. Não quero deixá-la preocupada."

"E ela está gostando da Inglaterra? Sempre sonhou em conhecê-la!"

Tio Cimbelino se intromete: "pois eu mesmo nunca entendi essa fascinação de vocês por aquela terra. Clima horrível, gente detestável. Mesmo com todos os seus problemas, aqui em Portugal é muito melhor! Por coisas assim nosso avô veio para cá!"

"Não, meu irmão, se ele veio, foi fugindo dos puritanos de Cromwell", retruca tio Coriolano, que se volta para a avó de Érico buscando confirmação: "não é, mamãe?"

"Eeh?", emite vó Viola, como se desperta de um transe.

"Meu avô, mamãe, teu sogro", quase grita, "não era dos puritanos fanáticos que ele fugia?"

"Não, claro que não acreditamos em magia."

"Fugia, mamãe, *fugia*", irrita-se tio Coriolano. "Dos *puritanos*. Dos pu-ri-ta..."

Vó Viola enfim entende, o que é até pior. Esquecem-se do efeito catártico, de um transe quase religioso, que a memória heroica do sogro desperta na velha, dando início a um longo solilóquio contado sempre da mesma forma, com sua voz arrastada de oráculo: "Foi no ano de mil seiscentos e cinquenta e sete, quando o pai do meu falecido Henrique..."

Érico conhece bem aquela história de como seu bisavô Próspero Hall, aos vinte anos, fugiu da guerra civil na Inglaterra buscando abrigo na comunidade inglesa do Porto. Ali se estabeleceu no ramo dos vinhos e se casou com a brasileira Maria, bela filha bastarda de um senhor de engenho pernambucano com uma tupinambá, enviada ao reino para ser educada pela família paterna. Os dois casaram, e com o nascimento dos filhos, o agora próspero Próspero decidiu dar nomes igualmente shakespearianos a seus rebentos, vindo assim a nascer Henrique, Falstáfio e Amleto.

A segunda e a terceira gerações dos Hall mantiveram a tradição: Henrique, o avô de Érico, casou-se com a inglesa Viola e teve quatro filhos: destes, o mais velho, tio Cimbelino, casou-se com a portuguesa Beatriz e eram pais de Fortimbrás, Desdêmona e do falecido Bassânio. Tio Coriolano casou-se com a inglesa Rosalinda e eram os pais de Timão, Ofélia e Emília. E a mais nova de seus tios, tia Titânia, a de espírito mais rebelde, fugiu de casa para casar com o arquiteto italiano Lucentio, depois retornando ao convívio familiar já com três filhos — tendo levado a sério uma piada recorrente na família, de que cedo ou tarde acabariam os nomes principais e teriam de recorrer aos figurantes —, era mãe dos jovens Apotecário, Ama e Epílogo. Estes três, quando Érico partiu ao Brasil na adolescência, eram ainda muito crianças, mas agora eram um trio de jovens empolgados, que idolatravam seu "primo brasileiro", cheio de histórias de aventuras passadas nas brenhas da América.

Quanto ao próprio Érico, sua mãe Tamora Hall casara-se com o português Virgílio Borges, e, se dependesse dela, o filho teria se chamado Yorick. Mas o pai causou uma comoção na família da esposa ao anunciar que achava aquilo tudo uma grande bobagem de ingleses, e que não daria nome de palhaço ao filho. Em vez disso, batizou-o como "Érico". Sua mãe tentou colocar panos quentes, alegando aos parentes que com certeza havia algum Érico em Shakespeare (não havia) ou talvez em Marlowe (tampouco), mas ao fim contentou-se com o fato de que, ao menos, a sonoridade era parecida. Anos depois, quando seu pai confessou que foi um nome escolhido ao acaso, e que havia achado promissor por soar como "é rico", sua mãe notoriamente o acertou no rosto com um fólio encadernado de peças do bardo, relíquia de família. Consta que o peso da obra fez seu pai perder um dente.

Agora, com a família chegando à sua quinta geração através dos filhos recém-nascidos dos primos de Érico, uma questão tangente tornava-se inevitável, e é tio Coriolano quem traz à mesa a pergunta temerária:

"E as namoradas?"

Érico bebe um grande gole de vinho.

"Ora, o titio não soube?", intervém sua prima Desdêmona. "O primo Érico se casou no ano passado. Aliás, primo, meus parabéns!"

"Casei?", Érico engasga no vinho, surpreso. "Quem disse?"

"Ora, sua mãe nos escreveu", Desdêmona parece confusa, e volta-se para sua tia. "Não foi isso que tia Tamora nos escreveu, tia Titânia?"

"Para ser sincera, minha irmã não usou a palavra 'casamento', querida", corrige Titânia, voltando-se para Érico: "ela disse que seu filho havia... quais foram as palavras, mesmo? 'Encontrado o amor', e viviam muito felizes numa casa na Nova Rua Bond."

"Ora, e o que é encontrar o amor e viverem juntos senão um casamento, Titânia?", protesta sua cunhada, Beatriz.

É melhor Érico intervir antes que o assunto saía do controle.

"Não houve casamento. Não de modo formal, ao menos. Há um impedimento...", e vem-lhe uma ideia. Sorri de modo gaiato e volta-se para prima Desdêmona: "nós vivemos em mancebia, prima. Motivo pelo qual mamãe não deve ter dito o nome de meu amor e pelo qual também não digo. Mas garanto que é uma pessoa maravilhosa. Estamos muito felizes. Qualquer um que venha nos visitar será muito bem-recebido, contanto que, hm, guarde nosso segredo. De fato, tudo o que mais quero é o fim da guerra, para poder voltar aos braços do meu amor."

"Ha-ha! Vivendo em mancebia, essa é boa! Que fanfarrão!", ri tio Lucentio, o marido de tia Titânia, aprovando com a galhardia do fervor italiano de seu sangue.

"Também soubemos que está indo muito bem nos seus negócios", comenta seu primo Fortimbrás. "Está investindo no pequeno comércio, não?"

"É só uma pequena padaria", Érico desconversa. "Ainda estou procurando um investimento maior para minhas finanças."

"Não seria nada mal ter nosso próprio escritório em Londres", observa tio Coriolano. "Agora que se perdeu o mercado brasileiro para a Real Companhia, é hora de voltarmos às origens."

"Desejo-lhes sorte, tio. Da minha parte, não tenho intenção de negociar vinhos."

"Ora, e por que não?", cutuca seu tio.

"Coriolano...", rosna tio Cimbelino, sempre protetor. "Nós combinamos de não discutir mais isso."

Érico sente a tensão. Quando seu pai faleceu, a nova legislação proibira o comércio dos volantes, e ele havia deixado claro à família que sua posição como fiscal de alfândega era incompatível com qualquer intenção de contornar a lei. Tio Cimbelino foi compreensivo, ajudando Érico e sua mãe a se desfazerem de suas partes nos negócios. Além disso, ele e o tio compartilharam, por diferentes afetos, o luto pela morte de Bassânio, o filho mais novo de tio Cimbelino, morto no terramoto de Lisboa.

"Para deixar claro, não tenho nada contra os negócios da família, mas depois do que mamãe passou no Brasil para acertar nossas finanças, não pretendo seguir os passos de meu pai. É uma sombra que quero evitar, ao menos por algum tempo."

A sombra a que se referia era, naturalmente, o falecido pai de Érico. Às vezes, uma família pode ser um grupo de pessoas unidas pelos assuntos dos quais não falam, e um destes assuntos era o falecido Virgílio Borges, que alguém já comparara a Robinson Crusoé: um homem isolado, a organizar seu pequeno mundo de modo utilitário. Nunca falava de nada exceto trabalho, e mesmo quando puxava assunto numa conversa informal, isso se resumia a se gabar dos negócios — passando a impressão de só ser capaz de criar relações com base em oportunidades comerciais. Tampouco se podia acusá-lo de literato: nunca fora visto lendo livro que não fosse livro-caixa, e julgava o interesse da esposa e do filho pela cultura clássica como "cultura inútil".

Érico considerava aquele lado da família, os Borges, como portugueses típicos de sua época: barrocos e simplórios, mais supersticiosos que religiosos, e predispostos a acreditar em qualquer boato que confirmasse seus preconceitos. Os judeus bebiam sangue de crianças? Era verdade, o amigo do vizinho da prima de alguém que viu. O Conde de Oeiras é um herege anticristão? Se tanto falam, deve ser, "onde há fumaça, há fogo". D. Sebastião vive ainda na ilha perdida de Taprobana, só aguardando o momento certo de voltar? Claro que sim, o padre que disse.

Não era de causar espanto, então, que a mãe de Érico puxasse o filho para a convivência do seu lado da família, e com o tempo ele perdeu o contato com os Borges. Seu próprio pai havia se tornado uma presença mais utilitária que afetiva em sua vida. Quando via os modos calorosos de tio Cimbelino com seus primos, deixava-se alimentar por certa mágoa pelo pai que gostaria de ter tido. O velho nunca sequer perguntou a Érico de seus anos na Guerra Guaranítica, e ofendido por aquele desinteresse paterno, Érico retribuiu com o seu, pelos negócios de vinho da família. Quando o pai faleceu, o vazio deixado parecia ser menos o de um familiar e mais o de uma peça de mobília — algo que estava ali havia tanto tempo, que só agora que se fazia ausente era percebido. E as finanças deixadas em desordem foram outro pesadelo que preferia não lembrar.

"Pois eu o invejo", diz primo Timão, interrompendo seu devaneio. "Também não tenho nada contra os negócios da família, mas sempre quis investir no pequeno comércio. Uma loja..."

"Deixe isso para os portugueses, meu filho", reprime tio Coriolano, e volta-se para Érico: "aliás, já que está tão bem posicionado em

Londres, não será indiscrição minha perguntar... onde arranjou seu capital? Encontrou algum tesouro enterrado, foi?"

"Coriolano, já chega", protesta tio Cimbelino. "Isso é necessário?"

"Ora, o garoto vai à guerra amanhã, se não perguntar agora, perguntaremos quando?"

Érico corta um pedaço do bife, e o mastiga encarando os tios, satisfeito consigo próprio ao perceber que o antigo temor respeitoso que sentia pelos "adultos da família" já não o intimida mais.

"Agradeço sua sinceridade, tio", responde, "por deixar claro o que provavelmente todos estão pensando. Eu fui a Londres para servir no corpo diplomático da embaixada portuguesa, como agente de ligação com os ingleses. Cheguei, como podem imaginar, sem um tostão no bolso. Hoje tenho tanto quanto um senhor de engenho pernambucano, e a verdade é que tudo isso foi ganho nas cartas."

"Nas cartas? Érico deve ser excepcionalmente bom nelas", provoca tio Coriolano.

"Ah, não necessariamente. Eu trapaceei."

Risos contidos na mesa, e um certo ar de inveja de seus primos.

"Nosso primo brasileiro", brada primo Fortimbrás, erguendo o copo e achando tudo muito divertido: "vivendo em pecado e trapaceando nas cartas, o libertino da família! Um brinde!"

"Eeh? O que estamos brindando?", pergunta vó Viola.

"Érico ganhou dinheiro trapaceando", explica tia Titânia, que não entende a expressão de horror de vó Viola até se dar conta que *cheating*, "trapaça", soava como *shitting*, dando margens a erros escatológicos. Então tenta explicar em português:

— Não, mamãe, eu disse trapaça. Tra-pa-ça...

"Quero sim, adoro cachaça", diz a velha, erguendo o copo. "Esquenta no inverno. Por isso é bom ter parente no Brasil."

"Em minha defesa, foi uma trapaça honesta", Érico continua, com um sorriso. "Feita com o consentimento do dono da casa. Os convidados estavam sendo rapados por um notório vigarista, e me pediram que os ajudasse. Usamos o truque de distraí-lo enquanto eu trocava os baralhos."

"Ele não deve ter ficado muito feliz quando descobriu", diz primo Fortimbrás.

"Ele já morreu agora", diz Érico, provocando um silêncio constrangido na mesa. "Mas o sujeito era credor de meia cidade, e isso me colocou em bons termos com muita gente." Bebe do vinho em pausa dramática e, para impressionar sua família, casualmente deixa cair um nome na conversa: "David Garrick me reserva um camarote no Drury Lane sempre que eu quero..."

Um pequeno uivo de assombro percorre a mesa.

"O Grande Garrick?", pergunta prima Desdêmona. "Conhece-o? Como ele é?"

David Garrick não é só considerado o maior ator de sua época, como também o maior responsável por fazer Shakespeare voltar à moda nos teatros londrinos. É um nome naturalmente admirado e respeitado naquela família. Seus três primos adolescentes, porém, querem saber de outros assuntos mais empolgantes.

"É verdade que foi capturado por piratas?", pergunta Apotecário, dezesseis anos.

"E que duelou na ópera?", quer saber a jovem Ama, de quinze.

"Vai mesmo para a guerra?", questiona Epílogo, o caçula. "Podemos ir também?"

"De modo algum!", protesta tia Titânia. "Seu primo Érico é soldado por profissão, crianças, e os senhores mal terminaram a escola. Vamos mudar de assunto."

Depois do jantar, os mais velhos passam aos licores — "mas e a cachaça que Érico trouxe?", protesta vó Viola — e os três mais jovens são mandados aos seus quartos. Érico aproxima-se dos primos menores, faz uma careta triste e diz: "Não posso confirmar nada quanto aos piratas, primos", e então, baixa o tom de voz a um sussurro, faz o gesto teatral de olhar por cima dos ombros como se a conferir quem mais os escuta, e confidencia: "Ao menos não na frente dos mais velhos, pois o rei Jorge da Inglaterra me fez jurar que guardaria segredo." Ganha um olhar arregalado dos três adolescentes, ao que completa: "Antes de partir, conto-lhes tudo." Doce idade, pensou, quando a vida ainda é uma aventura no princípio de ser desbravada.

⌒

Deram-lhe o quarto que havia sido de seu falecido primo Bassânio. Seus tios o mantêm do mesmo modo há seis anos, como se ainda esperassem o filho regressar de Lisboa. Ou, ao menos, a confirmação nunca recebida de que um dos muitos corpos indistintos velados no mar foi, de fato, o de seu filho mais novo.

Érico senta-se frente ao gabinete e abre o tampo, passando os dedos pelos livros, muitos dos quais leu de empréstimo. Poesia pastoral grega e latina, biografias de césares — os gostos greco-romanos eram em comum com o primo, em mais de um aspecto. Falta ali o exemplar do *Fedro* de Platão, que Bassânio deu de presente a Érico no dia em que partiu ao Brasil. Esse livro está agora na cabeceira de sua cama, em Londres. Encontra alguns diários e uma pequena estatueta romana, comprada num *grand tour* pela Itália, que os dois fizeram juntos na adolescência. Tenta não ficar emotivo, lembrando-se daquela viagem — uma vida inteira antes —, feita num momento de intensa descoberta.

É desperto do devaneio por batidas na porta; tio Cimbelino pede licença.

"Está bem acomodado?", pergunta o tio. "Foi sugestão de Beatriz colocá-lo aqui, nós sabemos o quanto era próximo de Bassânio."

Érico lança um olhar neutro, perguntando-se o quanto seu tio sabe do que houve entre os dois, e se aquele comentário tem a intenção de demonstrar um duplo sentido.

"Ela... nós... não é a ordem natural das coisas, eu acho."

"Como assim, tio?"

"Um pai enterrar um filho. A gente se prepara para enterrar nossos pais, é inevitável, mas não um filho. Pai nenhum deveria passar por isso na vida e eu... e nós... mas você está bem acomodado, não está?"

"Estou sim, tio, obrigado."

"Eu vim aqui avisá-lo. Tomei uma decisão e já conversei com Beatriz a respeito."

"Que decisão, tio?"

"Vou me juntar a essa empreitada de vocês, jovens."

"Tio..."

"Não há o que discutir, meu garoto. Já enterrei um filho, e não vou deixar que minha irmã passe pelo que eu passei. Não quero Tamora recebendo uma carta lá na Inglaterra contando que seu único filho morreu. Farei isso em nome de Bassânio. Vocês dois nunca deixaram de manter o contato, eu sei, e ele sempre dizia que, de todos os primos, você era o único que o entendia. Já está decidido. Gritai 'devastação' e soltai os cães de guerra, não é o que diz o bardo?"

"Mas o senhor sabe usar uma arma, não sabe?"

"Ora, caço pombos o tempo todo. Deve bastar para franceses e espanhóis. Todos cagam na nossa cabeça, isso é fato."

"Esse é o espírito, meu tio."

Cedo na manhã seguinte, Érico caminha com seus tios até o cais da Ribeira com a urgência imposta pelas guerras. Fica satisfeito em ver todos os grandes da cidade se fazendo presentes outra vez. À beira do Douro, ladeados por uma pequena muralha formada de pipas de vinho, encara os homens tendo às costas o rio e Vila Nova de Gaia na outra margem. E se no palco da vida alterna suas máscaras conforme a conveniência, poucas exigem dele menos esforço do que incorporar a verborragia do espírito portuense. Tapem os ouvidos dos pequenos.

— Sou o capitão Érico Hall Borges — vociferou — e cá estou a serviço de Sua Majestade Fidelíssima, El-Rey D. José. Cá estão todos cientes desse maldito exército de espanhóis filhos da puta labregos e poltrões que invadiram nosso país. Preciso de voluntários para percorrerem o interior comigo, mobilizar os camponeses e fazer uma coisa, e apenas uma coisa: tornar a vida dos espanhóis um inferno. Não sei quanto a vocês, mas não atravessei o *carago* do Atlântico desde o Brasil para vir aqui trocar gentileza com castelhano que não sabe ficar quieto no seu lado da raia. Pois quanto mais esses filhos duma meretriz sifilítica entrarem no *nosso* reino, mais vão sofrer. Não haverá estrada onde possam andar seguros, não haverá noite de descanso para esses arrombados. E, rapazes, garanto uma coisa: vamos dar nos cornos desses bastardos de jeito que vão apanhar no cu sem nem poder piar, até que se arrependam do dia em que entraram em Portugal! E então? Não há corno que me responda?

Os homens se apresentam, e alguém abre uma garrafa de vinho do Porto, servida para selar o compromisso. É tio Cimbelino quem, erguendo sua taça, propõe o brinde:

— Que se foda o cu do rei de Espanha, *carago*!

Os dias seguintes passam correndo, cavalgando sobre o lombo de cavalos de modo quase ininterrupto, percorrendo os vilarejos ao longo do Tâmega e do Douro e clamando os camponeses para formarem milícias. Não fica surpreso ao ver que a maioria dos vilarejos já estão desertos, com os locais tendo recolhido suas coisas e buscado abrigo nas montanhas. Na fortaleza em Lamego, na margem sul do Douro, convence os moradores a formarem uma milícia para protegerem a passagem de qualquer espanhol; faz o mesmo em São João da Pesqueira, e então cruza o rio até Torre de Moncorvo já quase deserta, incitando os últimos habitantes a abandonarem suas casas e a buscarem abrigos entre as milícias da margem sul. Que levassem tudo consigo! Nenhum grão de pólvora deveria ficar para trás, nenhuma forragem para os cavalos espanhóis.

15.

JACINTO

Uma semana antes, as notícias da queda de Miranda e Bragança haviam chegado junto com o decreto do governador ordenando que aquele que não resistisse aos espanhóis seria declarado rebelde. É agora sexta-feira, 21 de maio de 1762, e os exércitos espanhóis cruzam a ponte romana sobre o Tâmega, ocupando a cidade de Chaves sem que um único disparo seja feito.

— Isto cá não está certo — diz o rapaz, apoiado no gradil da janela do sobrado, olhando para fora. — Vai-se ficar a olhar toda vida, e não se faz nada? — O rapaz se volta para os tios maternos, seus únicos parentes vivos, que erguem os ombros, desconsolados: não há nada a se fazer. A maior parte da população saíra da cidade antes de os espanhóis chegarem. Mesmo se tivessem ficado, estariam na proporção de um para cada cinco espanhóis. — E onde é que os castelhanos vão dormir?

A resposta vem na forma de um oficial espanhol descendo a rua com um balde de tinta, escoltado por dois soldados em coloridas casacas vermelhas, cobertas por sobrecasacas azuis. Ele deixa uma marca na porta deles e segue adiante. O rapaz, muito jovem para ter visto guerras contra a Espanha, pergunta: e mais essa agora, quem diabos eram aqueles bufões? Seu tio explica: são migueletes, milícias de mercenários catalães que os castelhanos usam para reforçar suas tropas, com poderes de polícia. O sobrado da família é um dos melhores da cidade, provavelmente terão de hospedar alguns oficiais enquanto durar a ocupação.

— E não se faz nada? — o rapaz insiste, impaciente.

Logo ele, cujo pai foi herói na Guerra da Sucessão Espanhola, ia ficar ali sentado, vendo os castelhanos passearem como se estivessem em casa? Olha para os dois brasões da família, os Homem, com seu leão rampante de machado em mãos, e os Melo, com o escudo dourado e o elmo de torneio, e anuncia aos tios sua intenção: pegar a besta de caça que foi do pai, montar no velho cavalo e se juntar aos ordenanças nas serras.

— Aquieta-te, menino — brada o tio. — Nunca passaste uma noite a céu aberto! Vais querer dormir ao relento e cagar no mato, logo tu, que ganhas o pão passando toda manhã na cama? Esqueces que és o último da tua linhagem, não vá ter rompantes de D. Sebastião logo agora.

O rapaz bufa. Perdera os pais muito cedo e foi criado pela irmã de sua mãe e o marido desta, que não tiveram filhos. Tinham pelo rapaz zelos até em excesso, e o jovem jamais os contradizia, mesmo tendo recém-completado 18 anos e já estando em idade e posição de fazê-lo. Senta-se emburrado em seu quarto, e assim fica pelo resto do dia, até escutar batidas na porta de casa.

Ao olhar da janela, vê um francês, em garbosa casaca branco-perolada, entrar acompanhado de dois migueletes. O rapaz sai de seu quarto e desce as escadas, e fica no corredor escutando o homem perguntar: Est-ce que quelqu'un ici parle français? Seu tio responde que sim, pois ali era casa de fidalgos, descendentes de condes e viscondes de renome, e que por sinal esperam ser tratados com o devido respeito pelos invasores.

Assim será, garante o francês, que com muita educação, o tricorne debaixo do braço, pede desculpas pelo inconveniente, mas guerra é guerra e a casa deles será requisitada para abrigar oficiais. Irritado, o rapaz sai do corredor para a sala e, num tom hostil, pergunta:

"Quem é o senhor?"

O homem se volta para ele, e o rapaz recua, surpreso: o francês tem um único olho bom, no lado esquerdo, de um azul claríssimo; no lado direito oculta a vista com um tapa-olho branco. Sorri de modo cordial e faz uma reverência: Pierre-Ambroise de Valmont, Visconde de Valmont, fiel súdito de Luís XV, agora sob ordens diretas do Marquês de Sarriá.

Feitas as apresentações, o francês já circula pela casa com ares de proprietário, acompanhado pelos migueletes e por seu criado pessoal. Escolhe para si o quarto com a melhor cama da casa, que é justamente o do garoto, depois se senta na melhor poltrona da sala, a favorita de seu tio, e manda servirem-lhe daquele doce mingau, que seria o jantar dos três.

Mais tarde, outros oficiais batem à porta do casarão e entram, tomando para si mais quartos da casa. O francês abre o armário de bebidas da sala e vai ele próprio servindo aos demais, despachando o garoto e seus tios para outro cômodo. Assim fica a sós com seus oficiais, dando ordens à criadagem como se dono da casa fosse. Irritado, o rapaz pega um copo de cristal, que encosta na porta de madeira, e escuta, em vozes abafadas, a conversa dos oficiais.

— O que estão a falar? — pergunta seu tio, ansioso.

O garoto murmura o que consegue captar da conversa: o Marquês de Sarriá mandara despachos a Madri dando conta do extraordinário avanço que estavam a ter, e a conquista da cidade do Porto era dada como certa, questão de poucos dias agora. O plano de invasão rápida planejado por Madri se dava melhor do que o esperado, e o exército seria dividido em três: uma parte avançando pelo

Tâmega para ocupar Vila Real, outro para Torre de Moncorvo, cruzando o Douro, e um terceiro para ocupar a fortaleza de Almeida.

Alguém mais entrara na outra sala, pois uma nova voz se soma às anteriores.

— E agora, o que estão a dizer? O que estão a dizer? — pergunta a tia.

— Que só não partem amanhã porque têm de esperar por alguém — diz o garoto.

— Estão a acabar com os meus licores! — resmunga o tio.

— Shh! — pede o garoto.

Escuta que alguém voltará amanhã. Soldados. A trazer comida. O francês resmunga algo sobre os paióis e celeiros estarem vazios por toda a região. Mesmo a se oferecer para pagar o dobro, não conseguem nada. "Eu avisei", diz o francês. "São 20 mil bocas para alimentar, e as cidades estão praticamente vazias. Sem comida, sem armas, sem pólvora ou balas para os canhões. E Sarriá ainda se dá ao luxo de ficar surpreso."

"Como assim?"

"O'Reilly, meu caro, se soubesse que tem um exército vindo até sua cidade e nenhum soldado que a defenda, a primeira coisa que qualquer um faria seria juntar tudo e ir embora. O fato de ninguém em Madri ter previsto que isso aconteceria escapa ao meu entendimento."

"Os espanhóis são teimosos", resmunga o outro, e o rapaz se dá conta de que ali são todos estrangeiros a serviço da Espanha. "Aliás, é uma casa bonita, esta daqui."

"É, de fato."

"Quem são os moradores? Eu vi um brasão sobre a porta de entrada."

"Um casal de velhos e o sobrinho. Acho que não possuem títulos. Não sei, não perguntei. Quem se importa? Nobreza sem grandeza e, pela pouca criadagem, já decadentes."

— A empáfia! — sussurra a tia, do outro lado da porta.

O rapaz conclui: já é demais! Vai tomar o cavalo e seguir até o Porto, para alertá-los da chegada iminente do inimigo. Seus tios não se opõem, pelo contrário: ajudam-no a se preparar em segredo, escondendo duas pistolas e o rifle de caça no estábulo, enquanto sua tia se preocupa em deixar pronta uma merenda, para o caso de ficar com fome no caminho. Pólvora faz muito barulho, lembra o rapaz, e leva também a besta que usa para caçar na mata.

A única vantagem de não se ter muralhas na cidade é que fugir dela se torna tão fácil quanto invadi-la. Sem portões a cruzar, e com o grosso dos soldados aquartelado do lado de fora, só precisa se preocupar com as milícias de migueletes policiando as ruas.

Despede-se dos tios, rogando para que partam às montanhas, e sai na noite pelas velhas estradas romanas iluminadas pela lua. Passa por Vila Pouca, já deserta, onde busca abrigo num estábulo abandonado. Ao amanhecer chega a Vila Real, onde os únicos ainda a habitar são velhos teimosos que se recusam a ir embora. Ali, fica sabendo de uma milícia de portugueses que ronda pela região. Da última vez que se soube, estavam indo para os lados de Amarante. O rapaz segue naquela direção. Acaba detido por vigias às margens do Tâmega, no final da tarde, pouco antes de cruzar a ponte para entrar na cidade: quem é, perguntam, que vem cavalgando?

— Sou fidalgo d'El-Rey, das Casas de Homem e Melo de Chaves! — avisa o rapaz. — Trago informações sobre os avanços espanhóis, e exijo falar com quem esteja no comando.

Os homens se entreolham: o rapaz tem aquele tom fidalgo que impõe autoridade. Alguém pede para chamar o capitão, que toma chá numa taverna próxima. Pedem ao rapaz para aguardar. Ele desmonta do cavalo e olha para os homens ao redor, para o apanhado de gente que forma aquela milícia campesina, gente rude e de grosso trato.

— Onde está ele? — uma voz nova pergunta.

— Ali fora, senhor, do lado daquele cavalo — alguém responde.

O rapaz se vira para ver quem vem lá. O sol bate à frente dos seus olhos, e é só quando o outro se aproxima que, envolto na luz dourada do poente, deixa de ser sombra para se materializar em homem. Usa botas de cavalaria com polainas negras subindo aos joelhos; negros são o colete, a casaca e a sobrecasaca. Traz a bandoleira atravessada por cima. Na cabeça, no elegante chapéu preto de aba larga, dobrada no lado esquerdo — chapéu favorito, comprado na Lock & Co. de Londres —, desponta o brilho negro-azulado das penas de graúna. Como um ator no palco do mundo, tem senso da imagem que projeta, e vem com a mão repousada no cabo da espada, caminhando com a confiança feroz e sinuosa de uma pantera, um olhar despreocupado e *débonnaire*, de olhos insones que lhe dão um ar levemente cruel e meio maluco, que olha para o garoto e coça a barba por fazer.

— Qual é o seu nome, senhor?

O rapaz culpa o cansaço pelo fraquejar nas pernas que o faz contrair o períneo, e murmura algo tão baixo que ninguém escuta.

— O que disse?

— Jacinto — repete o garoto. — O meu nome é Jacinto.

— Meu nome é Érico. Capitão Érico Borges. O senhor, pelo que me foi dado a entender, é de família fidalga.

— Sou o último de minha casa, senhor.

— Quantos anos tens?

— Dezoito.

— Alguém de sua posição e idade não deveria estar em Coimbra?

— Sim, mas... tive alguns problemas e não terminei os estudos.

— Compreendo. Diga lá, Jacinto, que notícias traz?

Jacinto conta tudo o que escutou em casa sobre a divisão das forças em duas frentes, e da busca por comida e munição. Érico sorri satisfeito. Mesmo não tendo percorrido as vilas raianas do norte, quando se trata de castelhanos há coisas que não é necessário pedir ao povo. Mas se, por um lado, Vila Real está a um dia de marcha de Amarante, por outro não podem deixar que os espanhóis cruzem o Douro; de nada adiantará defender um lado se o outro for invadido.

Érico despacha um mensageiro ao governador do Porto, e manda chamar seus oficiais mais próximos para um colóquio dentro da taverna. Ali, abre sobre a mesa o *Mappa das Províncias de Portugal*, de Carpinetti Lisbonense, atualizado e recém-lançado na corte. Jacinto repete aos demais tudo o que escutou. Analisando as redondezas de Torre de Moncorvo, tentam decifrar que ponto seria o escolhido pelos espanhóis para a travessia do rio.

O tenente Ferreira, dos granadeiros do Terço de Auxiliares, adianta-se aos demais: sua família havia se estabelecido no ramo dos vinhos há apenas dez anos, mas seus vinhedos ficam justamente naquela região, na margem esquerda do Douro — que é muito acidentada para ser cruzada por cavalarias e artilharias, exceto nas proximidades de Vila Nova de Foz Côa. O Ferreira é um gaiense magro e estoico, com um vistoso bigode castanho. Mas, quando olha o mapa de perto, exalta-se:

— Quem foi o mentecapto que desenhou isso? — resmunga. — Está tudo errado! Cá onde deságua o rio Sabor, o Douro não corre reto, faz uma curva a norte!

— Tens a certeza disso?

— Claro! Conheço bem a região — garante o Ferreira. — E todas as famílias que trabalham para nós. Se os chamar, tenho a certeza de que virão em nosso auxílio!

Nisso junta-se Manoel Beleza de Andrade, doutor formado em Coimbra e sobrinho do fundador da Real Companhia. A família de Dr. Beleza tem vinhedos em Valdigem, e garante que também consegue mobilizar as famílias camponesas da sua região na defesa do Douro.

— Nos sobra resolver a situação de Vila Real — lembra Érico. — As baterias na defesa do Tâmega não vão ficar prontas antes de junho. Não podemos deixar que cheguem perto de Amarante.

— Conheço bem essa região do Baixo Corgo — garante John Croft, um inglês de 30 anos cujo pai é dono da exportadora Tilden, Thompson & Croft, que vive entre Portugal e a Inglaterra, onde já servira como xerife em York. — Nossa companhia comprava das famílias da região, antes de a Real Companhia meter o bedelho em tudo...

— Com todo o devido respeito — redargue Dr. Beleza —, mas os aldeões não se deixarão conduzir por um inglês de quatro costados como o senhor. Não com esse sotaque de bife.

É a vez de se intrometer Carlos Kopke, da C. N. Kopke & Cª. Sua família é a mais antiga casa de exportação de vinhos do Porto, e se consideram mais nativos de Portugal do que da Hamburgo de seus ancestrais. Também ele conhece a região do Baixo Corgo, e pode se juntar ao xerife Croft para percorrer a região. Érico acha um bom plano. Enquanto isso, ele e tio Cimbelino levarão os demais para os arredores de Vila Real, para analisar o terreno. E, estando todos de acordo e alinhados, cada qual sai buscando seu cavalo e seus homens.

Ao sair da taverna, Érico para, como se tivesse se lembrado de algo, vira-se e vê Jacinto o seguindo. É então que o observa com atenção pela primeira vez. Jacinto desvia o olhar, constrangido. Érico olha aquele rapaz esguio e delicado, que não sabe bem como veio parar ali, e lembra-se de si mesmo aos dezoito anos, quando se viu pela primeira vez no meio de uma outra guerra — nem sete anos antes, e parecia já ser em outra vida.

— Para onde você vai agora?

— Não sei — Jacinto ergue os ombros. — Acho que já não preciso ir ao Porto, mas não tenho como voltar para Chaves.

— Pode se juntar a nós, se quiser — diz Érico, apontando-lhe a besta. — Isso aí funciona?

— É boa para caçar. Não faz barulho, é muito discreta.

— O que você caça com ela?

— Veados.

— Ah, sim. Veado é bicho arisco — concorda. — Para caçar tem de ser bem discreto.

Há coisas que se percebe de bater o olhar: um modo específico de desviar os olhos, um jeito desajeitado de tentar disfarçar o óbvio quando se está fora de seu ambiente, mas não se tem ainda a segurança necessária para se impor nele. Érico já fora essa pessoa e lhe sorri de modo caloroso.

— O que você estudava em Coimbra?

— Medicina.

— Ah. E aprendeu algo de grego?

— Sim, claro, estudei Hipócrates.

— Já leu o Fedro de Platão?

— Ahn... — o rapaz hesita — por acaso, já.

— "E quando ele põe os olhos em direção à beleza do rapaz, de lá recebe partículas que emanam e fluem, e por isso mesmo é chamada de atração..."

Jacinto o encara com espanto. Balbucia algo, e olha para a mão esquerda de Érico.

— Então tu também... mas vi o teu anel e pensei que fosse uma aliança.

— Ah, sim, é uma aliança. Eu e ele nos consideramos casados, e o que o mundo pensa não nos interessa. Ele aguarda meu retorno, quando essa guerra acabar. Mas agora precisamos partir — e caminha na direção da taverna.

Jacinto corre atrás.

— Mas para onde é que vamos?

— Você eu não sei, eu vou pegar minha caixa de chá.

⌒

Alexander O'Reilly é um Ganso Selvagem. Era assim que chamavam os soldados irlandeses que abandonavam a pátria, colocando-se a serviço de outras potências católicas no estrangeiro. Aos 40 anos, já servira aos espanhóis na Itália, e agora luta por eles em Portugal. E no dia 23 de maio, tão cedo o sol raia, o Ganso Selvagem sai de Chaves à frente de uma força de três mil soldados, de nacionalidades tão variadas quanto espanhóis, alemães, irlandeses e flamengos. Marcham sob o estandarte branco estampado com a cruz de Borgonha dos exércitos de Espanha.

É já o meio da tarde e se encontram próximos de Vila Pouca de Aguiar, cruzando a clareira de um estreito vale, cujas bordas elevadas são tomadas de árvores formando um corredor. Andando numa compacta fila de três homens de largura, um pássaro que os visse do alto os tomaria por uma longa serpente branca salpicada de negro, pois brancos eram seus uniformes, e negros os chapéus tricornes. Ao longo de bandeiras e estandartes, rifles apontados para cima e o mastigar de seus passos em marcha, o Visconde de Valmont vem galopando em direção à dianteira, até emparelhar seu cavalo com o de O'Reilly, que lidera a coluna num galante corcel branco.

"Já passamos por dois vilarejos desertos", diz o francês.

"Os aldeões fugiram todos para as montanhas", lembra o irlandês.

"Estamos mesmo no caminho certo?"

"Não parecia haver outro, e essa estrada parece bem antiga."

"Talvez seja romana", cogita Valmont.

"E alguém construiu uma estrada nesse país depois dos romanos?", resmunga O'Reilly.

A inquietação entre os oficiais tem sua razão de ser: o silêncio incomoda mais do que tranquiliza, mesmo se maculado pelo passo da tropa e o zizio de cigarras. Desde que saíram de Chaves, passaram por vilarejos abandonados, casas e celeiros vazios. A invasão em breve completará um mês sem que uma única bala tenha sido disparada, e o único ataque até agora viera de um par de pássaros que, incomodados com a invasão de seu território, dava rasantes sobre a tropa, distraindo o olhar dos oficiais. Acompanhando os rodopios aéreos das aves, indo e vindo das árvores altas, os dois não percebiam que fileiras imóveis e silenciosas das milícias portuguesas, ocultos entre árvores e mata no terreno elevado, vinham andando em paralelo a eles.

Érico acompanha-lhes o avanço com o rifle longo em mãos, esperando que a dianteira atinja um ponto específico — a árvore solitária no meio da clareira — para dar o apito que marcará o início do ataque. Quando isso ocorrer, portugueses e ingleses terão de cobrir o mais rápido possível os cerca de 20 passos de mato alto que separa as árvores nas bordas da estrada romana até o centro. Agora, o homem a cavalo na dianteira da coluna está quase chegando ao ponto certo. Atrás de si estão Jacinto e tio Cimbelino com seus homens, enquanto no outro extremo da clareira o xerife Croft e o alemão Kopke lideram a outra metade de suas forças. Falta pouco agora, e Érico já leva o apito aos lábios, ansioso para...

— Quem é aquele? — murmura Jacinto.

Surgido do nada, um homem imenso e solitário vem correndo da mata aos berros, com um machado de rachar lenha em cada mão. Veste saias de algodão branco franzidas, camisa de linho branca e colete negro de saragoça. Ataca aleatoriamente um infeliz qualquer no meio da coluna, um pobre soldado de infantaria que teve a infelicidade de ser o alvo mais próximo. O homenzarrão o golpeia no ombro, abaixa-se, derruba outro com uma machadada nos joelhos, e um terceiro com um golpe na virilha. Os soldados são pegos de surpresa, apontam-lhe o rifle, mas o homem já havia voltado correndo para a proteção da mata, correndo aos saltos pelo capim alto, antes que os espanhóis tivessem tempo de reagir. Um oficial espanhol próximo manda segurarem o fogo.

Com a visão prejudicada pelo tronco das árvores, Érico não conseguiu ver direito o que acontecera. Mesmo entre os espanhóis há certa confusão; os que estão mais na dianteira, já próximos da árvore, olham para trás da coluna, curiosos. Mas o exército segue em marcha.

— Lá vai ele de novo — aponta Jacinto.

O homem com os dois machados sai da mata outra vez.

— Que parte de "aguarda o sinal" é que esses labregos não percebem? — resmunga tio Cimbelino.

Dessa vez Érico consegue ter uma visão melhor do homem: é um sujeito imenso, de cabelos longos e barba patriarcal com faixas grisalhas nos cantos, tão grande e forte quanto um...

— Meu Deus! É mestre Ursânio!

— Quem?

Érico toca o apito. De cada lado os homens gritam e urram, criando um rumor temerário que faz os espanhóis pararem sua marcha e olharem para todo lado, assustados. De machados em mãos, mestre Ursânio ataca e derruba outros dois, enquanto a dianteira dos portugueses, formada por aqueles que dispõem de armas de fogo, desce dos bosques laterais com rifles em mãos para disparar a primeira (e talvez única) salva de tiros. Um oficial espanhol grita "fogo", e o pipocar dos disparos cresce devagar e se intensifica feito milho jogado ao fogo, em meio a pequenas nuvens esbranquiçadas que vão rodeando cada homem armado até formarem uma névoa que fede a enxofre e salitre, que servirá para ocultar o avanço da segunda leva dos portugueses de Érico: aquela formada por fazendeiros que, não possuindo armas de fogo, vem munida de foices e gadanhas.

Os camponeses gritam e golpeiam com uma ferocidade inaudita. Espadas são desembainhadas, outros recorrem às baionetas. Os oficiais espanhóis, sabedores do quão forte corre a rivalidade entre vizinhos, entram em pânico e começam a fugir. Os que marcham na traseira da coluna, vendo os da frente recuar, estancam e hesitam. Na dianteira, batedores espanhóis cercam O'Reilly para defendê-lo, enquanto o irlandês saca a pistola e dispara contra um camponês que vê cruzar o caminho de seu cavalo. Em meio à confusão do confronto vê um de seus batedores ser decapitado a golpe de foice, a cabeça rola na grama, seus próprios homens já recuam, e ele está ficando para trás. Olha ao redor e vê que Valmont há muito já bateu em retirada, e o Ganso Selvagem se vê tomado pela lógica natural dos mercenários: "Não me pagam o bastante para isso." Cutuca o cavalo com as esporas e galopa em retirada com os demais.

⌒

Vitória. Érico desce ao descampado com seu rifle em mãos, ao encontro dos demais no meio do caminho, debaixo da árvore solitária ao lado da estrada. O xerife Croft chega até eles e avisa:

— Perdemos boa parte dos aldeões.

— Muitas baixas?

— Não, saíram correndo atrás dos espanhóis. Estão a persegui--los pela estrada.

Érico assente. O xerife lhe conta o que escutou de um fazendeiro: os espanhóis se propuseram a comprar-lhes mantimentos e pagar bem, mas após se depararem com tantas cidades e vilas vazias as patrulhas espanholas agora percorrem a região confiscando provisões de pequenas fazendas, deixando os camponeses furiosos. A invasão começou com cortesias e agora degringolava para ódio virulento. Mas aquela foi somente uma primeira vitória. Os espanhóis irão demorar a se reorganizar nesse lado do rio agora. Precisam aproveitar esse tempo para levar o máximo possível de camponeses para Moncorvo em no máximo dois dias.

O estampido de um rifle disparado logo ao lado põe todos em sobressalto. Érico vê que seus homens disparam contra os moribundos para aliviá-los da dor.

— Pare! — Uma voz gutural se eleva em protesto, e a figura imponente de mestre Ursânio se põe na frente de um espanhol ferido e um ordenança português. — Lo que stá fazendo, home? Nun se gasta pólbara cun castelhanos!

Dito isso, gira seu machado no ar e decapita o moribundo num golpe só, abalando a fleuma do xerife Croft, que aponta o sujeito com o polegar e pergunta:

— Quem é o visigodo?

— Ele perdeu o filho na explosão de Miranda. Talvez seja um bom acréscimo ao nosso grupo — Érico explica, enquanto tira da mochila o Mappa das Províncias.

No instante seguinte, o mirandês levanta as saias e urina no cadáver do espanhol.

— Ou talvez não — Érico suspira, voltando sua atenção ao mapa.

Mestre Ursânio põe o chapéu de feltro de aba larga na cabeça, prende os machados na cinta de couro de onde já pendem quatro lenços bordados, e se aproxima. Os homens, assustados, recuam e lhe apontam rifles. Érico ergue o braço pedindo que abaixem as armas. Mestre Ursânio dobra um joelho e se apoia no outro, feito um cavaleiro pedindo a mercê. Conta ter fugido de Miranda para se juntar aos rebeldes, e que nas montanhas ouviu dizerem que ali estavam à caça de castelhanos.

— Somos gratos por sua ajuda hoje — diz Érico —, mas, da próxima vez, peço que aguarde meu sinal, como combinado.

— Peço perdon, patron. Nun sabie de nanhun senhal, bi aquel monte de castelhano passando i achei que naide fazerie nada. Mas permita, senhor, por fabor, que you me junte a bós. Quiero ancontrar l'home que splodiu Miranda i matou miu filhote.

— O general Bayão? Pois somos dois — diz Érico. — Garanto-lhe que não há coisa que eu deseje mais do que apertar o pescoço daquele filho da puta e fazê-lo pagar por todas as vidas tiradas. O senhor é bem-vindo para se juntar a nós, claro.

— Anton protegerei lo senhor cun mie bida! Mas tengo ua única cundiçon...

— E qual seria?

— Quando ancontrarmos aquel cabresto, permita que le corte la cabeça i l'anterre adonde solo you sei, para que l'alma del nun antre ne lo cielo i bague eterna pula tierra.

Érico olha para tio Cimbelino e para o Ferreira. Os outros dois erguem os ombros indiferentes. Então consente, ao que Ursânio lhe agradece:

— Dius l'abençoe, patron!

16.

O RONCO DO DIABO

É rico nunca se imaginou um líder, mas se vê agora à frente de um grupo cada vez maior. Tem sob seu comando um ajuntamento de 600 pessoas, armadas de mosquetões sem pederneiras, espadas e adagas enferrujadas, lanças e alabardas tão antigas que devem ter espetado mouros na Reconquista. Da margem esquerda do Douro, observa, atento às colinas no outro lado.

"Nada ainda dos espanhóis?", pergunta tio Cimbelino, no cavalo ao seu lado.

"Não. Nem do tenente Ferreira."

"Terá acontecido algo? Terão conseguido trazer a gente das montanhas?"

"Tio, não sou vidente."

"E esse rifle aí?", aponta o rifle que Érico trazia preso à sela do cavalo.

"É um Brown Bess comum. Peguei no Porto. Por quê?"

"Dá cá esse rifle e fica com o meu", diz tio Cimbelino. "Você é jovem e tem visão melhor; vai ser mais útil contigo."

"Mas que diferença faz o rifle que... minha nossa!" A arma que seu tio lhe entrega tinha o cano mais longo que já vira até então. "Por que tão comprido? Isso é de verdade?"

"É claro que sim, menino. O cano longo dá mais tempo para a pólvora queimar, aumenta a velocidade de saída da bala e tem mais alcance que um mosquete comum. E, além disso, tem estrias. Olhe o cano por dentro. Vê essas estrias helicoidais, essas ranhuras na parte interna do cano, que parecem formar uma espiral? Com elas, ao estourar a pólvora, a bala gira fazendo com que o tiro ganhe ainda mais precisão. Seu primo me mandou de presente da América. Comprou de segunda mão, de um índio moicano. Era um dos últimos."

"O rifle?"

"Não, o moicano. Opa... olhe lá!"

Aponta a outra margem. É Jacinto, que desce a galope a colina norte e vem em direção à ponte, junto do xerife Croft e outros dois cavalarianos. Érico e tio Cimbelino esporeiam seus animais e vão ao encontro deles, no meio da ponte.

— Estão vindo! Os espanhóis estão vindo! — bufa Jacinto.

— Quantos?

— Mais do que em Vila Real — exalta-se. — Muito mais!

— Eu diria que cinco... talvez seis mil — completa o xerife Croft.

— Carago, mas assim são dez deles para cada um de nós — diz tio Cimbelino.

— Canhões? — pergunta Érico.

— Estão na retaguarda, por algum motivo.

— São muitos! — agita-se o rapaz. — Como faremos?

Érico não faz ideia. Mandara afundar todas as embarcações que se encontrassem nas margens do Douro pela região, e colocara vigias em todas as passagens, mas aquela ponte é o principal acesso à margem sul, e simplesmente não pode deixar que os espanhóis a tomem.

— O tenente Ferreira e o Dr. Beleza já voltaram? — pergunta o xerife Croft.

— Ainda não.

— Mas não são eles que vêm lá? — Jacinto aponta as colinas da margem sul.

Érico se vira sobre o cavalo, olhando para trás. No topo da colina, começam a despontar silhuetas, algumas a cavalo, a maioria a pé. A elas somam-se outras vindas pelas margens, e mais e mais pelas colinas. Estão chegando. Érico cavalga até eles, encontrando-os na base da colina.

— Capitão — saúda o Ferreira.

— Quantos, Ferreira, quantos? — diz Érico, ansioso.

— De São João da Pesqueira vieram uns 500, capitão, incluindo ordenanças — diz o Ferreira. — Mas há gentes de Viseu, da Guarda, de Freixo-de-Espada-à-Cinta e muitos, muitos mirandeses. Vieram até as mulheres e as crianças! Ao todo, somos mais de mil. — O bigode se alarga num sorriso. — O senhor chamou, capitão. Portugal veio.

Suas forças acabam de ser triplicadas, mas ainda estão prestes a se deparar com um exército treinado, e será loucura enfrentá-los fileira a fileira. Empolgado, o doutor Beleza se junta a eles, apontando um grupo de mirandeses trazendo seus bombos e gaitas de foles:

— Pauliteiros — diz o doutor. — Fugiram de Miranda para se juntar às milícias.

— Temos até banda marcial — diz Érico.

"Roncos do diabo", era como Thorburn chamava aquela música. A memória, como os atores, funciona por deixas. E, ao ouvir os primeiros sopros da gaita de foles mirandesa, Érico Borges tem uma ideia que poderá salvar o reino.

⌒

Volta o Ganso Selvagem, Alexander O'Reilly, à frente das hostes de Espanha e França, à frente de seus cinco mil soldados. Ao seu lado, o Visconde de Valmont teme a próxima armadilha que os aldeões podem lhes preparar. Após sete anos de guerra, agora está começando a sentir cansaço. Julga ser o fastio da inércia: o que vem acontecendo ali não chega a ser uma guerra de fato, apenas marchas e recuos ditados pela presença de aldeões furiosos sem aparente controle. Está tudo errado, diz em suas cartas à irmã: não é assim que se faz uma guerra. Quer voltar logo para a França, para o *beau monde* parisiense sem as constantes idas e vindas aos campos de batalha deste ou do outro lado do front. E, para piorar, os boatos que lhe chegam aos ouvidos! Nenhum o preocupa mais do que o comportamento libertino do filho mais velho, Sebastien — com 16 anos, já se pondo a seduzir damas casadas e noivas alheias. Nessas horas, pesa a ausência materna provocada pela viuvez do visconde. Se não partira em busca de uma nova esposa, é por não poder trazê-la consigo na guerra, e temer deixá-la a sós com seu filho. Em que pesem os esforços do tutor que lhe designara, há coisas que somente a mão firme paterna parece capaz de conter, e o visconde anseia por regressar a Paris o quanto antes e pôr o garoto nos eixos.

Agora passam por Torre de Moncorvo — abandonada, deserta, com celeiros e paióis vazios. Logo estarão em campo aberto, e os vinhedos das margens ao sul do Douro talvez lhes forneçam os mantimentos de que os soldados tanto precisam, antes que a fome alimente as deserções. Cruzam a colina, e se desdobra à sua frente a ponte sobre o rio Douro, seu caminho para a margem sul.

E do outro lado, os portugueses.

Valmont puxa a luneta e os observa com seu único olho bom: aldeões, fazendeiros, mulheres e crianças, de ancinhos e velhas alabardas em mãos, uma choldra de gentalha. Uns poucos homens estão próximos da ponte, gente facilmente sobrepujável pela baioneta; o resto está espalhado pelas colinas. Resmunga que poderiam dispersá-los facilmente a canhonadas, se não tivessem colocado os canhões na retaguarda.

O Ganso Selvagem grunhe, irritado. Na noite anterior, a meio caminho para Torre de Moncorvo, um alerta de ataque espalhou-se pelo acampamento, fazendo os oficiais espanhóis entrarem em pânico. Com medo de que a artilharia caísse nas mãos dos portugueses, decidira-se por colocá-la na retaguarda, e guardá-la para o caso de um cerco ser necessário. Contudo, se a tivessem à disposição agora, ainda assim seria preciso cavar trincheiras, preparar os canhões, uma perda de tempo inominável para apenas se atravessar uma ponte.

"Uma bandeira branca", diz Valmont, vendo na luneta o grupo a cavalo entrando na ponte e parando bem no meio dela.

O'Reilly manda um emissário: vá ver o que querem. Este retorna dizendo que os portugueses desejam negociar com quem estiver no comando daquele exército. Valmont e O'Reilly se entreolham. Não confiam nos portugueses, mas no meio da ponte o risco de uma emboscada é mínimo. Logo os dois cavalgam acompanhados de suas guardas pessoais. Valmont reconhece o garoto da casa ocupada em Chaves. Julgando que ninguém mais dentre aqueles portugueses fale francês, provoca-o: "Ah... seus tios estão inquietos por você, meu rapaz."

"Sois vós que deveríeis ficar inquieto, senhor", retruca Jacinto.

— Não fale com ele — ordena Érico, e Jacinto se cala no mesmo instante.

Vem acompanhado por tio Cimbelino, pelo Ferreira, e pelo xerife Croft. O francês e o irlandês logo entendem quem lidera o grupo.

— Sou o capitão Érico Borges. Estes homens estão sob meu comando. Quem são os senhores?

O irlandês e o francês se entreolham, e O'Reilly diz: Vous ne parlez pas français, je suppose. Nous ne parlons pas portugais.

Je ne suis pas habitué à parler la langue des pirates et des voleurs, provoca Érico. L'anglais?

O irlandês consente, para irritação do francês.

"Eu sou o brigadeiro Alexander O'Reilly, este é o Visconde de Valmont. Suponho que o senhor, sendo o oficial iniciador, gostaria de começar?"

"Sim, a não ser que Vossas Senhorias queiram reivindicar uma queixa."

"Ah, se o senhor responde por estas tropas irregulares, nós gostaríamos de reivindicar uma queixa, sim", disse O'Reilly. "Há a questão da hostilidade indevida por parte do gentio em relação às nossas tropas, que tem causado baixas mesmo entre oficiais de campo."

"E que hostilidades o senhor, como invasor desta terra, consideraria devidas?"

"Capitão, é necessário haver cavalheirismo no comando da ralé. Ao menos, deve-se poupar os oficiais, de contrário cairemos na barbárie das desforras entre hordas sem lideranças."

"Senhor, aquele que invade uma casa para roubá-la está sujeito aos rigores da lei de Sua Majestade", disse Érico. "Já aquele que a invade para tomá-la para si e sujeitar seus moradores à lei de outra coroa, como se o povo fosse gado, este não tem direito de clamar por cavalheirismos. Repito, portanto, as palavras de Sua Majestade Fidelíssima: peço aos senhores que recuem suas tropas, sob pena de graves consequências."

O'Reilly comprime os lábios, contendo um risinho, e diz com irritação: "Olhe aqui, rapaz, o que quer que venha a ocorrer aqui não será uma batalha. Para haver batalhas, são necessários dois exércitos, e eu só vejo um, que está do meu lado do rio. Mesmo que tente bloquear a ponte, ainda assim seremos seis mil contra...", balança as duas mãos como quem tenta segurar um bebê, "nem um terço disso, que vale menos ainda em batalha, pela inexperiência. Eu tenho infantaria, cavalaria e granadeiros. Tenho soldados treinados. O que há do seu lado? Fazendeiros e aldeões. Faça um favor a toda essa gente e tire-os do caminho."

"Tudo o que vejo à minha frente, senhor", retruca Érico, "são homens sem motivo algum para estarem aqui, senão a ganância de vossos reis. Saiba o senhor que, pelas leis fundamentais de Portugal, todo homem é defensor do reino até a idade de 60 anos. Cá nos encontrará defendendo cada ravina, cada passagem e cada montanha. Diz o senhor que possui muitos soldados treinados. Em Portugal não precisamos de soldados: aqui, já nascemos portugueses. E por esta ponte os senhores não passarão." E, dito isso, faz um sinal para seus homens retornarem, dando as costas aos invasores. O encontro está encerrado, cada qual retornando para seu lado da ponte.

Valmont sugere trazerem os canhões da retaguarda e bombardear a outra margem do rio. O'Reilly não gosta da ideia, pois isso lhes tomará a tarde inteira, correndo o risco de precisarem montar acampamento e deixando-os sujeitos a ataques noturnos. "Além do mais", aponta a colina do outro lado do rio, "aqueles lá são gente simples da terra, muitas mulheres e crianças. Quando nos virem marchar, serão espantados como pássaros. O pouco que há de soldados aptos não dará conta de deter nosso avanço." Manda chamar seu ajudante de ordens e dá seu comando: formar fileiras.

Batem tambores em ritmo marcial, soldados assumem posições. À dianteira do exército, três mil homens em filas horizontais, prontos para marchar num só passo e fazer tremer a terra. É quando o vento traz do outro lado da margem a batida sincopada de caixa, bombo e paus, logo acompanhada por um guincho agudo que soa familiar a seus ouvidos irlandeses.

— Eu estou delirando — diz O'Reilly — ou isso é o som de uma gaita de foles?

⌒

Escuta as batidas do bombo, Érico: é teu coração ou os tambores da guerra a dançar? Sente o tremor percorrer a terra: é o passo conjunto da horda inimiga, ou o reverbero da tua vingança? Cutuca o cavalo com as esporas e corre pela colina, passando pelo povo, pelos agrupamentos de mulheres e dizendo-lhes: ó mãezinhas, gritem a plenos pulmões, gritem também as crianças, espantem os invasores aos berros como quem espanta o cão vadio que adentra a casa.

Quando retorna para a margem, para próximo da entrada da ponte, tio Cimbelino vem cavalgando para perto e resmunga: "Espero que saiba o que está fazendo." Érico não diz nada. Na outra margem, os espanhóis marcham, bandeira ao vento, e a primeira fileira de soldados se aproxima da entrada da ponte. No lado português, os ordenanças e os aldeões estão espalhados e dispersos, próximos à saída da ponte. Os pauliteiros ainda sopram suas gaitas e tocam seus tambores, mas não dançam mais, atentos a cada movimento de Érico. Os homens de Miranda se preparam para a guerra.

Os espanhóis marcham e, ao chegarem à entrada da ponte, param: suas fileiras são latitudes, mas a ponte é uma longitude; com rigor marcial os soldados se reagrupam, aglomerando-se e estreitando sua dianteira, e a primeira bota espanhola pisa na ponte. É larga o bastante para que duas carroças se cruzem, ou seis homens lado a lado. Na margem portuguesa, Jacinto observa o avanço e se preocupa. Os aldeões portugueses seguem em suas rodas como se nada ocorresse. Atrás de si, Érico vem descendo a colina a cavalo, ao lado de tio Cimbelino.

— Tens a certeza disso? — o rapaz pergunta, preocupado.

Érico não responde. É claro que não tem certeza, não é possível ter certeza de nada numa situação assim, mas isso não se diz. Frente ao inevitável, deve haver somente certezas. Os espanhóis já estão quase na metade da ponte.

— Érico... — geme Jacinto.

— Quieto, menino! — ralha tio Cimbelino. Mas ele próprio olha o sobrinho, preocupado.

Érico puxa o rifle longo da sela.

— Quanto o senhor disse que isso daqui alcança, meu tio?

— Nas mãos de um bom atirador? Umas 200 jardas.

— E quanto o senhor acha que essa ponte tem de comprimento?

— Ah... 300 jardas?

Érico consente num meneio e desce do cavalo, rifle em mãos. O efeito é imediato: todos os aldeões param de conversar e o observam, atentos. Os pauliteiros imediatamente param de tocar suas gaitas e de bater seus tambores. Érico caminha solitário para a entrada da ponte, de frente para os espanhóis a marchar. Apoia o rifle entre os pés, verte a pólvora, a bala e a estopa, que soca com a vareta. Segura o rifle longo com as duas mãos, nele encosta a testa e murmura sua prece: "Salve, Ártemis das hastes douradas, virgem augusta e flecheira." Ajoelha e põe o rifle no ombro. "Salve, deusa do coração valente, destruidora dos animais selvagens; saca teu arco dourado, atira tuas flechas de ouro por sobre montanhas e cumes." Mira e conclui: "Faz a terra tremer com o grito das feras."

Dispara. A bala, presa em seu túnel espiral, tem um único caminho: direto para o peito de um dos seis soldados na primeira fileira. O tiro ecoa pelo vale. É o sinal. Nas colinas, mulheres e crianças gritam em uníssono. Érico põe o rifle às costas, levanta a espada e grita:

— POR SÃO JORGE E POR EL-REY!

Levado pelo vento, o grito das colinas chega à outra margem, o irlandês O'Reilly olha e não entende o sentido daquilo: um único homem não para um exército. Em seguida vê que os aldeões, em especial aqueles homens de saias brancas e coletes negros, agora correm feito loucos entrando na ponte, e indo ao encontro dos espanhóis. De sua luneta, o Visconde de Valmont observa e ri dos portugueses: serão massacrados! Na primeira fileira espanhola, os seis soldados que a compõem — o tombado pelo tiro de Érico foi imediatamente substituído — erguem os rifles e disparam. Seis balas atingem seis portugueses, que tombam. Outros mais vêm correndo logo atrás.

Se estivessem em combate de fileiras, os seis soldados da frente se ajoelhariam para que seus colegas da fileira de trás disparassem; contudo é uma marcha, avançam pela ponte, não podem parar, caso contrário trombariam uns nos outros, então pegam a pólvora, metem a bala, metem a estopa, socam tudo com as varetas. Recarregar um rifle é trabalho demorado, e os portugueses estão correndo na sua direção, armados não de rifles e pistolas, mas com espadas, foices e alabardas.

Confuso, o Visconde de Valmont baixa sua luneta, olha para O'Reilly e lhe pergunta que loucura é essa, mas O'Reilly não responde: está pálido e apavorado.

Acabara de perceber seu erro.

Percebera que, numa ponte estreita, não importa que se tenha seis soldados ou seis mil: ombro a ombro, enfileirados e expostos ao inimigo, serão sempre apenas uma estreita fileira frontal. Não há espaço para manobras nem recuo, não há flanco para ser contornado, quem vai na frente não tem como recuar. E, quando tudo o que se vê correndo na sua direção é gente da terra, homens alimentados à base de generosas tigeladas de arroz e cordeiro assado, homens que passam seus dias a castrar animais e a arar a terra, e que são mais hábeis tendo em mãos machados, martelos e facões do que um soldado jamais será com seu rifle, então nada resta aos invasores do que invocarem, também, seu santo padroeiro e gritar: "São Tiago!"

Baionetas encontram barrigas, machados encontram pescoços, alabardas que espetaram mouros na Reconquista voltam para espetar castelhanos. Os seis primeiros soldados tombam, avante aos seis que estão logo atrás. Um espanhol leva uma cutilada na perna e cai de joelhos, enfia a baioneta na barriga de seu atacante português, gira a lâmina para evitar a sucção da carne e puxa, trazendo junto sangue e vísceras do homem, que grita e tomba. Mas logo atrás deste vem outro português: um homem imenso e hirsuto, com um machado de rachar lenha em cada mão, golpeando e fazendo o braço do castelhano voar para além da ponte, o espanhol olha atônito o coto-co que lhe resta antes de ter o segundo machado afundado no crânio. Mestre Ursânio, com as barbas ensopadas de sangue, urra de prazer vingativo, resquícios do sangue visigótico que talvez ainda corra em suas veias.

Em meio a isso está Érico: o sangue lhe sobe à cabeça e conduz a espada; golpeando e perfurando os que encontra caídos, para que os espanhóis que tombam não se levantem e os ataquem pelas costas. Escuta um grito, vê erguer-se no ar um castelhano espetado na lança que um camponês transmontano ergue no ar com uma força de touro, o soldado grita enquanto o peso de seu corpo o puxa para baixo, fazendo a lança entrar mais e mais em si. Ele se agita e faz o camponês se desequilibrar, a haste balança no ar e o castelhano cai pela beirada para o rio, levando a lança cravada consigo. Ao seu redor os pauliteiros saltam e giram seus passos treinados, os antigos bastões de madeira de sua dança cerimonial agora trocados por sabres, facões e cutelos que abrem talhes em carnes espanholas, tingindo de vermelho o branco de seus saiotes, enquanto nas colinas atrás de si volta a soprar o ritmo dos bombos e da gaita de foles transmontana.

A traseira do exército espanhol segue entrando na ponte, empurrando à frente aqueles que não têm para onde avançar, enquanto os da frente tentam recuar do confronto, mas não conseguem. Desesperados, alguns espanhóis se jogam da ponte para o rio, sem lembrar que o peso de seus alforjes e equipamentos os puxará para o fundo. Algumas léguas de rio mais à frente, uma procissão de tricornes passará boiando, levada pela correnteza do Douro.

O'Reilly murmura uma ordem inaudível, que seu auxiliar de campo pede que repita: "Tirem os homens da ponte." Um oficial vem galopando até ele, desesperado: estão ocorrendo ataques esparsos na retaguarda, a norte e a leste — são camponeses que agora descem das montanhas, sem relação aparente com o grupo maior da outra margem do rio. "É uma revolta popular", conclui o Visconde de Valmont, apavorado. Toda a província está sublevada, cada habitante daquela terra é um inimigo em potencial — não se pode avançar, mas não se pode armar acampamento ali, pois munição e comida são poucas. Hesitante, O'Reilly dá sua ordem: recuar.

De volta à margem esquerda do rio, Érico comemora ao ver o inimigo recuar. Alguns camponeses seguem adiante, agora que a dianteira espanhola se converteu em retaguarda, perseguindo-os pelo caminho. Érico sabe que não há mais como controlá-los.

— Foi uma boa ideia — diz Jacinto, juntando-se ao seu lado — atraí-los até à ponte.

— Agradeça às gaitas de foles mirandesas — diz Érico.

— O que é que elas têm a ver com isso?

— Fizeram-me lembrar das lições de meu mestre-escola. E de como os escoceses derrotaram os ingleses na Batalha da Ponte de Stirling, mesmo estando em menor número. Numa ponte, só se tem tantos homens quanto se consegue colocá-los ombro a ombro.

E dá um sorriso cansado, a casaca suja de sangue, o rifle a tiracolo e a espada embainhada, pedindo para alguém lhe aquecer água, pois precisa urgentemente de uma xícara de chá. Uma xícara de chá, repete, sempre põe o mundo no lugar.

Nos dias seguintes, conforme as notícias vão se espalhando, ficam sabendo de outras vitórias em outras partes do reino, dos vales do Minho às montanhas de Montalegre; vitórias conquistadas por livre iniciativa dos habitantes de cada região, emboscando e atacando por cada ravina, cada estrada, cada esquina escura de cada cidade ocupada. Contra um Portugal sem soldados, a Espanha erguera suas armas, crente numa vitória rápida sobre a gente simples do campo. Que Deus tenha piedade de suas almas: os pobres espanhóis mal sabem o que os aguarda.

17.

CAINDO NA RAIA

Há coisas que uma menina de treze anos jamais esquece.

Lembra-se com afeto de ir ao teatro quando pequena, ver os gigantescos bonifrates de cortiça movidos por cordas encenarem as peças de primo António. E depois, já mais crescida, nas óperas cômicas com atores, ela própria entrava em cena nos números de dança, ajudando nos bastidores do Teatro do Bairro Alto. Lembra-se de quando primo António vinha jantar na sua casa, bradando que a arte de compor versos não devia ser produto do ócio de intelectuais de salões, mas uma missão sagrada, de denunciar os vícios da sociedade, sobretudo da nobreza — e que nada incomoda mais do que o humor. Jantares onde, junto de seus pais, os adultos rememoravam a infância no engenho do avô, em São João do Meriti, na distante colônia do Brasil, de onde vinha sua família. Ou então, para impressionar as crianças, primo António mostrava as marcas deixadas pelas torturas da Inquisição, quando foi acusado de seguir práticas judaicas pela primeira vez — acusação do qual só escapara admitindo culpa, fazendo com que, para todo o resto de sua vida, fosse conhecido em Lisboa como O Judeu. E a alertava: prima, em Portugal ou no Brasil, um *anussim* não deve nunca revelar o verdadeiro nome da família, somos atores que nunca podem deixar o palco. E ela, ainda criança e sem perceber a gravidade da questão, insistia: quero uma alcunha também! No que primo António suspirava condescendente, e lembrando do velho costume judaico de tomar nomes pelas regiões de onde se vinha, decretou: nasceste na fronteira, então és A Raia. Os dois irmãos mais novos dela insistiram: e nós, e nós, primo António? Disse ao do meio: teus pais estavam em Milão quando nasceste, então serás "O Milanês". E ao caçula dos três decretou: nasceste aqui, será o Lisboa. Mas o pequeno Lucas protestou: "Não, Lisboa é nome de menina, quero outro." E o Judeu, lembrando que a casa de seus primos ficava na Estrada do Andaluz, próxima ao chafariz de mesmo nome, decretou: então serás "O Andaluz". Décadas depois, aquelas lembranças persistiriam conforme os três irmãos seguiram os caminhos da Literatura. Mas, se o caçula exercitava a pena de escritor enquanto vivia do contrabando de livros, e o irmão do meio cuidava da impressão e das vendas na livraria da família, a mais velha dos três circulava pela Europa reunindo para si um capital mais cobiçado que livros proibidos, e mais valioso que dinheiro. Ela tinha contatos.

Pensativa em seu boudoir, toca a sineta chamando a criada, e manda buscar o Livro de Contas — "aquele encadernado em pelúcia resedá". Érico pode ter uma invasão com que lidar, mas algumas coisas ainda não saíram de sua cabeça: a explosão do castelo de Miranda de Douro, que custou a vida de seu amante. Thorburn era um pilantra, é verdade. Mas era o *seu* pilantra. Além disso, há algo mais: uma agudeza de espírito, uma acuidade de discernimento — aquilo que quando vindo de um homem se reconhece naturalmente como inteligência, mas que na mulher só se aceita quando justificado em ares místicos de "percepção feminina". É a sensação de que as duas coisas — o arrasa-quarteirões e os panfletos de Irmã Xerazade — estão conectadas. Érico disse que o castelo explodiu exatamente às sete horas, em sincronia com o bater dos sinos da catedral. Se houvesse um grande relógio batendo as horas dentro do paiol, alguém teria notado isso. Deveria ser uma peça pequena, discreta — e que provavelmente marcasse um período de tempo curto, como estes modernos cronômetros náuticos. Fosse o que fosse, foi algo que começou com bilhetinhos entre as embaixadas de Lisboa que terminou numa explosão na fronteira, e ela sente que, por trás disso tudo, há o dedo da Confraria da Nobreza. Folheia seu Livro de Contas, pensativa: esse daqui, ou talvez aquele ali. Pega da pena e do tinteiro, e se põe a mandar bilhetinhos.

No cravo, o músico toca uma sonata de Bach, enquanto os criados servem chá e biscoitos. O local é a casa do Marquês d'Ajuda-Pinto. Tendo trabalhado no serviço diplomático, é viajado o suficiente para ser considerado um "estrangeirado", porém muito próximo dos Bragança para ser hostilizado pelos Puritanos — e sempre foi partidário dos franceses, sendo grande admirador da moda ditada pelos Luíses em Versailles. Além disso, é também um grande sedutor.

— Vossa Graça pode me ajudar com uma questão — diz a Raia, no seu sorriso mais insinuante, largando a xícara sobre a mesinha e tocando delicadamente as laterais da cabeça, a verificar o bom posicionamento dos grampos de sua peruca *en ailes de papillon panaché*, uma escultura de cabelos, fitas coloridas e plumas dando o efeito multicor de asas de borboleta. — Quero presentear uma pessoa muito querida com um novo relógio. Mas não há como mandar trazer, com esse incômodo da guerra. Que sugere? A pessoa em questão é de família muito tradicional, da Confraria da Nobreza, e quero comprar o relógio *certo*. Não quero correr risco de ofendê-la contratando, Deus me livre, um relojoeiro que seja cristão-novo...

— Minha senhora, essa pessoa em questão tem nome?

— Por razões específicas, prefiro não dizer. Farei surpresa para minha amiga.

— Ah! Uma *amiga*! Por um momento tive um aperto no coração... — diz o marquês. — Pois julguei que poderia ser um pretendente! Será então que este viúvo cá pode manter as esperanças?

— Vossa Graça pode recitar-me poemas, mandar-me flores, mas não fale em compromissos perto de mim. Estou como parlamento no verão: em período de recesso — fecha o leque e com ele dá-lhe um tapinha jocoso no ombro. — Espero somente o fim da guerra para me mudar para Paris. Ou qualquer outra capital provida de bons teatros e salões bem frequentados.

— E quem pode culpar a senhora? Pretendo fazer o mesmo.

A Raia sorri, bem coquete, lembrando então ser bem possível que em breve seus caminhos se cruzem pelos salões de Paris — mas enquanto isso, e seu relógio? A que artesãos as famílias puritanas recorreriam? O Marquês d'Ajuda-Pinto tinha três ou quatro nomes para lhe passar, e deixa aos cuidados de seu secretário pessoal entregar-lhe as referências.

O coche percorre a região do Chiado, entrando na Rua Áurea, destinada aos joalheiros e relojoeiros pelo simétrico plano de reconstrução da cidade. Ela tem duas certezas: está atrás de um relógio pequeno, que marque um período curto de tempo, não mais que uma hora — o suficiente para o governador fugir do castelo. E a outra é que, necessariamente, ele deve soltar alguma faísca.

— Vi em casa de uma amiga um relógio muito bonitinho, e me foi sugerido que talvez o senhor o tivesse feito — diz ela, ao entrar na oficina do primeiro relojoeiro, um velho suíço, sugerido pelo marquês. — Era pequeno, marcava no máximo uma hora, e soltava uma faísca...

— Não, minha senhora, não me lembro de ter feito nada assim.

Ela tenta o segundo e o terceiro relojoeiros indicados pelo marquês, igualmente sem sucesso. Estava agora já na quarta e última oficina, quase à altura do Rossio, onde foi atendida por um relojoeiro de sotaque alemão.

— Foi-me mostrado esse aparelho — disse a Raia. — Achei fascinante, um relógio que marca um curto espaço de tempo... lembro que soltava faíscas...

— Ah, com um pequeno cavaleiro templário em vez do cuco, batendo a espada de pederneira num pratinho? Sim, foi feito por mim. Onde a senhora o viu?

Finalmente, pensa ela. Agora era improvisar sem ser muito específica.

— Num jantar em casa de uma boa amiga minha... — diz a Raia, olhando os muitos relógios ao redor da oficina, todos batendo em sincronia.

— Ah, sim. Foi feito sob encomenda, um presente. As especificações eram bastante precisas, suponho que para entreter convidados. Como a senhora chegou até mim?

— Perguntei a essa minha amiga de onde viera o presente, e cheguei até quem a presenteou... — diz a Raia. É chegada a hora de jogar verde para colher maduro: — Que calha de ser uma senhora muito distinta, também de meu círculo de relações...

— Ah, sim, a marquesa é uma fiel cliente minha.

O nome, desgraçado. Diga o nome.

— A marquesa? Sim, folgo em saber — sorri a Raia. Isso confirma suas suspeitas, mas, ao mesmo tempo, não leva a lugar algum.

— O senhor aceitaria a encomenda de outro relógio igual?

— Igual, minha senhora?

— Bem, não necessariamente igual. Apenas com o mesmo mecanismo. Pode embelezá-lo de modo particular. Também desejo presentear alguém muito querido com ele.

— Que mal lhes pergunte, para que as senhoras querem tantos cronômetros? Está na moda?

— Como? Há mais de um?

— A senhora marquesa me solicitou a encomenda de outros dois.

A Raia esforça-se para esconder o espanto: o que a Confraria da Nobreza está aprontando?

— Oh, então cancele a minha encomenda! Talvez um deles já seja para mim, pois demonstrei grande interesse nele. Melhor seria esperar — conclui que não pode sair dali sem um nome ou algo mais específico. — Diga, ela pediu para gravar algum nome nos relógios? O do presenteado, talvez?

— Não, nenhum.

— Nem mesmo um brasão de família? Eu podia jurar que havia um no cronômetro dela...

— Hm. Talvez a pessoa presenteada o tenha embelezado nas mãos de outro artesão.

Ciúmes profissionais. É um caminho a ser explorado.

— Elas são parentes da mesma Grande Casa — insiste a Raia, levando o indicador aos lábios, fazendo-se pensativa. — Como era mesmo o brasão daquela família?

— A senhora que frequenta sua casa deve saber melhor do que eu...

— Oh, esses detalhes de heráldica me confundem...

Um nome, pelo amor de Deus, ela pensa: diga-me um nome.

— Se não me engano — diz o relojoeiro — era um escudo com quatro arruelas e uma cabeça de javali.

Escudo. Quatro arruelas. Javali. Isso serve.

— Sim, esse mesmo. Mas não, não era isso que havia no cronômetro. Talvez eu tenha me confundido e não houvesse brasão algum, acho que era apenas um enfeite próximo. Mas, por favor, se a vir novamente, não diga que estive cá a perguntar! Se o presente for para mim, não quero estragar a surpresa. Prometo fingir bem, se o receber. Tome, pelo seu tempo. — A Raia faz um gesto para o criado, que abre a bolsa e entrega algumas moedas ao relojoeiro. — Muito obrigada.

~~

Os livros armoriais eram tradicionalmente guardados na Torre do Tombo do Castelo de São Jorge, mas, desde que o terramoto abalou suas estruturas e quase a fez honrar o nome, foram transferidos para a ala frontal do Monastério de São Bento — e vem a calhar que ela tenha, entre seus contatos, a esposa do Escrivão da Nobreza, responsável por subscrever as cartas de brasões de armas, que por sua vez é subordinado ao Armeiro-Mor, encarregado dos livros de registros.

Um pedido aqui, um favorzinho ali, e algum tempo depois — após convencer o Armeiro-Mor de que estará suprindo um desejo científico nutrido pela história do reino, e de que pode colocá-lo em bons termos com D. Teresa Margarida, por quem o homem nutre interesses românticos — ali está ela, folheando com cuidado os pergaminhos manuscritos do *Livro da Nobreza e Perfeiçam das Armas dos Reis Cristãos e Nobres Linhagens dos Reinos e Senhorios de Portugal*, com suas mais de cem iluminuras medievais dos brasões familiares. A certa altura, seus olhos se detêm no dos Borges: um leão rampante e lampassado sobre um escudo vermelho com bordadura azul, repleta de flores-de-lis.

— Que diz deste cá, senhor armeiro?

— Ah, os Borges? Descendem do cavaleiro fidalgo Rodrigo Anes, que auxiliou o rei de França contra os cátaros em Bourges. Significava "burgo" em francês. De volta a Portugal, foi feito senhor do Alto

Douro e do Trás-os-Montes, onde seu nome aportuguesou-se para "Borges".

— Ah! Então meu bom amigo Érico é burguês de ancestralidade.

— A senhora procura algum outro brasão em especial?

— Algo com javalis? Eu adoro javalis.

Ah, o javali, murmurou o Armeiro-Mor: um animal peculiar, particularmente perigoso quando encurralado. Aponta uma iluminura, empolgado: ah, cá está! A folha mostra um escudo com as quatro arruelas, encimado pelo javali, e abaixo o nome: *Monsanto*. Descendem de D. Luís de Castro, que ganhou o cognome *Toda Lealdade de Espanha*, por sua fidelidade canina a D. Pedro I de Castela, o Cruel. Uma linhagem quase extinta, visto que sua última detentora é D. Liberalina Paschoal, que o herdou por casamento e não gerou descendentes.

A Raia sorri satisfeita e, para despistar, finge interesse por outros brasões aleatórios, antes de se despedir e voltar para casa, para as investigações de seu Livro de Contas de pelúcia resedá.

Chá e biscoitos. Os podengos da Raia brincam ao redor. O local é sua própria casa, onde recebe a amiga Teresa Margarida da Silva Orta, vulgo Dorotéa Engrássia. É hora de abrir o jogo com alguém de sua confiança:

— Lembra-se daquela aposta que comentei, sobre qual marquesa mais detestaria o Conde de Oeiras? Pois o enigma talvez tenha sido desvendado.

A Raia lhe conta tudo, de Irmã Xerazade à explosão do castelo de Miranda. Teresa Margarida fica ansiosa, tem palpitações.

— Por Deus, Cláudia... Não creio que isso possa ser verdade. A Confraria da Nobreza é muito fiel à coroa, não posso acreditar que trairiam o reino em prol de Espanha...

— Minha amiga, tampouco creio que esteja nos planos do rei Carlos tirar a coroa portuguesa da cabeça da própria irmã — lembra a Raia. — Mas uma vitória espanhola é uma derrota ao Conde de Oeiras. Sem ele, a Companhia de Jesus poderia retornar ao reino, e com ela sabes bem o que mais se pode esperar que venha da Espanha.

— A Inquisição... — Teresa Margarida conclui, com um calafrio.

A Raia acena para o criado servi-las de mais chá.

— Conheces minha família, querida — diz. — Sabes de nossa história. Irei embora de Portugal tão cedo as fronteiras reabram, mas não quero imaginar o que tantos outros sofrerão. Com El-Rey refém da Espanha, voltará a ser tudo como antes, com as famílias dos Puritanos usando a Inquisição de ferramenta política. E quem pode dizer quais famílias estarão a salvo? Quem, em Portugal, não tem um pouquinho de sangue judeu, mouro ou índio nas veias?

Teresa Margarida fica pensativa, bebe seu chá, e por fim concorda.

— A Raia cá me chamou para pedir-me ajuda.

— Sim. Há duas coisas que podes fazer por mim, querida, usando suas conexões na corte — diz a Raia. — A primeira, é convidar D. Ataíde, o Armeiro-Mor, para algum dos teus saraus. Prometi que vos deixaria em contato, nada mais. O homem é apaixonado por vós, minha amiga, e tenho certeza de que ele tentará cortejá-la. Perdoa-me por isso, mas fica à vontade para dispensá-lo como te for conveniente.

— Valha-me... — Teresa Margarida revira os olhos. — Está bem. E qual é a segunda coisa?

— Que encontre uma forma de me apresentar à Marquesa de Monsanto.

No cravo, o músico toca uma sonata de Carlos Seixas, enquanto os criados servem vinho do Alentejo. O local é a casa do Conde de Viso. O conde, já tendo servido em embaixadas estrangeiras, é simpático às reformas dos Estrangeirados, enquanto sua esposa, a condessa, é ela própria de uma família de Puritanos. O casamento dos dois era recente, feito por determinação régia de que os Puritanos deixassem de frescura e casassem suas filhas com as demais famílias nobres. Isso faz com que seus saraus sejam um dos poucos pontos de confluência onde os isolados membros da Confraria da Nobreza são vistos a circular com gente, nobres ou plebeus, de sangue considerado contaminado por ascendência judaica, moura ou indígena.

E ali está a Raia, em seu vistoso vestido verde, a peruca ao estilo *le chien couchant*, ou seja, envolta num arranjo de bordados e almofadinhas simulando uma cama de cãozinho. Tem em mãos uma tacinha onde beberica, enquanto conversa com sua amiga Teresa Margarida. As duas observam o movimento do sarau. Elas circulam pelo salão, atentas às conversas de outras rodinhas, numa das quais está a condessa conversando com outra mulher. Teresa Margarida murmura em seus ouvidos: aquela é a Marquesa de Montezelos, muito próxima da Marquesa de Monsanto.

A Raia abre o leque, chega mais perto e escuta a conversa:

— ... e ouvi dizer que já antes de casada os dois... — A marquesa olha em volta, a Raia finge olhar para outro lado. — Enfim. O certo é que seu pai, o Conde de Estoril, primo afastado do meu falecido marido, a tinha feito entrar num convento, antes de casar-se. Alguma razão havia...

— A razão é que estava... — A Condessa de Viso fez um gesto com a mão por sobre a barriga. — O próprio conde contou ao meu marido.

A marquesa então percebe a Raia e a encara. A Raia sorri e toma a iniciativa:

— Senhora condessa. — A Raia acena primeiro para a anfitriã da casa, e volta-se para a marquesa: — Senhora marquesa, ouvi dizer que partilhamos de um sentimento pela mesma pessoa.

— Nem sempre convém dar fé ao que se diz, senhora...?

— Esta é D. Cláudia de Lencastre, senhora marquesa — Teresa Margarida as apresenta.

— Não é o Conde do Vimieiro um amigo muito querido de Vossa Senhoria, e que está nas masmorras do castelo de São João faz... quanto tempo mesmo?

— Dois anos — grunhe a marquesa.

— Isso, dois anos. Não estou mal informada, portanto.

— Certamente, não. Mas desculpe-me, a que pessoa se refere esse sentimento que partilhamos? A senhora é próxima ao Conde do Vimieiro?

— Ah, não, conheço-o somente de vista. Refiro-me ao responsável por sua prisão.

— O Conde de Oeiras — conclui a Marquesa de Montezelos, murmurando.

— O detestável Conde de Oeiras — faz eco a Condessa de Viso.

— Os negócios de meu falecido esposo foram muito prejudicados pela ânsia monopolizante que tomou conta das finanças do paço — diz a Raia — e creio mesmo que o mal súbito que lhe ceifou a vida tenha sido causado pelas más notícias da corte. Por isso, nunca lhe perdoarei.

Aquela mentira não podia ser mais oposta à realidade, pois seu falecido esposo, pelo contrário, havia se beneficiado muito com as políticas econômicas de Oeiras, e tampouco falecera de mal súbito. Mas aquelas outras duas, na qualidade de mulheres de famílias tradicionais, eram exemplos típicos da educação feminina de sua época: educadas para pensar em nada além das frivolidades a que os maridos as destinavam.

— Eu tampouco, minha senhora. Acredite — diz a marquesa.

— Já lá se vão três anos que se aguarda o momento em que alguém fará alguma coisa para nos livrar da influência nefasta desse homem sobre Sua Majestade — concorda a condessa.

— Houve aqueles que tentaram, mas talvez não da melhor forma — a Raia solta a isca. — Mas não haverá alguém disposto a fazer algo?

— Há alguém... — murmura a condessa.

— Eu certamente gostaria de conhecer alguém assim. Nesse momento tão crítico ao nosso reino, talvez seja hora de as mulheres tentarem algo onde os homens não tiveram sucesso.

— Foi o que ela disse — murmura a marquesa.

— Ela quem? — pergunta a Raia

— Senhoras, esta conversa está ficando por demais sinistra para o momento — alerta o Conde do Viso, se intrometendo. — As paredes têm ouvidos, e em Portugal, eles pertencem ao Conde de Oeiras.

— O senhor conde diz a verdade — a Marquesa de Montezelos concorda. — D. Cláudia, há alguém que talvez seja interessante que se lhe apresente. A senhora, por um acaso, já foi apresentada à Marquesa de Monsanto?

— Ainda não, mas adoraria ter essa honra.

— Pode ser arranjado. A senhora marquesa e eu somos muito próximas, e creio que terão muitos assuntos em comum. Falarei da senhora para ela.

— Agradeço pela gentileza, Sua Graça.

Isca mordida, agora é esperar.

18.

OS OITO DO PORTO

Um rapaz corre apressado pelo entardecer das montanhas de Montalegre, e entra na casa pela cozinha onde mulheres depenam frangos e picam cebolas. Sobre o chão de terra, a fogueira lambe os tachos e as panelas de ferro. Ele tira o chapéu e pede licença, a mãe robusta e saudável, suada no calor do fogo que assa peças grossas de carneiro e porco, pergunta o que tanto o exalta:

— Os beirões botaram os castelhanos a correr lá no Douro. Mil e quinhentos contra cinco mil! O Zé Fernandes estava lá, ele viu tudo!

Ela pede calma, ordena que ele se sente e coma. Ela própria pega uma tigela a transbordar de fumegante arroz branco com favas e sai para o terreiro, onde ao redor da mesa os homens bebem vinho farto, comem grossas azeitonas pretas em malgas de barro, e devoram um pão imenso que molham no azeite. A mulher se aproxima e repassa: correram com os castelhanos lá no Douro, quinhentos contra dez mil! Os homens se exaltam: cá não se pode deixar por menos! E um rapaz do terço de auxiliares complementa, ouviu falar que estão vindo para cá também.

Dias se passam. Em Chaves ocupada, os moradores se reúnem secretamente à noite, ao redor de velas e com janelas fechadas, enquanto o inimigo patrulha suas ruas. Alguém murmura: espalha-se a notícia de que já os montalegrenses barraram quatro mil castelhanos de avançar pelas montanhas. Os moradores se exaltam: os flavienses vão deixar barato? E assim, nos becos escuros e nas ruas, de emboscada em emboscada, vão atacando os migueletes catalães deixados a patrulhar. Estes caem feito moscas e logo, dos mais de quinhentos que entraram na cidade em maio, só dezoito ainda estão vivos.

Pelos vilarejos e aldeias, ao redor das fogueiras, as notícias viajam velozes ao som das gaitas de foles: nas pernas dos jovens, que querem juntar-se às milícias, e nas fofocas dos velhos, que fogem para as montanhas sem nada deixar para os invasores; cruéis e cada vez mais famintos espanhóis queimam vilas e matam o povo a sangue-frio. Mas as milícias campesinas estão a dar o troco: lá roubaram um carregamento de vinte mulas vindas de Madri, acolá emboscaram uma patrulha e capturaram uns tantos, cá ocupam todas as passagens dos rios e das montanhas. E os oito do Porto, liderados pelo capitão Borges, correm a terra a bradar: nada para os espanhóis, tudo por Portugal.

~

O Marquês de Sarriá está melancólico.

Tem motivos para isso: o avanço sobre a cidade do Porto — principal objetivo estratégico da campanha — fora barrado por meros aldeões e gente das montanhas, o que por si só já produz um abalo moral das tropas. As notícias que recebe agora são ainda piores. Despachara um contingente de oito mil homens para tomar a cidade fortificada de Almeida, e, após uma tentativa fracassada de tomar a fortaleza de assalto, onde morreram seiscentos dos seus, ataques de milícias custaram a vida de mais duzentos soldados, forçando o seu recuo e os deixando sem nenhuma vitória significativa até então. Alguns mais próximos ao comando sugerem: reagrupar, marchar, avançar sempre! "Sim, talvez", murmurava o marquês. Afinal, avançar com quê? Portugal quase não tem munição nos seus paióis, porque não tem exército para manter — então não há o que ser tomado. Os aldeões destruíram suas plantações e fugiram para as montanhas — então não há comida para ser confiscada. O problema de se conquistar posições numa vitória tão rápida sobre um território tão grande quanto o Trás-os-Montes é que se torna necessário mantê-las. Os soldados têm fome. E os cavalos também precisam comer.

Batidas à porta: o marquês está em sua sala de guerra, ainda na cidade de Chaves. Seu ajudante de ordens traz más notícias: o comboio que traria munição e mantimentos da Espanha foi atacado no caminho por montanheses. Sarriá suspira: outro problema de se ter avançado tanto Portugal adentro era que as linhas de abastecimento direto ficaram muito longas. Pede para chamarem o *agent de liaison* francês. Logo o Visconde de Valmont entra em sua sala.

"Vossa Excelência solicitou minha presença?"

"Sim. Creio que Vossa Senhoria já fora informado do insucesso em Almeida..."

"Chegou a meus ouvidos."

"Ocorreu-me perguntar a Vossa Senhoria se não há algo que os canais secretos de vosso Rei possam fazer em nosso auxílio nessa questão, assim como nos amparou em Miranda..."

O visconde o encara em silêncio. A imobilidade de Sarriá já está se tornando assunto na correspondência diplomática entre os reinos. O fracasso inicial tolheu-lhe o espírito de tal modo que vem se mantendo passivo e melancólico, à espera de um milagre, contentando-se em despachar apenas pequenos grupos de soldados que ficam aterrorizando os vilarejos nos arredores das cidades conquistadas. O que está lhe pedindo agora é outra solução fácil, outra saída rápida. É possível? Sim. Mas seu único contato com os portugueses está agora bem protegido no lado espanhol da fronteira, ao sul, onde se organiza a invasão do Alentejo.

"É possível, Alteza", diz Valmont. "Mas, para isso, seria necessário que um mensageiro atravessasse todo o Trás-os-Montes e a Beira, e chegasse vivo até Valência de Alcântara."

"Tenho um homem para o serviço", diz o marquês, tocando a sineta e chamando seu criado: "o coronel está aí ainda? Façam-no entrar."

Aguardam. Mas o Visconde de Valmont tem agora a mente dispersa, distraída. Uma carta recebida alguns dias antes o informara do último escândalo em que seu filho libertino se envolvera, só a muito custo contido — seduziu a noiva do senhor de Volanges, enquanto este se encontra na linha de frente prussiana! Pensa em escrever à sua irmã, a senhora de Rosemonde. Talvez impor ao garoto uma temporada na casa da tia religiosa sirva para conter-lhe o ímpeto, ou ao menos manter-lhe os calções abotoados até o fim da guerra.

Valmont é arrancado de seu devaneio. Entra na sala o coronel que Sarriá mandara trazer. É um homem baixo e atarracado, de aspecto robusto. Não usa peruca, e o cabelo grisalho é cortado rente ao crânio. Seu olhar tem uma inquietude embrutecida, ele funga com insistência. Uma cicatriz atravessa o lado esquerdo de seu rosto, e segura o tricorne debaixo do braço. Faz-lhes uma mesura, e o Marquês de Sarriá o apresenta ao francês:

"Este é o coronel Augusto Nuñez, natural de Corrientes, na província do Rio da Prata. Ele lutou na guerra contra as missões jesuítas, comandando uma tropa de *blendengues*."

"O que vem a ser isso?", questiona Valmont. Nunca havia escutado o termo.

"Ladrões, assassinos, estupradores, enfim, paisanos arregimentados dentre os piores criminosos da região", explica Sarriá. "Infelizmente, não havia soldados o bastante na província para formar nossa parte do exército coligado, então foi necessário pegar o que se tinha à disposição.

Valmont observa o coronel Nuñez com um calafrio. O homem não para de fungar, e Sarriá lhe oferece um pouco de rapé de sua caixinha, que ele aceita e aspira numa cheirada. Falando em francês, para que o próprio coronel não compreenda, o Marquês de Sarriá diz que aquele é o tipo de homem a que se recorre quando se dispensam escrúpulos da consciência. Pois o que importa é que, pelos anos de convívio com os portugueses, o coronel Augusto Nuñez sabe falar a língua lusa muito bem, até afetando o sotaque do português brasileiro.

"Temos uma missão de grande urgência para pôr em suas mãos, coronel", diz Valmont. "O senhor precisará atravessar o território inimigo, de Trás-os-Montes até a Beira, e levar uma importante mensagem até Valência de Alcântara, para que seja entregue pessoalmente em mãos ao destinatário, e a mais ninguém."

"E a quem eu devo entregá-la, Excelências?"

"Ao general Miguel Bayão."

~~

Incrédulo, Érico observa a árvore.

Havia pensado que seus anos no Brasil o tinham preparado para o horror da violência que um homem pode impingir ao próximo, mas agora percebe ter sido ingênuo. A fumaça pode ser vista de longe, e conforme ele e seu grupo de homens se aproxima, a destruição vai mostrando todo seu escopo: as casas foram queimadas até o chão, restando de pé somente a igreja, feita em alvenaria. Corpos espalham-se por todo canto do vilarejo. A certa altura algum oficial deve ter concluído que munição estava sendo item escasso naquela guerra. E então usaram as árvores, com seus estranhos frutos, de onde famílias inteiras agora pendem, dos mais velhos às crianças mais novas, balançando mortos ao vento. Os poucos sobreviventes foram os que se esconderam na cripta da igreja.

O tenente Ferreira chega ao seu lado e faz o sinal da cruz.

— Há que se dar um enterro cristão a essa gente, capitão.

— Mas levaram o padre.

— Depois se encontra um, não se há de deixar os mortos expostos — diz o doutor Beleza.

Érico concorda. Seus homens ajudam a abrir covas, mas logo começa uma discussão entre ingleses e portugueses no grupo, e precisa intervir. Dentre os mortos há muitos soldados espanhóis também, e estes os portugueses se recusam a enterrar.

— San animales, patron, deixe-los pa los animales deboráren — mestre Ursânio, com toda a presença de seu porte agigantado, é o mais exaltado. — I que sues almas baguen eternamente!

"Arre, os católicos...", murmura o xerife Croft, revirando os olhos.

Érico suspira. Já tem problemas demais com que lidar, e deixa a questão para o sacristão do vilarejo decidir. O velho lembra que os espanhóis não estavam poupando nem mesmo a prataria das igrejas, tendo deixado os santos desnudos. São certamente todos hereges.

"Érico, meu rapaz, isso não é decente!", protesta tio Cimbelino, falando em inglês para o pároco não o escutar. "Não é nem mesmo cristão!"

"Meu tio, eu sei o que os castelhanos são capazes de fazer em batalha, vi o que eles fizeram com os guaranis", retruca. "Não viu o senhor aqueles corpos de soldados espanhóis que encontramos pelo caminho? Não sente o fétido de podridão a cada lufada de vento que vem das montanhas? Não é só aqui, é por todo o Norte. Se o povo se recusa a enterrar o inimigo, não seremos nós que sairemos prestando serviços fúnebres. Cá não viemos para isso, e sinceramente, há mais com o que se preocupar."

Assim foi feito: os mortos foram enterrados e preces foram feitas, enquanto os cadáveres espanhóis foram deixados para os animais. Alguém lembrou que, ao sul, do outro lado do Douro, havia um mosteiro com um hospital que atendia aos enfermos, para onde se poderia levar os sobreviventes.

"Que tipo de mosteiro?", pergunta Érico.

"De freiras ursulinas, capitão", explica o tenente Ferreira.

Érico não gosta muito da ideia de levar sua milícia para próximo de um convento, mesmo que haja algumas mulheres em trajes de homens misturadas ao grande grupo, por isso determina que somente seu grupo mais próximo, que com ele somam oito, escolte os sobreviventes até o mosteiro, ordenando aos demais que fiquem de prontidão no vilarejo, para darem o alerta caso os espanhóis voltassem. Assim, junto de tio Cimbelino e Jacinto, do xerife Croft, do alemão Kopke e do doutor Beleza, e somando ainda mestre Ursânio, que por ser filho de freira tinha por elas enorme respeito e admiração, os oito se dirigem ao convento, torcendo para que não se tenha feito das freiras coisa pior do que se fez no vilarejo.

19.
ARTES DE COZINHA

O Colégio das Ursulinas é formado por um conjunto de três extensos sobrados, numa colina à margem esquerda do Douro, parte dela coberta de jardins escalonados para vinhedos. Para alívio de Érico, fora deixado em paz pelos espanhóis. Os sobreviventes da aldeia são acolhidos e levados para serem tratados no hospital do mosteiro, enquanto a abadessa, sóror Berengária, oferece a Érico hospedagem, comida e um banho quente.

— Sua fama o precede, capitão — diz a abadessa. — Mesmo cá ouvimos acerca dos muitos enfrentamentos com os espanhóis. É um país pequeno, afinal, e as notícias se espalham rápido. Os senhores devem estar cansados, e lhe oferecer hospedagem é o mínimo que podemos fazer.

— Os espanhóis não importunaram as senhoras?

— Passaram perto, rumo a Almeida, mas estamos afastadas da estrada principal, e o caminho por cá é acidentado. Era um grande exército, porém soube que são os grupos pequenos de batedores que se deve temer. Não têm poupado nem mesmo as igrejas, segundo me disseram, é verdade?

— É o que temos visto, Sua Caridade. As senhoras não estão desamparadas aqui? Posso deixar alguns homens de prontidão para sua defesa.

— Temos com que nos defender, não se preocupe. Irmã Piedade tem um mosquetão de caçar pombos. Agora, o senhor deve estar cansado, imagino.

— Se me permite, gostaria que Sua Caridade estendesse o convite aos homens que me acompanham. São todos de famílias dentre os grandes do Porto, exceto mestre Ursânio que, contudo, dou fé de que é homem digno e honrado. Pagarei pela hospedagem de todos eles, claro.

A abadessa garante não ser preciso pagar, pois imagina que ele, estando a serviço do governo, esteja por consequência sob ordens do Conde de Oeiras, certo? Poderá retribuir-lhes a hospitalidade falando bem delas à sua Excelência. Pelo fato de o mosteiro manter vínculos estreitos com a ordem dos jesuítas, execrada pelo conde, este pretendeu desativá-lo. Só mudou de ideia após muitas intercessões de sóror Berengária entre os poderosos da Igreja, e toda palavra a seu favor que puder chegar aos ouvidos de Oeiras será bem-vinda.

Érico garante que assim o fará, tão cedo regresse a Lisboa. E enquanto a água para seu banho é aquecida, a abadessa insiste em apresentar-lhe as instalações do convento, para que fale na corte do bom trabalho feito por elas.

— Admiro muito o trabalho das senhoras — diz Érico. — Eu vivo no estrangeiro, e vendo-se de fora nota-se que a educação dada às mulheres nesse reino é péssima. Os homens cá as consideram quase como animais de outra espécie, inaptas para qualquer estudo ou erudição.

— Compreendo, senhor capitão — diz a abadessa, diplomática. — Cá não as queremos escravas, mas também não as queremos licenciosas. Aquela que corre solta e sem pejo cai no vício, torna-se escrava do pecado e do demônio, os grandes tiranos da alma e do corpo. Mas livre é somente aquela que sabe ser donzela honesta, filha obediente, irmã extremosa e esposa fiel.

Érico quase abre a boca para comentar que as noções de liberdade e escravidão da senhora abadessa parecem-lhe invertidas, mas acha melhor desviar do assunto: e o que se ensina aqui às moças? A abadessa explica que depende da origem social de cada menina. Às alunas externas, de famílias sem recursos, ensina-se a ler, escrever e contar, além de trabalhos práticos, como bordar, costurar e rendar, elementos de civilidade e doutrina cristã, e mais o latim e o inglês. Já as pensionistas internas, de famílias de maiores recursos, somavam-se o ensino do francês e o italiano, o canto e o manejo de algum instrumento, para se tornarem futuras esposas cultas e boas donas de casa.

— Uma mulher de juízo exercitado saberá adoçar o ânimo agreste de um marido áspero e ignorante — diz sóror Berengária. — Ou entreter melhor a disposição de ânimo do marido erudito.

— Por que não entreter a si própria? Na Inglaterra há grandes pensadoras, como Margaret Cavendish ou Lady Montagu, que...

— Não creio que a heresia protestante seja exemplo a ser seguido, senhor capitão — a abadessa lança-lhe um olhar duro. — Por favor, peço que não mencione assuntos de natureza herética na presença de minhas meninas.

— Longe de mim, Sua Caridade.

Uma freira vem até eles anunciar que o banho do senhor capitão está pronto. Érico fica satisfeito, um banho quente virá bem a calhar — mal lembra de quando tomara o último. Os oito são todos conduzidos a seus quartos.

Deixado enfim sozinho em uma cela com uma banheira de água quente, Érico tira a bandoleira, a casaca e a camisa, e coloca a mão na água quente. Toma um susto, porém, quando a porta do quarto é aberta. Entra Jacinto.

— Ah... trouxe-lhe um camisolão para o banho. As irmãs se ofereceram para lavar nossas roupas, senhor, então eu... ah... ofereci-me para levar as suas, se o senhor quiser.

E me ver sem elas, pensa Érico.

— É muita gentileza sua, Jacinto — diz, tirando as botas.

O rapaz se colocara por iniciativa própria na posição de ajudante de ordens, secretário pessoal ou qualquer cargo que fosse para justificar sua permanência ao redor de Érico, feito um colegial seguindo pelo pátio da escola aquele a quem admira.

— Pode deixar que eu mesmo entrego minhas roupas para elas, depois.

Jacinto oferece-lhe o camisolão.

— Ah, não, obrigado. Prefiro tomar meu banho sem nada.

— Sem nada? Quer dizer... *nu?* — O lábio inferior chega a tremer.

— Coisa de brasileiro, creio eu. Muitos anos tomando banho de rio.

— Ah, claro. Como os índios, suponho. — O rapaz cora imaginando a situação. — Tem algo mais que eu possa providenciar para o senhor?

— Tem sim. Pode parar de me chamar de senhor, como eu já havia pedido.

— Ah, sim senhor, digo, Érico. Eu... — Faz que vai se virar para a porta, mas não se vira. — Eu já me vou então. Ah, posso pedir às irmãs para lhe trazerem roupas limpas, então?

— Sim, isso seria agradável. Obrigado.

Jacinto faz outra vez que vai sair, mas não sai.

— Ah, permite-me uma pergunta? De natureza, hã... pessoal?

— Pergunte, e eu digo se responderei ou não.

— Como o Érico faz para manter em segredo uma vida conjugal?

— Eu sou bastante cuidadoso com cada pedaço de informação compartilhada. Pode-se dizer que construí meu próprio castelo na sociedade. Me coloquei numa posição em que, se alguém quiser espalhar algo sobre mim, não conseguirá me prejudicar, e se o fizer, tenho como neutralizar qualquer ameaça, através de uma rede de contatos e amizades. E sempre que possível, tento utilizá-la em prol dos amigos. Precisamos ser fortes, por aqueles que ainda não estão em posição de ser.

Jacinto balança a cabeça em concordância. Vira-se para ir embora, mas hesita.

— Posso fazer outra pergunta?

Érico suspira e concede: sim, faça. O garoto aponta-lhe o torso nu e pergunta: o que significa aquele desenho que traz no corpo? Érico tem uma tatuagem no lado esquerdo do abdômen, sobre as costelas. Explica que é o desenho de uma esfera armilar, símbolo do Príncipe do Brasil, e que usa para lembrar-se sempre de sua terra natal. Ao redor do desenho, há uma inscrição em latim, onde se lê UNUS IUNENNI NON SUFFICIT ORBIS, que significa...

— "Para um jovem, o mundo não é o bastante" — traduz Jacinto.
— Pensava que só marinheiros e selvagens faziam esses desenhos... não que eu esteja a dizer que... digo...doeu?

— Eu estava bêbado na maior parte do tempo, francamente não lembro. Mas deve ter doído, não é uma parte com muita gordura para amortecer.

— Seria difícil encontrar uma parte com muita gordura em você, de qualquer modo.

— Perdão?

— Digo, o Érico é bastante atlético... quero dizer... Platão dizia que a ginástica é parte importante de uma educação. Suponho que se exercite bastante.

— Sou bastante ativo — Érico sorri condescendente —, coisa de helenista, suponho. "*Gymnassis indulgent graeculī*", já dizia Trajano. Agora, se me dá licença... — Indica a porta com a mão.

— Ah, sim, claro. Vou... vou buscar as suas roupas limpas então.

Jacinto sai, Érico termina de se despir, entra na banheira e se deixa afundar na água morna, fechando os olhos e pensando em sua casa e quem nela está à sua espera.

Érico acorda cedo, lava o rosto na bacia sobre o aparador, veste a camisa limpa ofertada pelas ursulinas e penteia os cabelos que já vêm precisando de um corte. Não há espelho no quarto, nenhum estímulo à vaidade, mesmo assim sente a barba já maior do que considera aceitável. Sai do quarto à procura dos outros, cruzando pelo caminho com algumas freiras que se dirigem aos jardins do mosteiro. Escuta uma conversa de vozes masculinas, e então reconhece a risada calorosa de tio Cimbelino, logo seguida por um caluda de uma ursulina, a lembrar que estão, afinal, num mosteiro. Érico segue na direção das vozes, mas erra o caminho e acaba indo parar na cozinha, em meio a uma profusão de tachos e panelas de cobre, onde duas ursulinas vão e vêm atarefadas.

E no centro, num mesão estreito e comprido, a produção da cozinha espalha-se brilhando sob o sol da manhã feito ouro brasileiro em cofres portugueses. No comando das mulheres, está uma freira baixa e bem alimentada, distribuindo ordens para as demais feito um general no campo de batalha: "não, menina, acrescenta pouco a pouco", "engrossa este cá com miolo de pão ralado".

A abadessa entra na cozinha logo em seguida, atrás dele.

— Ah, cá está o senhor, capitão. Veio conhecer o trabalho de irmã Piedade?

— Minha nossa — Érico, espantado. — De onde saiu tudo isso?

— Nossa principal fonte de recursos — explica a abadessa — vem da venda de clara de ovos para engomar roupa. Vendemos para toda a região, até para Espanha. Antes da guerra começar e das fronteiras serem fechadas, claro. Contudo, seria um pecado desperdiçar tantas gemas. Pedi à irmã Piedade que preparasse um pouco de cada uma de nossas especialidades para os senhores. Veja que boas práticas ensinamos às futuras mães portuguesas. Não se esqueça de mencionar isso ao Conde de Oeiras.

Por sobre a mesa da cozinha do mosteiro, dourado feito tesouro de piratas, está a maior disposição de doçaria conventual lusitana que Érico já vira até então, a constar:

a) do desmembramento freirático, as *barrigas-de-freira*, que são trouxinhas em meia-lua, alvas do açúcar polvilhado e recheadas de creme de ovos com amêndoas; os *pescoços-de-freiras*, do aspecto de charutos, com recheio amarelo vivo de doce de ovos; e os *beijos-de-freiras*, que eram bolinhas de massa de gema e amêndoas, enroladas em cristais de açúcar, num amarelo cor de ouro velho.

b) das hostes celestiais há os *papos de anjo*, bolinhos esponjosos de tom amarelo-pálido, boiando em calda açucarada cor de âmbar; e as *fatias dos anjos*, que são fatias de pão de ló umedecidas em leite e vinho do Porto, passadas na gema e cozidas em calda de açúcar quente;

c) do firmamento divino há os *toucinhos do céu*, bolos cremosos de cor amarelo-açafrão, feitos de gemas, açúcar e amêndoas; os *queijinhos do céu*, consistentes doces de ovos cortados em rodelas entre hóstias e polvilhados de açúcar, ficando tais quais pequenos queijos; e macios *bolos do paraíso*, de massa feita de pão ralado com amêndoas e canela, e recheado ao meio com ovos moles;

d) dos santos confeitos há *pastéis de nata*, numa profusão de panelinhas crocantes de massa folhada, recheadas com creme doce que se assa até ficar da cor do queijo tostado, e cobertos de açúcar e canela; e *pastéis de Santa Clara*, que são trouxinhas duma massa delicada, alva e fina como hóstia, recheadas de doce de ovos cremoso.

e) por fim, das forças da natureza há as *brisas-de-lis*, pequenos pudins de gemas e amêndoas cujo brilho lustroso, de intenso amarelo solar, parece laca bem lustrada.

Érico sente-se tomado por um dever moral de sibarita, uma obrigação estética, de pegar um doce e comê-lo, como se ao ingeri-lo adquirisse para si um pouco daquele doce esplendor dourado; e, com o polegar e o indicador em pinça, já avança para um pastel de Santa Clara quando sua mão é afastada por um sonoro tapa da cozinheira-chefe, Irmã Piedade.

— Modos, menino — ruge a freira confeiteira. — Será servido à mesa.

— Sim, senhora — murmura Érico, intimidado, e sai da cozinha.

20.

IN VINO VERITAS

No refeitório, os oito do Porto reúnem-se numa mesa para o desjejum, com os alforjes já agrupados e abastecidos na mesa ao lado, com planos de partirem no início da tarde. As ursulinas oferecem-lhes chá, queijo fresco, empadas e pão recém-saído do forno, após o qual segue-se a oferta da vistosa produção de doçaria do convento. Érico nota que, numa outra mesa mais afastada, há um grupo novo de portugueses, estes mais discretos, e que não se misturam com eles. Quem são? Gente simples do campo, explica a abadessa, peregrinos em romaria para o santuário de Nossa Senhora de Nazaré, que chegaram nesta manhã. Érico os cumprimenta e senta-se com os seus, pondo-se a comer.

— Sabem o que cairia bem agora? — diz tio Cimbelino. — Um calicezinho de Porto.

— Não é um pouco cedo? — pergunta Jacinto. — São recém-dez da manhã...

— Bobagem, miúdo. Isto cá já foi um pequeno almoço, e agora nada acompanha melhor um doce do que um vinho do Porto. — E completa: — O maior presente dos ingleses a Portugal!

— Exceto que foi inventado por portugueses, não por ingleses — corrige o tenente Ferreira.

— Nada disso! — defende o xerife Croft. — Fomos nós ingleses que acrescentamos o conhaque ao vinho, para que durasse mais nas travessias pelo oceano.

— Dislates, senhor xerife, dislates! — insiste doutor Beleza. — Os senhores apenas copiaram o que os monges de Lamego já vinham fazendo no seu mosteiro há anos.

— Senhores, se buossas mercés que son doutos nun entran an acuordo — diz mestre Ursânio, intrometendo-se — porque nun deixamos pa lo capitan ancerrar l'assunto? Afinal, lo patron ten sangre anglés i pertués, i puode dar la palabra final cun amparcialidade.

Todos voltam-se para Érico, que se encolhe nos ombros.

— Eu não entendo nada do assunto... — desconversa.

— Ora, como não? — Carlos Kopke, intrigado. — Os Borges & Hall são uma casa quase tão antiga no ramo dos vinhos quanto a nossa.

— É que nunca me inteirei dos negócios da família — Érico, constrangido. — Quando cheguei à idade em que poderia tê-lo feito, ingressei na cavalaria, depois da guerra fui trabalhar na alfândega, e então meu pai morreu. Não houve... oportunidade, acho.

Érico e tio Cimbelino se entreolham, e seu tio desvia do assunto:

— Mas de beber percebes!

Érico precisa admitir, constrangido, que tem mais gosto por aquele vinho branco espumante, que os franceses engarrafam na região da Champanha e que não tem um paladar apurado para o Porto — "assim é traição", brada o Ferreira.

— Não é possível, rapaz — protesta seu tio. — Preciso fazer algo a respeito.

Ergue-se, vai até os alforjes que estão arranjados na outra mesa, e tira do seu uma garrafa baixa e rombuda, da qual arranca a rolha com os dentes e verte num pequeno cálice de cristal que estava sobre a mesa, anunciando que irá educá-lo.

— O senhor anda com uma garrafa de Porto no alforje o tempo todo?

— Claro, não sou um selvagem. Prove deste cá. — Entrega a taça a Érico, que bebe. — Vinhos fortificados existem desde que o mundo é mundo, mas sabe o que faz um Porto ser tão especial? É que se acrescenta o conhaque no comecinho da fermentação, e não depois. Isso corta o processo e impede o açúcar de virar álcool, deixa o vinho forte e doce como licor. Esse que provaste foi envelhecido em balseiros de carvalho até ficar neste tom âmbar, amorenado e... como se diz *tawny* mesmo? Trigueiro. Então? Apercebeu o sabor levemente amadeirado, que sabe a nozes e amêndoas?

— É mesmo — concorda Érico — É muito bom.

— Claro que sim! É o vinho dos cordiais — tio Cimbelino, satisfeito. — Acompanha uma boa conversa entre amigos, harmoniza com o bom convívio. Lembre-se, menino: só há quatro coisas no mundo que melhoram com a idade: madeira para queimar, amigos em quem confiar, clássicos para ler e o vinho para beber!

— Se me permite, capitão — o tenente Ferreira também se levanta e vai até seu alforje —, se conheces tão pouco dos nossos vinhos, então tem de provar aquele que é *de fato* o *melhor* vinho do Porto, ou seja, o engarrafado pela minha família. — Saca uma garrafa, tira a rolha e serve noutra taça. Érico conclui que duas doses não lhe farão mal, e prova. — Vê o senhor a cor avermelhada de rubi? É o vinho dos jovens e vigorosos, encorpado e frutado, com um sabor que puxa a ameixas e frutas silvestres... prove cá junto destes morangos.

— Sim, é mesmo. E é mais docinho também. De fato, muito bom — diz Érico. — Desculpe trair a família, meu tio, mas acho que gostei mais desse.

O bigode do Ferreira alarga-se num sorriso satisfeito.

— Capitão, com sua licença. — O xerife Croft se levanta. — O melhor vinho do Porto é o que nossa companhia exporta, e se me permite, tenho cá um excelente Porto branco, que é mais adequado para o calor desses nossos dias de verão... — Serve um cálice. — É menos doce do que os tintos, um pouco mais seco, e combina melhor com esta doçaria que estamos a comer.

Bem, três cálices ainda estão dentro do limite, pensa Érico, e bebe. Não é preciso mentir ao concordar que também é muito bom, bem fresco e adequado à estação.

— Agora, com todo o respeito ao trabalho dos senhores — diz Carlos Kopke —, mas prove também o de nossa família, capitão. É do ano do terramoto, uma excelente safra, e engarrafado logo em seguida, dois anos depois. Tendo envelhecido já na garrafa, ele mantém o aroma mais frutado e floral, a cor fica mais intensa, e o sabor mais potente e complexo... — Estende o cálice para Érico e este o toma confiante de que, sendo doses pequenas, quatro não farão mal algum, e bebe. Ao que Alemão Kopke completa: — Agora que já abri a garrafa, as características se perdem rápido, era bom que se tomasse logo ela toda. Os senhores aceitam também?

— Pois já que provarei dos vossos — diz o doutor Beleza, buscando a sua garrafa —, faço questão que provem também do nosso, lá da Real Companhia. Como na guerra nunca se sabe o dia de amanhã, trouxe cá comigo um vinho que se engarrafou ainda em tempos de D. João V. É uma relíquia, capitão, prove cá. Não irá se arrepender.

Érico olha a própria mão pensando que cinco doses são como uma para cada dedo, e ainda consegue distinguir bem a todos. Conhece seu próprio limite para o champanhe e o vinho, mas não está acostumado ao do Porto. São calicezinhos tão pequenos, cinco não dão pela metade... ainda bem que tem os dedos da outra mão para continuar a contagem. Para encerrar a discussão, tio Cimbelino pede que seja como rei Salomão e decrete, enfim, quem é a verdadeira mãe dos vinhos do Porto: Britânia ou Lusitânia?

— Pois divido ao meio! Decreto que é filho de duas mães — ri Érico.

— E foda-se o cu do rei de Espanha! — brinda o doutor Beleza.

— Shh! Que é isso, homem, estamos num convento! — o alemão Kopke.

Encolhem-se nos ombros e riem, e todos bebem outra dose. As fungadas insistentes de um dos peregrinos na outra mesa chamam sua atenção. Ao olhar para eles, Érico lembra-se de que, se o Porto é o vinho da cordialidade, então bem podem compartilhá-lo com os viajantes. Pega uma garrafa pelo pescoço, levanta-se da mesa e se dirige até a mesa dos peregrinos, pedindo licença para se sentar entre eles e brindar a Portugal. O líder do grupo — um homem baixo e atarracado, de aspecto robusto já nos seus quarenta anos, cabelo grisalho cortado rente ao crânio e uma cicatriz que lhe atravessava o lado esquerdo do rosto — faz sinal para os demais abrirem espaço no banco. Érico senta-se em frente a ele, ébrio e sorridente, e se apresenta, para logo em seguida lhe perguntar o nome.

— Me chamo Adamastor — diz o coronel Augusto Nuñez. — Eu e meus colegas estamos a caminho do Santuário de Nazaré.

— Pois brindemos à sua coragem, Adamastor — Érico ergue o copo —, em atravessar estas terras tomadas de espanhóis em nome de sua fé! Diga-me: tiveram muitos problemas pelo caminho?

— Apenas o fedor de podridão que se sente em toda terra. Não creio que seja uma postura muito cristã, a de não se enterrar os corpos dos caídos em combate. Acho vergonhoso, na verdade.

— Bem, convenhamos que os castelhanos deviam ter pensado duas vezes antes de se aventurar pelo Trás-os-Montes, não concorda?

— Érico desconversa. — Mas não posso deixar de notar seu sotaque. O senhor é brasileiro, não? De que parte do Brasil o senhor vem?

Nuñez olha primeiro para Érico, e depois para o homem sentado ao lado deste. Os brasileiros com quem mais conviveu, quando liderava os *blendengues* na Comissão Demarcadora, foram os soldados de Colônia de Sacramento, que pelo convívio tinham já modos espanholados no falar.

— Sim, sou brasileiro. Nasci em Colônia de Sacramento.

— Ah, que coincidência. Um dos meus melhores amigos nasceu lá. Talvez o senhor o tenha conhecido? O alferes Licurgo, do regimento de dragões no forte de Rio Pardo.

— Não tive a honra.

— Claro, não se deve supor que todo mundo se conheça, mesmo numa cidade pequena.

O tenente Ferreira e Alemão Kopke também se levantam da sua mesa e vão se juntar aos "peregrinos", com seus cálices e garrafas de vinho do Porto, e começam a puxar conversa. Nuñez trazia consigo soldados de fronteira, que conseguem falar um pouco de português sem que o sotaque os entregue demais, mas frente às perguntas e aos comentários animados dos portugueses, respondem com monossílabos e poucas palavras. Tira do bolso sua caixinha de rapé e oferece uma cheirada, mas estes recusam. Irmã Piedade vem da cozinha com uma bandeja oferecendo fatias de bolo do paraíso em tigelinhas, que entrega para cada um.

— Não é maravilhoso — Érico, empolgado — que dispondo de apenas três ou quatro ingredientes, a freira portuguesa ponha de joelhos o melhor mestre confeiteiro da Europa?

— Sim, é um bom biscoito — diz Nuñez, dando uma colherada.

Érico, que até então sorria feito um abobado, de súbito fica sério. Disfarça desviando o olhar e dando uma colherada no seu doce. Atrapalha-se com a colher, deixa-a cair no colo e dali ao chão. Abaixa-se, levando a mão até a faca que esconde na bota, demorando-se a encontrar a colher até voltar a se endireitar na mesa. Olha para o Ferreira e Alemão Kopke. Na outra mesa, tio Cimbelino e o xerife Croft conversam com Jacinto e Ursânio, alheios à conversa dos peregrinos.

— O senhor sabe o que é um cognato, senhor Adamastor? — pergunta Érico.

— Um parente que descende do mesmo ramo da família, creio?

— Sim, isso mesmo. E um falso cognato, o senhor já ouviu falar? Nuñez fica em silêncio.

— Um falso cognato, senhor Adamastor, são palavras que, embora escritas de modo muito semelhante, possuem significados completamente diferentes em outras línguas. — Érico coloca os braços sobre a mesa, repousando a mão direita sobre o punho esquerdo. — Por exemplo, o que em português chamamos de "biscoitos" em espanhol são *galletas*, enquanto que aquilo que chamamos de bolo, os espanhóis chamam de *bizcocho*. São erros comuns para um estrangeiro cometer, mas que nunca, em hipótese alguma, sairiam de um falante nativo do português. É por isso, senhor Adamastor, que, se o senhor é brasileiro, então eu sou o rei da Inglaterra.

Escuta o clique do cão de uma pistola debaixo da mesa.

— Escutou isso, senhor bisbilhoteiro? — pergunta o coronel Nuñez. — É o som da garrucha do alferes Ricardo, aqui do meu lado, sendo engatilhada e apontada para as tuas bolas.

Outro clique de cão de pistola.

— E essa — diz Érico — é a garrucha do tenente Ferreira apontada para as suas. Agora, creio temos o que podemos considerar um impasse. O que o senhor propõe?

— Bem... — Nuñez olha para a outra mesa, onde o resto dos homens de Érico ainda bebiam. — Proponho nos levantarmos todos calmamente, e vocês três nos acompanharem até lá fora.

— Não, isso não vai acontecer. Deixe-me lhe explicar, senhor...

— Nuñez — disse o espanhol —, coronel Augusto Nuñez. E o senhor...?

— Borges. Capitão Érico Borges. O seu português... suponho que o aprendeu no Brasil, não? E no sul, pelo que percebo. É o mesmo sotaque de meus amigos de Sacramento. Mas o único momento em que um soldado espanhol poderia ter convivido com sulistas a ponto de pegar-lhes o sotaque, teria sido durante a Guerra das Missões Jesuítas. Eu estava lá. O senhor também estava, não? Mas pelo lado espanhol. O senhor era um *blendengue*, não é? O quão curioso é o destino, que nos coloca do mesmo lado numa guerra, e seis anos depois, em lados opostos? Pois então, coronel, o grosso de meus homens está a meia légua de distância, acampado num vilarejo cujos moradores foram massacrados por vocês. O que quer que esteja planejando, vocês não irão muito longe. Então, permita-me propor sua rendição, nos termos de que, se nos entregarem suas armas, vocês serão poupados e, sendo os senhores oficiais, poderão passar o resto desta guerra em segurança numa prisão, no aguardo de uma eventual troca de prisioneiros. Que lhe parece?

— Nas masmorras portuguesas? Não, obrigado. Vou propor o seguinte: *os senhores* nos entregam suas armas, e o senhor vem conosco como garantia. Caso contrário, não serão somente os senhores que terminarão mal. Meus homens estão há quase dois meses sem ver mulher, e vos digo que uma escola de donzelas é tão apetitosa quanto um galinheiro desprotegido aos olhos da raposa. Não seria divertido se, de repente, todas essas moças de boas famílias ficassem prenhes do Espírito Santo? Minha nossa, deve haver tantas virgens para cada um aqui, quanto no paraíso dos maometanos. O próximo messias bem poderá ter sangue castelhano nas veias...

Érico respira fundo e olha para Ferreira e Kopke.

— Se eu for com o senhor, tenho sua palavra de que deixará as ursulinas em paz?

— Dou minha palavra.

— Sua palavra como *blendengue*?

Nuñez sorri.

— Sim. Minha palavra como *blendengue*.

— Foi o que pensei.

Érico saca a adaga da manga esquerda da casaca e afunda a lâmina na garganta do espanhol ao seu lado. Um pipoco estoura debaixo da mesa. Sente uma fisgada na perna, mas quem grita de dor é o tenente Ferreira. Outro estouro, mais fumaça. O coronel Nuñez cai para trás e grita. Uma freira também grita. O espanhol Ricardo se ergue e saca a espada num gesto largo que abre a garganta de Kopke, cujo grito borbulha junto de um jato rubro riscando a mesa e os demais. Érico cai do banco de costas ao chão, junto ao corpo do espanhol que esfaqueou. Levanta-se rápido e puxa a adaga da garganta do morto. Um zunido corta o ar: a seta disparada pela besta de Jacinto atinge o alferes Ricardo pelas costas, que começa a gritar por não conseguir alcançar o projétil com as mãos. Algumas meninas passando pelo refeitório gritam e correm.

Um espanhol levanta-se da mesa, mas mestre Ursânio atira-se sobre ele como um touro, pegando-o pelo pescoço e o derrubando no chão, gritando e batendo-lhe a cabeça contra o piso de pedra até estourar seu crânio. Outro dos espanhóis, ao ver isso, saca o sabre, porém o xerife Croft entra na refrega sacando sua espada, e os dois duelam; Érico olha a própria perna e vê o sangue escorrendo de uma ferida, mas é estranho: não sente dor. O tenente Ferreira, entretanto, segura a própria perna enquanto uma poça de sangue cada vez maior se forma ao seu redor — a bala havia acertado Érico de raspão e entrado no Ferreira. Distraído em verificar o próprio ferimento, Érico não vê um espanhol barbudo que recarrega a pistola com pólvora e bala e agora aponta a arma para ele, porém tio Cimbelino, em desespero, grita para distrair o castelhano. Érico ergue o rosto e o vê. O barbudo puxa o gatilho no instante em que tio Cimbelino se interpõe entre os dois e recebe a bala por ele, atingido no ombro esquerdo. Érico grita *não!* e segura seu tio. O espanhol, surpreso por acertar o alvo errado, não vê Jacinto se pôr a seu lado, apontar a besta para seu peito e disparar — o impacto da seta o faz cair para trás, contra a mesa, virando-a. A um canto, o tilintar do aço se distanciando indica que o duelo do xerife Croft com o soldado espanhol vai se prolongando pelos corredores do convento. Érico segura o tio nos braços e olha ao redor procurando pelo doutor Beleza. É quando vê que o coronel Nuñez, até agora ileso, se pôs de pé, numa mão tendo a pistola engatilhada e na outra segurando sóror Berengária, a abadessa, pela nuca.

Nuñez bate com a coronha no ombro da abadessa, a fazendo ficar de joelhos, e então aponta o cano da pistola contra a cabeça da mulher. Grita que, se não se afastarem todos e o deixarem ir embora, vai explodir os miolos da freira. O doutor Beleza e Jacinto, ambos apontando suas armas para o coronel espanhol, hesitam. A abadessa, unindo as mãos em prece, ergue o rosto com lágrimas de desespero e clama:

— Piedade!

Nuñez escuta um clique atrás de si e seu pescoço estoura, a bala saindo pela garganta e levando junto o maxilar, enquanto o corpo amolece e tomba feito um boneco de pano. Atrás dele, Irmã Piedade segura o trabuco de caçar pombos, fumegando.

Érico só tem agora atenção para o tio. Pede ao doutor Beleza que o ajude.

— Como faço para o sangramento parar?

— E eu que vou saber?

— O senhor é doutor! Estudou em Coimbra!

— Sou doutor em Filosofia!

— Meu tio pode morrer!

— Todos nós podemos.

Olha para o lado e vê o tenente Ferreira entrar em estado de choque e tremer. Grita "faça alguma coisa" com tanta raiva que o doutor Beleza tem um sobressalto e, junto da abadessa, corre para tentar ajudar o Ferreira. É quando Érico lembra que Jacinto estudava medicina antes de ser expulso de Coimbra, e o chama.

— Não façam escândalo, miúdos — diz tio Cimbelino. — Foi um tirozinho de nada.

— O calor cauterizou a carne, mas temos de tirar a bala — explica Érico.

— Eu... eu nunca fiz nada nem parecido com isso... — Jacinto, apavorado.

— Você deve ter estudado anatomia, é mais preparado do que eu — Érico insiste.

— Nunca vi um corpo humano por dentro.

— Como assim? Qualquer escola de Medicina disseca cadáveres, eu mesmo já vi uma dissecação num Teatro Anatômico uma vez.

— Não em Portugal, Érico. Cá é heresia, os padres não deixam!

— Mas *como* vocês estudam, então? — Érico se desespera.

— Com carneiros.

— Meu São Jorge! — resmunga tio Cimbelino. — Deixa que eu mesmo tiro a bala.

— Calma, tio — Érico olha para o lado, para ver como está o Ferreira.

A abadessa e irmã Piedade já cuidam do tenente. É quando o doutor Beleza, de pé ao lado, leva a mão direita primeiro ao peito e depois ao braço esquerdo endurecido, os joelhos fraquejam e cai no chão tremendo e suando frio. Jacinto corre para segurá-lo. A soma de tantos doces e vinhos com a agitação violenta do embate cobram seu custo: está tendo um ataque cardíaco.

— Aqui-d'El-Rey! — berra Érico. — Acudam o Beleza!

As freiras vêm em seu auxílio, ajudando tio Cimbelino a se levantar. O xerife Croft volta ao refeitório, com a casaca cheia de cortes e rasgos, tendo numa mão o sabre e na outra segurando pelos cabelos o espanhol com que duelara e que, ferido no braço, se rendera pedindo quartel. O inglês joga o soldado contra uma cadeira, e aponta o sabre para seu pescoço, rosnando entre dentes:

— É bom começar a nos explicar o que foi que aconteceu aqui.

— Por favor — o espanhol une as mãos em pedido de misericórdia. — Eu só escoltava o coronel. Estávamos a caminho de Valência de Alcântara. Precisávamos entregar uma mensagem.

— Com quem estava a mensagem?

— Com o coronel! Falo a verdade. Está no bolso do casaco dele.

Érico escuta isso e vai até o corpo de Nuñez, vasculhando suas roupas. Encontra a carta, em cujo envelope fora anotado "somente para seus olhos". Abre e lê:

Meu caro, seu auxílio será outra vez bem-vindo, se puder entrar em contato com seus amigos em Lisboa e fazer com que o arrasa-quarteirões nos ajude outra-vez em Almeida, como nos ajudou em Miranda.

De V.V, na cidade de Chaves, neste junho de 1762.

Não há o nome do destinatário. Érico manca até o soldado espanhol, agarra-o pela gola da camisa e o derruba contra a mesa, rugindo: para quem deviam entregar essa carta? Mas somente ao coronel Nuñez fora confiado o nome do destinatário, e tudo o que o soldado sabe é se tratar de um fidalgo português, que está em Valência de Alcântara a serviço da Espanha.

Érico pega sua pistola do alforje e a carrega com pólvora, estopa e bala, soca furiosamente com a vareta e a aponta para o rosto do soldado espanhol. O xerife Croft o olha apreensivo.

— Capitão, ele é um soldado rendido — lembra.

— Os guaranis também eram em Caiboaté, e que clemência tiveram vocês, *blendengues*? — grunhe. — É um espião, e pela lei de Sua Majestade, espiões devem ser executados no ato.

— Eu só estava fazendo o meu trabalho! — implora o espanhol.

— E eu o meu.

Érico deixa a raiva conduzi-lo e pressiona o cano da pistola contra o soldado e hesita. É mestre Ursânio quem o demove, colocando a mão sobre o cano da arma.

— Nó, patron, nun bal la pena — diz Ursânio, que no instante seguinte gira o braço e acerta o machado no pescoço do espanhol, separando-lhe a cabeça do corpo com uma precisão que só seria superada anos mais tarde pelo doutor Guillotin. A cabeça rola pela mesa, e o corpo escorre do banco ao chão. Mestre Ursânio justifica seu ato citando um dito popular, comum entre os soldados nas fortalezas no sul do Brasil: — Nun se gasta pólbara cun castelhano.

Érico olha ao redor, sentindo-se descolado da realidade tal qual um ator ao final de uma peça de Shakespeare, contemplando a mortandade entre amigos e inimigos. As ursulinas já vêm ajudá-los, atendendo aos feridos e sobreviventes; enquanto ele alimenta um forte palpite sobre quem é o fidalgo português traidor escondido em Valência.

21.

AS LIGAÇÕES PERIGOSAS

O convite chega. É uma rara ocasião em que uma nobre portuguesa convida alguém de fora do seu convívio familiar para visitar sua casa. Data marcada, horário agendado. Naquela manhã, a Raia senta-se frente ao espelho de seu *boudoir* e testa a memória no controle de suas expressões, de seu melhor ângulo. Apruma-se *en gran toilette*, as criadas a ajudam a vestir o espartilho e a armação que dá formato à saia, por fim erguendo os braços enquanto elas largam o vestido, que desce como um banho de cetim e tafetá. Alfinetes e grampos aqui e ali ajustam o formato, escondem costuras. Como um cavaleiro armando-se para batalha. Maquiam seu rosto com pó de arroz para branqueá-lo, rouge para corar as bochechas. Agora brincos, gargantilha, braceletes. O cabeleireiro, mestre de sua arte, arranja seus cabelos dentro de uma peruca que se ergue como torre de catedral, ornada de plumas de avestruz, pérolas e fitas em estilo *à la candeur* — ou "o charme da inocência". Por último, escolher armas: uma sombrinha e um leque. O processo é exaustivo, mas sai pronta para a batalha.

O coche para em frente ao palacete dos Monsanto. Desce o laio, posiciona a banqueta, abre a porta e estende a mão: ela desce e olha para cima, para o brasão com o escudo de quatro arruelas e cabeça de javali, lembrando-se das palavras do Armeiro-Mor: um animal perigoso quando acuado. Ela segue o passo lento do lacaio pelos corredores, não sem notar o relógio sobre o aparador.

O local é o salão de chá do palacete, cujas portas abertas dão para um jardim interno. Rodeada por grandes vasos de plantas, senta-se num canapé para duas pessoas, separada da poltrona vazia à sua frente por uma mesinha. O criado abre a porta. A Raia segura o ar. Se a fealdade da marquesa não fosse tão notável, fazendo-a se lembrar de algo familiar que não sabe dizer bem o que é, a desproporção de tamanhos entre as duas é absurda, de tal modo que se sente uma giganta. Ela entra no salão tendo nos braços um pequinês alvo como a neve, que afaga. D. Liberalina Paschoal sorri.

— D. Cláudia de Lencastre — diz a marquesa. — Sente-se. Fique à vontade.

— Vossa Graça. — A Raia faz uma mesura, e se senta.

— Serei sincera, minha querida — diz a marquesa. — São poucos os que aceito no meu círculo íntimo, há que se resistir aos esforços de Sebastião José em querer interferir nos hábitos da nossa gente. Mas seu nome chegou aos meus ouvidos, e antes de fazer-lhe esse convite, inquiri a seu respeito. Muito me surpreende que alguém tão bem posicionada quanto vós, no seio dessa burguesia emergente patrocinada pelo conde, tenha opinião tão crítica a seu respeito.

— Ou que tenha opinião, qualquer que seja.

— Ah, sim. Outra excepcionalidade que me faz curiosa sobre sua origem, senhora.

— Sou de uma família de livreiros, e a leitura sempre foi parte de minha formação — diz a Raia. — A leitura dos moralistas me mostrou o que a sociedade espera de nós, os filósofos me ensinaram a questionar essa expectativa, e os romancistas a imaginar possibilidades entre as duas coisas. Se o esforço triplo é um fardo sobre os ombros de nosso sexo, é porque precisamos ser excepcionais para receber o mesmo respeito que qualquer homem medíocre recebe.

A porta abre, e o mordomo entra, murmurando ao ouvido da marquesa, que responde: sim, sim, pode servir, antes de voltar-se para a Raia e retomar a conversa:

— Creio que tergiversamos. A senhora estava me contando sobre sua família, e como isso a levou a opor-se a Sebastião José. Não é a senhora viúva do senhor Lencastre? Pelo que fui informada, seus negócios foram muito beneficiados pelas novas políticas econômicas.

— Os negócios de meu marido, sim. Mas a postura do Conde de Oeiras...

— Sebastião José — corrige a marquesa. — Cá nesta casa, querida, não damos ares de nobreza a oportunistas emergentes que não o fizeram por merecer.

— A postura de Sebastião José em tudo que não diz respeito a centralizar nele mais e mais poder... Veja a questão dos livros, por exemplo.

— Sim, é verdade. Tem-se dito que pretende tirar da Inquisição a competência pela censura aos livros... e criar um órgão de censura sob seu controle direto. Imagine!

Os criados entram, largando sobre a mesinha chá e biscoitos.

— Parece-me que o conde... digo, Sebastião José, no que serviu na Inglaterra, absorveu-lhe o pensamento econômico, mas não o valor das liberdades individuais. A senhora veja que, na Inglaterra, não há censura aos livros.

— Oh, nisso discordo da senhora — diz a marquesa. — Dou graças a Deus por não termos liberdade de opinião nem nos livros tampouco na imprensa, pois com ela vem a desobediência e a heresia das seitas. É preciso proteger Portugal de contagiar-se por ideias filosóficas vindas de fora. Eu soube que a senhora patrocina saraus para a Arcádia Lusitana. E é muito amiga daquela brasileira, a autora do *Aventuras de Diófanes*, Teresa Margarida.

— Acho importante que se estimule nossos artistas...

— Mas para quê, meu anjo? — A marquesa sorri, irônica. — Se os melhores musicistas são estrangeiros, manda-se buscá-los. Não se deve estimular esse constrangedor provincianismo dos locais. Já escutaste os lundus brasileiros? Músicas de negros, de letras tolas e ritmos indecentes. Os melhores pintores, os melhores arquitetos são sempre estrangeiros. Não que eu seja uma estrangeirada, longe disso, mas... o povo português deveria seguir sua vocação natural para a fé, e deixar que os... "anseios decorativos" da arte sejam fornecidos por quem o faz melhor do que jamais qualquer nativo fará.

— A senhora crê que a função da arte é somente a decoração?

— E existe outra? A música, as vestimentas, as pinturas, elas existem para incorporar o brilho e a opulência do sangue nobre, e a literatura, para fazer passar o tempo entre nossas obrigações.

— Como Xerazade no *Livro das mil e uma noites* — diz a Raia.

A marquesa, que estava no ato de tomar um gole de chá, ergue as sobrancelhas.

—Ah... Sim. Já leu esse livro? Ah, claro, a senhora mesma disse: uma família de livreiros. Coincidentemente, tenho esse livro cá em algum lugar... já o li também. Não sou impermeável à literatura, especialmente a francesa. Como disse, porém, nós somos as excepcionais, querida. Imagine o caos que seria, se toda mulher no reino gozasse da mesma liberdade? Xerazade, sim, que mulher esperta. Há uma história que muito me agrada, sobre o rei leproso e o sábio, lembra? Fala do rei que governa na Pérsia e sofre de lepra. Quando já perdia as esperanças, surge um sábio com conhecimentos medicinais que o cura. Satisfeito, o rei enche o sábio de glórias, o que atrai a inveja do grão-vizir, que cria intrigas até convencer Sua Majestade de que o sábio planeja sua morte e por precaução deve ser decapitado. Mas, ao saber de sua sentença, o sábio se conforma e entrega um livro mágico ao rei, garantindo que sua cabeça decapitada irá responder quaisquer perguntas que se lhe faça, como um oráculo, caso o rei leia frente a ela os encantos de determinada página. Assim, o sábio é decapitado, sua cabeça é exposta ao rei, que abre o livro e o folheia. As páginas, contudo, estão coladas pela umidade, e para isso o rei precisa lamber os dedos. — A marquesa gesticula com os dedos no ar, sorrindo. — Não sabe o rei que as páginas foram envenenadas, e assim o rei morre, condenado por ter sido ingrato com quem o ajudou, e por se deixar levar pelas intrigas de seu ministro.

— Vossa Graça a considera uma fábula preventiva? — sugere a Raia.

— Nessa fábula, a lepra do rei é a heresia — diz a marquesa. — Os judeus e mouros que contaminam a terra como uma praga. A Santa Inquisição, sábia, ajudou o reino a se livrar dela, mas as intrigas de ministros colocaram suas cabeças a prêmio. Cabeças como a de minha boa amiga, D. Leonor da Távora. E eu me lembro de cada detalhe, D. Cláudia, pois há coisas que uma mulher jamais esquece, jamais perdoa. Um espetáculo de horror, das dez da manhã às quatro da tarde! Eu lembro como se fosse hoje, aquele cadafalso erguido em Belém da noite para o dia, ainda gotejando de umidade do sereno da noite, nas rodas e nos tormentos carniceiros montados por Sebastião José. Lembro-me da cadeirinha negra de D. Leonor, cercada por padres, de como ela recusou-lhes a ajuda para descer, dos cinquenta minutos que passou se confessando enquanto ainda se martelava no cadafalso, aperfeiçoando aspas, pregando pregos e aparafusando roscas. E minha amiga, finda a confissão, subiu altiva e direta, sem virar o olhar daqueles objetos de tormento. Trajava ainda as mesmas roupas de quando fora presa, um mês antes! Não lhe tinham consentido que mudasse de camisa, sequer um lenço no pescoço! E, ao subir, mandaram que desse um giro no cadafalso, para que todo o povo a visse e reconhecesse, e mostraram-lhe um por um os instrumentos de tortura, explicando tudo em detalhes: "Com esta maça de ferro se matará seu marido num golpe à arca do peito, com esta roda de garrote se estrangula seu genro até desancar no arrocho, com estas tesouras se haverá de quebrar os ossos das pernas e dos braços de seu filho..."

A mão treme, a xícara de chá tilinta contra o pires, a raiva fazendo tremer também seu lábio inferior, o rosto aos poucos se transformando numa máscara de ódio e ressentimento.

— E ao ouvir isso — continua a marquesa — Leonor sucumbiu, caiu no choro e só pediu que a matassem depressa. O algoz tirou-lhe a capa e mandou que ela se sentasse num banco de pinho, no centro do cadafalso, sobre a capa dobrada devagar, horrendamente devagar. E ela se sentou, e tinha as mãos amarradas de modo que não lhe permitia nem ao menos recompor o vestido que lhe caía mal, e ergueu-se e consertou a orla da saia com um movimento do pé. E ao ser vendada, o algoz ainda quis tirar-lhe o lenço trazido no pescoço, ao que ela pediu: "Não me descomponhas." E em seguida inclinou a cabeça, que lhe foi decepada de um só golpe pela nuca! Dona Leonor, a mais bela e elegante dama que a corte já viu, a mais fiel e generosa amiga que já tive, que nunca me poupou palavras gentis e elogiosas...

Larga a xícara e o pires sobre a mesinha. Larga de mau jeito, de modo que caem ao chão e se espatifam. A Raia observa em silêncio. Um lacaio vem pronto a limpar o chão, e as duas o observam recolher os cacos.

— Mais chá? — pergunta a marquesa, e no que a Raia aceita, pega-lhe a xícara e a serve. — Açúcar? Diga quando estiver bom. —

Larga dois torrões até a Raia dizer-lhe que está bom assim, e devolve-lhe a xícara. — Então, querida, como a cabeça do sábio da fábula, talvez a nobreza deste reino ainda guarde surpresas para a Majestade que se deixou levar por seus ministros.

— Mas os únicos que estão cá a morrer são a gente do povo — a Raia gira a colher para dissolver o torrão de açúcar. — Refiro-me à invasão pela Espanha. Soube que o castelo de Miranda do Douro explodiu, ceifando a vida de mais de quatrocentas pessoas, num único instante...

— Ora, por favor... não seja melodramática, querida. Coisas assim acontecem. — A marquesa indica a porta aberta que dá para o jardim interno, por onde vê-se um velho jardineiro de restelo em mãos, com seu assistente podando as flores. — Veja ali aquele velho com o restelo e seu filho, o senhor... seja lá quais forem os nomes deles. Se os dois caíssem mortos agora, faria alguma diferença para alguém no mundo? A senhora, que só o conheceu de vista nos últimos dois minutos, sentiria algum verdadeiro pesar? E então leio na *Gazeta de Lisboa* que na Batalha de Zorndorf morreram trinta mil soldados, na Batalha de Minden outros dez mil... Se a senhora vê a cozinheira largar a água quente das batatas sobre um formigueiro, chorará por cada formiga morta? Há muitos formigueiros no mundo. As pessoas precisam ter alguma utilidade, e a utilidade da ralé é servir àqueles que, por berço, lhe são superiores. E que utilidade maior podemos lhes dar, do que ajudar a nos livrar de Sebastião José?

A Raia a observa, a muito custo disfarçando seu horror. Sempre teve, desde menina, a curiosidade de compreender o pensamento dessa gente, da elite aristocrática do reino, mas nunca chegara tão a fundo nessa investigação. Percebe agora que suas mentes definharam para a mais completa falta de compaixão ou senso crítico, abrindo-se para aquela que é a porta de entrada dos piores instintos humanos: a indiferença. Seu trabalho aqui foi concluído, já encontrou o que viera buscar. É hora de encerrar essa peça e ir embora.

— Bem, Vossa Graça, nisso discordamos — diz a Raia. — Pois não creio que haja mais grande insânia do que presumir que os dotes naturais ou graciosos se hão de achar em um filho ou parente apenas pelo sangue. O que suscita a promoção à nobreza deveriam ser os feitos em armas, os exercícios das letras, a habilidade agrícola. E são graças que, quando surgem, não escolhem classe.

O rosto da Marquesa de Monsanto se contorce numa careta de desgosto, e revira os olhos de modo condescendente, como um adulto que escuta baboseiras de uma criança:

— Certamente, nisso discordamos.

Então o olhar da marquesa também muda, como quem toma distância de uma pintura e por fim percebe a relação entre os elementos no conjunto completo, não somente os detalhes. Pega a sineta sobre a mesinha e toca, chamando o criado.

— Pode servir os doces — ordena-lhe, voltando-se em seguida para a Raia: — Creio que a senhora comentou sobre vir de uma família de livreiros, não?

— Sim, isso mesmo. Meu pai foi livreiro por muitos anos em Lisboa e eu...

O lacaio volta, largando um prato de pedestal com vistosos pastéis de nata sobre a mesinha.

— A doçaria dos nossos conventos é uma coisa fascinante, não? — diz a marquesa. — Só se usam quatro ingredientes, mas as combinações são infinitas! Ah... — volta-se para o lacaio. — Esqueceu o açúcar e a canela. Deve-se sempre polvilhar os pastéis com açúcar e canela.

O criado sai para buscar. A Raia inclina-se para pegar um pastel, mas a marquesa ergue a mão, sorrindo com um pedido muito afável: espere o açúcar e a canela, querida. A Raia recua, colocando o indicador entre os lábios, de modo pensativo. O lacaio coloca sobre a mesa dois potes de porcelana de Sèvres, um com canela em pó e outro com açúcar em pó. A marquesa pega a colher e polvilha ambos sobre um doce, que oferece à Raia:

— Prove cá estes pastéis de nata, senhora.

— São duzentas e cinquenta e seis, na verdade — diz a Raia.

A marquesa hesita e a encara, confusa.

— Quê?

— Combinações. A senhora disse que são só quatro ingredientes e as combinações seriam infinitas. No entanto, quatro elevado à quarta potência resulta em duzentas e cinquenta e seis.

— Certo, que seja — ela diz, impaciente, e lhe entrega o doce. — Prove o pastel de nata, por favor. Estavas me contando que seu pai foi livreiro por muitos anos em Lisboa, então? O que aconteceu com ele?

A Raia leva o doce à boca, mas interrompe o gesto para responder que sim, era isso mesmo. Depois ele migrara para a Inglaterra, abrindo uma livraria em Londres.

— Que interessante — diz a marquesa, cerrando lábios e dentes, mal ocultando a contração dos músculos faciais ao concluir, com desgosto: que motivos fariam uma família portuguesa trocar sua pátria por um reino protestante, senão a própria Inquisição? — Vamos, prove o doce.

A Raia o come: de fato, está delicioso. A massa folhada está crocante, o creme de nata morno e dourado como o sol, polvilhado de açúcar e canela, enchendo sua boca de doçura. Um êxtase.

— És cristã-nova, não? — pergunta a marquesa. — Deveria ter me dito logo de início. Teria nos poupado tempo.

— Mas nossa conversa teria sido menos proveitosa — diz a Raia, que busca o lencinho com que educadamente limpa os cantos da boca — e não teríamos a oportunidade de nos conhecermos melhor... "Irmã Xerazade".

A marquesa sorri, relaxa o corpo na poltrona e olha para o relógio sobre o aparador.

— Não são muitos que conhecem esse nome — diz a marquesa. — Pensai vós que isso de algum modo me intimida? Afinal, a que fim conduziu a situação? Nenhum. O dia do Corpus Christi passou, Sebastião José mandou fechar as igrejas de Lisboa, aumentando ainda mais a antipatia dos verdadeiros crentes por aquele homem ímpio, e os hereges protestantes se mantêm a salvo. Ao final, um evento de menor consequência. Não há como estabelecer nenhuma ligação entre mim e aqueles panfletos. E vossa palavra, a de uma judia imunda, não tem peso algum contra a de minha casa.

— Sabe, Vossa Graça, quando minha família chegou a Londres fugindo da Inquisição, a cidade era um sítio assustador e, hm... — sente uma súbita secura e um ardor na boca e garganta. — No começo, quando ainda vivia para o teatro trabalhando como dançarina, fui assaltada com uma faca em meu pescoço, fui enganada por um homem que pensei que me amasse, e perdi bons amigos por acusações feitas por moralistas de calças sujas como a senhora. Já fui chamada de bruxa por ser judia, já fui chamada de vadia por tratar homens do mesmo modo como homens tratam as mulheres. Mas todas essas coisas que vivi e sobrevivi não fizeram com que eu me tornasse uma mulher mais dura ou cruel. Mais realista, talvez; cética, com certeza. Mas a crueldade, em qualquer circunstância, é uma opção. Eu sobrevivi a quatro maridos, alguns que suportei, alguns que amei. Eu entendo vossa raiva. Meu irmão do meio é ateu, meu irmão caçula acredita em todas as religiões possíveis, já eu tenho uma única certeza: se existir o inferno, ele foi feito para pessoas como a senhora.

Dito isso, levanta-se pronta a ir embora. Todavia sente-se tonta, um pouco desorientada, com palpitações e falta de ar, como se vinda de grande agitamento. A visão começa a embaçar. Olha para a marquesa, que havia se servido de mais chá e agora gira a colher pela xícara, com um sorriso no rosto e mantendo sem precisar virar o rosto um olho nela e outro no relógio da sala.

— Eu... eu... vou me embora.

— Fique à vontade. — O sorriso se alarga até mostrar os dentes.

A Raia cambaleia no primeiro passo, mas acerta o segundo, e se encaminha para a porta, que o lacaio abre dando passagem para o corredor, e que ela atravessa a passos largos. Olha para trás e vê a marquesa de pé à porta do corredor, ainda girando a colher na sua xícara de chá — ou melhor, vê o contorno borrado do corpo da outra, pois a visão embaça mais e mais. As longas pernas fraquejam, apoia-se no aparador do corredor para não cair, alguém abre a porta para a rua, onde seu coche a aguarda. Seu lacaio põe o banquinho para que ela suba, mas perde o equilíbrio e ela cai batendo o rosto contra a porta do coche. Seu cocheiro solta um gritinho agudo e corre para ajudá-la a subir. O cocheiro fecha a portinhola. Ela tem a súbita lembrança de um entrar de palco em Londres, o nó no estômago por saber que sua família está na plateia, ela apenas mais uma no corpo de balé, mas ciente de que sua altura a fará se destacar para uma casa cheia. A emoção da música, o vigor da dança, os aplausos.

Segundos antes de perder os sentidos, olha pela janela uma última vez e vê a Marquesa de Monsanto na porta do palacete, a acenar-lhe dizendo: "Adeus querida."

22.

LAISSEZ-FAIRE

Érico acorda com a sensação da iminência de algo ruim. Levanta da cama onde as irmãs ursulinas tem insistido para que fique em repouso. Quase uma semana já se passara. A bala que cruzou de raspão por sua coxa para se alojar no joelho do tenente Ferreira deixou-lhe uma ferida apenas superficial, mas no outro, a infecção levou a perna a ser amputada. Fora embebedado antes da operação, mas ainda assim Érico nunca ouvira gritos tão horríveis em sua vida. Quanto ao doutor Beleza, este não sobreviveu ao ataque cardíaco, sendo enterrado junto de Guido Kopke na manhã seguinte ao infarto.

Se Érico acreditasse em astrologia, consideraria este seu inferno astral. Quando colocar suas memórias no papel, provavelmente anotará junho de 1762 como o pior mês de sua vida até então, e isso não é pouco. Termina sua *toilette* e vai ver o tio, que se recupera do ferimento no ombro, tendo o braço apoiado numa tipoia. Leva junto sua caixa de chá, preparando para si e para o tio, que ainda está acamado. Entrega-lhe uma xícara e senta-se na cadeira ao lado da cama.

Tio Cimbelino lamenta a morte dos colegas, e rejeita qualquer tentativa de Érico agradecer-lhe por ter recebido a bala em seu lugar. Está num humor melancólico, e começa a se lembrar do filho perdido. Conta que Bassânio muito admirava Érico por ter deixado os negócios da família para trás e seguido o próprio caminho, que pensava em fazer o mesmo e voltar para a Itália, estudar pintura, qualquer coisa que não fosse a vulgaridade do seu cotidiano. As ponderações filosóficas deixadas em inúmeros escritos eram de uma sensibilidade artística e intelectual destoante do resto da família, que tinha espírito pragmático e mercantil. E Cimbelino lamentava que, só depois de perder o filho, tivera a proximidade que gostaria de ter tido ainda em vida. Lamentava-se de culpa, também, por ter insistido para Bassânio tomar parte ativa nos negócios da família, coisa que o rapaz detestava. Foi tomando o lugar do pai que partiu para Lisboa naquele novembro de 1755, para discutir questões na Junta do Comércio. Não houve sequer corpo para ser enterrado — um dos muitos a ser levado pela onda gigante que lavou a cidade.

"Era eu quem devia ter morrido", lamenta tio Cimbelino. "O Fortimbrás e a Desdêmona nunca disseram nada, mas eu sinto o modo como sua tia Beatriz me olha desde então. Olhos de acusadora. Era eu quem devia estar em Lisboa naquele dia."

"Não diga isso, tio. O senhor não pode se culpar pelo acaso da natureza..." Baixa a voz conforme se dá conta do que seu tio lhe conta. "A quais escritos o senhor se refere?"

"Ele mantinha um diário, onde registrava suas ideias, pensamentos... e copiava todas as cartas enviadas e recebidas."

Érico se empertiga na cadeira, em postura defensiva, alerta: "*Todas* as cartas?"

Tio Cimbelino toma um gole de chá e o olha de canto de olho.

"Sabe, quando se vive há tanto tempo cercado pelos excessos dos católicos, como eu tenho vivido, começa-se a ficar reticente quando alguém justifica qualquer coisa sob o argumento da Fé ou Vontade Divina. Há quem defenda que não pode haver crime se a vítima é somente a si próprio, e que deveríamos nos preocupar com outras coisas. Não pretendo entender disso, mas sei como as coisas são desde que o mundo é mundo, rapaz. Ao menos, fico feliz em saber que Bassânio teve alguém de confiança com quem desabafar."

Os dois ficam em silêncio por algum tempo. Érico não sabe o que dizer.

"Aquela história de esposa era invenção, não?", pergunta o tio. "Não existe esposa."

"Eu nunca disse que existia."

"Mas disse que vivia amancebado, pensei que... oh, claro. Faz sentido agora."

"Para todos os efeitos, é como um casamento."

"Mas sua mãe vive com vocês. Como ela reage a isso?"

"Digamos que mamãe, após tantos anos de casada fingindo normalidade onde não havia nenhuma, enfim a encontrou onde muitos não aceitam que possa haver." Érico toma um gole de chá, e avalia a expressão no rosto do tio. "Creio que ela se revelou uma sogra exemplar, quando percebeu que nunca disputará espaço com outra mulher na minha vida."

"E ele tem nome, esse mancebo?"

"Gonçalo. Ele se chama Gonçalo."

"Hm... e vocês são felizes, suponho?"

"Sim", Érico responde ao tio. "Somos tão felizes quanto se pode esperar ser."

"Acho que só isso importa, no final", tio Cimbelino entrega-lhe a xícara de chá, e aponta a cômoda: "As freiras deixaram alguns doces ali, se puder me fazer a gentileza."

Érico levanta-se para trazer-lhe os doces, quando o tio pergunta: "Já leu a Bíblia do Rei James, garoto?" Érico suspira: lá vem. Lembrava que avó Viola mantinha um exemplar escondido em casa, porque em Portugal se proibiam Bíblias em outra língua que não o latim.

Dera uma olhada nela algumas vezes, quando estudava latim na adolescência, cotejando a tradução inglesa com a da Vulgata.

"Tudo bem, o livro em si não importa. Meu ponto é que o rei James também era dado a enrabar rapazes", diz Cimbelino, ao modo direto e canhestro da família, fazendo Érico erguer a sobrancelha. O tio continua: "Consta que Sua Majestade teve uma coleção de amantes, o mais notório sendo o famoso Duque de Buckingham. Diz-se que não poupava demonstrações públicas de afeto, de modo direto e desavergonhado, que eram de causar escândalo. E há que se perguntar: mesmo um rei deve ter limites no quanto pode afrontar a Igreja, não? Mas o rei James encontrou uma solução bem interessante, que você pode imaginar qual foi."

"Na verdade, não faço ideia, tio. Qual?"

"Ora, a Bíblia, rapaz. A primeira tradução oficial dela ao inglês. Não que não houvesse outras mais antigas, mas eram traduções castiças. O rei pagou dezenas de acadêmicos de Oxford para que traduzissem o texto, com preferência por monossílabos, para deixar o texto mais acessível para a plebe que... enfim. Meu ponto é: o livro que mais se imprime no mundo foi feito para dar um cala-te boca à Igreja, e deixar Jaime I em paz nos braços do seu Duque de Buckingham. Então, se a Igreja da Inglaterra não se incomodou em fazer vista grossa, quem sou eu na fila do pão para dizer algo?"

Érico gargalha.

"Em que dia do mês estamos? Já findou junho?", pergunta o tio.

"Creio que já, não tenho certeza. Hoje deve ser...", conta na mão, batendo o polegar contra cada dedo, e se dá conta, surpreso: "Minha nossa, três de julho."

"Seu aniversário", lembra o tio. "Vinte e seis anos, não é?"

"Antes da guerra, talvez fosse. Agora sinto que estou com quarenta."

Batidas na porta do quarto. É Jacinto. Vem avisar que há um mensageiro à sua procura, vindo do Porto. Érico diz que já vai, e Jacinto fecha a porta. Levanta-se e serve mais chá para si e para o tio, que o olha de soslaio.

"E esse aí? Tá comendo?"

Érico tosse chá.

"Tio!"

"Certo, certo, esqueci que estás 'casado'. Mas não estar com fome não impede que se olhe o cardápio, suponho."

"Não é por isso, Gonçalo e eu até temos um acordo para quando ficamos muito tempo longe um do outro... *laissez-faire, laissez passer*, como chamamos. Mas não consigo pensar nisso agora."

"Ah-ah. Tudo bem, menino. Vá lá, não deixe o mensageiro esperando."

Érico sai para o pátio frontal do mosteiro. Encontra seus homens agitados ao redor do mensageiro, e pergunta o que aconteceu. Jacinto logo dá-lhe a boa nova:

— Os espanhóis recuaram!

— De onde?

— De toda parte! Estão voltando para a Espanha!

Pelo que conta o mensageiro, os exércitos de Espanha abandonaram Torre de Moncorvo, Mogadouro, Mirandela e Bragança. Relatos dão conta de que o fazem às pressas, cruzando a fronteira em direção a Zamora, uma horda faminta e aos farrapos. Mas nem tudo são comemorações: em sua retirada, pilham as igrejas, os colégios e as casas dos principais, que junto dos padres são levados como reféns para a Espanha, e muitos aldeões estão sendo mortos a sangue-frio. O único lugar onde se mantêm é em Chaves, na fronteira norte, mas mesmo lá conta-se que passam maus bocados, pois de emboscada em emboscada, mataram quase todos os migueletes postos a patrulhar as ruas, e os soldados postos a reforçar o policiamento andam com medo de cada esquina ao anoitecer.

— E isto é para o senhor, capitão — diz o mensageiro, entregando-lhe uma carta.

É do governador do Porto, avisando que reforços ingleses chegaram e foram postos a reforçar as defesas no Tâmega, enquanto Érico é aguardado na corte em Lisboa o quanto antes.

— Não posso deixar meu tio e o tenente Ferreira para trás — pondera.

— Não se preocupe com isso, capitão — diz o xerife Croft. — Os gajos do terço de ordenanças e eu os levamos de volta ao Porto. Depois de tudo o que passamos, acho que meu sotaque de "bife" não vai mais ser problema. Leve o visigodo com o senhor, como escolta.

Mestre Ursânio concorda. Jacinto, naturalmente, oferece-se para ir junto com eles — não tem para onde ir, afinal, já que os espanhóis continuavam ocupando em Chaves. Érico concorda. São as melhores notícias possíveis, e o melhor presente de aniversário que poderia pedir. Se acreditasse em astrologia, diria que seu inferno astral havia enfim terminado.

⌒

Volta o marquês arrependido, com seu orgulho tão farto, com sua vaidade roída e o rabo entre as patas. À altura do dia sete de julho, os exércitos do Marquês de Sarriá, já tendo cruzado a fronteira de volta à Espanha, se reúnem em Zamora desfalcados de efetivos, deixando um quarto de suas forças insepulto pelos caminhos transmontanos, em emboscadas e escaramuças. Ali recebem ordens de marchar ao sul, e reunir suas forças com a divisão central acampada em Ciudad Rodrigo. Abatido e desmotivado, Sarriá manteve-se num péssimo humor durante a viagem. Irá piorar. Mal chega, é informado de que sua presença está sendo requisitada no castelo.

Sarriá apruma-se, fazendo de sua canseira aparato de luzimentos, e dirige-se ao salão do alto-comando. Ao entrar, vê-se confrontado pelas finas vestes e vistosas perucas sustentando os olhares de menoscabo de Pedro Pablo Abarca de Bolea, Conde de Aranda, e toda sua comitiva. Diz-se que nada perturba e inquieta mais o espírito de um Grande de Espanha do que a presença e o mando de outro Grande de Espanha, contudo, acrescenta-se àquela injúria o fato de que um conde seja inferior a marquês.

"Vossa Graça", diz Sarriá, "é uma honra tê-lo conosco."

"Suponho que seja", retruca o conde. "Estávamos aqui muito confusos em questões matemáticas, mas, agora que Vossa Excelência chegou, creio que nos ajudará a elucidar esse mistério."

"E qual seria o mistério, senhor conde?"

"Os almocreves nos informam que é necessário preparar provisões para trinta mil homens. Contudo, se não me falha a memória, consta que quarenta mil partiram de Zamora para tomar o Porto. Por um acaso teria Vossa Excelência esquecido dez mil soldados pelo caminho?"

Sarriá contém-se, comprimindo os lábios e engolindo a seco.

"Nossas tropas se depararam com uma revolta popular de proporções inauditas."

"Está nos dizendo, marquês, que os mais brilhantes oficiais dos exércitos Bourbon, formados nas melhores academias militares de Barcelona, Segóvia e Madri, seguindo os modernos ditames das ciências esclarecidas de nosso tempo, foram batidos por aldeões xucros e iletrados?"

"Não se pode combater sem comida e munições, senhor conde."

"Talvez, se Vossa Graça reagisse às adversidades de modo mais dinâmico, tivesse alcançado Porto a tempo. As notícias de sua letargia, Excelência, têm chegado a Madri e causado grande desgosto a El-Rey. Temo que a idade tenha lhe roubado a energia necessária para a condução da guerra, e por isso o senhor solicitará sua remoção do comando deste exército, para que possa tratar sua saúde."

"Como *ousa* falar comigo em tais termos?", Sarriá rosna entre dentes. "Devo lembrar aos senhores, que era desejo expresso de El-Rey fazer da cidade do Porto nosso alvo principal, e que a estratégia desta guerra foi traçada em conjunto com seu gabinete?"

"E é por isso que Sua Majestade Católica lhe concederá a Ordem do Tosão de Ouro em agradecimento por seus serviços. Quanto à estratégia desta guerra, naturalmente será mudada. A chegada do Príncipe de Beauvau é aguardada a qualquer momento trazendo reforços, e os franceses têm sido muito explícitos em seu desejo por uma mudança de planos."

"Que mudança?"

"Nós não vamos mais atacar o Porto, Excelência. O plano agora é conquistar Lisboa."

De volta à capital, Érico desembarca no cais com sua pequena comitiva e sobe as ruas até a casa de sua amiga. Mestre Ursânio e Jacinto, que nunca haviam posto os pés em Lisboa até então, olham deslumbrados para as largas avenidas de prédios em construção, fazendo perguntas: aqui, o que era antes? E ali, o que havia? Assim que se põem em frente ao casarão, Érico bate à porta, logo aberta pelo mordomo.

— Avise D. Cláudia que voltei — pede, já entrando na casa.

— Minha senhora não se encontra no momento — diz o mordomo.

— Ah, é mesmo? E onde ela está?

— Não saberia dizer, senhor. Já faz alguns dias que partiu, e não nos disse para onde foi. Mas deixou instruções, para o caso do senhor regressar.

— Bom, ao menos isso. Pode pedir às criadas para prepararem-me um banho? Suponho que ficarei no mesmo quarto onde a Raia me hospedou da outra vez. Ah... — Aponta Jacinto e mestre Ursânio. — Estes dois estão comigo, creio que não haverá problema se acomodá-los. Acertarei os custos de suas estadias com a Raia, depois.

— Naturalmente, senhor.

Os criados saltitam para todo lado, indo preparar os quartos, e Érico envia um mensageiro ao gabinete do Conde de Oeiras sobre sua chegada. Sobe ao seu quarto, deixando os outros dois aos cuidados da criadagem. Enquanto aquecem água para seu banho, larga sua caixa de chá sobre a cômoda e olha-se no espelho: julga que aquela barba de quatro dias até lhe dá certos ares rústicos que aprecia, mas não pode se apresentar no palácio assim. Precisa chamar um bom barbeiro que o deixe apresentável outra vez. É hora de trocar de máscaras: tirar a de soldado bruto e voltar a ser o *élégant*. Também precisa mandar cartas para casa, avisando que está bem.

O lacaio bate na porta algum tempo depois, para avisá-lo de que a água está pronta. A banheira fica no quarto contíguo, interligado por uma porta. Fecha-se no quarto de banhos e ali se despe, para então entrar na banheira e mergulhar o corpo inteiro na água — hábito que, se então não era de todo incomum, ele fazia com uma frequência que lhe conferia fama de excêntrico, o justificando pela saudade que dizia sentir dos frequentes banhos de rio e mar no Brasil.

Fica ali na sala de banhos, satisfeito até perder a noção do tempo, quase adormece — até o momento em que pode jurar ter escutado passos vindos de seu quarto. Levanta devagar, deixando a água escorrer do corpo, seca-se com a toalha de linho deixada na banqueta, e veste um robe de seda

Outra vez o barulho. Agora tem certeza: há alguém no seu quarto. Busca a pistola, que deixara ali ao lado junto com suas roupas, e verifica pólvora, bala e estopa. Então abre a porta que interliga os dois cômodos e entra no quarto.

As cortinas do dossel da cama foram baixadas, escondendo o que há em seu interior. E ele tem certeza de que estavam recolhidas quando saiu. Caminha devagar e com cautela, aproximando-se da cama pelo lado da janela, para que a luz do dia fique às suas costas. Há algo ou alguém ali.

Puxa a cortina do dossel.

Sobre a cama está Jacinto, vestindo nada além de uma fita de veludo negro ao redor do pescoço, e uma edição em latim do *Satyricon* de Petrônio, que, aberto e virado para baixo, tapa suas partes íntimas. Érico solta um risinho curto e baixa a arma.

— Ah, Érico, me desculpe — finge acordar. — Devo ter caído no sono quando lia.

Érico larga a pistola sobre a cômoda e senta-se na beira da cama, sem se importar quando seu robe se abre, atraindo o olhar interessado do rapaz. Érico ainda não havia observado Jacinto com atenção, ao menos não com aquele tipo de interesse, e percebe agora que há algo de renascentista em seu corpo, naquela magreza esguia e elegante dos bronzes italianos; o pescoço de traços alongados remanescentes do estilo gótico, unindo-se à delicadeza efeminada de um Davi de Donatello.

— Claro. Nu na cama de outro — responde. — Acontece.

— Esse não é o meu quarto? — Jacinto finge surpresa. — Devo ter me enganado.

— Bastava seguir suas roupas. Parecem que elas foram em outra direção.

— Acontece.

— Ah, Jacinto, Jacinto...

Érico deita-se ao seu lado, apoia o cotovelo no colchão e a cabeça na mão. Ao olhar para o livro com que Jacinto cobre o ventre, nota o fitilho de marcar páginas que sai para repousar sobre o púbis, mas tem a curiosa impressão, ao olhar da fita de veludo do pescoço para a outra, que não é no livro que o fitilho se prende.

— E que está achando da leitura?

— Picaresca.

— São as melhores. — Pega a ponta do fitilho. — Marcou alguma parte específica?

— Sim. Quando Encolpio conta sobre seu aluno de Pérgamo. É minha favorita.

— Que coincidência. Minha também.

Jacinto estica o braço e passa a mão pelo peito de Érico. O pescoço e a barba lhe causam especial interesse. Da sua parte, Érico não tem como saber se o rapaz busca só extravasar um desejo, represado desde que fora expulso da universidade, ou se busca algo mais divertido, alguma coisa selvagem. Érico o beija, sua mão vai para baixo do livro e sente a rigidez do desejo de Jacinto, que geme deslizando a boca para o lado, com a satisfação específica de sentir a aspereza da barba contra seu queixo. Ergue os dois braços e puxa Érico para si, ao que este murmura: *"Laissez-faire, laissez aller, laissez passer."*

Andares abaixo, ecoam batidas vigorosas: é a velha cozinheira que, às voltas com o jantar, soca com força num pilão os temperos que irão rechear um frango pronto para ser assado.

23.

REAL BARRACO

A resposta vem no dia seguinte, por um mensageiro: Érico é aguardado no paço para dali a três dias, quando todos os generais estrangeiros recém-chegados serão formalmente recebidos por Sua Majestade para um beija-mão, e Érico será, por sua vez, apresentado às autoridades militares. Decide levar Jacinto consigo, e manda chamar-lhe um alfaiate. Chegado o dia, aprumado em *gran toilette*, com sua melhor casaca azul-naval de corte inglês, colete de brocados em fios de prata, peruca de saco e um elegante bastão de caminhada, embarcam os dois no coche e partem.

A corte se mudara para Belém após o terramoto destruir o Paço da Ribeira, sete anos antes, e quis o destino que o El-Rey estivesse fora no dia fatídico. Porém, por medo do teto cair sobre sua cabeça, Sua Majestade recusa-se desde então a viver em prédios de pedra e cal, tendo mandado erguer um palácio de madeira e lona no alto da colina da Ajuda, a salvo de tremores ou ondas gigantes. Projetado pelos melhores arquitetos italianos, o complexo da Real Barraca é um verdadeiro labirinto formado por sucessivos pavilhões luxuosos, onde as mais finas tapeçarias, decorações em *chinoiserie* e mobília rococó ocultam sua base frágil. Ajoelhai e reverenciai, leitor: estais a entrar no Paço de Madeira.

Seu nome é anunciado pelo moço-porteiro com um bater de bastão no piso acarpetado, e imediatamente Érico se vê o centro de todas as atenções. É assim que gosta, mas finge indiferença ao caminhar pelo saguão marcando o passo lento com o bastão de caminhada, enquanto Jacinto vai a seu lado, mãos às costas, tentando disfarçar o quanto está impressionado: é a primeira vez do garoto na corte. Ali estão os diversos líderes militares das duas nações, as comitivas da embaixada inglesa e os ministros do gabinete real português, dentre os quais o próprio Conde de Oeiras. Ao ver Érico, gesticula para que este se aproxime. Contudo, mal Érico dá dois passos e todos escutam o som abafado de uma discussão acalorada, vinda de outro salão. A porta é aberta de súbito, e lorde Tyrawley sai bufando. O embaixador Mr. Hay o toma pelo braço e grunhe algo, mas o velho se livra dele com um puxão.

— ... não só afirmo como repito: vendidos! Todos vendidos!

Tyrawley olha ao redor, e quando cruza olhares com Oeiras, solta um muxoxo seguido de um risinho irônico. Vai-se embora a passos pesados. Oeiras olha atônito para o embaixador Hay, que respira fundo erguendo as mãos, como se impotente.

— Um demente, Excelência... — diz lorde Hay.

Oeiras e Hay saem, sumindo detrás de outra porta. Atônito, Jacinto murmura para Érico:

— O que foi que aconteceu?

— Não faço a menor ideia.

Em meio a tantos, logo uma figura familiar se destaca ao se aproximar deles: é magra e sinuosa, usando uma casaca prateada com acabamentos de renda branca. Leva no pescoço um lenço branco de cambraia, e na mão uma bengala com castão de prata do qual pende um lenço de seda. O rosto, pálido de maquiagem, traz colada uma pinta falsa de tafetá. A peruca branca e perfumada tem o rabo preso numa bolsa de seda negra: elegância das elegâncias, tudo nele é elegância. Ao se aproximar de Érico, fala português com um forte sotaque estrangeiro, e diz:

— Olhe só, que belo pavão você está. Vai abrir teu rabo em leque para nós?

— Fribble! — O rosto de Érico se abre num sorriso: — Você aqui?

— Fazendo minha parte pelo rei e pelo reino.

— Veio nessa última leva de ingleses, então?

— O gabinete do Departamento Sul concluiu que seria útil ter quem fale português fluente na *entourage* do Conde Lippe. E eu não perderia essa oportunidade de conhecer a bronzeada gente ibérica, então cá estou pronto para... *well, hello!* — Estende a mão enluvada para Jacinto. — Quem é esse pássaro formoso que o acompanha?

— Jacinto Homem e Melo — o rapaz o cumprimenta.

— É mesmo? Não duvido! Será um prazer então, tenho certeza.

— Jacinto, este é o senhor William Fribble, um amigo de Londres, que trabalha para o Secretário de Estado do Departamento Sul com... com o quê mesmo, Fribble? É sempre um grande mistério entre nossos amigos *o quê* exatamente você faz da vida...

— O Departamento Sul cuida de questões que envolvem nossas colônias ou reinos católicos. Já o meu trabalho, digamos que seja ajudar a manter trocas fluidas entre os corpos diplomáticos. — Sorri e volta-se para Jacinto. — E o senhor, *darling?* Também está aqui para manter boas relações com agentes estrangeiros?

— É minha primeira vez no paço, Mr. Fribble. De facto, nunca fui além de Coimbra.

— Oh, Deus, espero que o senhor não seja outro destes coimbrões de espírito escolástico que nos assombram nas embaixadas, não? Embora eu soube que Coimbra está a se modernizar: já saiu do medievo e chegou à Renascença.

— Jacinto foi expulso de Coimbra, na realidade.

— Não é algo que eu goste de ficar a anunciar, Érico. — O rapaz cora.

— Ah, mas isso deixa tudo *tão mais* interessante, *darling*! Agora, não se preocupe quanto a isso. — Gira o dedo no ar, indicando o saguão. — Já estive em muitas cortes; é sempre como um teatro. Encare as formalidades e regras de etiqueta como marcações de palco para um ator. Claro, cada corte e cada dinastia tem suas particularidades... Dizem que a dos Bragança é ter uma memória extraordinária. Além disso, estou muito curioso para conhecer este costume lusitano do beija-mão. Disseram-me que cá a corte de Lisboa é a que mais se apega à etiqueta. Os portugueses prezam a cordialidade, não é mesmo, Érico? Uma terra de Homens Cordiais, por assim dizer.

— Oh, não, de modo algum. Esse é um erro comum que vocês estrangeiros cometem.

— É mesmo? Faça-me o obséquio, então.

— Meu caro, o Homem Cordial nada mais é do que aquele que fez das formas naturais de convívio uma regra, uma máscara. E essa máscara, que assume a forma exterior da civilidade, não precisa ser legítima em relação aos sentimentos internos. A *politesse* é, antes de tudo, um meio para nos protegermos da sociedade. Esse foi o erro dos embaixadores de França e Espanha: eles entenderam a cordialidade do português reinol como uma garantia de amizade.

— Por que dizes "do português reinol"?

— Bem, as coisas se dão de modo diferente no Brasil. Lá é o contrário: o apego do reino às formalidades acaba virando burocracia, que em tudo dificulta a solução de questões práticas da vida na colônia. Quando você precisa esperar quatro meses para um navio ir e vir com uma autorização da corte, mais vale ter bons amigos que lhe atalhem os caminhos. Isso faz com que o brasileiro alimente a vontade de superar logo os formalismos e estabelecer laços de intimidade. E também faz com que sejamos um tanto emotivos. Na colônia, cordialidade não deve ser entendida por modos brandos, e sim por modos excessivamente passionais.

— Então, em resumo — propôs Fribble —, a diferença entre o reino e a colônia é que em Portugal me dirão: "com vossa licença, meu senhor, cortar-vos-ei vossa garganta", e no Brasil dirão: "me desculpe, meu bom amigo, mas vou cortar tua garganta"?

— É um modo de ver a coisa — concordou Érico.

— *Darling*, nestes dois anos de amizade, é a primeira vez que posso dizer que entendo como *você* funciona. Aliás, Érico *darling*, eu estava hoje mesmo relendo nosso *mémoire d'instruction* sobre a situação portuguesa. E seu nome tem circulado, sabia? As notícias que nos chegaram... o Marquês de Sarriá, derrotado por camponeses? O próprio Conde Lippe ficou impressionado e quer conhecê-lo, provavelmente será apresentado a ele daqui há pouco.

— Quem?

— Guilherme, Conde de Schaumburgo-Lippe. Ele foi o escolhido para chefiar nossos exércitos aliados. Uma excelente escolha, na minha opinião. Militar de carreira com experiência prática, conde reinante de sangue nobre. Muito alemão no temperamento, porque Deus me livre termos de lidar com outro lorde Tyrawley.

— Aliás, que foi aquilo? O que aconteceu aqui?

— Ah, *darling*... segura essa peruca que o enredo é forte! — Fribble baixa o tom de voz. — Consta que o clima entre Tyrawley e o seu Conde de Oeiras azedou de tal modo que o velho escreveu ao rei Jorge, pedindo para voltar para casa o quanto antes. Disse que "tomara desgosto incomensurável pelo país". O rei Jorge o mandou esperar por nossa chegada. E quando isso ocorreu, nosso vice-cônsul em Lisboa ofereceu-nos um jantar, e convidou Tyrawley também. E lá estava eu, seu humilde Fribble, a conversar com Sua Alteza o Príncipe Strelitz... sabes, o irmão da rainha Charlotte... quando se entra na questão da atual conjuntura. A conversa se põe a esquentar e, vinho vai e vinho vem, a coisa se tornou um tiroteio de convicções emocionadas. Lorde Tyrawley se pôs a falar em tom assomado acerca de uma conspiração, acredita? Disse que Portugal estava vendida aos castelhanos às custas dos ingleses, jogou acusações para todo lado, disse que até o embaixador Hay havia se vendido. Naturalmente que Mr. Hay se sentiu insultado e lhe pediu modos, mas lorde Tyrawley insistiu e lhe apontou o dedo. Hay se levantou da mesa a exigir respeito, então Tyrawley foi até ele e juro-lhes que nunca vi tal coisa! Estava descontrolado, agarrou lorde Hay pelas golas da casaca, o chacoalhou e o esbofeteou, aos berros de "estão todos vendidos, todos vendidos!". O Conde Lippe e eu afastamos os dois, Mr. Hay queria desforra, o filho de lorde Tyrawley já ameaçava sacar da espada, e achou-se melhor dar o jantar por encerrado.

— Hm, folgo em saber que Portugal está em boas mãos — diz Érico. — Foi essa a origem da discussão de agora há pouco?

— Pelo que entendi, Tyrawley repetiu a mesma insânia de conspirações para o rei D. José, e fez comentários poucos lisonjeiros sobre a inteligência de seus ministros. Mr. Hay garante que, no que depender dele, Tyrawley desembarcará em Londres direto para o hospício. O velho acredita piamente que há um complô para entregar Portugal aos espanhóis. Ridículo, não?

Érico e Jacinto se entreolham.

— É uma ideia absurda, não é? — Fribble insiste, desconfiado.

— Érico? O que sabe a respeito disso? Por favor, diga-me que o velho Tyrawley está a delirar.

— Eu...

O mordomo-mor do paço chega até eles e o interrompe.

— Capitão Érico Borges? O senhor será formalmente apresentado agora. Siga-me, por favor.

Érico troca um olhar severo com Jacinto, um olhar de "não lhe diga nada", e segue o mordomo-mor por um labirinto de portas e corredores ricamente decorados.

— O senhor irá se curvar ao entrar, e não deve tocá-lo, exceto para beijar sua mão — diz o mordomo-mor. — Quando de pé, o senhor pode manter as mãos unidas à frente ou às costas, mas não cruze os braços nem relaxe o corpo. O senhor só lhe dirigirá a palavra quando algo lhe for perguntado. Evite rir, e não faça piadas ou comentários jocosos inapropriados. Quando se retirar, lembre-se de que não deve em hipótese alguma lhe dar as costas, e não se esqueça de fazer uma última reverência antes de sair pela porta.

— Com todo o devido respeito — diz Érico, levemente irritado —, garanto que Vossa Graça não terá o que temer de minha presença. Sei como me portar numa corte.

Param frente a uma porta aberta, bloqueada pelas alabardas cruzadas de dois soldados da guarda Real. O mordomo-mor volta-se para ele, confuso.

— "Vossa Graça"? Por quem pensais que será recebido?

Érico sente um calafrio na espinha.

— Pelo Conde Lippe?

O mordomo-mor sorri com um toque de ironia maldosa no olhar.

— O senhor irá demonstrar a devida cortesia que o protocolo exige, capitão. E há mais de seiscentos anos, o tratamento correto tem sido "Sua Majestade".

Os alabardeiros recolhem as armas abrindo passagem, e o mordomo-mor indica a porta para Érico entrar.

24.

AUTO DO PAÇO DE MADEIRA

INTERLOCUTORES

D. José I, O Reformador, *Rei de Portugal e Algarves*

Érico Borges, *capitão de dragões brasileiro.*

Mestre-Sala

Reposteiro-Mor

Dois gentis-homens da câmara

Quatro alabardeiros

CENA

Sala de audiências da Real Barraca d'Ajuda. No centro há um trono com dossel. Ao lado há uma mesinha coberta por panos vermelhos, e sobre ela está a coroa de Portugal. À esquerda e à direita há portas duplas, cada qual guardada por um par de alabardeiros com suas alabardas cruzadas. No centro do palco está o Mestre-Sala.

MESTRE-SALA Sua Majestade Fidelíssima, José Francisco António Inácio Agostinho de Bragança, Pela Graça de Deus, José I, Rei de Portugal e de Algarves, d'Aquém e d'Além-Mar em África, Senhor da Guiné e da Conquista, Navegação e Comércio da Etiópia, Arábia, Pérsia e Índia, et cetera.

O reposteiro-mor abre as duas folhas da porta dupla à direita. D. José entra num passo lento, um pé à frente do outro como se andando sobre uma corda-bamba. Põe-se ao lado do trono, de pé, com uma mão na cintura e a outra apoiada no espaldar. Calça sapatos negros com fivelas e meias brancas até os joelhos, seus calções, colete e casaca são rubros cor de sangue, com rococós bordados em fios de ouro. Tem sobre o peito, pendurada numa faixa de seda vermelha, uma cruz latina de ouro com diamantes. Sobre os ombros, usa o manto real, de veludo cor escarlate com forro de arminho, preso ao pescoço por um broche de diamantes.

MESTRE-SALA O capitão Érico Borges.

O reposteiro-mor abre só uma folha da porta dupla à esquerda. Érico entra, avança dois passos, apoia o braço direito no bastão de caminhada, recua o pé direito num rapapé e dobra o joelho esquerdo, curvando o corpo até a cintura. O reposteiro-mor fecha a porta atrás dele.

ÉRICO Vossa Majestade.

D. JOSÉ Capitão Borges, fomos informados por nossos ministros de que o sucesso na defesa do norte se deveu, em grande parte, a esforços do senhor. Isso é verdade?

ÉRICO O reconhecimento não deve ser dado a mim, Majestade, mas ao fiel povo português, que atendeu a vosso régio chamado.

D. JOSÉ É muito humilde de vossa parte, capitão, mas a boa liderança deve ser recompensada. Já dizia padre António Vieira, é necessário que haja prêmios para que haja soldados. E em prêmios se deve entrar pela porta do merecimento. Que sejam dados pelo sangue derramado, não somente pelo herdado, enfim, que se deem ao valor, não à valia. Nós o recomendaremos para que receba a Ordem Militar da Torre e da Espada, mas antes disso aceite este presente, capitão, por seus esforços em defesa de nosso reino (*acena para o Mestre-Sala*).

O Mestre-Sala gesticula para a porta, para que venham os dois gentis-homens da câmara, que entram e param ao lado de Érico. O primeiro carrega uma caixa de madeira, e o segundo abre o tampo, exibindo em seu interior uma pistola folhada a ouro sobre uma almofada de veludo vermelho. O segundo gentil-homem a pega com as duas mãos e a oferece para Érico, que passa os dedos sobre os entalhes da coronha, e consente com um meneio.

ÉRICO Obrigado. Vossa Majestade sois muy generosa.

O gentil-homem devolve a pistola à caixa, e os dois criados saem a levando.

D. JOSÉ Agora, capitão, foi-nos dito que o senhor trabalha junto ao embaixador Martinho de Melo e Castro em Londres, não? E que o ajudou a resolver a questão dos navios franceses, apresados pelos ingleses em nossa costa, em Lagos.
ÉRICO Sim, Majestade.
D. JOSÉ E vós nascestes no Brasil. No Rio de Janeiro, se não nos falha a memória. É isso?
ÉRICO Sim, Majestade.
D. JOSÉ É uma estranha circunstância que nós, sendo vosso rei, jamais tenha posto os pés fora do reino, enquanto que o senhor, que é nosso súdito, conhece o império mais do que imagino conhecer. Diga-me, capitão: como é o Brasil? Como é seu clima?
ÉRICO O clima é quente e úmido, Majestade, especialmente no verão. Mas pode ser bastante seco nos sertões interiores, e mais fresco na costa, onde se fica à mercê das brisas marinhas. Há desertos cujas dunas se intercalam entre lagos ondulantes de água doce, e

sua beleza daria inveja ao sultão dos otomanos. As montanhas e as serras são tão magníficas quanto as da Europa, e as matas e florestas tão inóspitas e luxuriantes quanto as brenhas das Índias ou dos interiores de África. Não há, Majestade, terra mais fértil para o Homem libertar seus melhores anjos e seus piores demônios.

D. JOSÉ Descreve a colônia com grande paixão, capitão Borges. Vê-se que tem por ela grande estima. Talvez, em breve, poderemos confirmar se suas descrições são condizentes com a realidade.

ÉRICO Majestade?

D. JOSÉ Neste exato momento, segundo informam nossos generais, os exércitos coligados de Espanha e França se reúnem novamente, preparando-se para cruzar a fronteira e invadir Portugal uma segunda vez. Contudo, desta vez o fazem próximos à raia alentejana e à Beira. Não há dúvidas de que seu objetivo, agora, seja invadir Lisboa.

ÉRICO Se for assim, lutaremos até a última gota de sangue em nossas veias para impedi-los.

D. JOSÉ E se essa última gota se esvair, capitão, o que virá depois? Será destino de Portugal e de vosso tão estimado Brasil se tornarem outra vez possessões de Castela? Ou deveríamos assumir a ousadia, neste grande xadrez de Príncipes, de executar uma "jogada de roque"?

ÉRICO Não compreendo, Majestade.

D. JOSÉ Há doze navios ingleses no Porto, capitão, sendo preparados para transladar toda a família real para o Brasil. Algo que nunca foi tentado em toda a História. Mas nos perguntamos: pode Portugal continuar *sendo* Portugal, mesmo sem o reino que lhe dá nome?

Érico fica em silêncio, pensativo.

D. JOSÉ Em seu testamento político, o magnânimo D. Luís da Cunha, que foi ministro de meu pai, disse que diferimos das demais nações de um modo único. Que nosso futuro não é o de ser um império transcontinental, como os demais, feito de um reino e suas colônias, mas sim uma única nação pluricontinental. Ele defendia, ainda em tempos de paz, que se transferisse a corte para o imenso continente do Brasil, e que de lá os reis de Portugal tomassem o título de Imperadores do Ocidente. O que o senhor pensa disso, capitão?

ÉRICO Vossa Majestade, Camões já bem disse: em África tens vossos marítimos assentos, e na Ásia mais que todos é soberano. "Na quarta parte nova os campos ara, e se mais mundos houvesse, lá chegara." Onde houver portugueses, haverá Portugal.

D. JOSÉ *(sorrindo)* E brasileiros.

ÉRICO Um brasileiro nada mais é do que um português que resolveu seu paradoxo intrínseco.

D. JOSÉ Pensei que a prerrogativa de falar em charadas pertencesse aos reis.

ÉRICO Não é uma charada, Majestade. É uma parábola. Conheceis Vossa Majestade a história da raposa teumesiana e do cão de lélape?

D. JOSÉ Não, faça-me o obséquio.

ÉRICO Diziam os antigos gregos que, para punir os tebanos por uma grave ofensa, Dionísio enviou-lhes a raposa teumesiana, que nunca poderia ser capturada. E para se livrarem dela, os tebanos buscaram o cão de lélape, animal mágico ofertado por Zeus à sua amante Europa, ao qual profetizou que jamais perderia uma presa. Mas, se um animal derrotasse o outro, a palavra dos Deuses seria desafiada, criando discórdia no Olimpo. Para resolver o impasse, Zeus imobilizou os dois animais, transformando-os nas constelações de Cão Maior e Cão Menor. O paradoxo, Majestade, é aquele de uma força irrefreável contra o objeto irrevogável. No presente caso, a força irrefreável são os espanhóis, cujo espírito inquieto sempre os fez avançar sobre nosso reino, e o objeto irrevogável são os portugueses, notórios por sua resiliência. Ambos se enfrentam desde o início de seus reinos, e o resultado sempre terminou em impasses.

D. JOSÉ E como o brasileiro resolve esse paradoxo?

ÉRICO Nos tempos em que vivi no Brasil, Vossa Majestade, a observação da natureza me levou à seguinte conclusão: no meio selvagem, onde a única lei é a da sobrevivência, esta não é conquistada por quem se revela o mais forte, e sim por aquele que melhor se adapta. Quando aplicada aos povos, o mesmo preceito é válido: aqueles que se mantêm imutáveis são apagados pelo tempo e deles admiramos somente a grandeza de suas ruínas. Aqueles que se adaptam às mudanças perduram. Se não houver outra solução que não seja vos transferir para o Brasil, garanto que Vossa Majestade reinará sobre o maior dos reinos dessa terra.

D. José sorri, e senta-se no trono.

D. JOSÉ Diga-nos, capitão, o senhor está a par das graves afirmações feitas por lorde Tyrawley?

ÉRICO Chegou a meus ouvidos, sim, Vossa Majestade. Temo que lorde Tyrawley seja de temperamento por demais assomado e impressionável.

D. JOSÉ Há verdade em suas palavras?

ÉRICO Há alguma verdade, sim, contudo não ao grau que ele as supõe. O povo vos é fiel, ama Vossa Majestade como o grande pai da nação, e em vosso nome pega em armas para expulsar os in-

vasores. Contra tal Amor, a conspiração de uns poucos nada pode fazer.

D. JOSÉ Temo que, ao fazer de Oeiras o executor de Nossa Vontade, o povo tenha dividido seus sentimentos em dois: amor ao rei, ódio ao ministro. Mas é assim que deve ser. A cada qual, o ônus de seu cargo. Sebastião José aceitou o dele. A nobreza é sempre a última a abraçar mudanças, em especial quando a tiram do conforto de sua inércia. Quem são eles, capitão?

ÉRICO Não tenho ainda provas, Vossa Majestade, e não ouso conde-nar ninguém com base somente em minhas convicções pessoais.

D. JOSÉ O senhor toma uma posição sábia. Há dentre a nobreza deste país aqueles para o qual tanto lhes faz quem seja seu rei, ou mesmo qual seja o reino em que vivam, contanto que recebam as tenças e mercês hereditárias que, se seus antepassados o fizeram por merecer, eles próprios fizeram muito pouco. Nós vimos os oceanos se erguerem, capitão, e este império não ruiu. Nós vi-mos atentarem contra a coroa, e ela se manteve firme. Mas ago-ra, enquanto somos mais uma vez invadidos por nosso mais antigo rival, é Nossa Vontade que não sejam tomadas medidas excepcionais, e que tudo se resolva dentro da normalidade de Nossa lei. Há um limite de abalos que este reino pode sofrer em tão curto espaço de tempo. Há um limite de traumas que se po-de submeter ao tecido que une a alma de um povo, antes que comece a rasgar e se desunir. Por isso, não haverá outro processo como o dos Távora, capitão. Está entendido?

ÉRICO Ouço e obedeço a Vossa Majestade.

O rei estende o braço, oferecendo a mão com a palma para baixo. Érico faz uma genuflexão, segura a mão de El-Rey à altura dos dedos, curva-se leve-mente enquanto a ergue, e dá um beijo curto e seco, sem fazer barulho. Se endireita, olha para o rei e depois para o Mestre-Sala, que indica com a cabeça a porta de saída. Érico apoia-se no bastão e faz outra reverência, andando de costas até a porta. O reposteiro-mor abre uma folha da porta dupla, e Érico a atravessa ainda andando de costas. A porta é fechada.

CORTINA.

25.

NÃO FUJA DA RAIA

Ser recebido por El-Rey na Real Barraca não é coisa que passe despercebida. No dia seguinte, o mordomo bate à porta do quarto de Érico para avisá-lo de que uma visita o aguarda no saguão da casa. Ao descer, estranha aquela figura feminina encapuzada, de pé feito um espectro, mas assim que a mulher baixa o capuz, ele reconhece Teresa Margarida.

— Minha senhora — diz Érico. — Temo que a Raia não se encontre em casa.

— É exatamente sobre isso que preciso falar convosco, senhor Borges. Por favor, venha comigo até minha casa. É questão de extrema importância e urgência.

Érico pede para lhe trazerem chapéu e bastão, e já se encaminha para a porta quando Teresa Margarida o detém:

— Não, pela porta da frente não, senhor Borges. Tenho certeza de que a casa está sendo vigiada. Vamos pela porta da cozinha. Pedi ao cocheiro para nos aguardar na rua ao lado.

Érico obedece. Deixa um recado a Jacinto, e sai com Teresa Margarida pela porta de entregas da cozinha, que dá para uma rua transversal. Os dois entram rapidamente no coche, que parte apressado pelas ruas de Lisboa.

— Pode me dizer do que se trata? — pergunta Érico.

— O senhor saberá tão logo chegarmos — garante Teresa Margarida. — Nossa amiga me deixou instruções muito precisas. O senhor está lidando com forças muito poderosas dentro da corte, capitão. Forças além de nosso status social para nos opormos.

— A Confraria da Nobreza?

— Irmã Xerazade. É ela quem comanda a Confraria agora.

Descem do coche em frente à casa de Teresa Margarida. Érico sobe as escadas e é introduzido em um quarto. E ali, sentada sobre a cama, de touca na cabeça e tendo um exemplar do *Livro das mil e uma noites* em mãos, está a Raia. Érico chega até ela, estende os braços e toma-lhe as mãos:

— Querida! O que aconteceu? Você está bem?

Ela lhe entrega um pedaço de papel, com um endereço anotado.

— O que é isso?

— O endereço de um relojoeiro alemão na Rua Áurea — explica a Raia. — O primeiro arrasa-quarteirões era um cronômetro, com um dispositivo feito ao modo de um cuco, em forma de cavaleiro templário, que provoca faísca ao bater a espada de pederneira num pratinho. Foi feito sob encomenda para a Marquesa de Monsanto. Ela é a Irmã Xerazade, Érico.

— Como você descobriu tudo isso assim, tão fácil?

Tão fácil. Ela o fulmina com o olhar, de tal modo que Érico se encolhe nos ombros. Então conta-lhe de suas investigações e do encontro na casa da marquesa. E do pastel de nata, claro.

— Aquela cobra venenosa deve tê-lo "batizado" na hora de pôr o açúcar — ela lembra. — Nunca confie numa mulher que use anéis tão grandes nos dedos.

A Raia já lera certa vez sobre os efeitos específicos daquele envenenamento, e ainda que sua memória não estivesse em condições de se lembrar do antídoto, lembrava-se apenas da máxima em qualquer caso de envenenamento. Desfez-se de pudores, meteu o dedo na goela e vomitou. Um belo vestido se perdeu, mas antes ele do que a vida. Teve tempo somente de pedir ao cocheiro que a levasse de imediato à casa de Teresa Margarida, que saberia o que fazer. No que ali entrou, já delirante, só conseguiu dizer-lhe: "Beladona." Sua amiga correu à biblioteca, folheou às pressas os livros botânicos, fê-la engolir carvão e chá a granel, e um boticário foi chamado para providenciar permanganato de potássio, evitando assim que compartilhasse do destino que a marquesa certamente já devia ter aplicado a outros — havia suspeitas sobre a morte recente do Marquês de Lyra, encontrado morto na beira da estrada de Sintra. Desde então, ela convalescia já havia alguns dias na casa de sua amiga, tempo durante o qual pôs-se a agir por intermédio de Teresa Margarida.

— Você teve sorte — diz Érico. — Não sei como sobreviveu.

— Ah, amor... andei pensando nisso. Ela deve usar uma dosagem costumeira nos seus ardis — diz a Raia. — Que seria suficiente para abater uma pessoa ordinária. Mas não sou nada ordinária, não é mesmo? Minha literal grandeza me deu o tempo adicional necessário para chegar até Teresa.

Érico sorri e olha outra vez o papelzinho.

— Disse "o primeiro arrasa-quarteirões". Há mais?

— O relojoeiro recebeu encomenda de mais dois.

— Meu Deus! — Érico se levanta. — Precisamos prendê-lo já!

— Não, acalme-se. Se fizer isso, jamais saberemos *a quem* eles se destinam. Irmã Xerazade é o centro de uma teia cuja extensão desconhecemos. Érico, aquela mulher odeia o Conde de Oeiras mais do que qualquer coisa no mundo, e destruirá Portugal inteiro se for preciso. Não lhe contei tudo, escute: subornei o relojoeiro para que me avise assim que os cronômetros ficarem prontos. Ele pensa que sou amiga da marquesa, que os dispositivos são presentes para suas amigas, e que quero apenas dar-lhe uma festa adequada. Mas também está a meu soldo um criado na casa da marquesa, que irá me avisar para onde eles serão remetidos.

— Como você conseguiu a confiança para subornar um dos próprios criados dela?

— Amado, sabes o quão mal essa gente paga a criadagem? Não é difícil conseguir os serviços deles com alguns cruzados de prata.

— Nossa. Não sei como retribuir tudo o que fez por essa investigação.

— Anotei todos os gastos, amadinho, não se preocupe.

É início de agosto, e Érico está correndo ao longo da estreita rua que parte da Porta de São Vicente, atrás de um lacaio apavorado.

A informação de que os dois arrasa-quarteirões foram entregues à marquesa havia chegado dois dias antes à casa de Teresa Margarida. Imediatamente, a Raia despachou um bilhetinho a seu espião no palacete da marquesa, e Érico alertou a Intendência-Geral da Polícia da Corte, que pôs homens vigiando o palacete dia e noite.

E então, naquela manhã, chegou às mãos da Raia um bilhetinho avisando que os pacotes seriam levados para fora da cidade no início da tarde, em um coche, dando-lhes inclusive os detalhes do trajeto. Com a cidade em obras por todo lado, não seria difícil criar pequenos bloqueios e dificuldades que conduzissem o coche da marquesa a uma emboscada, que fora planejada para tomar lugar na estreita rua entre a igreja de São Vicente e a velha muralha fernandina.

O coche entrou na rua, os soldados fecharam o caminho na Porta de São Vicente, e não havendo espaço para manobrar nem milagre que faça um coche andar de ré, estava emboscado. Érico foi pessoalmente até a porta do coche, acompanhado de um par de soldados, movido pela curiosidade de ver a expressão de espanto no rosto da marquesa, que aliás ele não conhecia, não sabia se gorda ou magra, alta ou baixa, bonita ou feia.

Quando a porta foi aberta, dela saiu um lacaio apavorado. Érico esticou o pescoço, olhando por trás do homem, para dentro do coche, e suspirou desapontado. Claro, era de se esperar que a marquesa não fosse enviar pessoalmente os arrasa-quarteirões, mas alimentou essa esperança. Um soldado tira um pequeno baú do coche.

— A chave? — pergunta Érico.

— Eu não a tenho — garantiu o lacaio.

Não fosse por isso: Érico tirou do bolso a gazua e abriu a fechadura com a habilidade adquirida em seus tempos de fiscal de alfândega no Rio de Janeiro. Ali estava o arrasa-quarteirões, com seu engenhoso sistema de cuco de relógio, e o soldadinho templário com espada de pederneira. Mas havia um problema.

— Onde está o outro? — voltou-se para o lacaio. — São dois. Cadê o outro?

O homem parecia prestes a ter um ataque apopléxico. Claro, Érico não tinha como saber que a marquesa havia apavorado seu serviçal listando nos mais escabrosos detalhes as torturas a que poderia ser submetido pelos homens de Oeiras caso fosse pego, torturas que toda Lisboa viu sofrer em público a família da Marquesa de Távora poucos anos antes. Se a coroa fazia aquilo com marqueses, o que sobraria para o pobre lacaio? Isso o deixou propenso a um ataque do mesmo sentimento que, em tempos antigos, tomava conta das ovelhas quando assustavam-se com os gritos de Pã. E aos gritos e com a força do desespero, o lacaio empurrou um soldado e saiu correndo. Outro fez mira com seu mosquete, mas Érico o impediu, e saiu atrás.

E agora ele está correndo ao longo da rua, atrás de um lacaio que berra "aqui d'El-Rey" como se fosse ali a vítima e não o criminoso. O homem dobra para uma rampa que sobe pela muralha, e Érico dobra atrás. O sujeito tropeça, cai, levanta, perde distância. Érico saca a pistola e quase pensa em atingi-lo pelas costas, mas não só precisa do sujeito vivo como não quer assassinar um coitado apavorado no meio da rua, então pega a pistola pelo cano e a arremessa, a coronha atingindo o lacaio na cabeça. Érico salta sobre ele feito uma pantera sobre a presa, e o segura contra o chão até que os soldados os alcancem.

O medo de ser levado para "as masmorras de Oeiras" faz o lacaio falar tudo o que sabe, mas o que sabe não é tanto assim: deviam entregar o pacote a alguém no castelo de Almeida, na Beira Alta, do qual sabiam apenas o primeiro nome. E garantiam ter recebido apenas um aparelho, não dois.

Érico comunica isso ao gabinete do ministro, que decide enviar oficiais para vigiarem os paióis de Almeida, e talvez alguém que substituísse o comando da praça de armas. Mas, de resto, Oeiras manda que continuassem vigiando o palacete da marquesa, mantendo sua velha tática de deixar o inimigo se movimentar para descobrir suas identidades.

Porém Érico tem outros problemas com que lidar agora: é necessário separar o joio do trigo no exército lusitano, algo para o qual sua experiência como soldado fora apreciada pelo Conde Lippe. O alemão mostrou-se criterioso e severo: considerou a maioria dos oficiais portugueses como inúteis e despreparados para o serviço militar, e de um efetivo que se dizia abarcar quarenta mil soldados portugueses, somente sete mil se mostraram aptos ao combate, sendo postos sob comando britânico.

Isso cria um novo problema: não bastando a diferença de línguas e religiões, os oficiais lusitanos que permaneceram no exército descobriram que seus colegas britânicos, de mesmo posto, ganham mais do que o dobro de soldo. A ciumeira tem alimentado atritos, e Érico, por seu sangue anglo-lusitano, e seus modos calorosos e cordiais de brasileiro, é chamado para azeitar aquela engrenagem militar que só parece andar aos solavancos.

Nos arredores de Lisboa, observando ao longe o acampamento militar, Érico cavalga acompanhado por Jacinto, que se impusera como seu secretário pessoal e assistente, a se oferecer para qualquer necessidade — ou a se oferecer, simplesmente —, com uma admiração prestativa e às vezes irritante; e também por Mr. Fribble, que em sua casaca de cor vibrante e chapéu de plumas faustosas, desponta na paisagem como uma borboleta num arbusto de azarve.

— Devo confessar, Érico *darling*, que você nunca deixa de me surpreender — diz Fribble. — Os palcos perdem um grande ator. Em Londres, já havia me acostumado com a diferença entre sua personalidade privada e sua figura pública, o macarôni esnobe e superficial, mas essa *dramatis personae* de capitão casca-grossa é inteiramente nova para mim.

— E qual máscara acha a melhor?

— Honestamente, eu prefiro quando você é você mesmo, mas sei que essa mágica só ocorre quando uma certa pessoa está ao seu lado.

— Ah... — Escutar aquela menção ao seu amor o faz sair do personagem por um momento. — E como ele está? Como vão as coisas em Londres?

— Seu querido Gonçalo? Vai bem, porém com saudades, como é de se esperar. Já Londres vai como sempre, grande e monstruosa. O que tem acontecido? Deixe-me pensar... — Olha para Jacinto com um toque maldoso, e volta-se para Érico. — Ah, houve aquele burburinho na ópera, no Covent Garden. Creio que foi em janeiro...

— Não, esse foi em fevereiro, pouco antes de eu partir. Eu ainda estava lá.

— Que burburinho? — Jacinto se intromete.

— Ah, coisa corriqueira. Parece que dois jovens cavalheiros foram surpreendidos em seu camarote privado, como se diz, "com as calças na mão". Por sorte, quem os flagrou foi um amigo, caso contrário, ao invés de virar assunto das rodinhas de chá dos *entendidos*, a coisa poderia ter terminado na justiça e nos jornais.

— Esses jovens de hoje... como gostam de correr riscos — Érico desconversa. — Onde você escutou essa história? Um passarinho lhe contou?

— Oh, não, não, *darling*. Aquele clube que frequentamos e conhecemos bem calha de ser um antro de fofoqueiras do maior grau.

— Qual era a ópera? — Jacinto quer saber.

— Se não me engano, foi na estreia do novo trabalho de Arne, uma adaptação do Artaxerxes de Metastásio — lembra Fribble. — Está sendo um grande sucesso, o *debut* do castrato Peretti tem sido chamado de...

— Não foi na estreia, foi na segunda apresentação — corrige Érico.

— Como que sabe se... — Jacinto volta-se para Érico, surpreso. — Foi você!

Érico sorri, muito gaiato.

— Para fins de precisão histórica, "com as calças na mão" se aplicaria a Gonçalo; de mim pode-se dizer que fui pego "com a boca na botija" — Érico dá uma piscadela matreira. — Em minha defesa, era uma ária particularmente bonita, de que Gonçalo havia gostado muito na primeira vez que assistimos, e só me ocorreu que agradar meu amado durante a execução da música lhe proporcionaria uma experiência estética mais... completa e prazerosa. Raios, é para isso que se põem cortinas nos camarotes privados, não? Não tenho culpa se um sujeito errou de porta.

Um homem a cavalo vem correndo até eles, com uma mensagem para Érico: estourara uma briga entre soldados portugueses e ingleses no acampamento, e ele era requisitado com urgência para intermediar as partes. Suspira, despede-se dos dois e parte a galope acompanhando o mensageiro, enquanto Fribble e Jacinto, deixados para trás, observam-no se distanciar.

— Como ele é? — pergunta Jacinto. — Digo, o namorado de Érico?

— Gonçalo? Ah, a criatura mais doce e querida da face da terra, meigo e gentil, um coração de ouro. Não há quem não goste dele.

— Hm. Mas tanta meiguice e gentileza deve irritar depois de um tempo — resmunga o rapaz. — Como ele se parece?

— Como um Antinoo que tivesse sido esculpido por Bernini. O ideal de beleza clássico: todo musculadinho, bochechas coradas, olhos azuis como um céu de verão e os cabelos da cor do trigo tostado.

— Urgh. Certo. — Jacinto revira os olhos. — Mas beleza não é tudo.

— Bem, consta que trepam feito coelhos, então é de se supor que haja bastante afinação na cama também...

— Amor não se resume à cama — Jacinto insiste. — Ouvi dizer que ele é um *padeiro*. Que assunto têm para conversar depois? Aposto que esse Gonçalo nunca leu Rousseau, por exemplo.

— Érico detesta Rousseau. Além do mais, ser culto é diferente de ser inteligente. Gonçalo é esperto e viajado, e isso vale tanto ou mais do que somente ter leituras. Há muitos homens de estudo que nunca puseram os pés para fora de sua própria terra, o que não os impede de serem cheios de opiniões e, *darling*, não há coisa mais irritante nesse mundo do que um intelectual de província.

— Certo, ele é o Senhor Perfeição, então — Jacinto cruza os braços, emburrado. — Ainda assim, acho que alguém como Érico não precisaria se contentar com um mero padeiro.

— Tem outra pessoa em mente para ele?

— Eu... não... é que... quando conversei com Érico sobre a dialética de Platão, ele me pareceu bastante satisfeito, eu diria até aliviado, em ter uma boa conversa sobre os assuntos pertinentes da Humanidade...

Fribble revira os olhos e solta um suspiro.

— Ai, *darling*, pertinente é discutir o último penteado da senhora Cornelys no baile, ou o que se vai jantar no clube hoje. Filosofia é objetividade, ou seja, assunto sério, de trabalho, não é vida doméstica. Aliás, não comentei? Gonçalo cozinha — Fribble fala como quem joga a pá de cal: — E cozinha *maravilhosamente* bem, cada prato é um manjar dos deuses. E o senhor, sabe fazer alguma coisa?

Jacinto suspira e desiste, desconsolado.

— Não se preocupe com Érico, *darling* — Fribble tenta consolá-lo. — Ele está de barriga cheia e pau contente, que é tudo o que um soldado como ele quer. Agora, diga cá para o seu bom amigo William Fribble: quais são os *seus* planos para o futuro? Um passarinho me contou que cogita entrar na carreira diplomática...

A Raia crê já ser seguro retornar à sua própria casa, conforme sua saúde melhora e já não precisa mais depender da hospitalidade de sua amiga. Ao entrar em casa, é recebida com festas por seus cãezinhos podengos, senta-se numa *chaise-longue* e os acaricia: meus bebês, meus bebês, sentiram saudade de mamãe? É quando Érico entra na saleta, de chapéu e botas, carregando os alforjes e sua providencial caixa de chá: está outra vez de partida.

— Amadinho, pensei que a coroa te daria um descanso — diz a Raia, estende-lhe a mão para um beijo. — Não estão agora nossas fortalezas seguras?

— Não estou indo atrás de fortalezas. — Toma-lhe pelos dedos e repousa um cortês beijo seco sobre as costas de sua mão. — Estou indo atrás de um elo solto da corrente que, se eu o tiver em mãos, posso incriminar a Marquesa de Monsanto.

— O jogo começou outra vez, então?

— Agora pela última vez. Mais uma vez, obrigado por sua hospitalidade. Sua companhia tem sido um jardim de sanidade nesta bagunça, e não sei o que faria sem você.

— Oh, não, por favor, não me compare a jardins, amado. Muito já escutei que mulheres são como jardins, decoradas e perfumadas. Mas jardins devem ser podados. Eu não nasci para ser jardim ornamental. Nasci para ser parque: espaçosa e alusiva, acolhedora para os iniciados, sombria para quem não conhece meus caminhos. E sempre cercada de veados.

Érico sorri, pede apenas que não se ponha sob riscos desnecessários. E conforme se despedem e ela dá atenção aos podengos, é inevitável que seja assaltada outra vez pela memória.

Pois há coisas que uma menina de catorze anos jamais esquece.

Ela jamais esquece o dia em que saiu às ruas acompanhada da mãe, pois primo António fora outra vez preso acusado de judaizante; jamais se esquece da esposa dele, prima Leonor, a quem elas acompanhavam: frágil no físico e no espírito, mas querendo ver o marido até o último minuto. A má-fé do tribunal da Inquisição, não necessitando de provas, bastou-se em convicções, de nada adiantando apelos de amigos influentes — Alexandre de Gusmão, conselheiro do próprio rei D. João V e amigo da família, a vir até elas desconsolado, dizendo ter feito tudo ao seu alcance pelo amigo, mas mesmo ele nada podia contra a Confraria da Nobreza, tão satirizada nas peças de António. Ela jamais se esqueceria de vê-lo atravessar as ruas em procissão, vestindo um sambenito com o desenho de chamas bordadas; não esqueceria dos apupos e uivos da multidão enlouquecida pela fé. Disseram-lhes que, para não ser queimado vivo, primo António pediu para morrer na fé cristã, sendo garroteado antes de o fogo ser aceso. E no momento do garrote, o momento em que sua mãe a abraçou e disse para não olhar — mas ela olhou, ela sabia que precisava olhar para nunca esquecer —, viu primo António no topo da fogueira, amarrado à estaca, o garrote sendo apertado ao pescoço, a língua projetada para fora da boca numa careta deformada pela dor, o último suspiro, o corpo amolecido na estaca, e prima Leonor desmaiando ao seu lado. O povo gritava, rostos deformados pelo ódio como máscaras grotescas, ululando em seu ritual cristão de morte e sangue, enquanto o fogo era acesso, crescendo até envolver o corpo de primo António da Silva e enegrecer sua pele numa forma grotesca e cadavérica, o vento criando espirais flamantes que o envolviam e consumiam nas chamas da Inquisição. Décadas depois, quando soube de Lisboa destruída pelo terramoto, não pôde deixar de pensar que Deus estava punindo os portugueses não por lhes faltar religião, mas por tê-la em excesso. Contudo, se conseguia, em seu coração, perdoar o povo pela superstição religiosa a que eram conduzidos pela ignorância, o mesmo não podia dizer daqueles que, para manterem-se no poder, alimentavam essa ignorância. Pois há coisas que uma menina de catorze anos vê e jamais esquece.

E Cláudia da Silva Coutinho de Lencastre, dita A Raia, teria sua vingança.

SEGUNDO INTERVALO

Oh, to see without my eyes,
The first time that you kissed me
Boundless by the time I cried
I built your walls around me
Sufjan Stevens, "Mystery of Love"

Uma forma de lidar com a saudade é manter os hábitos daquele que se faz ausente. É por isso que, ao chegar em casa da padaria, Gonçalo cerca-se do mesmo chá de preferência de seu amado, dos mesmos macarons que o outro prefere, e quase pode sentir sua presença evocada pela memória afetiva, quando se põe a ler as revistas mensais que Érico tanto gosta de ler. Na edição de agosto da *The London Magazine* ("o informante mensal do cavalheiro") procura por notícias da progressão da guerra em Portugal: lê sobre os espanhóis derrotados pelos aldeões às margens do Douro, sobre os ataques de milícias às marchas de retiradas. Sente, naquelas entrelinhas da História, a presença de Érico. Lê também sobre "inauditas barbáries cometidas pelos espanhóis contra os pequenos vilarejos" e dos "assassinatos a sangue-frio", e seu sangue ferve. Comprou também a última edição da *Gentleman's Magazine*, que traz encartado um mapa de Portugal com indicações das terras invadidas, e um artigo de Voltaire sobre os jesuítas — quase pode escutar o modo como Érico, empolgado, leria o artigo traduzindo-lhe o texto —, mas para além disso, o resto da revista parece dedicado apenas ao assunto do momento, o nascimento do bebê real.

É estranho pensar que, poucos meses antes, estavam os dois entrando na embaixada portuguesa ali perto, em South Audley Street e indo direto aos fundos, onde havia uma das poucas capelas católicas da cidade, que se permitia somente nas embaixadas. O capelão emprestou-lhes as chaves, não era horário de missa e não haveria ninguém ali dentro além deles. Gonçalo não sabia exatamente que surpresa seria aquela e Érico, sempre cauteloso, certificou-se de trancar a porta ao entrarem, para evitar qualquer coisa inesperada.

— O que está planejando, Érico Borges? — perguntou-lhe desconfiado, quando o namorado chegou ao seu lado com um sorriso maroto, pegou sua mão e o conduziu até o pequeno altar da capela. — Você não acredita em nada disso, anteontem mesmo no jantar com lorde Struttwell estava bradando que "santos católicos são o politeísmo cristão".

— Sim, é verdade. Não acredito em nada disso, mas você acredita, e eu te amo demais para fazer pouco de algo que sei ser tão importante para você. — Meteu a mão no bolso e dele tirou um par de anéis, duas "memórias de ouro", como então se chamavam no Brasil as alianças trocadas por aqueles que não podiam declarar publicamente seu amor. Aquelas em específico tinham entalhes que simulavam um nó. — Conhece a história do nó górdio? Era um nó que havia numa cidade da Pérsia antiga, tão complexo que parecia impossível de ser desfeito, e se dizia que quem o desatasse governaria a cidade. E então Alexandre o Grande chegou a Górdio, e sabe o que ele fez?

— Ele desatou o nó?

— Não, ele o cortou com a espada. E conquistou a cidade.

— Mas assim não vale.

— O nó pedia para ser desfeito, não dizia como. Uma vez cortado, deixou de ser um nó. A solução de um problema nem sempre vem das regras que ele impõe, mas de enxergar o quadro maior. E você é assim, Gon. Você sempre enxerga o quadro maior. Sempre faz tudo parecer tão simples e natural, você é aquele que desata o nó górdio das minhas emoções. Você me conhece, eu sou fascinado pela pureza ascética dos antigos gregos, mas meu espírito tende ao dramático e ao exagerado. Sou completamente barroco, que talvez seja a coisa mais católica que se pode ser. Já você é o oposto. Você é católico *de fato*, gosta de missas em latim e se sente à vontade nesse... "politeísmo de santos", como eu disse. Mas seu espírito é sereno e centrado, que é a coisa mais neoclássica que se pode ser.

Ao dizer isso, viu que Gonçalo corou, como sempre fazia quando o elogiavam. Mas quando Érico se ajoelhou à sua frente e o pegou pela mão, então entendeu o que era aquilo tudo. Érico continuou:

— Todo meu coração pertence a você, e com você ficará para sempre até o meu último dia neste mundo, pois qualquer que seja a natureza das almas, agora sei que as nossas foram feitas para se complementarem. E aqui, na intimidade que só a nós diz respeito, tendo nossos Deuses por testemunha, eu pergunto: casa comigo?

De olhos marejados, Gonçalo murmurou "sim". As alianças foram trocadas, e o compromisso selado num beijo. Tal qual no nascer dos astros celestes, não houve testemunhas terrenas.

No conforto de sua biblioteca, a memória o acalentou. Voltou sua atenção para as revistas. Sentia a presença de Érico nas entrelinhas das notícias. Lia a História como quem lê um romance de aventuras, exceto que agora, quando ela chegasse ao fim, o herói ficaria com ele.

Terceira Parte
Uma fúria grande e sonorosa

26.

O IMPÉRIO CONTRA-ATACA

ambores.

O sol mal se levantou, e o soldado não acredita no que vê: um exército invasor vindo pela estrada. Ele corre para soar o alerta, despertando o sargento, o tenente e toda a cadeia de comando até chegar ao major-general, que tomava seu desjejum e agora pisca incrédulo:

"Como é?"

"Os portugueses! Os portugueses estão nos invadindo!"

Don Miguel de Irunibeni y Kalanca chegara à cidade no dia anterior, conduzindo o afamado terço de infantaria de Sevilha e se preparando para invadir o Alentejo. Esperava-se uma reação portuguesa, é claro — mas ao norte, onde o Conde de Aranda já adentrava a região da Beira. Além do mais, estão ali em território de Espanha, em superioridade numérica e com muito mais recursos do que os portugueses poderiam dispor.

"Mas não faz nenhum sentido nos atacar aqui", protesta o general, voltando-se para o *agent de liaison* francês que o acompanhava em viagem há alguns dias.

"E por isso mesmo, não estamos preparados", conclui o Visconde de Valmont.

E com um calafrio, Irunibeni lembra que não há barricadas, não há piquetes, nem mesmo guardas de vigia, exceto na praça da cidade. "Soem o alarme", decreta, levantando-se da cadeira agitado e indo chamar seus oficiais.

Deixado sozinho, o Visconde de Valmont sai da caserna e se dirige à muralha, pois quer ver o inimigo com seu próprio olho. Está cansado, quer voltar logo para Paris, a última carta de sua irmã dá conta que o escândalo envolvendo seu filho e a noiva de Volanges foi abafado, mas mesmo assim sente que essa guerra e esses malditos ibéricos lhe esgotam os nervos. Puxa a luneta da casaca e se aproxima da beirada.

O ato espanta uma andorinha, que chilreia em protesto ao levantar voo, passando por cima da igreja de Rocamador e indo além, voando por sobre o telhado das casas e além; abre as asas e plana por sobre a estrada e os campos e os quatrocentos dragões de cavalaria ligeira do general Burgoyne, seis companhias do 3º Regimento de Infantaria, onze companhias de granadeiros portugueses, dois obuses e três canhões leves — além de cem ordenanças portugueses, cinquenta cavalarianos irregulares e uns quarenta aldeões que vinham só pela maldade.

É o dia vinte e sete de agosto. Haverá sangue.

A cavalo, Érico Borges é acompanhado por Jacinto e mestre Ursânio. O palácio pressionara o Conde Lippe por uma ação ofensiva e, enquanto o grosso das tropas espanholas se agrupava em Ciudad Rodrigo para invadir mais ao norte, na Beira, Lippe movimentou os exércitos aliados ao sul, para surpreendê-los em Valência de Alcântara, onde sabe que preparam uma terceira invasão. E após uma marcha forçada de quinze léguas, cruzando o Tejo por Abrantes e vindo por Castelo de Vide e Marvão, os exércitos anglo-portugueses os tomam agora de assalto — se for para pegar os espanhóis com as calças na mão, nada melhor do que penetrá-los de surpresa na Extremadura.

Ante a visão da cidade a ser conquistada, o general Burgoyne, no comando das forças anglo-lusitanas, deixa o sangue subir-lhe à cabeça, saca da espada, atiça o cavalo e invoca o santo padroeiro que une tanto ingleses quanto portugueses: "Por São Jorge!" Érico saca do sabre e também esporeia o cavalo, a acompanhar o general, sangue que pulsa em suas orelhas como tambores de guerra enquanto segue o fluxo veloz da cavalaria de dragões, adentrando as ruas de Valência e murmurando sua prece: salve Atena, temida guardiã das urbes, amante dos feitos de guerra, dos saques às cidades e dos gritos de batalha, protetora dos que vão à guerra e voltam, traga-me felicidade e boa sorte.

Os moradores correm assustados para dentro de suas casas. Janelas e portas são fechadas, enquanto os surpresos soldados do regimento Sevilha saem de rifles em mãos, agrupando-se na praça central. Mosquetes são disparados, mas não são o bastante para contê-los. A vitória promete ser rápida, Érico sente-a perto. Um espanhol dispara contra ele, e a bala passa zunindo por sua orelha, indo espocar na parede de uma casa ao lado. Toca o cavalo para cima do soldado, saca a pistola e dispara, atingindo-o no peito.

— Patron! — alerta mestre Ursânio.

Um oficial da cavalaria espanhola vem a galope na sua direção, de espada em punho. Érico apara o golpe com o sabre e aplica um contragolpe, os cavalos girando ao redor um do outro como numa dança, pisoteando no processo o corpo do soldado caído. Uma seta de besta voa direto no peito do oficial espanhol, que cai com o pé preso ao estribo, e o animal foge galopando e o arrastando junto. Uma sequência de estrondos faz Érico se encolher nos ombros: os obuses portugueses disparam, e balas passam uivando por sobre suas cabeças e a praça central, indo estourar nas muralhas do castelo. O general Burgoyne desce do cavalo de espada em punho e grita para que alguém volte lá e mande a artilharia cessar o bombardeio. Está tomado pelo frenesi de batalha, e não vê que quatro infantes espanhóis o cercam. Puta merda, pensa Érico, o general vai se matar desse jeito, depois os ibéricos que levam a fama de terem sangue quente. Joga o cavalo para cima dos espanhóis, os afastando, e desmonta de sabre em punho. Os espanhóis deixam que se aproxime, para contra-atacarem com suas baionetas. Érico deflete as investidas, mas sua espada curva de cavalaria foi feita para cortar, não para duelar, e uma baioneta inimiga atravessa sua defesa, e sente que a lâmina atravessou sua casaca negra. Érico agarra o cano do mosquete e puxa, fazendo o soldado perder o equilíbrio, e então acerta sua nuca com o cabo da espada. Outra baioneta vem em sua direção, o fazendo desviar e também perder o equilíbrio. Cai no chão, e se vê cercado por baionetas.

— Perros de l'anfierno! Filhos dua puta bielha!

Há um instante de hesitação entre os castelhanos, que não sabem se aquela ameaça vem em português ou espanhol, mas a dúvida se esvai quando mestre Ursânio passa por cima de Érico, um machado em cada mão, ri para os espanhóis e salta sobre ele golpeando como seus ancestrais teriam feito nas auroras do mundo antigo. Um de seus machados estilhaça o cano de um mosquete, o outro rasga a garganta de um soldado — Érico ao chão recebe o sangue deste no rosto, limpa com as costas da mão, pega do sabre e se ergue, juntando-se ao combate. Em pouco tempo, os únicos inimigos a sobrar gritam pedindo quartel, depõem as armas, erguem os braços, e quartel lhes é concedido.

Ao final da tarde, o regimento de Sevilha está aniquilado. As cavalarias ligeiras inglesas patrulham os arredores da cidade, capturando fugitivos e matando quem ofereça resistência. Além do general Miguel de Irunibeni, são capturados diversos oficiais e os três estandartes com as cores da cidade. Ao se encaminharem para o castelo, os anglo-lusitanos comemoram: se os espanhóis tivessem formado aquela terceira frente de invasão no Alentejo, a cavalaria espanhola teria encontrado um caminho livre até Lisboa. Uma séria ameaça fora neutralizada.

Érico, porém, só pensa em uma pessoa. Não fica surpreso ao entrar no casarão no centro da fortaleza e encontrá-lo ali, cercado por oficiais ingleses e portugueses, agradecendo-lhes por sua "libertação". Diz que para ali viera como prisioneiro de guerra, quando os espanhóis se retiraram de Miranda do Douro, mas que agora com essa maravilhosa vitória dos exércitos aliados, sua família economizará a fortuna de seu resgate que... — e então vê Érico literalmente o encarar com sangue nos olhos, gagueja e recua um passo.

Érico perde o controle, afasta os outros oficiais do caminho e avança contra o general Miguel de Bayão, agarrando-o pelas golas da casaca e o sacudindo. Bayão grita por ajuda, mas não antes que Érico acerte vários tabefes de mão cheia no rosto do general: é ida e volta, primeiro as costas da mão e depois a palma, que ecoam.

— Traidor! — grita Érico. — Perjuro! Falso!

— Aqui-d'El-Rey! — berra Bayão, pedindo socorro. — Ele vai me matar, acudam!

São separados. Érico imediatamente se arrepende de seu destempero, que agora dará argumentos ao general. Bayão diz que Érico está louco, destemperado e devia ir preso — o que só não acontece por intervenção do Conde de Santiago, a puxar Érico para um canto.

— Não seja insano, homem! — ralha o conde, um dos nobres estrangeirados que, se não está alinhado com Oeiras, ao menos não lhe tem o ódio mortal que os puritanos devotam ao ministro. — Um capitão acusando sem provas um general? O que espera conseguir disso? Sei que o senhor está cá a fazer serviços secretos para Oeiras, mas lembre-se de que quem trabalha para o ministro nunca está entre amigos, mesmo quando cercado de portugueses.

O Conde de Santiago fala por experiência própria: encarregado da inteligência militar entre os portugueses, vem encontrando dificuldades em conseguir extrair algo dos aldeões. Era de se esperar que, tendo seu país invadido pelos espanhóis, todo camponês seria um espião em potencial das movimentações inimigas. Contudo, os fidalgos e as excelências da região alimentam seu ódio por Oeiras o insuflando no povo, que o tem como herege por ter expulsado os jesuítas, e acreditam que os espanhóis virão libertá-los da tirania do ministro malquisto. Assim, a gente da terra tem se mostrado pouco colaborativa tanto com os "bifes" quanto com os militares portugueses.

O que logo mais se revela trágico.

Mal tiveram tempo de aproveitar a vitória, chegam as notícias: a fortaleza de Almeida caiu em mãos inimigas. Tão rápido? Como é possível, pergunta-se Érico, se ele próprio interceptara o arrasa-quarteirões? As informações chegam desencontradas, mas logo dão um quadro-geral da situação: o governador do forte era um octogenário incompetente chamado Palhares, que recusou todas as sugestões dadas para melhorar as defesas da já combalida fortaleza. Parecia, diziam, à espera de algo que nunca chegava, e julgava-se que isto fosse o enviado da corte que o substituiria. Este, contudo, nunca apareceu. E com a chegada de mais de trinta mil inimigos na região, o velho Palhares pareceu não se importar com as inúmeras deserções que lhe desfalcavam as defesas, mandou que não se disparasse contra o inimigo, e após nove dias de um cerco simbólico, negociou uma rendição tão rápida que surpreendeu até mesmo os espanhóis, entregando a cidade em mãos inimigas e indo se juntar à guarnição portuguesa de Viseu.

Com a queda de Almeida, a ordem agora é recuar de volta a Portugal, enquanto o Conde Lippe move seu quartel-general na Beira Alta para Abrantes, atrás das linhas de defesa do Tejo, onde deverão encontrá-lo. Os estoques de munição e armas de Valência de Alcântara são destruídos por precaução, mas, depois de uma vitória tão rápida e valorosa, não podem sair de mãos abanando. É então combinado que a cidade será deixada intacta em troca de um resgate, no valor de um ano de impostos — e como garantia, o general Irunibeni e seus oficiais serão enviados para Lisboa como prisioneiros de guerra. E alegando que não se sente seguro ali, devido às insânias do capitão Érico Borges, o general Bayão oferece-se para escoltar os prisioneiros de volta até Lisboa — onde espera ser recebido como herói.

— Lo miserable bai se safar assi, patron? — indigna-se mestre Ursânio, tão cedo sabe. — Lo cabresto splodiu nuossa cidade i matou miu filhote! Se lo senhor permitir, falo cun alguns camponeses, dou sumiço ne lo general i yá le corto la cabeça.

— Calma. Precisamos dele vivo, em primeiro lugar — lembra Érico.

Estão os três, Érico, Jacinto e mestre Ursânio, reunidos num canto discreto do castelo, enquanto o exército se prepara para partir. Tira uma carta do bolso da casaca e a confia a Jacinto.

— Tome. Eu e mestre Ursânio seguiremos para Abrantes, para ter com este tal Palhares. Você, vá para Lisboa e procure a Raia. Peça para ela entregar esta carta para meu amigo William Fribble, na embaixada inglesa. Você o conheceu aquele dia, no Paço de Madeira. Não vá direto até Fribble, isso pode levantar suspeitas.

⌐

Ao final daquele dia e antes que se inicie a retirada, o major-general Irunibeni é convidado a embarcar no coche que o levará até Lisboa como prisioneiro, enquanto durar a guerra. Não fica surpreso ao encontrar ali dentro à sua espera o general Bayão.

"Então agora é o senhor quem terá minha custódia, D. Miguel", comenta Irunibeni.

"Uma inversão curiosa, D. Miguel", Bayão responde com um sorriso. "Mas, assim que chegarmos a Lisboa, o senhor verá que sua estadia se dará em condições distintas."

"O que quer dizer com isso?"

"O senhor em breve descobrirá, general."

Contudo, antes de partirem, a porta do coche é aberta e uma terceira figura surge: veste a casaca azul e vermelha de um oficial português, com dragonas de posto de coronel, e o chapéu debaixo do braço. A luz da manhã brilha no único olho bom, pois tem o outro protegido por um tapa olho. O Visconde de Valmont cumprimenta os dois generais com um leve meneio.

"D. Miguel", saúda ao primeiro, "e D. Miguel", saúda ao segundo, subindo no coche e juntando-se a eles. "Para todos os efeitos, a partir de agora é melhor me tratarem por Teixeira."

"Quem é Teixeira?", pergunta Bayão.

"O nome do oficial que usava esta casaca, suponho. Faz diferença? Está morto agora", diz Valmont. "Mas vejam os senhores: há revezes que vêm para o bem, e creio que os próximos dias serão uma oportunidade para... como direi? Ajustarmos os ponteiros dos nossos relógios.

27.

COMENDO PELAS BEIRAS

A Marquesa de Monsanto não está contente.

Ela encara o olho bom do Visconde de Valmont com a irritação de uma surpresa inesperada. Da última vez que o vira seus países ainda não estavam em guerra, e não esperava revê-lo antes que a paz fosse selada — ou melhor, que Portugal capitulasse. Não gosta da ideia de recebê-lo em sua casa, mesmo se em companhia do general Bayão e do cativo espanhol, o tal general Irunibeni, que nunca viu antes na vida. Mas a chegada deste à corte, na qualidade de prisioneiro de guerra, significa que deve ser hospedado em local à altura de sua condição de fidalgo e Grande de Espanha.

Por sugestão de Bayão, convencionou-se que a marquesa poderia oferecer-lhe residência à altura. E ela não gosta de se ver pressionada a seguir planos que não sejam os seus. Não gosta de surpresas e, principalmente, não gosta da possibilidade de ser associada a qualquer um daqueles três homens, cujas ligações com ela tanto se esforçara para manter ocultas.

"Há males que vêm para o bem, minha querida", diz Valmont, falando em francês. "Não esperávamos o ataque surpresa em Valência."

"Que não teria ocorrido, suponho, se os espanhóis tivessem tomado Almeida mais cedo", diz a marquesa, servindo-se de chá.

"Tarefa para a qual solicitamos sua ajuda, ainda em fins de junho", lembra Valmont. "Mandamos uma mensagem ao general, em Valência. Se Almeida tivesse caído mais cedo..."

"O mensageiro nunca chegou a mim", defende-se o general Bayão.

"Não? Mas soube que a marquesa despachou um dispositivo para Almeida."

"Porque sou precavida", explica ela. "Já havia mandado fabricar mais dois, e quando soube do fracasso espanhol no norte, tomei a iniciativa. Agora não tenho certeza se conseguiria suportar outro catálogo de vossas incompetências."

O general Irunibeni, que vinha se mantendo quieto até então, tentando entender onde ou no que o haviam metido, protesta: "Isso é uma injustiça, minha senhora! Não admito!"

"Não admite?", a marquesa repete com um sorriso, brincando com a expressão como se fosse uma novidade curiosa, e o faz sem nunca elevar o tom de voz. "Não admite! Perdoe minha insolência, general. Julgava que uma fortaleza caindo aos pedaços, com um regimento de novatos e comandada por um velho de oitenta anos não fosse um desafio instransponível para as hostes coligadas dos Bourbons. Mas, oh, sou apenas uma mulher, que sei eu dos negócios da guerra?"

"Ainda assim, o dispositivo nunca chegou às mãos do velho Palhares", lembra o Visconde de Valmont. "Ele terminou por render a si e à cidade pessoalmente, sob termos de não ser feito prisioneiro."

"Ah, isso é verdade?", uma confusão sincera percorre o rosto da marquesa. "Por que eu não soube disso? E onde está o velho governador Palhares agora?"

"Pelo que soube", diz o general Bayão, "juntar-se-ia à guarnição de Viseu. Mas não duvido que será posto numa masmorra tão cedo a notícia chegue aos ouvidos de Sebastião José."

A marquesa toma um gole de chá e põe a xícara de lado, garantindo que cada problema será resolvido por sua vez, e lidará com o velho Palhares da forma mais prática. Quanto à situação da presente guerra, não é seu desejo ver-se numa cidade sitiada, mas a tomada de Lisboa será questão de tempo. Contudo, quantas vidas poderão ser poupadas da morte em batalha, se houver um modo de acelerar o fim da guerra? Afinal, mais importante do que ter um exército, é a necessidade de mantê-lo. Logística é tão importante quanto estratégia. Os homens precisam comer, as armas precisam de munição. Sem logística, o exército passa fome, adoece, enfraquece. Foi o que ocorreu no Trás-os-Montes, quando os camponeses cortaram as linhas de abastecimento de Sarriá.

"Mas Lisboa pode ser abastecida pelo mar", lembra Bayão.

"Sim. Mas, para isso, tem de haver uma Lisboa."

Os três homens encaram confusos a marquesa.

"O que a senhora quis dizer com isso?", pergunta o general Irunibeni.

"Quero dizer, general, que Portugal não pode lutar duas batalhas ao mesmo tempo. Há que se fazer escolhas. Se algo como o terramoto ocorresse de novo, nesse momento, não haveria recursos o bastante para cuidar dos aflitos de um lado e batalhar contra espanhóis do outro. E a liderança de Sebastião José não se põe à prova somente nos Negócios Estrangeiros, mas também em sua menina dos olhos, que é a nova baixa."

"O que a senhora está sugerindo, marquesa?", pergunta Valmont.

"O ímpeto da tempestade, visconde. Estou sugerindo nada menos do que isso."

"Mas... a capital!", Bayão hesita. "Quantos seriam..."

"Na nova baixa? Comerciantes, escravos, gente pequena... ninguém de enlevo. Ora, não me olhem assim. Eu acredito em Deus, na misericórdia e tudo o mais. Não estaríamos machucando a alma de ninguém com isso. Não estão cá a perder grandes coisas, os pobres coitados", ao que acrescenta, com um toque de genuína piedade: "Os mortos serão sempre mais felizes mortos."

O general Irunibeni não está contente.

Tudo o que ele queria era subir no seu cavalo, apontar a espada para o horizonte e liderar os exércitos de Espanha nas glórias de batalha. Mal chegou a Valência, se viu alvo de um ataque surpresa que destruiu seu regimento. É da vida, acontece. Porém, mal pôs os pés em Lisboa, e foi parar no meio de uma conspiração que planeja literalmente explodir a capital. Da panela para o fogo! Que espécie de loucura acomete o mundo? À noite, ajoelha-se frente à cama e pede aos céus para zelarem por seu fiel servo, enviando-lhe o anjo que o tire dessa confusão.

No dia seguinte, é visitado por uma comitiva de ingleses e portugueses, que vem oficializar sua condição de prisioneiro de guerra, em troca da entrega de uma "carta de liberdade condicional", onde jura por sua palavra de honra que não tentará fugir. Na saleta de chá do palacete, onde se encontra sua anfitriã, a marquesa, estão presentes como membros da comitiva o mesmo general Miguel Bayão que, quando o encontrou em Valência, vivia num conforto tal como se estivesse na própria casa, e de resto a comitiva é composta por membros da aristocracia portuguesa e do estafe da embaixada britânica. Dadas as múltiplas nacionalidades, conversam todos em francês, trocando impressões cordiais entre xícaras de chá e doces oferecidos pela marquesa.

É quando Irunibeni percebe que, dentre os ingleses, um em especial o encara com insuspeito interesse, se destacando dos demais pelo intenso colorido de suas vestes — casaco e calça de veludo cor de damasco, colete de cetim branco bordado a ouro, um rico diamante solitário pendente de uma fita no pescoço e presa à bolsa da peruca, franzidos e babados ornados em profusões de rendas de cambraia, e usando meias de seda rosa enroladas sobre os joelhos, atadas por ligas de ouro, e carregando debaixo do braço um chapéu ricamente bordado, margeado de plumas brancas. Foram apresentados, mas não gravara o nome de todos ali. Então o peralvilho, que apoia o cotovelo no braço da cadeira e segura o queixo com a mão esquerda, faz um gesto rápido em que vira e desvira a mão, de modo que Irunibeni percebe nela um bilhete.

Como está um ótimo dia de sol, o embaixador Hay sugere um passeio pelos jardins. Todos se levantam e se dirigem para a porta, mas o peralvilho, quando o faz, se posiciona atrás de Irunibeni e puxa o chapéu que o general leva debaixo do braço, atirando-o de volta sobre uma poltrona.

"Volte para buscar", murmura Mr. Fribble, ficando por último.

O general olha rápido para o chapéu, para Fribble e para os que já se vão pela porta, e sai apressado atrás deles. Fribble o aguarda com calma, apoia o cotovelo num plinto, avalia o estado das unhas, quando o general regressa, tão atabalhoado quanto saíra.

"D. Miguel", murmura Fribble, "serei breve pois não quero que seus anfitriões suspeitem. A carta é de Sebastião José, o Conde de Oeiras. Ele promete sua segurança em troca de colaboração. A Marquesa de Monsanto e o general Miguel Bayão são traidores que conspiram contra o rei. Disso já sabemos. Não sabemos é como, quando e onde irão atacar. O senhor foi derrotado em batalha de forma justa, general, e de modo a não depor contra sua reputação, pois não teve tempo de reagir. Não vá manchá-la tomando parte numa intriga que jogará seu nome nas páginas da infâmia. Agora, não há subterfúgio que justifique lhe fazer visitas diárias sem levantar suspeitas." Estende-lhe a mão. "O senhor irá me entregar a chave de seu quarto, e providenciarei uma cópia em duas horas. Isso permitirá que um criado da casa tenha acesso aos seus aposentos, onde o senhor deixará, na gaveta da cômoda, um relatório diário do que acontece nessa casa. Ele fará com que essas cartas cheguem até nós, e deixará qualquer instrução que julguemos necessário enviar-lhe por escrito."

Atordoado pelo torvelinho de acontecimentos onde entrara de gaiato, Irunibeni não hesita: tira do bolso a chave de seu quarto, e a coloca nas mãos de Fribble. Talvez os céus tenham atendido suas preces e lhe enviado um anjo salvador, afinal. Não esperava que esse anjo viesse no último grito da moda, de maquiagem carregada e peruca ultrajante, mas não questiona a graça recebida.

Érico Borges não está contente.

De pé, dentro de uma cela nas masmorras do castelo de Abrantes, ele contempla o corpo do velho Palhares, estendido sobre o catre. O carcereiro está surpreso: da última vez que viu o velho, ao meio-dia, ainda estava vivo. Palhares viera de Viseu havia poucos dias, sendo preso na chegada. Érico queria tê-lo interrogado antes, mas no grande jogo de xadrez que Portugal e Espanha jogam, a movimentação das tropas o tem levado sempre para outros lados, conforme o Conde Lippe as movimenta de um canto ao outro, enquanto cidades e vilas seguem caindo em mãos inimigas uma a uma — Alfaiates, Castelo Rodrigo, Penamacor, Monsanto — sem que nenhum disparo seja feito. Algumas dessas vilas, mesmo com pequenas guarnições, poderiam sustentar dez dias de cerco cada, o que teria ajudado a ganhar tempo e deter o avanço espanhol.

Tão logo chegou a Abrantes, Érico se dirigiu à masmorra. O arrasa-quarteirões interceptado em Lisboa era destinado a Almeida, e suspeitava que o velho Palhares fosse o destinatário. Pretendia interrogá-lo a respeito, mas fosse qual fosse a verdade, agora leva o segredo para o túmulo.

— Disse que o viu vivo ao meio-dia — pergunta ao carcereiro. — O que aconteceu?

— Não faço ideia. Vim lhe trazer o jantar, que ele comeu com gosto. Não o vi mais depois.

Érico olha para a mesinha ao lado do catre, e nota uma caixinha de madeira aberta.

— O que havia nessa caixinha?

— Nada de mais, capitão — garante o carcereiro. — Nós verificamos antes de lhe entregar. Eram apenas alguns pastéis de nata, um mimo que lhe chegou da corte ainda ontem. Ele disse que ia guardar para comer depois, junto do jantar. Talvez tenha lhe caído mal, não sei. Sabe como é estômago de velho. Sinceramente, capitão... ele já passava dos oitenta. Não ia durar muito mesmo.

Érico solta um resmungo resignado: sem testemunho, não há provas. E ainda precisa se reportar ao alto-comando. Sai das masmorras para o pátio do castelo, e entra no prédio principal. Espera até ser anunciado e, com o chapéu debaixo do braço, entra na sala onde Frederico Guilherme Ernesto, Conde de Schaumburg-Lippe, olha com desalento para o mapa de Portugal. Lippe é um homem alto e magro, o rosto longilíneo com os ares patrícios de um senador romano. Alguns políticos e militares, Érico já percebera, quando não experimentados em combate, possuem os ares graves e antipáticos da autoimportância; mas o Conde Lippe, pelo contrário, tem o tom resignado e quase caloroso de quem, por experiência, se atém ao senso prático.

"Ah, capitão Borges. O herói do Porto. Obteve sucesso em sua missão?"

"É cedo ainda para dizer, Vossa Graça", responde Érico. Nos últimos dias, percorrera a região junto de batedores, fazendo reconhecimento do terreno, alertando os camponeses para não deixarem nada para trás que pudesse ajudar os espanhóis. "As chuvas estão dificultando o avanço inimigo, mas pelos avistamentos que se fez de tropas, é seguro dizer que Salvaterra do Extremo foi capturada.

Lippe olha o mapa de Portugal à sua frente e suspira, passando a mão pelo rosto.

"O senhor tem alguma boa notícia para me dar, capitão?"

"Bem, Vossa Graça... o inverno logo estará chegando."

"E isso é bom?"

"Para nós, creio que sim. A província da Beira é ainda mais agreste que a de Trás-os-Montes, mal há estradas, a comida terá de vir por linhas de abastecimento direto da Espanha, que milícias e terços de ordenanças poderão facilmente atacar. Sem comida, haverá fome. E, quando o inverno chegar, ele trará as chuvas, e os soldados adoecerão."

"Guerra, Fome, Peste e Morte. Para que isso aconteça, é preciso segurá-los até o inverno. Estamos em desvantagem numérica, capitão, e precisamos evitar a todo custo o confronto direto. O conhecimento do terreno será essencial na nossa estratégia. O senhor joga xadrez?"

"Sou mais afeito às cartas do que aos tabuleiros, Excelência."

"Compreendo. Aqui, por obséquio, veja este mapa."

O Conde Lippe indica-lhe o mapa sobre a mesa à sua frente. Uma peça de xadrez, o rei, marca a posição de Lisboa, o objetivo final do inimigo. A capital do reino está bem protegida na ponta da península da Extremadura, tendo de um lado o Atlântico, e do outro a foz do Tejo, que sobe até a fronteira. Desse modo, Lisboa só é acessível por terra ao norte da península, onde as serras fornecem proteção natural, posição que ele marca com torres de xadrez. Lippe acredita que a estratégia espanhola seja cruzar o Tejo à altura de Vila Velha, algo que já fizeram décadas antes, na Guerra da Sucessão Espanhola. Se isso ocorrer, entrarão no Alentejo, cujas planícies não oferecerão resistência até que cheguem à foz do rio em Almada, onde poderão montar cerco e bombardear a capital. E, antecipando esse movimento, posicionou ali duas peças de cavalos: o regimento do Conde de Santiago ao norte de Vila Velha, e o do general Burgoyne ao sul, bloqueando assim a passagem do rio.

"Isso deixará Aranda com somente duas opções", diz Lippe. "A primeira será voltar para a Espanha e cruzar o Tejo em Alcântara, o que não creio que ele faria, pois será visto como desonroso recuar diante de forças inferiores como as nossas. A outra opção será seguir direto para Lisboa, por aqui", aponta a área entre os rios Tejo e Zêzere, "onde as colinas possuem declives agudos a leste, de onde vem o inimigo, mas suaves a oeste, o nosso lado. Isso dificultará o avanço deles, enquanto nos organizamos aqui, em Abrantes. Para que escolham esse caminho, estou posicionando tropas aqui e aqui", aponta o mapa, "fechando passagens e deixando outras abertas. E de Abrantes, não passarão", garante, batendo o dedo com insistência no mapa. "Pois, se Abrantes cair, não haverá nada entre os espanhóis e Lisboa."

"Não se preocupe, senhor. Vamos comê-los pelas Beiras", brinca Érico.

O Conde Lippe o encara confuso, sem entender o chiste. Seja pelo temperamento alemão ou porque falam em inglês, onde o trocadilho com "beiras" se perde, o toma de modo literal.

"Eu soube de atos de selvageria cometidos por ambos os lados nessa guerra, capitão, mas espero que não se chegue a tanto. Não somos os tupinambás de vossa colônia."

"Na-naturalmente, Vossa Graça, eu não... digo... com sua licença, Sua Graça", e se retira, sentindo-se ridículo e jurando para si mesmo nunca mais fazer trocadilhos em outra língua.

28.

O XADREZ DE LIPPE

etembro acaba e o outono começa. A isca é mordida: os exércitos espanhóis que invadiram a Beira, vendo a travessia do Tejo dificultada, avançam em direção ao rio Zêzere. A certa altura, o Conde de Aranda cansa dos ataques de milícias e percebe as dificuldades do terreno, acha que aquela brincadeira já foi longe demais e muda de planos. Decide-se pelo confronto direto, e põe-se a marchar contra a cidade de Abrantes.

Mas Lippe também previu isso. E enquanto vê os espanhóis esticando suas linhas de suprimentos ao avançarem, despacha o regimento de cavalaria do tenente-general Towshend para o norte. Towshend avança pela margem esquerda do Zêzere numa longa e cansativa marcha de duas semanas pela Beira Alta, até se unir com outro regimento, comandado por lorde Lennox. Juntos, dão a volta por trás das fileiras inimigas e chegam a seu objetivo: à altura de Sabugal, onde, depois de derrotar uma pequena escolta francesa, tomam posse de um comboio de mulas abarrotadas de comida e munições, que teria sustentado os espanhóis ao longo do mês.

Garfo de cavalo, dirá o enxadrista.

É quando o Conde de Aranda olha ao redor e vê que, tendo trazido seu exército para o centro de Portugal, seus caminhos estão bloqueados por rios e montanhas. Portugueses e ingleses já ocupam as melhores posições estratégicas, não há comida nem munição para manter essa brincadeira por muito tempo, e já começa a chover. No xadrez, a posição *zugzwang* é quando cada peça está em sua melhor posição, mas a obrigação de fazer uma nova jogada a piora.

É atacar ou recuar. E ele ataca.

～

Dois de outubro. Érico está em Nisa, onde observa o tenente-coronel Francisco Xavier do Rêgo ser amarrado a um poste, ter os olhos vendados, e ser-lhe perguntadas as últimas palavras. Engenheiro encarregado das defesas de Vila Velha do Ródão, consta que, ao saber da aproximação inimiga, largou tudo e desertou apavorado. Veio dar naquela cidade ao sul do Tejo. Dali, escreveu ao Conde Lippe dizendo, em sua defesa, que se fez o que fez foi somente para buscar novos pedreiros, pois os seus o haviam abandonado. Mas contra ele, depôs o testemunho geral de que era bastante ignorante e de gênio assustadiço. Érico tinha sido enviado a Nisa para entregar ao general Burgoyne as ordens do Conde Lippe: de que todos os desertores devem ser executados.

O homem chora, diz não ter culpa, jura por sua inocência e pede para mandarem um recado aos filhos. Preparar. Apontar. Fogo. É atravessado por balas que fazem seu corpo se agitar numa rápida convulsão, e então amolece. Érico respira fundo, fecha os olhos e tem um estremecimento. Não consegue evitar nutrir certa empatia pelo executado — afinal, por que está aqui, no meio dessa loucura de sangue e pólvora, quando poderia estar em casa? O que o impede de pegar suas coisas, correr para o porto mais próximo, e embarcar de volta a Londres?

Honra. Talvez seja isso. Quaisquer que sejam os Deuses que o observam, ele precisa ser digno ante seus olhos; se não houver Deus algum, precisa ser digno a si mesmo. Não teria coragem de encarar

Gonçalo outra vez, de receber aquele olhar de admiração que tanto o aquece, sabendo ser uma farsa. De ser indigno. Não conseguiria olhar a si mesmo no espelho. Talvez Gonçalo tenha razão. Talvez ele goste da sensação do perigo iminente, que desperta nele uma objetividade e clareza que não possui no resto do tempo.

— Patron, lo que stá acuntecendo? — alerta mestre Ursânio.

Érico é arrancado de seus devaneios pela agitação ao seu redor. Estão na margem sul do Tejo. No dia anterior, vieram a notícias de que os espanhóis ocuparam Vila Velha de Ródão, na margem oposta do rio, e que o general Burgoyne deveria permanecer ali, na margem sul, para evitar qualquer tentativa de travessia. Mas agora os sargentos estão arregimentando seus homens com gritos apressados. Encontra um oficial da cavalaria ligeira e pergunta o que está acontecendo. Os espanhóis estão chegando?

— Não, ao contrário, nós é que estamos indo — diz o oficial. — Algo os atraiu para fora da vila, e deixaram pouca guarnição. Burgoyne quer pegá-los de surpresa.

Ataque de espeto, diria o enxadrista. Érico encara mestre Ursânio, sem saber para onde ir. Quer ser útil, mas sua condição como agente do gabinete secreto de Oeiras o coloca numa posição nebulosa, ao mesmo tempo dentro e fora da hierarquia tradicional. Enquanto a cavalaria ligeira e os batalhões de infantaria se organizam, ele não sabe exatamente onde se encaixa.

— O que o senhor acha, mestre Ursânio?

— Mira, patron... se bai tener beile, nun bamos quedar de fura.

Vão. Na manhã seguinte, as forças do general Burgoyne — cem granadeiros portugueses, duzentos infantes ingleses e cinquenta dragões de cavalaria ligeira — chegam à beira da margem sul. Agora é preciso cruzar o rio com discrição, e eles próprios já haviam destruído todos os barcos e as balsas da margem, semanas atrás. O general manda os engenheiros construírem uma balsa, e um granadeiro português, do 2° regimento de infantaria de Cascais, é voluntário para cruzar o rio com uma corda amarrada ao corpo, de modo a facilitar a travessia.

Da margem, Érico vê o homem atravessar o Tejo a nado, chegar ao outro lado e amarrar a corda numa velha estaca de atracação, feito um Leandro moderno. O feito é comemorado silenciosamente na margem sul com sorrisos de dentes cerrados e punhos fechados. Mas, ao refazer o caminho, o heroico granadeiro vê sua força se esvair ao entrar num embate contra as traiçoeiras correntezas submersas do rio. Sua mão escorrega da corda que ele mesmo ajudara a fixar, o Tejo o engole tão rápido que ninguém entende o que está acontecendo, e quando passado algum tempo, não reaparece nem é mais avistado em parte alguma das águas, o temerário se torna o inevitável.

Os homens tiram seus chapéus em deferência, e enquanto a balsa é preparada, alguns se reúnem para uma oração. Érico não se junta a eles. Em sua crença pessoal, acredita que o rio exigiu um sacrifício pela passagem, e a oração que pede é um pouco diferente. Une as mãos e murmura: "Salve Tágides, ninfas grandíloquas e correntes, feliz aquele que é amado por vós; guiem essa alma aos Campos Elísios, e dai-nos em batalha uma fúria grande e sonorosa."

~~

Cinco de outubro.

Um rapaz se levanta, busca o chapéu e o mosquete, espana o feno grudado na casaca branca, e sai daquele estábulo abandonado. Vai se juntar aos homens que, ao redor de uma fogueira, aquecem água para um chá. Não há moradores na cidade, que parece ter sido abandonada às pressas. Num canto, seu sargento lê distraído o *Lazarilho de Tormes*, enquanto alguém lhe alcança um prato de mingau morno. Então a terra estremece num ribombo. *Que pasó?* Olham uns aos outros, e logo reconhecem aquele silvo cortante rasgando o céu feito as harpias de Virgílio. Não há tempo para esboçarem reação alguma: a bala de canhão cai ao lado da fogueira, arrebentando pernas e braços. Os espanhóis gritam: estão sendo atacados.

A surpresa leva ao pânico, e os homens correm para todo lado sem saber para onde ir. O chão vibra no tremor crescente de uma carga de cavalaria se aproximando e cercando a cidade. Mendoza, o general espanhol, sai de uma casa gritando comandos aos seus homens e tentando impor ordem naquele caos. Deixa o sangue quente comandar seu braço, saca a espada e confronta a torrente de granadeiros portugueses avançando pelas ruas e o engolfando feito uma onda do mar contra um rochedo. Quando os soldados lusitanos passam, o que resta do general está morto ao chão.

Movimento de captura en passant: em poucas horas, Vila Velha é reconquistada, mais de duzentos espanhóis são capturados, incluindo os oficiais, junto de sessenta mulas e seis peças de artilharia, que o general Burgoyne manda destruir junto da munição inimiga. Por que os espanhóis haviam deixado aquela posição estratégica tão mal protegida? Isso descobrem só alguns dias depois, conforme mensagens são trocadas. Pois, mais acima deles no mapa, outra jogada se desdobra no tabuleiro do Conde Lippe.

Ao norte dali, estava o regimento do Conde de Santiago guarnecendo as montanhas. Os franceses e espanhóis, no intuito de cercá-lo, haviam partido com dois grandes regimentos para circundá-lo e isolá-lo — com isso deixando Vila Velha com apenas uma pequena guarnição, que Érico vê ser facilmente derrotada.

Já o Conde Lippe, assim que fica sabendo que o Conde de Santiago está sob cerco nas montanhas, despacha reforços sob comando de Loudon. E combinando suas forças com as de Santiago, o inglês e o português repelem as tropas franco-espanholas — que agora já não têm mais para onde voltar.

Dias depois, Érico está de volta ao quartel-general de Lippe. Quaisquer que tenham sido as razões que o trouxeram para o centro do tabuleiro, não depende mais dele nenhuma jogada, e as mensagens de Lisboa são mais preocupantes: a Confraria da Nobreza se movimenta e desperta atenção, também estes já perdendo o controle sobre qualquer jogada que tivessem planejado na guerra. E Bayão está à solta pela corte. Por mais que confie em seus amigos, sabe que é lá que deve estar agora. Comunica sua partida ao alto-comando, e junto de mestre Ursânio, regressa a Lisboa.

Em seu quartel-general, debruçado sobre mapas, o Conde de Aranda é informado de que os ingleses e os portugueses não só derrotaram seus homens nas montanhas em Alvito da Beira, como também acabara de perder a posição estratégica sobre a margem norte do Tejo. Em seguida, vem também a notícia de que, na Beira Alta, o comboio com as provisões do mês foi capturado. Em Abrantes, Lippe pode estar em inferioridade numérica, mas tem o Tejo de um lado e o Zêzere de outro, de modo que, se Aranda avançar, expõe sua retaguarda: *posição de cravadura*, dirá o enxadrista. O espanhol percebe que suas linhas de abastecimento e comunicação foram cortadas pelas milícias campesinas. Os portugueses queimam as próprias plantações, e as estradas estão destruídas. Bate o desespero: para onde ir, o que fazer? Os soldados estão famintos, falta ração para os cavalos, e para piorar, começa a chover. O exército espanhol aos poucos se transforma numa sinfonia de tosses e estômagos roncando. É um impasse.

Ou um *xeque perpétuo*, dirá o enxadrista.

29.

OLISIPO

— Amadinho! De volta, enfim?

A Raia, já vestida em *gran toilette*, toma chá, quando Érico entra na sala de merendas da casa.

— "Uma vez mais para a brecha", amiga — diz, tomando sua mão e nela depositando um beijo. — Pergunto-me se este seu "primo distante" pode voltar a ser alvo outra vez de sua hospitalidade, e ocupar o mesmo quarto de antes.

— Naturalmente! Bem, não o *mesmo* quarto, temo que outro hóspede o esteja ocupando agora. Seu amigo, o cavalheiro William Fribble, da embaixada britânica, está hospedado conosco. A casa do embaixador Hay seria muito indiscreta, dadas as necessidades desta nossa pequena "operação secreta". Creio que esteja dormindo ainda. Diga-me, teve sucesso em sua missão?

— Confesso que não tanto quanto vocês pareceram ter com a sua. Preciso que me coloquem a par de tudo o que descobriram, para me reportar o quanto antes a Oeiras. Aliás, onde está meu "assistente"? Onde está Jacinto?

— Ah, sim... — ela sopra o chá. — Quanto a isso...

Érico sobe as escadas e bate à porta. Não aguarda pela resposta e já entra no quarto e puxa a cortina do dossel. William Fribble está sentado na cama com as costas apoiadas em dois travesseiros de penas, entre o emaranhado dos lençóis, vestindo apenas calções da mais fina cambraia. Tem o joelho dobrado ao peito, e com uma mão segura o exemplar do *Satyricon* de Petrônio apoiado contra o joelho, e com a outra acaricia os cabelos morenos de seu *beau*, única parte visível de Jacinto pois, de resto, este se encontra coberto pelos lençóis. É a primeira vez que Érico vê Fribble sem peruca ou maquiagem, desprovido de qualquer afetação, e não consegue deixar de pensar que, mesmo estando quase nu, não há alteração nenhuma em sua autoconfiança, nem um pingo a menos de segurança. Ainda está para nascer alguém mais confortável consigo próprio do que William Fribble.

— Ah, Érico — Fribble sorri. — Como estavam as coisas lá por Abrantes?

— Pela hora da morte. Vamos, preciso que me ponha a par de tudo o que ocorreu aqui, tenho de me reportar no paço o quanto antes.

Fribble larga o *Satyricon* na mesinha de cabeceira, sussurra algo no ouvido de Jacinto, que grunhe e levanta a cabeça, com o cabelo despontando para todo lado. Murmura um "bom dia" sonolento enquanto rola para o lado, senta-se na cama e olha ao redor como se estivesse tentando lembrar onde está ou que dia é hoje, mais dormindo do que acordado. Nos ombros, exibe as marcas vermelhas de mordidas e chupões, onde passa a mão e olha com certa satisfação. Levanta-se, dá conta da presença de Érico com um leve sorriso constrangido e um dar de ombros, pede licença e sai andando nu pelo quarto, até a porta que dá para o cômodo contíguo, desaparecendo por trás dela. Érico coloca a mão na cintura e estala a língua num muxoxo de desaprovação.

— Quanta libertinagem!

— Disse a virgem do bordel — Fribble boceja. — O moço estava em chamas, sou bom cristão e ajudei a apagar o fogo.

— A cacetadas.

— Todos já tivemos dezoito anos, *darling*, você sabe como as coisas são nessa idade. Aliás, pelo que me consta, o senhor passava no rastelo o Brasil de norte a sul.

— Injúria! Quem lhe contou isso? Eu com dezoito anos estava no meio de outra guerra, apaixonado pelo meu melhor amigo, que nem sequer era fanchono.

— Quem nunca, *darling*? Agora, se puder me fazer a gentileza... — boceja. — Dá trabalho ficar em meu habitual estado fabuloso. Pode chamar os criados para mim?

— Claro. Eu o espero na sala de chá.

⌒

Um banho, um barbeiro, escolhem-se sapatos, escolhe-se casaca, peruca, talco, pomadas, *rouge* e, por fim, perfume borrifado: uma hora depois, Mr. Fribble entra na sala trazendo junto um aroma de menta e lavanda com notas de baunilha. Jacinto desdobra sobre uma mesinha um rolo de papel, com o desenho do risco da nova baixa de Lisboa. A Raia põe Érico a par de seus estratagemas, e de como a união de esforços com Fribble permitiu-lhes estabelecer uma linha de comunicação indireta com o general Irunibeni, que os mantém a par do que ocorre na casa da Marquesa de Monsanto.

— Eis tudo o que sabemos até agora — diz a Raia, indicando o mapa. — A marquesa pretende destruir a nova baixa de Lisboa, e o último arrasa-quarteirões será usado nesse intento.

— Mas para isso, naturalmente, ela precisaria de pólvora — diz Érico. — Muita pólvora. Em Miranda do Douro devia haver umas vinte e sete toneladas. De onde ela tiraria tanto?

— Ah, *darling*... — Fribble senta-se numa das poltronas ao redor da mesinha, e serve-se de chá. — Se tem algo que aprendi em anos de serviço público, é que um pouquinho que some cá, outro pouquinho que some ali, ninguém dá falta. E num país em guerra, com carregamentos sendo levados para cá e para lá o tempo todo? Não será difícil atingir seu intento. O que nos leva à outra questão. Onde ela guardaria tanta pólvora, no centro de Lisboa, sem despertar atenção?

— Sou da opinião de que a meterá onde puder causar o estrago mais grande — diz a Raia, apontando o mapa. — N'algum sítio entre o Rossio e a Praça do Comércio. Aquela mulher é terrível, e se há algo que ela deteste tanto quanto Oeiras, é a burguesia emergente, que está a tomar o lugar da nobreza nos círculos de poder da corte.

A Raia lembra então que os novos prédios são construídos à prova de tremores, tendo como estrutura interna uma engenhosa gaiola de madeira, cuja elasticidade faz com que se adaptem ao movimento, e as paredes são à prova de fogo, subdividindo o teto. Além disso, cada rua principal tem precisos dezoito metros de largura, dos quais três de cada lado são reservados à calçada, e as ruas secundárias, que as cortam em ângulos retos, têm a exata largura de doze metros. Com isso, por maior que seja a explosão, destruiria pouca coisa além de seu ponto central, pois o impacto se perderia entre ruas largas e prédios projetados sob os mais modernos preceitos da engenharia para, justamente, resistir a impactos. A única forma de atingir toda a baixa de Lisboa seria se o impacto fosse canalizado, fazendo com que atravessasse todo o centro, como pólvora no cano de uma pistola.

— Ou nos túneis — Érico conclui.

Fribble, Jacinto e a Raia se entreolham e voltam-se para Érico.

— Que túneis?

— As galerias romanas debaixo de Lisboa.

Os esforços de reconstrução da cidade após o terramoto haviam revelado a existência de uma rede de túneis subterrâneos dos tempos de Roma. Via de regra, poucos foram informados da existência desses túneis, pois o governo ainda não decidira o que fazer deles. Mas com seu apego pela Antiguidade clássica, naturalmente que tão cedo Érico soube de sua existência, buscou um modo de conhecê-los, passeio feito ainda no começo do ano. Inclinando-se sobre o mapa, aponta a entrada com o dedo. Bem no centro da baixa de Lisboa.

Algumas horas depois, Érico está numa casa próxima à Rua de São Julião, junto de Jacinto e mestre Ursânio. A rua foi destinada ao comércio de algibebes e outros vendedores de roupas baratas, mas a descoberta do túnel trouxe a preocupação, por parte do Conde de Oeiras, de que se tornasse sítio oculto de contrabandos, mendigos ou — sua ideia fixa — encontros secretos de jesuítas. A última coisa que queria era ter um Pátio dos Milagres nos subterrâneos de Lisboa ao modo da que se dizia haver em Paris, e era seu desejo que aquela rede subterrânea de túneis se mantivesse oculta.

Há um buraco no chão, fechado com tábuas que eles recolhem. Cada qual pega uma lanterna a óleo, e desce por uma escada talhada na pedra. Ali embaixo, reina um silêncio quebrado somente pelo eco de cada som que eles próprios produzem. As galerias são compostas por sequências de corredores paralelos, abobadados, com cerca de três metros de altura e outros três de largura.

— O que eram esses túneis? — murmura Jacinto, o silêncio do local impondo a mesma reverência que se tem pelos locais santos.

— Termas, talvez?

— Não faço ideia. Olhe isso — aponta a inscrição na parede, onde se lê SACRVM ESCVLAPO M. AFRANIVS EVPORO ET L. FABIVS DAPINO AVG MVNICÍPIO DD.

— "Consagrado a Esculápio" — traduz Jacinto, a voz ecoando pelos túneis — "por Marcos Afrânio Euporio e Fábio Dafino" e... o que significa AVG?

— Augustais — responde Érico. — Uma ordem de sacerdotes nomeados pelo imperador César Augusto para cultuar a si mesmo. Enfim... talvez esse local fosse uma espécie de templo subterrâneo? Não há como saber.

— É triste pensar que tanto conhecimento do mundo tenha se perdido, pela ignorância religiosa do medievo — comenta Jacinto.

— Ye um criptopórtico, patron — intromete-se mestre Ursânio.

Os dois se voltam para ele. Mestre Ursânio aponta o teto abobadado e diz que essas antigas galerias em arco, geralmente subterrâneas, servem para sustentar os prédios na superfície ou nivelar o terreno. Já vira várias dessas, nos subterrâneos de antigos castelos ou mesmo em ruínas antigas. É seu ofício, afinal de contas, e não se tornou mestre de alvenéis à toa.

Aponta o chão: há uma confusão de pegadas indicando claramente muitas idas e vindas, seguindo numa direção específica. Os três seguem nessa direção. Érico não tem certeza, mas nutre a vaga impressão de estar seguindo em direção ao Chiado. Numa parede, Jacinto encontra outros escritos crípticos em latim, e chama os demais. Traz a lanterna para perto, e nota que foram escritos à mão, com tinta, por cima do padrão de mosaico da parede. Mesmo gasto, ainda é possível ler.

— Talvez seja uma charada. Instruções para encontrar uma câmara secreta — sugere Jacinto.

SPECTAS NOS CUM LAVAMUR,

ET QUARE MIHI TAM MUTUNIATI

SINT LEVES PUERI SUBINDE QUAERIS.

DICAM SIMPLICITER TIBI ROGANTI:

PEDICANT CURIOSOS

— "Vós espiais enquanto me banho, e perguntais por que tenho comigo rapazes de... caralhos tão grandiosos" — Jacinto enrubesce e hesita.

Érico se aproxima com a lanterna e termina de ler:

— "A resposta é simples: eles comem o cu dos curiosos." Hm. É só um epigrama de Marcial. Uma velha galhofa romana de banhos públicos.

— Son loucos esses romanos — diz mestre Ursânio.

Seguem adiante. Passam por outra parede com inscrições em latim: DESIDERIVS DOLENS HIC ERAT. Nada de grande consequência. É Jacinto, mais afoito e indo à frente do grupo, que a certa altura para e se vira para eles.

— Ah, Érico... acho que temos cá um problema.

Ergue a lanterna e ilumina um enfileiramento de barris de pólvora, encostados à parede do túnel, que se estende perdendo-se na escuridão de um lado ao outro, e que provavelmente corta toda a extensão da nova baixa, do Róssio à Praça do Comércio. Se havia necessidade de uma prova concreta para justificar meses de desconfianças, agora tudo está reunido ali. Basta colocar soldados de prontidão na entrada do túnel, e falar com o Conde de Oeiras.

— I lo que fazemos agora, patron? — pergunta mestre Ursânio.

— Agora encerramos esse jogo.

30.

A VINGANÇA DE ANTÓNIO JOSÉ DA SILVA

Ela gira a colher com calma pelas bordas da xícara, até dissolver por completo o torrão de açúcar, e então a entrega a D. Irunibeni, que agradece. O general se mantém num constante estado de ansiedade, como se a esperar que um canhão estoure a qualquer momento. A Marquesa de Monsanto pergunta se sua estadia tem sido agradável, ao que o general grunhe que sim, muito agradável, enquanto olha distraído para a porta que dá para os jardins. A porta oculta por um painel de espelhos se abre, e entra o lacaio trazendo um cartão numa bandeja, oferecendo-a ao general.

"O senhor aguarda visitas, general?", ela pergunta, desconfiada. Ele grunhe uma resposta. A porta é aberta outra vez, e entra um jovem que D. Liberalina nunca viu antes: um rapaz moreno e de compleição atlética, vestindo uma elegante sobrecasaca cinza de bordados em fios de prata, botões trespassados e um lenço negro no pescoço. Traz o chapéu debaixo do braço esquerdo, a espada na cinta e calça botas de cano longo. Após cumprimentar o general Irunibeni, volta-se para a marquesa e faz um salamaleque.

— Dona Liberalina, permita que eu me apresente: sou o capitão Borges. Érico Borges.

— É um prazer, capitão. Venha, fique à vontade — indica-lhe o espaço vago no sofá, ao lado de onde o general se sentara. — O senhor está em visita oficial ao general?

Ele se senta.

— Não, senhora marquesa. Vim para conversar com a senhora.

— Comigo? E que assunto teríamos para conversar?

— Livros, minha senhora — diz Érico. — Eu estive lendo uma obra muito interessante, creio que a senhora a conheça: a tradução de Galland para o *Livro das mil e uma noites*. — Nota que, aos poucos, a expressão no rosto dela muda de um sorriso falso para uma carranca de ódio. — Há uma história de que gosto muito, a do pescador e do gênio. Vocês conhecem? O senhor conhece, general? É sobre um velho pescador que encontra uma lâmpada mágica, a esfrega e liberta um gênio. Após tantos séculos prisioneiro, o gênio se tornou raivoso e rancoroso, prometendo matar o primeiro que aparecesse ao ser libertado. O pescador, porém, é esperto e diz ser impossível que um gênio, de poderes cósmicos fenomenais, caiba dentro de uma lampadazinha. Por vaidade, o gênio fala: então lhe provo. E volta para dentro da lâmpada, onde o humilde pescador o aprisiona outra vez. É uma boa história, não acha, general?

A marquesa perfura Irunibeni com o olhar, ele abaixa a cabeça. Érico pede que o general saia. Irunibeni vai, constrangido e ao mesmo tempo aliviado, e os deixa a sós. Érico e a marquesa encaram um ao outro.

— Eu passei o ano inteiro perseguindo a sombra de Irmã Xerazade, sem que a senhora soubesse de minha existência. É uma situação estranha, a de estar em guerra com personagens de ficção. — Érico pega a xícara de chá que o general deixou para trás e bebe um gole. — Ah. Excelente chá. Um *bohea*, não? Minha mãe sempre diz: "Uma xícara de chá põe o mundo no lugar."

— Sua mãe está desatualizada — diz a marquesa. — O elegante agora é dizer "chávena".

— Ora, a senhora mais do que ninguém deveria gostar dos castelhanismos.

— Mas o senhor não contou a história toda, senhor Borges — lembra a marquesa. — Sobre o pescador e o gênio. Há uma barganha, não é mesmo?

— De fato. Em troca de ser libertado de novo, o gênio negocia com o pescador uma recompensa, propondo mostrar-lhe um lago onde se guardam os mais exóticos peixes. É uma boa barganha. Exceto que aqui não posso lhe oferecer a liberdade. A vida, sim, mas não a liberdade. Creio que, dadas as circunstâncias dos seus crimes, senhora, seja uma boa barganha. O nome de sua família também será resguardado. Em troca, basta que a senhora me entregue os demais conspiradores. Em especial o general Bayão e o Visconde de Valmont.

Ela se recosta na poltrona, relaxa o corpo e sorri.

— Já tentou procurá-lo em casa? Ele deve estar hospedado por aí... em algum lugar.

— A senhora sabe tão bem quanto eu que ele não se encontra na casa onde se hospedou.

— Notícias chegaram de Abrantes ontem, foi o que eu soube. Consta que a segunda invasão espanhola fracassou, e o Conde de Aranda se recolheu para Castelo Branco. Devo dizer que isso causou grande agitação entre os dois. — Ela olha para o relógio. — Quem pode imaginar onde estarão a essa hora? São homens ocupados.

— Minha senhora, não haverá outro arrasa-quarteirões, isso eu lhe garanto. O acesso às galerias romanas foi bloqueado até conseguirmos retirar toda a pólvora que a senhora, muito precavida, já vinha estocando lá há bastante tempo. Coloquei dois guardas de prontidão para que ninguém entre novamente naqueles túneis.

Ela sorri, um sorriso de hiena que deforma seu rosto de pequinês numa máscara sombria.

— Pensa que tem o controle da situação, menino? Não tem. Você é só uma ferramenta cega. Uma pedra de mó no moinho, que pode ser substituída quando quebrar. Hoje sou eu quem vai para uma masmorra, mas quem garante que, quando sair das graças de teu chefe carniceiro, não será o senhor que irá para uma? Pensa que está a jogar um jogo, mas é apenas uma carta de baralho, pronta a ser descartada nas mãos dos verdadeiros jogadores.

— A senhora diz isso porque não viu o que eu vi. Não viu os corpos aos pedaços de homens e mulheres e crianças, não viu a destruição, não viu as consequências de suas ações...

— Eu estava em Lisboa no terramoto, menino. Vi a fúria do Senhor e sobrevivi. Não lhe ocorre que talvez eu tenha sido eleita por Ele, e que por meio de minhas ações, o Senhor faz o seu trabalho de purgar o reino? Não tenho medo do senhor, de suas metáforas ou de Sebastião José. Nada irá evitar o inevitável.

Érico percebe ser inútil prolongar a discussão. Não há apelo que possa ser feito a quem tem o coração já morto. Pode ver em seu rosto que ela está pronta para destruir, que ela não escuta para compreender, apenas responder. E sua resposta é sempre um ataque. Larga a xícara de chá sobre a mesinha, e explica à marquesa, com calma, que por seu próprio bem ela deveria, agora mesmo, dizer-lhe onde estão o general e o visconde.

— Ou o quê? Eu não tenho medo do senhor, capitão. O senhor irá me importunar com os modos violentos que são característicos de seu chefe? O senhor irá bater em mim?

— Vossa Graça me ofende! — Érico se põe de pé. — Sou um cavalheiro! Em toda a minha vida, nunca levantei a mão contra uma mulher, e jamais pretendo fazê-lo!

Passos pesados de um caminhar largo vêm pelo corredor ao fundo. A porta é aberta. Cláudia da Silva Coutinho de Lencastre, dita A Raia, entra em seu vestido de caça, saia aberta à frente, calças à moda inglesa, botas de cavalgada, casaquinho nos ombros, jabô no pescoço e um chapéu de aba larga, com plumas de faisão despontando num jorro, por sobre a juba de leoa judia, uma cabeleira castanha que flui solta pelos ombros.

— Minha amiga, porém — diz Érico —, não tem destes pudores.

Érico faz um salamaleque, e se encaminha para a porta. A marquesa tranca o ar nos pulmões, a xícara de chá em suas mãos tremelica de leve, e ela engole em seco. A Raia observa Érico sair, então retira o chapéu com as duas mãos e o depõe com cuidado sobre o sofá. Tira os brincos, guarda-os num bolsinho do vestido, e olha a marquesa: vê a mulher murcha e retraída que, como um cão pequeno e irritadiço em seus tremeliques, rosna sem perceber a própria pequeneza. Nisso, conclui:

— E pensar que pessoas como a senhora eram a razão de eu ter medo quando menina.

D. Liberalina se levanta.

— Peço que se retire imediatamente!

A Raia move o braço num gesto largo e vigoroso, um tapa dado com as costas da mão que atinge a marquesa no rosto e a derruba de volta à poltrona, soltando um grito curto ao cair. A Raia contorna a mesinha de chá nos passos calmos e gingados de predadora circundando a presa, enquanto Liberalina se levanta e se direciona para a porta do corredor. A Raia a alcança e a agarra pela peruca, que sai com um puxão e quase a faz perder o equilíbrio, dando tempo para a marquesa abrir a porta e gritar pelos criados. Não há mais criado algum, o corredor está vazio.

A Raia segue atrás dela, com seu passo gingado e as mãos calmamente repousadas sobre as anquinhas da saia de cavalgada. Liberalina pega um castiçal do aparador e o arremessa, errando o alvo e acertando um espelho do corredor. Então avança sobre a Raia com a mão em garra, tentando ferir seu rosto com as unhas, mas esta lhe segura o pulso com força e o empurra de volta, fazendo a marquesa bater no rosto com a própria mão, no que solta um gritinho de susto. A Raia torce-lhe o pulso e a vira de costas, a marquesa grita de dor ao levar uma chave de braço e ser empurrada ao longo do corredor, de volta à sala de chá, no que tropeça e cai ao chão.

A marquesa se apoia nos braços e fica de quatro. Vê uma pequena faca sobre a mesinha, ali deixada para passar geleia no bolo, e faz menção de pegá-la. A Raia é mais rápida: com a agilidade dos tempos de bailarina, ergue sua longa perna e pisa sobre a faca com o tacão do salto de sua bota de cavalgada, fazendo estremecer a mesinha. A marquesa recolhe a mão, assustada. A Raia agarra a marquesa pelos cabelos e a faz se levantar, para em seguida jogá-la contra o sofá.

— Sua cadela! — grunhe a marquesa.

— Quem está a me chamar de cadela? — A Raia dá-lhe outro tapa. — Você, perversa? Sou cadela, mas não sou perra como você, sua beatorra hipócrita! Biltre, alcoviteira, patamaz, pérfida, patife! — e a cada ofensa, dá-lhe outro tapa de mão cheia, até que se cansa e a agarra pelo pescoço. — Eu conheço sua família. Sei que seu irmão presidia a Inquisição. Lembro bem, senhora, da misericórdia reservada à minha gente na fogueira. Converter-se para ser garroteado antes de queimar, como meu pobre primo António José da Silva. — A marquesa segura o braço da Raia com as duas mãos, por sua vez essa lhe segura o pulso com força. — Está sentindo isso, sua vaca? É a grande mão judia que vai torcer teu pescoço de "sangue puro" até teus olhos saltarem! Fala, vagabunda! Fala o que quero saber!

Os olhos vão ficando saltados, os lábios arroxeados e a pele clara azulada, quando enfim a marquesa cede e grunhe em concordância. A Raia larga-lhe o pescoço, se endireita e se apruma, enquanto D. Liberalina, caída ao sofá, respira sugando o ar com a avidez dos sufocados, se recompõe e, enfim, diz o que sua algoz quer saber.

31.

O ARRASA-QUARTEIRÕES

aminham entre os andaimes e as passarelas de madeira, embuçados em capas à espanhola por entre ruínas, conforme o sol já se inclina para o final do dia dourando com um brilho morno o telhado das casas de Lisboa. É quando um deles olha ao redor com ar melancólico e suspira.

— Cada Era perde sua Biblioteca de Alexandria — diz Fribble.

— Disse que vem cá com frequência. Por quê? Acho isso tudo tão triste.

— Não sei. Talvez seja essa sensação de transitoriedade. Como quem vê uma borboleta linda passar, sabendo que ela só vive um dia. Exceto que essa borboleta aqui eu não vi em vida, e nunca verei. Gosto de imaginar o que poderia ter sido.

— Ouvi dizer que era linda.

— A ópera mais linda do mundo, por sete meses.

Os dois andam em meio às ruínas da Casa de Ópera do Tejo como se vagassem pela ossada de um gigante tombado. El-Rey D. José amava ópera, e aquela fora construída para ser a maior e mais bela casa de ópera da Europa, com capacidade para seiscentas pessoas, projetada por arquitetos italianos e repleta de mármores e bronzes, acabamentos em madeiras exóticas, pinturas e efeitos decorativos que deslumbraram até mesmo os estrangeiros acostumados com as casas de óperas europeias, enfim, todos os luxos que o ouro brasileiro podia comprar. Era tão magnífica, dizia-se, que os espectadores não conseguiam dar atenção à peça, pois seu olhar se distraía com a beleza de seus ornatos. Veio o terramoto. Existiu no mundo por apenas sete meses.

Agora, de ambos os lados ainda restam paredes altíssimas, com sete fileiras de janelas, que um dia abrigaram camarotes. Unindo as paredes, ao fundo, há duas grandes empenas, a primeira terminada em arco e a segunda num triângulo. Abaixo, por onde deambulam, há os restos de paredes e arcos que um dia foram camarotes, bastidores, fossos de orquestra e restos de escadas que não levam a lugar nenhum. Às ruínas se sobrepõem novas obras que parecem querer reaproveitar a estrutura antiga, com passarelas e andaimes recentes, escadas de madeira e cordas pendendo de polias, numa confusão labiríntica que parece remeter às prisões imaginárias das gravuras de Piranesi.

— O que vão fazer com isso tudo agora?

— Acho que vão reaproveitar o esqueleto para reerguer o novo arsenal da Marinha. Aqui ao lado ficava o Palácio da Ribeira, que ruiu junto — aponta Érico. — Perdeu-se uma biblioteca de setenta mil livros, pinturas de Ticiano e Rubens, o Arquivo Real com os documentos das nossas descobertas que... não gosto nem de pensar nisso. Droga. Eu podia estar em casa agora, com meu chá, meus livros e meu marido maravilhoso, mas não, estou no meio de ruínas, fazendo tocaias.

— Ora, o mundo é um palco, não é? E tem interpretado bem seu papel de soldado, tanto quanto interpretou o de cavalheiro afetado no ano passado.

— No meu repertório, é o papel que interpretei por mais tempo.

— Bem, sabes xingar como um soldado, isso reconheço.

— Querido, sou tripeiro de criação, mas brasileiro de coração — diz Érico. — E você não sabe o que é proferir blasfêmias até escutar um brasileiro xingando.

— Só diz isso pois nunca esteve na Escócia, *darling*. Não sabe o que é conviver com meus parentes das Terras Altas. Mas temo que muito da graça se perderia na tradução.

— Ah! Então me faça o obséquio, no original, com teu sotaque de escocês nativo que tão bem disfarças, e serei juiz das tuas habilidades.

— Só aceito o desafio se me retribuir a cortesia. Mas faça no seu sotaque brasileiro, por favor, com as vogais bem prolongadas!

— Com prazer... — Érico estica os dedos como um músico prestes a tocar o clavicórdio — ... seu sofá de puteiro, rascunho de mapa do inferno, você não vale o peido de uma jumenta!

— *Ah! Bolt, ya mangled fud, lavvy-heided wankstain!*[1]

— Enfia um rojão no cu e voa!

— *Bite mah bawsac, ye radge wee shite!*[2]

— Filho da puta arrombado do caralho! Sua mãe aluga a buceta para comprar a dentadura do corno chifrudo do seu pai!

— *Shut yer shitehole, your utter cockwobble! Go tong my fartbox, you fucking walloper!*[3]

— Você é tão feio que a tua cara pegou fogo e apagaram a tamancada!

— *Your eejit fanny wanker face!*[4]

— Você não nasceu, você foi cagado! Vá foder a xavasca da leitoa da sua irmã que...

---

[1] "Vai-te embora, seu boceta-torta, cabeça-de-penico esporreado."

[2] "Chupe minhas bolas, merdinha louco!"

[3] "Cala essa boca, seu grandessíssimo brocha! Vai lamber meu cu, maldito surrado--com-pau-mole."

[4] "Seu bocetinha com cara-de-punheteiro!"

— MAS LO QUÉ YE ISSO? An nome de Nuosso Senhor Jasus Cristo! — mestre Ursânio chega apavorado aos dois. — Patron, cun to lo debido respeito, esso nun ye palabreado que saia de la boca dun crestiano! Los senhores debian se ambergonhar, dous homes crecidos, dezindo tales nomes feios, feito ninos an pátio de coleijo! Adonde yá se biu? Peçan yá çculpas un al outro!!

Érico leva algum tempo até convencer mestre Ursânio de que tudo não passou de uma brincadeira entre amigos. Em seguida, Jacinto se junta a eles, preocupado com o adiantado da hora. Fribble consulta o relógio de bolso: agora, a qualquer momento, podem esperar a chegada dos conspiradores, segundo o que a marquesa lhes contara.

— Vem vindo gente — alerta Jacinto.

— Vá e avise os soldados — pede Érico. Dez soldados estão a postos numa casa próxima, esperando serem chamados para executar as prisões. — Nós os seguraremos aqui. Quanto aos demais, em suas posições.

Érico busca abrigo subindo para o que um dia foram os camarotes ao lado do palco, enquanto Fribble e Ursânio escondem-se no lado oposto. O palco está em ruínas, com uma passarela de tábuas cobrindo o fosso da orquestra, e mais adiante, com as poltronas já há muito recolhidas, um espaço vazio no centro, onde antes havia plateia.

Primeiro surge o general Miguel Bayão, acompanhado por um valete; logo surge o Visconde de Valmont, também trazendo um criado armado. Mais três homens aparecem, todos embuçados em capas à espanhola, mas cujos chapéus elegantes denotam suas posições elevadas. Cada qual vem acompanhado de um criado armado, totalizando dez conspiradores. Os cinco fidalgos formam um círculo, enquanto os criados espalham-se, verificando se há mais alguém nas ruínas. Érico agacha-se dentro do camarote do palco, mas ainda pode escutar o que dizem.

— Senhores — diz Bayão. — Nós cinco cá presentes fomos os mais envolvidos neste último arrasa-quarteirões, e por segurança, após a execução do plano, é melhor deixar a capital de imediato. É de se esperar que os portos sejam fechados assim que tudo terminar. Valmont tem para cada um de vós o salvo-conduto que nos dará passagem segura à França. Sugiro partir imediatamente. D. José fez sua escolha: o sangue burguês rafenho à nobreza dos vossos, e pagará por seu erro. Quando os sinos das torres baterem as sete horas, uma nova Era se iniciará em Portugal.

Érico pensa: como assim, em uma hora? A entrada das galerias romanas está fechada. Basta, é hora de acabar com isso tudo. Salta por sobre a beirada, do camarote ao palco.

— Parem, em nome d'El-Rei!

Sempre quis dizer isso.

Os dez conspiradores se voltam para ele. Érico surge-lhes caminhando sobre o antigo palco, banhado na claridade da hora mágica do poente, e sentindo pela primeira vez em muito tempo que tem o controle da situação. Está confiante, sabe onde está e o que precisa ser feito. Esquecera-se de fechar a capa, e o sopro de vento que troca o ar do dia pelo da noite bate, fazendo a capa esvoaçar. Repousa a mão esquerda sobre o sabre, ergue o rosto, toca na aba do chapéu de plumas e sorri, satisfeito consigo mesmo, a pensar: devo estar fabuloso. Ah, se o povo lá em casa me visse agora.

— Bayão! — grita.

— Érico Borges — o general grunhe rancoroso, e acena ao criado: — Mate-o.

O valete aponta a pistola para Érico. Mestre Ursânio sai de sua tocaia e arremessa um machado contra o homem, atingindo-o no peito. Bayão recua horrorizado ao ver seu criado cair agonizante, e já escutam ao longe os passos dos soldados entrando nas ruínas da ópera. O Visconde de Valmont saca o sabre e o ergue ao modo dos mosqueteiros, bradando seu lema pessoal: "Cada um por si e Deus por todos." E correm em debandada.

O general Bayão toma um caminho curioso: sobe uma escadaria arruinada que dá para lugar nenhum, e dela salta para um andaime de madeira que percorre toda a extensão da parede do segundo piso. Sendo as ruínas da ópera o ponto de encontro de suas conspirações, já havia tomado o cuidado de explorá-las em dias anteriores, em busca de saídas alternativas.

Érico não está disposto a deixá-lo escapar outra vez: vê que no caminho do general há um guindaste de carga cuja corda, suspensa por uma polia, tem uma ponta presa ao chão e a outra segura no topo um contrapeso. Pensa rápido: segura na corda, chuta a trava que libera o contrapeso, e deixa seu corpo ser puxado para cima, lembrando-se de soltar a corda antes que a mão fique presa. A inércia do movimento o joga ao alto e — para sua própria surpresa — cai no andaime de pé, feito um gato. A-há! Sorri satisfeito consigo mesmo, quase esquecendo que caiu bem em frente ao general Bayão.

— De onde foi que saiu? — O general o encara confuso.

Érico passa o olho inquieto pelo campo de batalha: Fribble já matara um adversário, mas é pressionado por outro, e mestre Ursânio, que já arrancou do moribundo seu machado, apavora a todos rodopiando os machados feito um traga-mouros.

— As ruínas estão cercadas, general — Érico desembainha o sabre. — Deponha suas armas.

— E ser humilhado em público nos engenhos carniceiros de Oeiras? — Bayão também desembainha a espada — Não, obrigado. Só nos resta bater-nos.

Então é assim que tudo se encerra: numa fúria grande e sonorosa. De frente um para o outro, repetem ambos o mesmo movimento com os sabres: ao alto, ao peito e um corte no ar. Por Deus, por meu Amor, por sua morte. Duelam. O general Bayão é o que pode se dizer um apreciador da lâmina, e praticara muito ao longo da vida. Érico, por sua vez, fora humilhado no ano anterior ao ser derrotado em público, e desde então viera estudando e treinando suas habilidades com os melhores espadachins que conhecia — um destes sendo o escocês ágil e afetado que está, naquele exato instante, no andar térreo das ruínas cuidando de seus próprios duelos.

O cling-clang de duas dezenas de metais se batendo tomou conta das ruínas da ópera. Nos andaimes, em golpe e contragolpe, Érico leva um corte no braço, que retribui com um rasgo na camisa de Bayão, que por sua vez abre-lhe um corte no ombro. A juventude e o fôlego de um equilibram com a técnica mais apurada do outro, e logo Érico ganha terreno. De estocada em estocada, os dois se movimentam pela passarela de andaimes que liga uma parede a outra das ruínas.

Érico enrola a capa no braço e primeiro a faz de broquel, depois a joga contra o rosto do general para desconcertá-lo. Bayão se irrita, perde a paciência e avança furioso num golpe terrível, onde investe toda sua força. Érico bloqueia o golpe e desvia a força do general para o corrimão do andaime, a violência do ataque faz Bayão perder o equilíbrio, recuar um passo e atacar outra vez. Érico firma os pés, ergue o braço com a capa para proteger o rosto, e avança num golpe rápido como um relâmpago. A espada do general se enreda na capa, e Érico enfia uma boa quarta do aço no seu peito. O impulso com que vem faz o resto: Bayão é trespassado de lado a lado, a ponta da lâmina saindo por suas costas, larga a espada com um *ai, Jesus!*, e se afasta.

O general olha resignado para o punho da espada de Érico em sua barriga, cerra os dentes de dor, cai de joelhos e senta sobre os calcanhares.

— Morto... por um brasileiro de merda — grunhe. — Que horas são?

— Não sei. Umas seis e meia? Há hora ideal para morrer?

— Ao bater dos sinos, às sete horas... Junto com toda Lisboa...

— Está tudo acabado, general. A entrada das galerias foi bloqueada. Logo todos os conspiradores estarão presos ou mortos. Você morre sabendo-se derrotado.

— Mazombo idiota! — Bayão começa a rir, e sangue escorre de seus lábios. — Pensou que havia só *uma* entrada para as galerias?

O mundo atrás de Érico se distende, o calafrio corre por sua espinha, e partes incautas de seu corpo se contraem de pânico. Puxa o relógio do bolso: passa das seis e meia. Bayão gargalha e sangra, sangra e gargalha, enquanto Érico sai correndo em disparada, descendo pelas escadas e para fora das ruínas da ópera, correndo em desespero pelas ruas de Lisboa.

Enquanto Miguel Bayão gargalha sangue.

O general escuta passos pesados na madeira da passarela, alguém que se aproxima por trás. Sentado sobre os calcanhares, com o sabre atravessado no estômago — que posição inglória para se morrer, lamenta — não tem como saber quem se aproxima. Percebe o imenso vulto passando ao seu lado: um homem de longa barba e longos cabelos, vestido com saia e colete de pauliteiro, os braços hirsutos segurando cada qual um machado ensanguentado, encostando o fio de cada lâmina de um lado do pescoço de Bayão. O general ergue o olhar, resignado. Mestre Ursânio o encara.

— Mataste miu filhote, cabresto.

Érico sai correndo das ruínas da ópera, sem se dar conta de que assim pode ser confundido com um dos conspiradores. Um soldado dispara contra ele, a bala retine no pavimento de lioz abancado da praça. O som de tiros e aço a tilintar assustara os passantes, que agora o veem cruzar a Praça do Comércio no lume rosado do entardecer. Ele segue correndo: passa por entre as obras do que um dia se pretende ser um arco triunfal, e entra correndo na Rua Augusta. Corre em pânico, tomado por um desespero que raras vezes sentiu na vida, mas que é gêmeo de um desespero semelhante ao sentido meses antes: é a vontade desesperada de viver. Não quer morrer aqui, não hoje e não agora, e não permitirá que outros mais morram. Quer viver para voltar à sua casa, viver para contar, para lutar outro dia, para morrer noutro dia. Segue correndo pela Augusta, passa no meio de uma roda de meninos em jogo de bolitas, atravessa a Nova Rua de El-Rei, e dobra na Rua de São Julião, onde os dois soldados que deixara de prontidão bloqueiam sua passagem.

— Sou eu, *carago*! — ralha Érico. — Abram passagem, em nome de El-Rei!

Os soldados o reconhecem e, assustados, dão-lhe passagem. Érico consulta o relógio: quase sete horas. Manda retirarem as tábuas e desce a escada de pedras, numa mão leva a lanterna a óleo, na outra a garrucha carregada. Mas consegue lembrar o caminho? Meu Deus, é um maldito labirinto aqui em baixo, pensa. As marcas nas paredes: havia feito uma contagem mental, tantos corredores à esquerda, outros tantos à direita. Um soldado fora deixado de guarda: qual era seu nome? Grita um "viva El-Rei D. José", mas ninguém responde. Olha para as paredes e reconhece as marcas. Talvez seja o caminho certo. Consulta o relógio: sete horas. Choraminga em pânico: ah meu Deus, ah meu Deus. Caminha apressado: há algo azul caído no chão. É o corpo de um dos soldados que fora mandado ficar de guarda à noite. Garganta cortada. E então encontra os barris.

A fileira interminável de barris.

Fecha os olhos. Escuta: um tique-taque de relógio. De onde vem, direita ou esquerda? Esquerda. Caminha olhando com cuidado para o topo dos barris, e então o vê: o arrasa-quarteirões está dentro de uma caixa de madeira, cheia de pólvora. Acima, na cidade, os sinos das igrejas batem as sete horas, mas ele não tem como escutar, não tem como saber. O arrasa-quarteirões abre-se como um cuco, dele saindo o pequeno cavaleiro templário autômato, com sua espada de pederneira prestes a ser riscada no pratinho da caçoleta. Érico precisa evitar que provoque uma faísca, só isso. Pensa rápido, e cobre o pratinho com a mão direita no instante que o autômato ergue a espada.

E então vê o anel.

O dedo anelar com o anel de casamento: bem no alvo da pederneira. E lembra que nunca o testou, teve apenas a palavra do ourives quanto a ser vinte e quatro quilates, mas que se for ouro dos tolos isso nada mais é que pirita de ferro e tudo irá pelos ares, e então o autômato bate a espada num movimento que risca a pederneira bem no seu anel.

Nada acontece. O bonequinho recolhe-se de volta ao interior do aparelho. Érico respira aliviado com um sorriso de satisfação: o que é de ouro puro não solta faíscas. E vinte e quatro sempre foi seu número de sorte.

O saldo geral é de dez mortos, sendo quatro criados, três soldados e três fidalgos, um dos quais agoniza tendo Mr. Fribble agachado ao seu lado, escutando suas últimas palavras e o pedido de entregar cartas a alguém. Aos fidalgos que sobram vivos, resta serem levados para a masmorra no castelo de São Jorge. Os dois criados sobreviventes, sem fidalguia, não têm essa sorte.

— Pode matá-los — ordena Fribble ao capitão da guarda, com fastio.

Valmont se adianta em protesto, lembrando que não é criado de ninguém senão Sua Majestade Cristianíssima, Luís XV da França, e como emissário de uma corte estrangeira, está sujeito às leis da guerra.

"Eu sou Pierre-Ambroise de Valmont, Visconde de Valmont", avisa. "Como emissário do rei Luís XV, quero negociar os valores de meu resgate e de minha carta de liberdade condicional."

"Sua carta de condicional", Fribble repete, e olha ao lado vendo Jacinto que, segurando a besta com o pé, apontada para o chão, ocupa-se em retesar a corda. "E o senhor daria sua palavra de honra, naturalmente? Depois de tudo isso?"

"Devo lembrá-lo, meu senhor, de que eu nunca fui capturado em batalha, portanto não havia empenhado minha palavra ainda."

"Compreendo", diz Fribble. "Contudo, meu senhor, há um problema: a negociação de resgates e cartas de condicional são das cortesias que se reservam aos oficiais de nações estrangeiras. Consta que o senhor está neste país como coronel Teixeira, súdito português, hospedado à Rua Áurea. Assim diz a dona de sua pousada, e não há como lhe confirmar outra identidade. E pela proclamação do Conde Lippe, comandante em chefe das forças armadas de Portugal, os desertores e traidores deste reino devem ser executados no mesmo local de sua captura."

Valmont fica lívido. Jacinto pergunta se pode ser dele essa honra, e Fribble concede com um rápido meneio.

J'espère que vous avez apprécié notre cordialité, monsieur, diz Jacinto. *Au revoir.*

— Isso é absurdo — protesta Valmont. — É inadmissível, eu...

Jacinto dispara. A seta entra no olho direito, o olho bom, e trava ao bater no osso do crânio por dentro. A cabeça vira para trás com o impacto, e Valmont cai morto de imediato.

Enquanto isso, Érico já volta para as ruínas da ópera, trazendo consigo o aparelho debaixo do braço; no meio da Praça do Comércio seu caminho cruza com o de mestre Ursânio, carregando num saco algo pesado que Érico supõe a princípio ser um melão, até pensa "que estranho, melão numa hora dessas", mas logo se dá conta do óbvio.

— Miu trabalho eiqui treminou, patron — diz mestre Ursânio, no que Érico sorri e balança a cabeça e mais não quer saber, pois já foi muita coisa para um dia só.

De volta às ruínas, Fribble distribui ordens com a autoridade de eminência parda conferida aos enviados ingleses, com as mãos na cintura e os ares de fastio burocrático de quem quer terminar tudo logo, pois tem outros compromissos ainda. É quando vê Érico chegar a passos calmos.

— Que bonito. Passeando?

— Matando o tempo.

E lhe entrega os restos do último arrasa-quarteirões.

32.

NUNCA MAIS OUTRA VEZ

O mais completo desastre.

Isolado em Castelo Branco, o Conde de Aranda e o Príncipe de Beauvau buscam uma saída honrosa para sua situação. Não há. Após serem bloqueados por Lippe em seu avanço a Abrantes, a retirada de volta a Castelo Branco se dá em condições ainda piores. Os batedores não encontram nada além de plantações queimadas e fazendas abandonadas. Há fome entre os soldados. Espalha-se o boato de que os portugueses estão pagando até três mil réis para quem desertar e lutar contra a Espanha, e nisso Aranda calcula que já perdeu uns sete mil homens — teria perdido mais, não fosse o medo dos soldados de serem mortos pelos camponeses portugueses. As chuvas vieram, e os doentes já somam doze mil. Ao fazer as contas somando mortos, feridos, adoentados e desertores, Aranda percebe que três quartos de seu exército original se foram. E o inverno está chegando. Os ingleses estão vindo, Lippe já inicia o movimento de cercar a região, o general Towshend já liberou a cidade de Penamacor e seguem na dianteira, logo Aranda terá sua única rota de fuga obstruída, e não há mais como esperar: devem evacuar Castelo Branco imediatamente. É quando seu ajudante de ordens o lembra: "Mas senhor... e os doentes e feridos que estão na cidade?"

Quando o general Towshend entra com as tropas anglo-portuguesas em Castelo Branco, descobre que o Conde de Aranda deixou para ele uma carta e um presente. Na carta, pede que seus feridos recebam um tratamento digno por parte de seus inimigos. Já o presente, ele descobre ao entrar no hospital da cidade: doze mil soldados espanhóis, deixados para trás entre tosses, gemidos e grunhidos de dor, num fedor de morte que faz o general recuar preocupado. É a peste.

Lippe desconfia daquela jogada. Já há rumores de um tratado de paz, e ele sabe que a Espanha não encerrará a partida sem ter capturado algo de valor para usar de barganha na mesa de negociações. Assim, redistribui suas forças e reposiciona suas peças, prevendo que um novo ataque logo virá. E ele acerta.

Ao final da primeira semana de novembro, os espanhóis dão início à sua terceira invasão de Portugal. O alvo agora é o Alentejo, cujas planícies prometem menos empecilhos, mas a tática mudou: em vez de um grande exército marchando unido, Aranda divide suas forças em diversas frentes.

Em Marvão, cinco mil espanhóis cercam o castelo. Entre soldados ingleses e milicianos portugueses, o capitão Thomas Browne conta com apenas quinhentos homens para defendê-lo. A população em pânico implora por uma rendição. Ele recusa. Estão bem posicionados no topo de um rochedo na Serra de São Mamede, o castelo pode resistir por bastante tempo a um cerco. Os espanhóis não têm tempo para longos cercos e atacam logo as muralhas. Os mosquetes ingleses e canhões portugueses abrem fogo, mas são poucas armas para tal quantidade de espanhóis. Logo se vê que os invasores já trazem escadas, que são erguidas e apoiadas contra as muralhas, e iniciam os espanhóis sua escalada, ávidos pela vitória, até que se deparam com um problema inesperado.

As escadas são muito curtas.

Quem foi a besta que fez os cálculos, berra um sargento. O elemento surpresa já era. Escada baixa, muralha alta, são como peixes nadando num barril. Os ingleses abrem fogo, os portugueses tacam-lhe caldos ferventes, os espanhóis e os franceses vão caindo das escadas até que seu comandante conclua que só resta recuar.

Cegueira enxadrística é quando o enxadrista perde a visão ampla do jogo. Por todo o Alentejo, ataques são repelidos. Cansados e desmoralizados, os batalhões espanhóis se atrapalham, erram o caminho, se desencontram. Enfrentam agora não mais uma defesa improvisada, mas um exército já afinado, com ingleses treinados e portugueses organizados. O Conde Lippe conclui que é chegada a hora de encerrar essa partida e, como o apostador que move todas as fichas no cassino, ordena que todas suas forças cruzem o Tejo avançando pelo sul. No tabuleiro da guerra, o Conde de Aranda percebe que, mesmo não estando em xeque, não tem mais movimentos válidos à sua disposição. Ou como diria o enxadrista: *empate por rei afogado.*

Sem nunca terem entrado em combate campal, a terceira invasão espanhola fracassa, e Aranda envia um alto oficial ao quartel-general de Lippe propondo o fim de todas as hostilidades.

No cravo, uma sonata de Scarlatti. Nas bandejas dos ágeis e atléticos lacaios, vinho português de qualidade, e não o que os ingleses dividem com aguardente para render na exportação. O local é o salão da casa de D. Claudia, a Raia, organizando outro sarau para a Arcádia Lusitana, enquanto serve os melhores petiscos — assim provê entretenimento aos amigos e, ao mesmo tempo, evita que a mais recente geração literária morra de fome. Dois problemas resolvidos de uma só vez.

Só o que Érico quer é poder ir embora, mas às vezes a História se coloca no caminho. Sofre da intraduzível melancolia brasileira chamada *saudade*, enquanto aguarda autorização para sair do reino, mantém-se taciturno e sorumbático, a fazer valer seu epíteto de mazombo. A Raia, como boa amiga, esforça-se para animá-lo, mas já está a ponto de desistir. É com alívio que vê William Fribble entrar no salão, numa luminosa casaca azul-bebê e uma peruca de topete ao estilo Pompadour.

"Devo dizer, Mr. Fribble, que o senhor tem excelente gosto para as modas."

"Minha senhora", dão-se dois beijinhos sem encostar os rostos, para não borrar as maquiagens, "para meu alívio, não será necessário mentir quando digo que o sentimento é mútuo. Adorei o corte de seu vestido. Mande matar a costureira, para que não faça cópias."

"Oh, isto daqui?", ela ergue as palmas das mãos, olhando para a própria roupa, um vistoso vestido verde-marinho com rosas bordadas. "Não é nada, não é nada..., coisinha frugal, apenas para reunião entre amigos. Costumo mandar vir de Londres todo mês dois manequins vestidos à moda de Paris, mas a guerra tem me atrasado as remessas."

"Ah, sim. Soube que a senhora logo partirá para outras cortes."

"É verdade, amadinho. Ficarei em Londres por uma temporada e depois, se tudo correr a contento e a guerra acabar, pretendo fazer outro *Grand Tour*."

"Então espero em breve revê-la iluminando os salões ilustrados."

"Ah, com certeza nos veremos novamente. Creio que isso seja o início de uma bela amizade, amado. E por falar nas amizades, tenho cá a de um certo brasileiro que nos é comum, e cujo humor venho tentando em vão melhorar. Mas talvez o senhor tenha mais sucesso."

Ela aponta Érico, que, sentado a um canto afastado do sarau, taça de vinho em mãos, conversa discretamente com Jacinto. Fribble assente, missão aceita. Aproxima-se dos dois para ouvir a conversa.

Nota que os dois conversam discretamente em francês, para dificultar que outros convidados os escutem. Se aproxima e escuta:

"... e desde que encontramos a posição certa, rapaz, a coisa ficou selvagem", diz Érico, "e de nada adianta se eu disser que já estou chegando ao fim, se faço isso ele fica uma fúria, diz 'se você parar agora, juro que jogo aquela sua caixa de chá pela janela!' Não estou reclamando, saber que se é capaz de provocar uma sensação assim em quem se ama é das melhores coisas da vida, mas vou te contar, fico com as pernas num estado que parece que cavalguei a tarde toda..."

"Valha-me Deus, Érico!", Fribble os interrompe. "É sério que teremos de te escutar reclamando que trepa até ficar com as pernas bambas? Que é isso, minha gente? O que vem depois, vai rasgar dinheiro na frente de mendigo também? Como chegaram nesse assunto?"

"As conversas de soldados que tivemos de aturar estes meses todos", disse Jacinto. "O modo como falam de mulheres é vergonhoso. E não importa que sejam casadas, solteiras, prostitutas... até mesmo freiras!"

"Ah, sim", concorda Fribble. "Os portugueses são tão religiosos, que até suas amantes se escondem em conventos."

"Não julgo", retruca Érico. "Eu no Rio de Janeiro namorava um noviço do Colégio dos Jesuítas, que, rapaz, vou te contar, não era por temor a Deus que ele se punha de joelhos." Dá uma risadinha um tanto cafajeste. "Mas poeta, infelizmente."

"Que tipo de poesia?", pergunta Jacinto.

"Árcade", Érico revira os olhos.

"Ah, será este o motivo pelo qual os detesta tanto?", pergunta Fribble.

"Não vem ao caso", Érico desconversa, "já são coisas do meu passado no Brasil."

"Espero que um dia eu venha a conhecer o Brasil", cogita Jacinto.

"Você vai detestar. É só escravidão e matagal", diz Érico.

"Anime esse espírito, homem", propõe Fribble. "Tenho boas notícias para lhe dar: a comitiva de paz do Conde de Aranda chegou ao quartel-general de Lippe, e ele já despachou uma resposta."

"Sim, mas por quanto tempo? Soube que no mesmo dia em que pedia paz, Aranda mandou um regimento para capturar Olivença, encontrou as defesas reforçadas, desistiu e deu meia-volta. Não se pode confiar nos espanhóis."

"Sim, eu soube disso também. Pode ter sido erro de comunicação."

"Errar é humano, mas insistir no erro é castelhano", diz Érico.

"Ora, de que adianta todo esse seu rancor? A guerra está acabando, e quem antes foi inimigo agora volta à convivência pacífica."

"Não depois do que os vi fazerem nos campos."

"Tampouco os portugueses foram gentis com eles. Soldados rendidos assassinados, corpos deixados insepultos? E quantos espanhóis desertaram para lutar ao lado de vocês portugueses? Não foi uma guerra de povos, foi uma guerra de Príncipes. Não leve esse rancor adiante."

"Nada me fará confiar em um espanhol. Povo de gente traiçoeira. Ou tampouco nos franceses, esses esnobes asquerosos. Ou nos ingleses. Nação de oportunistas", Érico fica emburrado, cruza os braços. "Acredito na igualdade entre os povos. Odeio todos por igual."

"Credo. Que preconceito tolo", Fribble revira os olhos. "Esqueço o quanto você é jovem, Érico, e tomado pelo furor da juventude. Você há de amadurecer ainda."

Jacinto pergunta se há alguma novidade sobre Chaves, mas, para sua infelicidade, é ainda uma das poucas praças que os espanhóis mantêm ocupadas. Agora que as hostilidades se encerravam, assim ficará até que um tratado de paz definitivo seja assinado, o que ainda pode levar alguns meses. "Mas não se preocupe, querido", garante Fribble. "De fato, estou um pouco desamparado aqui. Necessito dos serviços de um bom secretário particular."

Os convidados são chamados para outro salão, onde um pianista toca e um *castratto* canta: *adeste fideles, laeti triumphantes*. A música deixa Érico ainda mais melancólico: é o hino português cantado nas missas da capela na embaixada portuguesa em Londres. À voz do *castratto* se soma a memória do coral da capela, e da voz do próprio Gonçalo. "Vinde fiéis, alegres e triunfantes." Há uma sensibilidade e dor na extensão vocal do *castratto* que faz seus olhos ficarem úmidos.

Não será boa companhia nessa noite, e decide ir embora.

⌒

O coche para em frente ao Convento das Mercês, no Bairro Alto de Lisboa, onde ele desce. Na porta, tira o chapéu da cabeça e cumprimenta a Madre Superiora com um meneio.

— Capitão Borges — diz ela. — É bom poder revê-lo em circunstâncias mais esclarecidas. Temo que lhe devo desculpas, pelo tratamento dispensado em nosso encontro no começo do ano.

— Sou eu que lhe devo desculpas, Sua Caridade, por qualquer infortúnio que minha invasão possa ter lhes causado. Mas isso foi antes da guerra, e antes da guerra foi outra época. Como ela está?

— O senhor poderá ver com seus próprios olhos. Acompanhe-me.

Ele a segue convento adentro, passando pelos jardins do pátio interno, cruzando corredores frios e silenciosos, até chegarem a uma sala dividida ao meio por grades de madeira entrecruzadas. Do outro lado das grades, de pé e imóvel no centro, há uma mulher em hábito de freira, cujos olhos estrábicos, queixo projetado e lábios finos e arroxeados, ele logo reconhece.

— Então, vieste tripudiar sobre minha desgraça? — pergunta D. Liberalina.

— Não, irmã. Vim me certificar, em nome de Sua Majestade, de que está recebendo o tratamento condizente com os termos acertados de comum acordo.

— De "comum acordo", claro — ela resmunga.

Os termos de seu cativeiro foram claros: renunciar ao seu título de nobreza, para que represálias não recaíssem sobre sua família, título este que, por falta de descendência varonil, passará à sua cunhada. Viverá dali por diante em retiro no convento, onde não pode receber visitas que não sejam de representantes do gabinete de Negócios Estrangeiros. Por ironia, foi-lhe destinado a mesma cela que, por meses, pagou para que fosse mantida vazia.

— Considerando o tanto de dinheiro que cá coloquei, minha cela poderia ter sido equipada com mais confortos.

— Somos extremamente gratas pelas doações que a senhora fez, em sua vida secular, pela reforma do convento — diz a Madre Superiora. — Doações que preferimos imaginar terem sido feitas para que mantivéssemos nossos trabalhos de caridade em nome do Senhor, e não para encobrir os rastros dos atos horríveis que a senhora cometeu.

— Ah, a caridade. — Dá um risinho de desprezo. — A desculpa com que as senhoras justificam suas existências vazias de significado, para fingirem que se importam.

— É uma pena que veja desse modo — retruca a Madre Superiora. — Espero que com tempo, recato e reflexão, a senhora se arrependa um dia de seus atos. Enquanto isso, a senhora não precisa de mais luxos ou confortos do que já os tem à sua disposição. A senhora deve aprender a se desfazer da vaidade de seus títulos. Ao entrar no convento, D. Liberalina Paschoal, a senhora passou a ser uma irmã de nossa ordem, igual a todas as demais. Deixou de ser marquesa para se tornar...

— Irmã Xerazade — ela completa, sarcástica.

Érico a observa enquanto as duas conversam e solta um muxoxo, atraindo o olhar raivoso de D. Liberalina.

— O que foi, senhor?

— Acabo de perceber que o claustro não é uma punição para a senhora, não é mesmo? Como é aquele ditado? "Uma mulher portuguesa só sai de casa três vezes na vida: uma para batizar, uma para casar e a outra para enterrar." Veja a senhora que eu venho de uma família anglófila, onde as mulheres gozam das liberdades do costume inglês. E no Brasil ocorre que as coisas nunca são como se exige que sejam. Mas, para a senhora, nascida no seio de uma família portuguesa tão tradicional, isso daqui — gesticula para a sala onde estão — não é muito diferente do confinamento a que sempre esteve acostumada desde pequena. Então, a punição, para a senhora, não está sendo o claustro, não é mesmo? É ver-se tratada como igual por outras que sempre julgou inferiores.

Ela arreganha os dentes.

— Marque minhas palavras, gajo — fala baixo, quase murmurando. — Sebastião José terá o que fez por merecer, está a me escutar? Ainda ouvirá falar de Irmã Xerazade.

Mas Érico se limita a revirar os olhos, e pergunta à Madre Superiora como está Irmã Ermengarda, e se essa ainda extravasa suas inclinações violentas na padaria do convento, fazendo os pães mais macios de Lisboa. Não era ela que perdera um sobrinho querido, oficial de dragões, na explosão do castelo de Miranda do Douro? Ao escutar isso, Irmã Xerazade fica pálida e emudece.

Érico se despede. Já viera fazer ali o que lhe pediram que fosse feito. Pede licença à Madre Superiora, que lhe diz para ir com Deus, e vai embora, dando as costas para D. Liberalina na esperança de nunca mais revê-la, nem nunca mais ouvir falar outra vez de Irmã Xerazade.

Mensageiros agora cruzam fronteiras, enviando a correspondência que organizará o tratado de paz definitivo em Paris, nos próximos meses. Érico está, enfim, livre para regressar. Já tendo comprado uma cama e baús para a viagem, os criados colocam sua bagagem sobre o coche, enquanto ele se despede de sua anfitriã. Antes disso, entrega para ela um presente: o autômato do arrasa-quarteirões, o bonequinho do cavaleiro templário, com uma joia cravada no escudo e a espada de pederneira substituída por uma de ouro puro.

— Por sua hospitalidade — diz Érico — e também por seu aniversário em janeiro, que infelizmente não vou poder estar presente.

— Ah, amadinho, lembraste!

— Um homem elegante deve sempre lembrar o aniversário de uma dama, mas esquecer sua idade. Espero revê-la em breve. Fronteiras não seguram a mulher que já nasceu em uma.

Mas ela está um tanto tensa, há algo que precisa ser dito antes da despedida, e quando Érico põe o chapéu debaixo do braço e se prepara para sair, ela o detém.

— Amado, tem consciência de que está a serviço de um tirano?

Ele fica um pouco surpreso com o tom dela.

— Ora, podemos argumentar que tirania por tirania, a tirania religiosa que por tanto tempo se viveu aqui não era diferente da tirania da razão que agora se impõe aos...

— Não retruque, apenas me escute. Tudo o que se mantém no escuro degenera, e neste país nada é mais obscuro do que a administração da justiça pelo Conde de Oeiras. Pode achá-lo um grande homem, mas todos os grandes homens da História foram homens maus, mesmo quando exerceram só influência e não autoridade. E a História não é uma rede tecida por mãos inocentes, ela raramente dá compensações por sofrimentos ou pune erros. Caso permita se transformar na ferramenta cega dos poderosos, será corrompido pelo poder deles. É um bom homem, Érico Borges, e tem um bom coração. Só lhe peço isso: disponha-lhes de seus serviços, nunca de sua alma. E até já.

Érico assente, toma-a pela mão e deposita um beijo sobre seus dedos. Faz um último rapapé, um último salamaleque, coloca o chapéu na cabeça e embarca no coche.

Mas a jornada ainda não está completa: antes da partida definitiva, ele desembarca na Antiga e Muy Nobre cidade de sua família, e faz uma visita aos seus colegas remanescentes dos Oito do Porto. O tenente Ferreira adapta-se à nova realidade de sua perna artificial, e lhe garante que dentro em breve estará andando pelos vinhedos da família naquele cotoco de madeira com a habilidade de marinheiro. Já o xerife Croft fala dos planos de escrever seu *Tratado sobre os Vinhos de Portugal*, e lhe mostra alguns rascunhos. Ambos o presenteiam com garrafas da melhor produção dos vinhedos de suas famílias.

Por fim, visita tio Cimbelino para um último jantar ao redor da mesa da família Hall, os ingleses mais portugueses de todo o Porto. E onde, naturalmente, Érico pode se deleitar no que mais aprecia: ser o centro das atenções, exibindo aos parentes sua pistola de ouro e sua medalha da Torre e Espada — ou como era conhecida por seu nome completo, a *Antiga e Muito Nobre Ordem Militar da Torre e Espada, do Valor, Lealdade e Mérito*. Mas não é por distinções que seus primos mais jovens estão interessados.

"Conte da batalha na ponte", pede primo Apotecário.

"Fale de Irmã Piedade, a que matou o espanhol com o trabuco", pede prima Ama.

"Não, fale mais dos túneis romanos", insiste primo Epílogo, o caçula.

"Calma, crianças, deixem seu primo comer em paz", pede tia Titânia.

Érico tem um comunicado a fazer. Ergue-se com a taça de vinho do Porto em mãos, e anuncia que, repensando sua posição inicial, considera agora investir na exportação de vinhos, e que já vê com simpatia a ideia de abrir um escritório da Borges & Hall em Londres. Os tios e primos batem palmas e comemoram, ao que sua avó pergunta do que estão falando.

"Érico vai nos ajudar em Londres, mamãe", diz tio Cimbelino.

"Londres! Ah, Londres...", diz a velha, "foi no ano de mil seiscentos e cinquenta e sete, quando o pai do meu falecido Henrique..."

Mas a passagem de Érico é rápida. No dia seguinte já está de volta ao navio, pronto a zarpar para duas semanas em alto-mar. Tio Cimbelino o acompanha até o embarque, e na última hora, entrega-lhe um pacote formado por um diário e um amontoado de cartas, amarrados com barbante.

"Isso é o que eu penso que seja?"

"São as cartas que mandavas do Brasil para Bassânio, e o diário dele. Eu e Beatriz decidimos... decidimos que é hora de nos desfazermos de algumas coisas."

Érico olha o pacote, reconhecendo sua própria letra nas cartas, cartas escritas durante outra guerra, em outro continente, em outra época — quando tinha dezesseis anos e o mundo ainda era novo, seu primo estava vivo, e Lisboa era outra cidade, ainda intocada por terramotos e regicídios. Sentiu saudades do Brasil, saudades de Licurgo e de Sofia; mas mais saudades ele sente de seu lar agora, e isso o deixa emotivo. Seu tio o abraça, caloroso e paternal: "As portas de nossa casa estarão sempre abertas para você, rapaz." Os dois se despedem, e Érico embarca.

Há as superstições, sempre elas, incontornáveis. Chegando ao fim de sua odisseia particular, e antes de o navio partir, não quer cometer o mesmo erro que outros já cometeram, e faz sua rotineira oração pessoal. A última, espera, que seja necessário fazer: "Salve Poseidon, que faz tremer a terra, domador de cavalos e salvador de navios, sede gentil de coração e ajudai os que viajam em naus."

33.
OS ACONTECIMENTOS E SUCESSOS DE HOMENS CORDIAIS

Viajar é transferir, transferir é transladar, transladar é traduzir: toda viagem é uma tradução, pois aquele que desembarca nunca é o mesmo que parte. O navio fundeia por um dia em Gravesenda, onde Érico aproveita para desembarcar, alugando um quarto numa estalagem para poder dormir uma noite que seja em terra firme, e tomar um banho. Não despacha mensagem alguma alertando de sua chegada, pois quer fazer surpresas. Dois dias depois, desembarca nas grandes docas de Howland e aluga um coche. Parte para Mayfair, não diretamente para casa, pois leva consigo correspondências que deve entregar ao embaixador o quanto antes.

Desce em frente ao número 72 da Rua South Audley, pede ao cocheiro para aguardar seu retorno e bate na porta com o castão da bengala de caminhada, sobe as escadas e, no caminho até a sala do embaixador, passa pela biblioteca da casa, onde sua amiga lê distraída o último romance francês da moda. Ela não o percebe, parado na porta. Ele pega o chapéu, faz mira e o joga, encaixando-o em cheio na cabeça dela.

— Mas o quê...? Érico! — Maria, a sobrinha do embaixador, solta um gritinho, fecha o livro e se levanta para abraçá-lo.

— Como as coisas têm se passado por aqui?

— Muito mal. Sem você, a cidade fica bem menos interessante.

— E como está titio? Tenho correspondências que preciso entregar.

— Ah, ele está a receber o novo *chargé d'affaires* francês neste momento. Titio foi escolhido para ser o enviado plenipotenciário a Paris, soube? Para negociar os termos do tratado de paz. Talvez façamos todos uma viagem muito em breve.

— Neste caso, talvez seja bom que eu me apresente também. O quanto antes entregar isso — bate no bolso da casaca — posso voltar para casa.

Érico e Maria se despedem. Ele se anuncia ao lacaio na porta do escritório do embaixador e mandam-no entrar. Martinho de Melo está detrás de sua mesa, conversando com o *charge d'affaires* francês, que, sentado numa das duas poltronas frente à mesa, encontra-se de costas para Érico.

— Ah, tenente Borges... ou melhor, creio que seja capitão Borges agora, não? Meus parabéns — diz o embaixador, com um sorriso que lhe parece de sincera satisfação, senão de alívio, por vê-lo de volta à cidade. O que não deixa de ser algo um tanto inédito, já que a relação entre os dois é tensa como uma corda de violino, isso quando nos seus melhores momentos. — E parabéns também por sua medalha. Agora temos cá um cavaleiro da Ordem da Torre e Espada, pelo que eu soube.

— Obrigado, senhor. Parabéns por sua escolha como enviado a Paris, igualmente. — Tira as cartas do bolso do colete: — Trago correspondências sobre a questão, inclusive.

— Excelente. A propósito, permita que o apresente ao *charge d'affaires* de França, *monsieur...*

O francês se levanta da poltrona e se volta para Érico: veste uma casaca verde-marinho com *rocailles* bordados em fios de ouro sobre o colete cor vinho, jabô de cambraia, peruca branca com os cabelos presos numa bolsa de cetim, rosto branco de bochechas rosadas de *rouge*, e apoiando o braço num bastão de caminhada de castão de ouro, faz-lhe uma leve mesura.

"Charles-Geneviève-Louis-Auguste-André-Timothée d'Éon de Beaumont", diz o próprio.

Os dois se encaram.

Érico o reconhece.

Beaumont sabe que ele o reconhece.

Érico sabe que ele sabe que ele o reconhece.

"*Monsieur* Borges, há quanto tempo."

"*Monsieur* Beaumont, que surpresa."

"Os senhores já se conhecem?", pergunta Martinho de Melo.

"Não ainda nestas... roupas", Érico desconversa.

"Ah, isso daqui? É da temporada passada. Com a guerra, ainda não tive tempo de me pôr a par das modas." Beaumont olha Érico de cima a baixo. "Mas claro que para alguém que chega de Lisboa, mesmo isso deve parecer *atualíssimo*..."

"Mais atuais do que as notícias sobre Portugal, nos jornais dos seus vinhedos em Tonnerre, suponho?", Érico força o sorriso. "Porém certamente não tão agradáveis."

Martinho de Melo não entende do que falam, mas atalha explicando que *monsieur* Éon de Beaumont está encarregado das negociações quanto às compensações e trocas por parte de seus reinos, a serem assinadas em Paris nos próximos meses.

"Folgo em saber", diz Érico.

"Mal posso esperar para começarmos a trabalhar juntos em prol da concórdia entre nossas nações, capitão Borges", diz Beaumont. "Afinal, não há por que guardar rancores do passado, quando se pode criar novos, não é mesmo?"

Meia hora depois, o coche para em frente à sua casa, no número 21 de New Bond Street. Não está com as chaves, então bate na porta com o castão da bengala. Escuta os passos pesados de sua criada June, que ele considera um pequeno tesouro. "Ah, patrão Érico", ela se espanta, enquanto toma-lhe o chapéu e a bengala. Érico aponta o coche e avisa que trouxe algumas garrafas de vinho do Porto — do bom, não aquela porcaria aguada que os ingleses revendem —, umas alheiras trasmontanas e alguns queijos da Serra da Estrela.

"Estão todos em casa?", pergunta.

"Sua mãe foi ao teatro."

"E Gonçalo?"

"Patrãozinho está lendo no escritório. Estava muito melancólico hoje, e não foi trabalhar. Eu estava para levar chá e biscoitos para ele."

"Deixe que eu mesmo levo."

Érico sobe as escadas levando a bandeja com o bule de chá e o pratinho com macarons, abrindo a porta do escritório. Recostado em almofadas no canapé está Gonçalo, adormecido: caiu no sono durante a leitura. Tem a camisa aberta ao peito, a mão direita a pender no ar com a graça de uma escultura, a esquerda a segurar contra o colo um exemplar aberto das *Viagens de Gulliver*, que sobe e desce devagar no ritmo de seu sono. Érico larga a bandeja na mesinha ao lado, com cuidado para não o acordar, ciente de que pintura alguma poderia jamais capturar a beleza serena daquele quadro. Senta-se na beirada do canapé, estende a mão e delicadamente tira a mecha da franja que insiste em cair sobre os olhos de seu amado. Gonçalo então abre os olhos.

Avançam para um beijo ao mesmo tempo, como magnetos que se aproximam; um beijo que é a fome provocada pela distância, e se abraçam com força, querendo sentir o calor e o cheiro do corpo um do outro para se certificarem de que tudo é real e não um sonho.

— Prometa que, de agora em diante, não vamos nunca mais passar tanto tempo longe um do outro — diz Gonçalo.

Ele promete. Érico tira os sapatos e se aninha ao lado dele sobre o canapé, sinuoso como um gato. Não quer desfazer aquele quadro, mas tornar-se parte dele. Deita o rosto sobre o peito largo e aconchegante de Gonçalo, e este o envolve com o braço, protetor. Pela primeira vez em quase um ano, Érico não sente a necessidade de se manter em constante alerta. Seus músculos relaxam, o ar sai de seus pulmões com alívio, ar que nem percebia estar segurando. Gonçalo acaricia seus cabelos, e naquele calor morno, Érico deixa-se adormecer na brasilidade intraduzível de um *cafuné*. Pois agora está em casa.

OMNIA VINCIT AMOR

EPÍLOGO

Foi durante o reinado de D. José I de Portugal
que os personagens aqui mencionados viveram e lutaram;
bons ou maus, bonitos ou feios, ricos ou pobres,
são todos iguais agora.

NOTA DO AUTOR

Dos agradecimentos

Meus sinceros agradecimentos àqueles que opinaram e influenciaram na produção deste livro, como Tamara Pias, Rodrigo Ungaretti Tavares e meu editor Tiago Lyra, e em especial para Carol Chiovatto e Bruno Anselmi Matangrano, que me ajudaram nas representações do feminino no século XVIII e com os diálogos em português lusitano. Partes deste romance foram apresentadas em aula durante meu mestrado em Escrita Criativa pela PUC-RS, e agradeço as observações feitas pelos professores Luiz Antonio de Assis Brasil e Diego Grando.

Da pesquisa histórica

Este livro não seria possível sem o auxílio bibliográfico de diversas obras, dentre as quais o trabalho de Kenneth Maxwell em *Marquês do Pombal: Paradoxo do Iluminismo* (Paz e Terra, 1996) e seu artigo "Lisboa Reinventada", publicado no "Caderno Mais!" da *Folha de S. Paulo* em 12 de janeiro de 2003. Consultei também algumas obras coevas ao período, como o *Mappa de Portugal antigo e moderno* do padre João Bautista de Castro (Lisboa, 1762), e o relato do general francês Charles-François du Périer Dumouriez, que visitou a região três anos após o conflito e registrou suas impressões do povo, dos costumes e da guerra em *An Account of Portugal as it Appeared in 1766 to Dumouriez* (Londres, 1797).

Também me foram úteis o trabalho de David Francis em *Portugal 1715-1808: Joanine, Pombaline and Rococo Portugal as seen by British diplomats and traders* (Tamesis Books Limited, 1988), Mary del Priore em *O Mal sobre a Terra: uma história do terramoto de Lisboa* (TopBooks, 2015), Arilda Inês Miranda Ribeiro em *Vestígios da Educação Feminina no Século XVIII em Portugal* (Arte e Ciência, 2002), Tau Golin em *A guerra guaranítica* (Terceiro Nome, 2014), Leila Mezan Algranti, no artigo *Doces de freiras, doces de ovos: a doçaria dos conventos portugueses no Livro de Receitas de Irmã Maria Leocádio do Monte do Carmo (1729)*, publicado em Cadernos Pagu, n. 17-18 (Campinas, 2002), Umberto Eco em *O super-homem de massa: retórica e ideologia no romance popular* (1978), em especial seu ensaio "As estruturas narrativas em Fleming", e naturalmente, Sérgio Buarque de Holanda em *Raízes do Brasil* (Companhia das Letras, 2014).

Como a história se passa antes do estabelecimento do sistema métrico, utilizo as antigas unidades de medida portuguesas do período colonial. A título de curiosidade, uma toesa (a altura da Raia) equivale a 1,98 metro; um tonel equivale a 840 litros, um quartilho a 350 ml, enquanto que cada légua terrestre antiga equivaleria a cerca de 6,66 quilômetros.

O poema que estrutura o capítulo 11 é "O tempo acaba", de Camões. Já a "galhofa romana de banhos públicos" do capítulo 29 é o epigrama LXIII do poeta romano Marco Valério Marcial. Para os diálogos em mirandês, utilizei o *Tradutor Pertués Mirandés* hospedado no site da Universidade de Coimbra, no endereço student.dei. uc.pt/~crpires/tradutor/Tradutor.html. Já para estruturar a linguagem das cartas de amor entre Érico e Gonçalo, usei como base o trabalho de Rictor Norton em *My Dear Boy: Gay Love Letters Through the Centuries* (Leyland Publications, 1998), disponível em rictornorton.co.uk/dearboy.htm.

Dos personagens

Para colocar Érico no centro da ação, foi necessário que em alguns momentos ele ocupasse o lugar de figuras históricas reais, a principal sendo o tenente Charles O'Hara (1740-1802). Nascido em Lisboa, O'Hara era filho ilegítimo de lorde Tyrawley com uma portuguesa. Enérgico, carismático e tendo o português como língua materna, foi quem organizou a resistência camponesa em Trás-os-Montes, que acabaria por derrotar os espanhóis na primeira invasão.

Irmã Xerazade é uma personagem de ficção. Contudo, um panfleto escrito por uma freira anônima, incitando hostilidades à comunidade inglesa às vésperas da guerra, é citado por João Lúcio de Azevedo em *O Marquês de Pombal e sua época*. Já a Confraria da Nobreza, que realmente fora criada no reinado de D. João V e instrumentalizara a Inquisição com fins políticos até a metade do século XVIII, em 1762 havia perdido sua influência, após a tentativa de regicídio de D. José e a consequente execução das famílias Távora e Aveiro, ocorrida conforme descrito no capítulo 4. Um marco de pedra colocado em Lisboa por Pombal indica, até hoje, o local e os motivos da execução. Fica ao lado da casa onde hoje são vendidos os famosos Pastéis de Belém.

Muitos personagens são figuras históricas reais, dos quais destaco a escritora Teresa Margarida da Silva Horta, primeira mulher a publicar um romance de ficção em português, o espião transgênero Éon de Beaumont, e os embaixadores Tyrawley (Inglaterra), Torrero (Espanha) e O'Dunne (França), cujas diatribes e queixas estão registradas em suas correspondências diplomáticas.

Já outros, são ficcionais. Destes, contudo, nem todos foram criados por mim, e a seus autores deve ser dado o devido crédito: o Visconde de Valmont foi criado por Choderlos de Laclos em *Ligações perigosas*, de 1782, mas seria muito jovem para ter participado da Guerra dos Sete Anos, então tomei a liberdade de lhe dar um pai. Já Mr. Fribble é um personagem de teatro criado em 1746 pelo dramaturgo inglês David Garrick para a peça *Miss in her Teens*.

DA GUERRA

Churchill dizia que a Guerra dos Sete Anos, travada entre 1756 e 1763, foi a primeira guerra verdadeiramente mundial. O envolvimento das grandes potências europeias no conflito expandiu-se para suas colônias em todos os continentes, ganhando um nome distinto em cada parte do globo. Nos Estados Unidos foi a Guerra Franco-Indígena, na Índia foi a Terceira Guerra Carnática, e em Portugal ganhou o nome de Guerra Fantástica, devido à ausência de batalhas formais e uso predominante de milícias. O verbete *Spanish Invasion of Portugal (1762)*, disponível na Wikipedia de língua inglesa, faz um resumo do conflito bem fundamentado em referências bibliográficas.

A explosão do castelo de Miranda do Douro nunca foi devidamente esclarecida. Segundo Pinho Leal em *Portugal antigo e moderno* (1873), o governador da praça de armas teria sido visto fugindo da cidade pouco antes da catástrofe. E é fato que diversos comandantes de fortalezas se renderam sem resistência, sendo posteriormente julgados por covardia e traição. Nas palavras de um coronel inglês em carta ao general Burgoyne, "as Excelências e fidalgos tinham um ódio imenso pelo ministro (Oeiras), a ponto de sacrificarem seu rei, seu país e até mesmo sua honra, para alimentá-lo".

Houve conspiração? Lorde Tyrawley acreditava que sim: em sua última audiência com o rei, chocou a corte portuguesa ao se dirigir com demasiada liberdade a D. José, dizendo que "Portugal estava vendida aos castelhanos, e que havia um acordo para sacrificar o reino e com ele os ingleses". O "barraco" na Real Barraca ficou registrado na correspondência diplomática da época, reunida no *Quadro elementar das relações políticas e diplomáticas de Portugal com as diversas potências do mundo* (Tomo 7, 1842, p. 75). Mesmo assim, não teria mudado o resultado do conflito. Como observou o general Dumouriez em 1766, "é com assombro que lemos nas páginas da História que os espanhóis têm sido quase sempre derrotados pelos portugueses. Num exame mais próximo dos dois povos, parece que há mais desprezo do que ódio entre eles, (...) sendo por si só a causa fundamental da contínua desgraça que recai sobre os espanhóis sempre que erguem suas armas contra Portugal".

O Conde Lippe reformou o exército português e aplicou uma bem-sucedida tática de avanços e recuos, sem nunca buscar o confronto direto. Reconhecido como um dos grandes gênios militares do século XVIII, foi louvado por Voltaire na *Enciclopédia* e sua vitória tornou-se um exemplo clássico da predominância da estratégia sobre a superioridade numérica. Seria a base, quarenta anos depois, da bem-sucedida defesa organizada pelo Duque de Wellington contra a invasão de Portugal pelos exércitos napoleônicos. Assim como o plano de transferir a corte para o Brasil, criado para D. José, acabou sendo utilizado por seu neto D. João VI.

No Brasil Colonial, a guerra ficou conhecida como Primeira Invasão Espanhola ou Primeira Expedição de Ceballos, resultando na tomada do que hoje seria o Uruguai e parte da região sul até Santa Catarina — etapa inicial de um longo período bélico, que duraria quase vinte anos, hoje formalmente conhecido como Guerra da Restauração do Rio Grande do Sul. A disputa territorial, que seria herdada no século seguinte pelos já independentes Brasil e Argentina, foi a fonte original de uma rivalidade que hoje, felizmente, é mantida somente no futebol.

De Érico Borges

Érico Hall Borges nasceu no Rio de Janeiro em 3 de julho de 1736, numa família de comerciantes de vinhos naturais da cidade do Porto, para onde sua família voltou quando ele contava com cinco anos. Sua mãe, de origem inglesa, sonhava fazer dele fidalgo, e deu-lhe uma educação que incluiu esgrima, dança e cortesia, somada a estudos de francês, latim e grego. Em 1752, quando tinha quinze anos, a família regressou ao Brasil, onde Érico se alistou na Expedição Demarcadora da Fronteira Sul sob o comando de Gomes Freire de Andrade, futuro Conde de Bobadela, servindo primeiro como alferes e depois como tenente no regimento de dragões do forte de Rio Pardo. Após o fim da Guerra Guaranítica em 1756, foi nomeado fiscal da alfândega no Rio de Janeiro, onde seus serviços despertaram a atenção da coroa portuguesa. Chamado à corte em 1761, foi posto a serviço do Marquês de Pombal como espião em Londres, auxiliando na manutenção das delicadas relações de Portugal com a Inglaterra.

Na vida privada mantinha-se discreto, dividindo o endereço com um comerciante brasileiro de nome Gonçalo, seu amigo mais próximo e parceiro de negócios, com quem dividia também a paixão por livros e chá. A habilidade de Érico no carteado lhe trouxe fortuna e o tornou popular no *beau monde* britânico, onde ganhou fama de elegante e cordial. Apesar disso, consta que nunca se casou.

Ao saber que seu arquirrival, o Chevalier d'Éon, publicara as próprias memórias em vários volumes, o espírito competitivo o fez confiar seus diários e suas cartas às mãos inábeis de um amigo com pretensões de escritor. Nem todos os volumes de suas aventuras foram encontrados ainda, contudo, uma coisa é certa: Érico Borges irá voltar.

Impressão e Acabamento:
GRÁFICA E EDITORA CRUZADO